Venedig 1568. Davide Venier ist ein angesehener Geschäfts-
mann mit Kontakten in die einflussreichsten Kreise Venedigs, ein Genießer und ein Liebling der Frauen – bis eine
hinterhältige Intrige ihn um sein Vermögen und für zehn
Jahre in die berüchtigten Bleikammern bringt. Hier lernt er
den Osmanen Hasan kennen, der ihn in allerlei Künste
nicht nur für den rauen Gefängnisalltag einweiht. Das bleibt
nicht unbemerkt, und Venier wird gegen besondere Dienste
für den Dogen freigelassen. Bei seinem ersten Auftrag muss
er sich sogleich mit einem gefährlichen Mörder auseinandersetzen und gerät auf heikler Mission in die Höhle des Löwen:
den Sultanspalast in Istanbul.

Stefan Maiwald, geboren 1971 in Braunschweig, lebt mit seiner italienischen Familie in Grado. Er ist Journalist, Hobby-
koch, passionierter Golfer und erfolgreicher Autor; bei <u>dtv</u>
erschienen mehrere Sachbücher und 2016 sein erster Roman,
›Der Spion des Dogen‹, der auf die Shortlist des Literatur-
preises Homer in der Kategorie Historischer Spannungs-
und Abenteuerroman gewählt wurde. 2017 folgte der zweite
Band der Serie ›Der Knochenraub von San Marco‹.

Stefan Maiwald

Der Spion des Dogen

Roman

Ausführliche Informationen über
unsere Autoren und Bücher
www.dtv.de

Von Stefan Maiwald ist bei dtv erschienen:
Der Knochenraub von San Marco (dtv 26171)

Ungekürzte Ausgabe 2018
© 2016 dtv Verlagsgesellschaft GmbH & Co. KG, München
Das Werk ist urheberrechtlich geschützt.
Sämtliche Verwertungen bleiben vorbehalten.
Umschlaggestaltung: Katharina Netolitzky/dtv unter
Verwendung von Motiven von gettyimages/De Agostini/
A. Dagli Orti und akg-images
Gesamtherstellung: Druckerei C.H.Beck, Nördlingen
Gedruckt auf säurefreiem, chlorfrei gebleichtem Papier
Printed in Germany · ISBN 978-3-423-21723-1

Inhalt

Venedig, im Jahr 1568

KAPITEL 1

Das Badehaus

Oh.«

»Oh là là.«

»Mir wird so anders.«

»Früher kam er ja öfter zu einer von uns.«

»Ach, das waren schöne Zeiten.«

Die Sonne ging über der Lagune unter und tauchte die *palazzi* und *canali* in ein betörendes purpurnes Licht. Die letzten Fischer in Cannaregio legten ihre geflickten Netze für die morgige Ausfahrt bereit und machten sich zu Fuß auf den Heimweg für ein paar Stunden Schlaf in ihren armseligen *apartamenti*. Selbst die aufmüpfigsten Möwen dämpften ihr Kreischen auf eine erträgliche Lautstärke. Bedienstete in den feinsten *palazzi* am Canal Grande legten das Silberbesteck für das Abendessen zurecht, während die Köche in den Untergeschossen Seebarsche und Doraden im Akkord filetierten, Mandeln rösteten und Backbleche mit Honig bestrichen. Selbst im Arsenale ruhten nun die Kalfaterhämmer, und die Arbeiter versammelten sich vor den Türen ihrer hölzernen Wohnbaracken um die Krüge mit dem sauren Wein. Gondolieri vertäuten ihre Gondeln und gingen in ihre Lieblingskaschemmen, um die Dukaten des Tages erst zu zählen und dann auszugeben und sich dabei über den furchtbaren Geiz der Kaufleute zu echauffieren. In den *casini* der reichen Junggesellen wurden die ersten Karten gemischt und die Würfelbecher geschwenkt. Während also ein ganz gewöhnlicher Tag in Venedig zu Ende ging, betrat Davide Venier in seinem Tabarro und dem Schal aus feinster roter Seide das Badehaus in Santa Croce.

Ein Badehaus? In Venedig? Ja, von diesem Haus wussten nur wenige, ein paar Mitglieder des Großen Rats und einige andere hochrangige Herren. Aber eben auch nicht alle. Man musste, wie immer in Venedig, sehr vorsichtig sein, wem man was erzählte. Dieses neue Badehaus war ein Wagnis, und spektakulär dazu.

Eine winzige Tür führte in einen erstaunlich großen, mit Spiegeln geschmückten und vielen Kerzen beleuchteten Vorraum. Und dort standen im flackernden Licht die Kurtisanen Marta, gebürtig aus Mestre, Angélique, frisch aus Paris importiert, und Marisol aus Dalmatien. Die Licht- und Schattenspiele auf ihrer Haut ließen sie noch ein wenig verführerischer und geheimnisvoller wirken.

»Er sieht aber auch gut aus.« Angélique hieß in Wirklichkeit Hermine, was aber nicht einmal ihre Kolleginnen wussten. Sie stammte aus dem Rheingau und hatte sich einen perfekten französischen Akzent zugelegt; wann immer sie ein Wort im Italienischen nicht wusste, sprach sie das entsprechende deutsche Wort Französisch aus. Sie hatte dickes blondes Haar, etwas weit auseinanderstehende Augen und eine sinnlich geschwungene Unterlippe. Sie kam aus einer wohlhabenden Winzerfamilie, war aber mit dreizehn vom Stallknecht schwanger geworden. Das Kind starb bei der Geburt, der Stallknecht wurde ausgepeitscht, Hermine verbannt. Nach einigen Jahren der Wanderschaft von entfernten Verwandten in Mainz zu noch entfernteren Verwandten in Bayern und Innsbruck war sie nun, mit zweiundzwanzig, endlich in der Stadt ihrer Träume angekommen. Und sie war wild entschlossen, es hier zu etwas zu bringen, egal, wie.

»Geld hat er auch«, wusste Marta.

»Viel?«, fragte Angélique und kontrollierte ihre roten Lippen in einem der Spiegel, die in üppig geschnitzten und mit Goldfarbe bemalten Holzrahmen hingen, um noch mehr Glanz zu verbreiten. Angéliques langfristiger Plan war es, sich einen reichen Kretin zu angeln und sich von ihm aushalten zu lassen. Auch wenn sie ahnte, dass der Herr Venier dafür zu klug war, genoss sie es, von ihm zu träumen. Außerdem wusste man nie, was für Überraschungen das Leben bereithielt. Mit achtzehn hatte sie sogar einmal mit einem echten Fürstensohn geschlafen.

»Genug für eine Frau, einen Palazzo und mehrere Kurtisanen«, kicherte Marta.

»Er hat Kurtisanen?«

»Offiziell nicht, aber die Beziehung zu Signora Bellini ist schon anrüchig genug.« Marta war die hübscheste der drei, die Tochter eines armen Fischers aus Mestre. Nach der letzten Fleckfieberwelle, als der Vater und zwei Brüder gestorben waren, hatte die Mutter die Kleine mit elf Jahren nach Venedig geschickt, wo sie als Dienstmädchen bei einer Kaufmannsfamilie unterkam. Der Kaufmann allerdings nahm ihre Dienste auf ganz andere Art in Anspruch, was Marta nach einiger Zeit arg lästig wurde. Nicht, dass es ihr keinen Spaß gemacht hätte, aber es kränkte sie sehr, dass der Kaufmann sie nach jedem amourösen Abenteuer umso herablassender behandelte. Natürlich, er wollte sich vor seiner Ehefrau nicht entblößen, doch als er sogar begann, Marta zu schlagen, wenn sie bei Tisch nicht schnell genug den Wein nachfüllte, nahm sie schließlich Reißaus.

»Meine Damen!« Davide Venier grüßte höflich, als er an ihnen vorbeiging.

Die drei kicherten, scheinbar verlegen, und Marta beherrschte sogar die Kunst, auf Kommando leicht zu erröten. Marisol atmete tief ein. Sie mochte den Duft der hohen Herren, die sich beinahe täglich wuschen und rasierten und immer frische Sachen trugen. Davides Bart war ganz kurz gestutzt und lief am Kinn spitz zu, was ihm etwas Verwegenes verlieh. Seine halblangen, gelockten braunen Haare fielen auf den Seidenschal, der Blick aus den tiefblauen Augen ruhte kurz auf den dreien, bevor er weiterstrebte.

Er maß sechs Fuß und war damit größer als die meisten seiner venezianischen Freunde, dank seiner breiten Schultern wirkte er geradezu athletisch. An den Schläfen zeigten seine Locken hier und da erste graue Strähnen. Mit nobler Blässe konnte er bedauerlicherweise nicht punkten. Wenige Strahlen der Frühlingssonne reichten schon aus, um seiner Gesichtshaut eine tiefbraune Farbe zu verleihen, im Hochsommer sah er beinahe aus wie ein Andalusier. Längst hatte Davide den Kampf gegen diesen Makel aufgegeben. Zumal er festgestellt hatte, dass die Damenwelt von dieser so unschicklichen Bräune offenbar magisch angezogen wurde.

Davide trug einen Tabarro, jenen typischen venezianischen Überwurfmantel, knöchellang und ohne Knöpfe, darunter ein eng anliegendes weißes Wams mit langen Ärmeln, die an den Enden mit Spitzenkrausen versehen waren. Im Gegensatz zur herrschenden Mode verzichtete er auf das Ausstopfen des Wamsfutters mit Rosshaar, was ihn noch ein wenig größer wirken ließ, seine schlanke Silhouette betonte und ihm außergewöhnlich gut stand. Die blau und rot gestreiften Pluderhosen waren bis knapp oberhalb des Knies weit geschnitten und lagen dann eng an bis zu den knöchelhohen Schnallenschuhen, mit deren Pflege sich Davide große Mühe gab. Was im feuchten, dreckigen Venedig alles andere als einfach, aber genau deswegen umso wichtiger war.

Von Marisol, die immer noch Davides Duft genoss und ihm seufzend hinterhersah, wusste niemand viel. Nicht einmal sie selbst. Ihre Eltern hatte sie nie kennengelernt, ihre erste Erinnerung waren Tischbeine und das Essen, das ihr hingeworfen wurde. Wie sie später erfuhr, war sie als Säugling vor einem Nonnenkloster abgelegt worden. Ein fehlerhaft geschriebener Brief in einem slawischen Dialekt erklärte nur, sie stamme aus Ragusa, die Mutter habe sie auf einer Handelsreise mit ihrem Ehemann zur Welt gebracht und könne nicht für sie sorgen, man möge sich ihrer annehmen.

Das Kloster war Marisols Welt, sie konnte sich keine andere vorstellen. Mit anderen Mädchen arbeitete und lernte sie, man brachte ihr das Lesen, Singen und Schreiben bei. Mit zwölf Jahren fand ihre Heirat mit Jesus Christus statt. Sie legte ein Gehorsams- und Keuschheitsgelübde ab, bekam einen Ring von der Äbtissin übergestreift und schwor: *Ich liebe Christus, in dessen Bett ich eingestiegen bin.* Die kleine Marisol mit blondem Haar so fein und glatt wie Seide und den frühreifen Rundungen, die bei ihr schon ab dem elften Lebensjahr sichtbar wurden, entpuppte sich als eine außergewöhnliche Sängerin. Wenn hin und wieder Mönche ins Kloster kamen, um die Letzte Ölung zu erteilen – dieses Privileg war den Nonnen verwehrt –, dann baten sie immer ausdrücklich um das »Ave Maria« von Marisol und blickten sie dabei seltsam an. Viele der älteren Nonnen nahmen bei ihr Gesangsstunden. Manchmal blieb es nicht beim Gesang – besonders die stellvertretende Äbtissin, eine noch junge Frau aus verarmtem Adel mit schöner Haut und schönen Zähnen, holte Marisol oft in ihre Zelle, in der sie einander »Wärme und reinste Freude« schenkten, wie es die Stellvertreterin nannte.

Ein paarmal durfte Marisol sie auf Reisen zu den Märkten begleiten, bald kamen sie regelmäßig nach Venedig, wo Marisol sich in einen jungen Marketender verguckte. Der verdrehte ihr den Kopf so sehr, dass sie eines Tages, von der Stellvertreterin unbemerkt, in den Gassen verschwand und zu ihm zog. Doch der Marketender war ein liederlicher Geselle, er hatte sich mit einer Unternehmung verhoben und floh vor den Schulden aus der Stadt. Marisol ließ er zurück, die, ganz auf sich allein gestellt, schnell merkte, wie sie am leichtesten Geld verdienen konnte.

Doch nun blieben die drei Dirnen zurück, gefangen in einer dezenten Wolke von Duft aus einer besseren Welt. Denn Davide war nicht wegen der Huren hier. Diese Zeit seines Lebens lag lange hinter ihm, diese Freuden hatte er ausgiebig gekostet. Mit Mitte dreißig wurde es Zeit, ein wenig solider, ehrbarer, umsichtiger zu werden. Als Sohn eines reichen Kaufmanns, dessen Name sogar im Goldenen Buch der Stadt eingetragen war, musste er allmählich anfangen, auf eigenen Füßen zu stehen. Der Vater war vor wenigen Jahren überraschend und viel zu jung verstorben, hatte dem einzigen Sohn aber eine Summe in Sach- und Geldwerten hinterlassen, die reichen würde, um selbst im teuren Venedig ein gutes Leben zu führen.

Davide durchschritt einen weiteren Saal, noch viel schöner und größer als der Vorraum. Der Terrazzo-Boden war frisch gesäubert und glänzte, die Spiegel waren diesmal tatsächlich mit Blattgold verziert. Der Saal reichte bis in das Stockwerk darüber, zu dem eine marmorne Wendeltreppe emporführte. Die Mitte des Saals füllte ein gewaltiger Eichentisch aus, um den herum drei bezaubernde Mädchen standen, keine älter als achtzehn, noch hübscher als das schon recht überzeugende, allerdings inoffizielle Empfangskomitee. Diese Mädchen waren keine Huren, sondern von Davide bezahlte Bedienstete, die den Herren behilflich waren, sie zu den jeweiligen Sälen führten und Vorbestellungen für die folgenden Tage entgegennahmen. Davide hatte die Bediensteten nicht nur nach Schönheit, sondern auch nach Gewandtheit ausgesucht. Sie sollten vollendete Gastgeberinnen sein. Und das Konzept ging aufs Geschmeidigste auf.

Auf dem Eichentisch standen Karaffen mit Wein, die sich in großen Tongefäßen befanden, die mit Gletschereis aus den Dolomiten gefüllt waren. Davide blieb am Tisch stehen und ließ sich einen Schluck einschenken. Zufrieden blickte er sich um.

Die höchsten Herren Venedigs schwirrten durch die Gänge, plauderten angeregt, eilten in das obere Stockwerk oder kamen von dort herab, erkennbar entspannt, gelöst, glücklich. Davide grüßte Maestro Rebechin, honoriges Mitglied des Großen Rats. Neben Rebechin lief der römische Kaufmann Andretti, der sich vor Jahren in Venedig niedergelassen hatte und sich mit unermüdlichem Eifer bemühte, ins Goldene Buch aufgenommen zu werden. Der Römer redete leise auf den Venezianer ein. Beinahe im Laufschritt stürmte der kahlköpfige Caracciola die Treppe herauf, ein prominenter Bankier vom Markusplatz. Er müsse später noch zu einem »wichtigen Treffen«, ließ er hastig jeden wissen, der ihm zunickte, was, wie Davide vermutete, lediglich eine dringende Verabredung mit einer seiner vielen Kurtisanen sein konnte.

Aus dem Büroraum im Erdgeschoss kam Andrea Marin auf Davide zu, ein stämmiger Mann mit kurzem Atem, die wenigen blonden Haare streng zurückgekämmt, die Augen, grünstichig wie von Algen durchsetztes Brackwasser, immer etwas unruhig durch die Gegend irrend. Trotz seiner dreißig Jahre war seine Nase rot, einige Adern auf der Wange zwischen rötlich und violett changierend. Er war genau der richtige Mann für Davides gewagte Unternehmung.

»Wie laufen die Geschäfte?«, fragte Davide Venier und legte seinen Tabarro ab.

»Gut, gut«, versicherte Andrea. »Siebzig Kunden heute, achtzig gestern und auch vorgestern. Alle zufrieden.«

»Schön. Was macht der Barbier?«

»Ist etwas gefügiger geworden. Ab und zu schlägt er noch

einen allzu rauen Ton an, aber die Herrschaften scheinen dies zu schätzen.«

»Das habe ich mir gedacht. Marco hat eine ganz eigene Art, die bei einigen durchaus gut ankommt«, fand Davide.

»Den hohen Herren tut es bestimmt wohl, sich hin und wieder auch mal Widerworte von Subalternen anzuhören«, bestätigte Andrea.

»Ja, aber zu wild soll er es auch nicht treiben. Und wenn wir nicht aufpassen, wird der ganze Große Rat bald den gleichen Haarschnitt tragen.«

Andrea lachte nervös.

»Ich bleibe heute Abend nicht lange, doch wir sollten uns bald wegen der Revision zusammensetzen. Am besten gleich morgen. Zum Neun-Uhr-Läuten?«

»Oh ja, sicher, unbedingt«, entgegnete Andrea hastig.

Davide hatte die Idee für das Badehaus schon vor Längerem ausgebrütet. Viele seiner Reisen mit seinem Vater hatten ihn nach Padua geführt, zur Piazza delle Erbe. Dort gab es eine überdachte Konstruktion, in der man auf kleinstem Raum alles, wirklich alles finden konnte, was man für die Aufstockung seiner Vorräte und eine edle Tafel braucht: Metzger, Wildhändler, Käser, Fischhändler, Süßwaren- und Kräuterhändler, Stände mit Marmeladen, Suppen, Reduktionen, Torten, Honig, Nüssen und Mandeln, sich biegende *banchi* mit Obst und Gemüse, herangeschafft von allen Ufern des Mittelmeers. Damit war diese namenlose, in der Region Venetien einmalige Konstruktion mehr als nur ein Markt. Sie war eine Institution, ein Referenzpunkt, unabhängig von Wetter, Krieg, Epidemien oder Streik. Marketender hatten ihr unstetes Leben aufgegeben und hier einen starken Magneten für das gesamte Umland geschaffen, beschäftigten ihre eigenen Kaufleute und unterhielten Handelsnetze. Und die Paduaner konnten auf Armeslänge aus der Fülle des Angebots schöpfen, ob frischer Schweinsfuß oder weißer Trüffel, ob saftige Orangen aus Kampanien oder köstliche Aale aus dem Lesina-See.

Das hatte Davide auf die Idee gebracht, etwas Ähnliches in Venedig zu erschaffen. Aber nicht mit Lebensmitteln, sondern mit Dienstleistungen für die feinsten Herren der Serenissima. Er hatte dazu einen Palazzo in Santa Croce angemietet, gut erreichbar am Fondamenta de le Terese, den ihm ein Bekannter zu einem günstigen Zins überlassen hatte. Als Leiter der Unternehmung war ihm Andrea Marin empfohlen worden, ein gewiefter Kaufmann aus bestem Hause; Davide zog es nämlich vor, im Stillen zu wirken.

Und so waren in dem eigentümlichen Palazzo versammelt: ein Barbier, ein Kürschner, mehrere Näherinnen sowie Schuh- und Mantelputzer. Die Lederschuhe und Tabarri der feinen Herren gerieten auf den vielen Wegen arg in Mitleidenschaft – in keiner Stadt der Welt mussten selbst die nobelsten Herren mehr zu Fuß gehen als in Venedig, denn Kutschen oder Sänften kamen nirgends durch –, und so ließen die Signori ihre Mäntel mindestens einmal pro Woche kräftig ausbürsten. Weiterhin gab es einen Juwelier, einen Weinhändler, der kleine, tragbare Amphoren im Angebot hatte, gleich daneben schenkte ein *aquavitiere* Grappe und sonstige Getränke aus. Ein *berettere* verkaufte Hüte und Kappen, ein *cartere* Spielkarten, ein Seifenmacher duftende Seifen. All die Händler befanden sich im ersten Stock und hatten ihre Waren auf Holztischen ausgebreitet. Sie mussten eine Standgebühr und eine Umsatzbeteiligung zahlen, die im ersten Jahr noch äußerst niedrig war. Schließlich handelte es sich um einen unternehmerischen Versuch. Davide und auch Andrea achteten darauf, dass es nicht marktschreierisch, sondern dezent und rundum *signorile* zuging.

Doch Davides Geniestreich war der oberste Stock. Dorthin

hatte er Badewannen schaffen lassen, die ständig mit heißem Wasser gefüllt wurden – eine mühselige Schlepperei, deren Kosten die Badenden allerdings bereitwillig übernahmen. Danach konnten die Herren, frisch und weich, sich auf teuren Daunenbetten von Masseuren nach allen Regeln der Kunst durchkneten lassen. Dieses Stockwerk bot genau das, was in Venedig gefehlt hatte: ein echtes Badehaus, das sich schnell auch als Ort für beste Geschäfte entpuppte. Keine Frage, Davide hatte eine fabelhafte Idee gehabt – die allerdings auch schon die antiken Römer und die Osmanen gehabt hatten. Er bildete sich wenig darauf ein. Dutzende von Gondeln verstopften beinahe jeden Abend den kleinen Kanal vor der Haustür. Die Privat-Gondolieri der hohen Herren blickten sehnsüchtig an den Mauern des Palazzo hoch, aus dessen Innerem das Kerzenlicht, verstärkt durch die vielen Spiegel, nach außen drang.

Nun war es so, dass just im Februar desselben Jahres der Große Rat beschlossen hatte, alle *ridotti* schließen zu lassen und deren Betreiber mit empfindlichen Geldstrafen zu belegen. Doch mit diesen illegalen Spielstätten hatte der Palazzo wirklich nichts zu tun, denn im Beschluss wurden die Spielhallen als »*certe piccole case, o stanze, ove una determinata compagnia si raccoglie a passare col giuoco, o con qualche altro trattenimento, specialmente l'ore notturne*« definiert, und von einer Spielhölle oder gar exzessiven nächtlichen Vergnügungen, von denen der Beschluss sprach, konnte hier keine Rede sein.

Um den Palazzo rankten sich bei der einfachen Bevölkerung dennoch bald allerlei Gerüchte. Der Wein werde aus Murano-Glas mit Goldrand ausgeschenkt, nackte Jungfrauen seien den hohen Herren rund um die Uhr zu Diensten, Orgien an der Tagesordnung. Der Ort bekam den Spitznamen *palazzo delle troie,* »Palast der Schlampen«. Davide war diese Art von Werbung durchaus recht.

Die Wirklichkeit war natürlich viel unspektakulärer. Der Weinhändler hatte sich zu einer regelrechten Anlaufstation für den abendlichen Aperitivo entwickelt. Viele Signori kamen aus den Ratssitzungen direkt hierher, ließen sich rasieren und massieren und dabei ihre Wäsche in Ordnung bringen, und dann tranken sie die ersten Weine, bevor sie zu den Gesellschaften, den Nachtdiners oder ihren Würfel- und Kartenrunden weiterzogen. Zwar wurden diese seit einigen Monaten als illegal betrachtet, doch wer scherte sich schon um einen Beschluss des Großen Rats?

Dass um den Palazzo herum immer mehr auf eigene Rechnung arbeitende Huren auftauchten, empfand Davide als vorteilhaft, aber aus rein geschäftlichen Gründen. Edle Huren, hübsch, sauber und gesund, konnten das Geschäft als Ganzes nur befeuern. Davide fiel auf, dass sich immer mehr Gespräche zwischen den Signori und den Huren anbahnten. Sollte er vielleicht ein paar Räume zur Verfügung stellen, in denen sich die Herren mit ihren Stundenpartnerinnen diskret zurückziehen konnten? Und den *palazzo delle troie* ein wenig mehr in diese Richtung entwickeln? Andererseits käme es dann wohl unweigerlich zu einer Konfrontation mit dem Großen Rat. Also vertagte er diese Entscheidung.

Alles in allem schien das Badehaus ein gutes Geschäft zu werden. Natürlich, gerade im ersten Jahr musste noch ordentlich investiert werden, und die Summen, die Davide seinem Verwalter zuschob, waren äußerst hoch. Auch deswegen wollte er am folgenden Tag das Gespräch führen.

Wäre Davide nur ein wenig aufmerksamer, ein wenig abgeklärter gewesen, dann hätte er vielleicht gemerkt, dass am heutigen Tage irgendetwas nicht stimmte. Gäste wie Angestellte begrüßten ihn eher verhalten, viele wandten sogar den Blick ab. Doch der gut aussehende, freundliche, generöse, ja fast ein wenig naive Davide Venier mit seinem sonnigen Gemüt bemerkte nicht, dass sich tiefdunkle Wolken über ihm zusammenbrauten.

»Kehre nur zeitig heim, das macht mir keine Umstände, ich habe alles im Griff«, lächelte Andrea.

»Also morgen früh?«

»Gern, ich werde hier sein.«

»Dann geh auch du zur guten Stunde heim, damit du ausreichend Schlaf bekommst. Morgen gibt es viel zu tun.«

Andrea lachte nur vielsagend und wandte sich einem orientalisch wirkenden Gast zu, der gerade hereingetreten war.

Davide machte noch einen kurzen Kontrollgang und begrüßte einige treue Gäste in den oberen Stockwerken, warf aber bald seinen Tabarro wieder über und begab sich zu seiner Gondel.

Der treue Enrico, der das Ruder am Heck bediente, hatte auf ihn gewartet. Der Ruderbursche am Bug dagegen war neu im Dienst, stellte sich aber geschickt an. Nun schnitt der Rumpf durch die gluckernde Schwärze. Die Gondolieri ruderten so zügig, dass die vertäuten Boote an den Ufern links und rechts in der Heckwelle ins Schwanken gerieten. Die Gondel raste geradezu dahin, was um diese Zeit gut möglich war, ohne hektischen Gegenverkehr, ohne träge Lastkähne, die in der Enge anzulanden und ihre Waren zu löschen versuchten. Es war kühl geworden, aber noch nicht neblig – eine klare Nacht. Davide blickte zu den Sternen, die über den Häuserschluchten der schmalen Kanäle sichtbar waren, dann schloss er die Augen und genoss den erfrischenden Fahrtwind, den salzigen Duft des Wassers. Irgendwo kläffte ein Hund, linker Hand schimpfte ein Fischer. »Verdammte

Netze«, zischte er und versuchte, Ordnung in das Wirrwarr zu bringen.

Enricos Ruder tauchte gleichmäßig in das nächtliche Kanalwasser ein. Seine Eltern waren aus Tirol nach Venedig gezogen; Enricos Vater, ein Tischler, arbeitete noch immer in einer der Gondelwerften in Dorsoduro. Enrico, eigentlich Heinrich, war ein hagerer, zäher Kerl mit alterslosem, wettergegerbtem Gesicht. Er hatte schon bei Davides Vater in Diensten gestanden. Vater wie Sohn schätzten seine Maulfaulheit, er war kein tratschendes Weib wie so viele seiner Berufskollegen. Diese Verschwiegenheit kam den Veniers ein ums andere Mal zupass, besonders wenn es um nächtliche Besuche bei Damen ging, die einen Ruf zu verlieren hatten. Auch dem Ruderburschen, einem entfernten Verwandten Enricos, würde Davide vertrauen können.

»Wie war dein Tag, mein lieber Enrico?«

»Viel Ruderei, allein zwei Mal zum Rialtomarkt und zurück«, knurrte er in gewohnter Manier.

»Zum Rialtomarkt? Dann darf ich mich wohl auf ein köstliches Nachtmahl freuen.«

»Ich denke, heute Nacht könnte das ganze Arsenale bei Euch speisen, Herr.«

Davide lachte auf. Rigoberto, sein Koch, ein mächtiger Mann, an dem immer alles glänzte, die Stirn, die Glatze, die Unterarme, meinte es stets gut mit seinem Herrn. Davide erwartete heute Abend nur einen einzigen Gast: Veronica Bellini, der Grund dafür, warum Davide seinem ausschweifenden Leben abgeschworen hatte. Aus ihm war jetzt, wie es seine Freunde nannten, »ein Mann mit gestutzten Schwingen« geworden.

Sie zogen über den Rio di San Nicolò dei Mendicoli, den Rio dell' Anzolo Rafael und den langen Rio dei Tolentini nordostwärts Richtung Canal Grande zu dem Palazzo, den der Vater gekauft hatte und den Davide nun allein mit seinen drei Bediensteten bewohnte.

Als sie sich dem Palazzo näherten, bemerkte Davide mehrere Gondeln am hauseigenen Anleger. »Haben wir denn Gäste?«, fragte er stirnrunzelnd.

»Ich weiß von nichts, Herr.« Enrico verlangsamte die Fahrt und bremste schließlich mit dem Ruder.

»Nun, Veronica wollte kommen. Sie wird doch nicht ihren Ehemann mitgebracht haben?«

Jetzt musste Enrico doch einmal schmunzeln. Diese Vorstellung war allzu kurios.

Nach einem geschickten Manöver glitt die Gondel längsseits an den anderen Gondeln entlang; der Ruderbursche brachte sie mit der Hand am Rumpf der anderen Boote zum Stehen.

An dem hölzernen Anleger vor dem Palazzo stand ein Grüppchen von drei Männern. Zwei waren von Kopf bis Fuß in Schwarz gekleidet, ein Dritter trug einen prächtigen roten Umhang, der selbst in der Nacht zu leuchten schien. Etwas weiter im Hintergrund befanden sich noch mehr Männer: eine kleine Eskorte, ein Hauptmann mit zwei Soldaten. Die Gesichter lagen im Schatten.

»Na, hast du schon einmal so einen Auftrieb vor unserer Pforte gesehen?«, wunderte sich Davide. Erst als er, über die anderen Gondeln steigend, seinen Anleger erreichte, erkannte er, welch merkwürdige Gesellschaft sich da versammelt hatte – und die Erkenntnis schockierte ihn.

»Eure Hausdame hat uns den Zugang verwehrt, daher haben wir hier gewartet«, rief einer der Schwarzgekleideten, wie um sich zu entschuldigen. Auch wenn der Ton nicht nach einer Entschuldigung klang.

Als Erstes erkannte Davide den Mann in Rot. Das hagere Gesicht mit der großen, schief gewachsenen Nase konnte nur Rotrobe Severgnini gehören, einem der drei gefürchteten Inquisitoren der Serenissima. Was um alles in der Welt …? Doch Davide konnte sich noch immer nicht vorstellen, was das alles zu bedeuten hatte.

»Ja, meine Dame ist allerdings resolut. Aber ich bitte Euch inständig, ihr Verhalten zu entschuldigen, handelt sie doch ganz nach meinen Anweisungen«, gab sich der Hausherr leutselig. »Darf ich Euch auf ein Glas Wein hereinbitten?«

Nun erkannte er auch die anderen beiden Inquisitoren. Der eine war ein älterer, unnahbarer Edelmann mit dem recht unpassenden Namen Gioia, der erst vor wenigen Jahren aus Verona nach Venedig gekommen war und sich bemerkenswert schnell die Gunst des städtischen Adels gesichert hatte; der andere Valentino Lucari, der gute Vale, ein alter Trinkkamerad, dessen noble Züge von schweren Pockennarben entstellt waren. Davide lächelte ihm zu. Valentino senkte den Blick.

»Ehrlich gesagt würden wir Euch gerne zu *uns* bitten«, sagte Severgnini bedächtig.

Valentino räusperte sich verlegen.

Davide blickte die Inquisitoren mit großen Augen an. Die Zeit schien sich zu verlangsamen. Eine Weile lang war es völlig still, nur das Gluckern der Wellen war zu hören, ein oder zwei Ruderschläge, knarrende Bootsplanken. *Mit zu ihnen?*, wunderte sich Davide. *Was wird hier gespielt?*

»Habe ich denn etwas ausgefressen? Mein Gewissen ist rein, jedenfalls wenn es sich um Anschuldigungen handelt, die das Erscheinen von Inquisitoren erfordern.«

»Nun, tatsächlich gibt es da ein paar … nennen wir es vorläufig *malintesi*, die es unabdingbar machen, dass Ihr uns in den Palazzo Ducale begleitet.« Severgnini schien sich seine Worte auf der Zunge zergehen zu lassen.

»Welche Anschuldigungen? Von wem?«

»Wir werden darüber am besten im Palazzo reden.« Gioia trat nun vor und gab sich betont kühl. Auch die Soldaten kamen näher heran.

»Ich bin überzeugt, dass sich alle Missverständnisse aufklären lassen«, sagte Davide mit trockenem Mund.

»Wir werden sehen. Brechen wir nun auf«, bestimmte Severgnini.

»Mit meiner oder …«

»Mit einer unserer Gondeln, wenn es beliebt.«

Ein überraschter Schrei drang vom Kanal her durch die Nacht. Veronica Bellini stand vor der Felze ihrer Gondel und blickte auf die vielen Männer. »Davide, was ist passiert?«, rief sie, noch bevor ihr Gondoliere, ein alter Kerl namens Bartolomeo, den Bug gedreht hatte. Er hielt Abstand, unschlüssig, ob er anlegen sollte oder nicht.

»Eine dringende geschäftliche Zusammenkunft.« Davide versuchte, so ruhig wie möglich zu klingen.

»Um diese Zeit? Mit *diesen* Herren?«, schnaubte Veronica verächtlich. Sie konnte schnell wütend werden, erst recht auf die selbstherrlichen *inquisitori*, die in der Stadt verhasst und gefürchtet waren. Veronica, die ganz unweiblich die Hände in die Hüften gestemmt hatte, fürchtete sich nicht. Auch wenn sie ebenso wie Davide wusste, dass mit den Inquisitoren nicht zu spaßen war, standen sie doch im ansonsten wohlverzahnten Machtgefüge Venedigs völlig neben und über den Dingen.

Rotrobe Severgnini teilte die Passagiere auf die Boote auf, Davide, die Inquisitoren und die Soldaten bestiegen die Gondeln. Einer der Gondolieri schob mit einem groben Fußtritt den Bug von Davides Gondel zur Seite, so dass nicht nur der Rumpf, sondern auch die Gondolieri ins Schwanken gerieten.

Da platzte auch Davide der Kragen. »Jetzt sieh dich aber

mal vor, mein junger Freund!«, drohte er dem Ruderer und erhob die Faust.

Der Angesprochene, noch mit pusteligen Pickeln im Gesicht, zuckte nur mit den Schultern und grinste.

Davide wollte noch etwas sagen, konnte sich aber beherrschen und schluckte seinen Ärger hinunter. Er musste jetzt konzentriert sein. Nachdenken. Welche Missverständnisse? Was warf man ihm vor? Wer könnte ihn denunziert haben? Hatte das alles mit seinem Palazzo zu tun? Doch was tat er dort Unrechtes? Mit verschränkten Armen nahm er vor der Felze Platz.

Die Boote zogen nur eine Armlänge an Veronicas Gondel vorbei. Davide warf ihr einen Blick zu. Veronicas fußlanger Mantel besaß nach der neuen Mode geschlitzte Ärmel, was den Männern sehr gefiel. Darunter verbargen sich ein Kleid und ein straff geschnürtes Mieder. Ihre Kothurnen, Schnürschuhe, die sich eng an die Füße schmiegten, waren mit einer hohen Holzsohle versehen. Die sonst so vollen, verführerischen Lippen kniff sie zusammen. Sie trug die Haare geflochten und am Hinterkopf hochgesteckt, an jeder Wange fiel spielerisch eine Locke herab. Das Haarnetz über ihrem schwarzen Haar war mit Gold und Edelsteinen bestickt, die im Licht der Sterne funkelten, von den Ohrläppchen verströmten Perlen ihr milchiges Licht.

Auch Veronica schien ebenso wenig wie er zu begreifen, was gespielt wurde. Die skurrile Prozession – die drei Inquisitoren in je einer Gondel voran, dahinter Davide, dahinter die Gondel mit zwei Ruderern und den drei Soldaten – bog nach Steuerbord auf den Canal Grande ein. Dort war noch das eine oder andere Boot unterwegs. Die Ruderer hielten allesamt inne und blickten der seltsamen Bootskarawane hinterher.

Alles kam Davide wie ein dunkler Traum vor, als hätten

sich die Maschen des Unwirklichen über ihn gelegt. Dann wieder fühlte er sich, als wäre er ein Zuschauer in einem Szenario, das ihn nichts anging.

Die Gondeln unterquerten die hölzerne Rialtobrücke und ließen zügig den Bogen des Canal Grande hinter sich. In den Palazzi flackerten die Öllampen lustig, Schatten prosteten einander zu, auf den Balkonen schaute man auf die Gondeln herab. Davide blickte nur auf die Rumpfplanken aus Tannenholz unter seinen Schuhen. Was passierte hier? Was wurde ihm vorgeworfen?

Die Gondolieri legten vor dem um diese Zeit menschenleeren Markusplatz an, schoben die Rümpfe ihrer Gondeln an die Anleger und vertäuten die Boote. Die Inquisitoren, Davide und die Soldaten schritten in Richtung Dogenpalast. Davide ging mit gesenktem Kopf. Er schämte sich, ohne zu wissen, wofür. Er hatte keinen Blick für die Scala dei Giganti, die Skulpturen, die Fresken, die Gemälde. Und ehe sich Davide, immer noch wie in einem Albtraum gefangen, versah, blieben die Inquisitoren zurück. Die Soldaten begleiteten ihn zu den *piombi*, den Bleikammern unter dem Dach des Palastes.

Als sich die Tür hinter ihm schloss, drehte Davide sich noch einmal protestierend um. Doch bevor er etwas sagen konnte, rief der Hauptmann: »Man wird Euch am Morgen anhören.«

Veronica atmete immer noch schwer, als die Gondel an ihrem Palazzo nicht weit vom Markusplatz anlegte. Sie war die Frau des Patriziers Riccardo Bellini. Riccardo hatte einen amorphen, beinahe konturlosen Körper und ein freundliches Gesicht mit hellen Augen. Doch was ihn beinahe in der ganzen Stadt bekannt machte, war sein ungewöhnlich volles, lockiges Haar von leuchtendem Rot, das über den Augenbrauen zu beginnen schien und eine Art zweiten Kopf bildete. Jeden Versuch der Zähmung hatte er längst aufgegeben, ja, er hatte sogar eingesehen, dass der lodernde Feuerkopf für ihn von Vorteil war, ein unverwechselbares Merkmal, auf das er mittlerweile regelrecht stolz war. Die Mähne erinnerte an einen Chow-Chow, jene Hunde mit buschigem Fell aus dem fernen China, die immer mal wieder von Orientalen zum Kauf angeboten wurden, und sie verlockte Kinder zu frechen Rufen. Im Karneval kam es hin und wieder vor, dass jemand ihn an den Haaren zog, weil er glaubte, es wäre eine Perücke, und der gutmütige Riccardo ließ es geschehen. Besonders prächtig war der Anblick seiner Mähne, wenn Riccardo aufrecht in seiner Gondel stand und sein Schopf wie eine Fahne im Fahrtwind hin- und herwogte.

Veronica stürmte an den verblüfften Bediensteten vorbei ins *piano nobile*, wo Riccardo schon an dem großen Holztisch mit der Platte aus Carrara-Marmor saß. Vor sich hatte er eine Karaffe Wein und eine gewaltige Schüssel mit *moeche*, Krebsen der Lagune, die kurz nach der Häutung eine weiche Schale hatten und deshalb, in Öl frittiert, im Ganzen gegessen werden konnten, mit Beinen und Scheren. Mit großem Vergnügen machte er sich gerade über die Schüssel her; ein Stofflatz schützte sein blütenweißes Hemd, von seinen Händen tropfte das Öl. Der Akt des Essens sah bei Riccardo nicht besonders appetitlich aus, aber das machte weder ihm noch Veronica etwas aus.

Riccardo war enorm reich. Dafür hatte der fleißige Vater gesorgt, der mit Tuch gehandelt hatte, aber auch Riccardo bewies im Umgang mit Ware und Händlern einiges Geschick. In Venedig war er hoch angesehen – auch das hatte er seiner Familie zu verdanken, deren Name sogar im Goldenen

Buch der Stadt stand. Mithin war Riccardo Mitglied des Großen Rats. Doch so glänzend er geschäftlich dastand, in privaten Dingen war die Sache etwas komplizierter. In den fünf Jahren ihrer Ehe hatten Veronica und Riccardo drei Mal miteinander geschlafen, und derzeit sah es nicht so aus, als stünde das vierte Mal unmittelbar oder auch nur mittelbar bevor. Die Ehe war kinderlos und würde es wohl auch bleiben, denn Riccardo war den Männern zugeneigt, wie die ganze Lagune wusste. Um sich gar nicht erst wegen seiner Neigung erpressen zu lassen, lebte er sie nach dem Tod seines gestrengen Vaters offen aus und ließ auch seiner Frau alle Freiheiten. Was in anderen Städten ein ungeheurer Skandal gewesen wäre, ja sogar Verbannung oder die Todesstrafe nach sich gezogen hätte, wurde in Venedig zumindest toleriert. Kein Wunder, da doch in den vier Monaten des Karnevals ohnehin die halbe Stadt übereinanderlag und von vielen Freigeistern kein Unterschied zwischen Mann und Frau gemacht wurde. *Wenn das der heilige Marco wüsste*, raunten zwar so manche Alte, doch in einer Stadt, die so sehr von Einfluss, Macht und Geld lebte, zählte die Meinung derer, die nur gelangweilt herumsaßen und ihren *chiacchiere* nachgingen, nicht viel.

»Davide ist verhaftet«, stieß Veronica hervor.

Riccardo blickte verblüfft auf. »Was meint Ihr?«

»Sie haben ihn mit in den Dogenpalast genommen.«

»Beruhigt Euch, es handelt sich sicher um ein Missverständnis.« Riccardo schnappte sich den nächsten Krebs.

»Es waren die Inquisitoren.«

Nun hielt Veronicas Ehemann inne. Davide und Riccardo hatten sich immer gut verstanden, vor allem seit Davide durch ein cleveres Dopplungsspiel im Würfeln den hilflosen Riccardo vor einem schmerzlichen Verlust bewahrt hatte. Riccardo konnte zudem seine Ehe formal weiterführen und wusste seine Frau, die er sehr mochte, in guten Händen. Ein Arrangement, das allen dreien zum Besten diente.

»Ihr wisst von nichts?«

»Nein, natürlich nicht.« Im Mundwinkel hing ihm eine Krebsschere, ein Anblick, den sie unter anderen Umständen höchst lustig gefunden hätte.

»Tut mir einen Gefallen, hört Euch gleich morgen bei Euren Freunden vom Großen Rat um.«

»Das werde ich tun. *Moeche?* Wirklich exzellent. Frisch vom Markt und zart.« Riccardo schob ihr die Schüssel entgegen.

Veronica wandte sich wortlos ab und ging in Richtung Schlafzimmer. Auf der Türschwelle drehte sie doch noch einmal um, kehrte zum Tisch zurück und schnappte sich einen frittierten Krebs.

Was geschah hier? Konnte das wahr sein? Davide sah fassungslos durch das winzige Guckloch der eisernen Tür dem Hauptmann und den beiden Soldaten hinterher, die sich entfernten. Eine leichte Panik stieg in ihm auf.

Er blickte sich um. Und sah, dass er nicht allein in der Zelle war, einem annähernd quadratischen Raum, der wohl zehn mal zehn Fuß maß und von einstmals weiß getünchtem, längst grauschwarz gewordenem Gemäuer umfasst war. Eine armdicke Kerze in einem geschmiedeten Gestell spendete etwas Licht; ihr Schein tanzte in den wenigen hell gebliebenen Resten des Kalkmörtels. Auf einem der drei Steinvorsprünge kauerte ein Mann. Die Brust unter seinem weißen Hemd, schon arg verdreckt und an mehreren Stellen gerissen, hob und senkte sich gleichmäßig. Auf dem Boden lag eine Stoffdecke und standen zwei Krüge, einer mit Wasser, einer für die Notdurft.

Davide näherte sich seinem Zellengenossen. Er war offenbar ein sehr alter Mann, der dichte Bart grau. Er schlief. Und schnarchte dabei so gleichmäßig, als wäre er auf einer Kur in den toskanischen Thermen.

Während Davide den selig Schlafenden betrachtete, kam ihm eine Idee, die ihn beruhigte. War er vielleicht das Opfer eines dieser derben Junggesellenscherze? Venezianische Adlige mit zu viel Geld hatten aus Langeweile schon die tollsten Dinge getrieben. Nicht selten war Davide mittendrin und an den Taten beteiligt gewesen. Einmal hatten sie den Kaufmannssohn Gradenigo tüchtig betrunken gemacht und ihn, als er in tiefen Schlummer gefallen war, bis auf das Unterwams ausgezogen, zum Rialtomarkt geschleift und dort gefesselt liegen gelassen. Er war erst aufgewacht, als der Markt schon in vollem Gange war und sich eine Menschentraube um ihn gebildet hatte. Es hieß, er sei so rot gewesen wie ein frisch gebrühter Taschenkrebs, und schwer zu sagen, ob die Röte in den Wangen von der Scham, vom vielen Wein im Blut oder von der empfindlichen Kälte an jenem Morgen herrührte.

Oder Cisalbo, dessen Gondel sie in der Nacht vor einer Ratssitzung mit Dutzenden Tauen so kunstvoll und fest am Anleger verknotet hatten, dass der gute Cisalbo und seine armen Gondolieri eine geschlagene Stunde brauchten, um das Boot freizulegen. Das hatte zu einer drastischen Verspätung bei der Ratssitzung geführt und hätte um ein Haar Cisalbos Ausschluss bedeutet. Ein anderes Mal hatten sie den Hauptgang des mürrischen Grattardi beim Empfang für den französischen König so gründlich mit Peperoncino eingerieben, dass dem armen Prokurator Tränen des Schmerzes aus den Augen liefen, während die Anwesenden Tränen lachten.

Solche derben Scherze wurden besonders gern an den

Geburtstagen der armen Opfer veranstaltet, und obgleich Davides Wiegenfest noch fern war, hielt er die Erklärung, dass es sich um einen gigantischen Jux handelte, für schlüssig. Valentino war ja auch dabei gewesen. Vielleicht hatte der alles eingefädelt, und morgen gäbe es die große Auflösung samt Wein und einem Festbankett.

Aber selbst wenn es Vorwürfe gegen ihn gab, wenn ihn ein Neider denunziert hatte: Was sollte ihm schon passieren? Dies war Venedig. *Seine* Stadt. Randvoll mit Freunden. Er hatte zu allen Institutionen hervorragende Kontakte, die noch sein Vater geknüpft hatte. Beim besten Willen konnte er sich nicht vorstellen, dass ihm jemand Übles wollte.

Die Inquisitoren waren eine recht neue Instanz in der jahrhundertealten Gewaltenteilung der Republik Venedig. Zwei von ihnen wurden für jeweils ein Jahr aus dem Rat der Zehn gewählt; sie waren in Schwarz gekleidet. Einer wurde vom Dogen selbst bestimmt und trug Rot. Ihre Aufgabe bestand vor allem darin, Strafen für die *nobili* auszusprechen, meist wegen Spionage oder Verrat. Und damit, da war sich Davide sicher, hatte er wirklich nichts am Hut.

Doch nun war es wohl an der Zeit, ein wenig zu schlafen. Wenn dieser alte Mann so friedlich schlummerte, dann konnte er es hoffentlich auch. Das Schnarchen wirkte nicht störend, sondern in seiner grenzenlosen Unbesorgtheit regelrecht einschläfernd. Davide wählte den Mauervorsprung auf der gegenüberliegenden Seite, zog das Hemd aus und wickelte sich in die Decke ein. Erst jetzt merkte er, wie warm es hier war. Da die neuen Gefängniszellen direkt unter dem Dach des Dogenpalastes lagen, würde man nicht nur im Sommer, sondern schon im Frühjahr hier mächtig schwitzen. Das allerdings würde kein Problem mehr für Davide darstellen. Also benutzte er die Decke als Laken, das Hemd als Kissen und legte sich auf den Rücken, betrachtete die flackernde

Kerze und ihren Widerschein in den Kanten und Fugen. An viele Stunden Schlaf war nicht zu denken, aber am Ende siegte sein Optimismus, und er nickte zwei Stunden vor Sonnenaufgang ein.

KAPITEL 2

Die Anklage

Die Engel sangen und strebten dem himmlischen Licht entgegen, das aus einer Wolkenlücke brach. Jacopo Robusti, genannt Tintoretto, hatte dem Saal erst im vergangenen Jahr mit seinen fünf Deckengemälden zu neuem Prunk verholfen. Weisheit, Verschwiegenheit und Gerechtigkeit sollten die allegorischen Bilder darstellen. Der gute Tintoretto, ein ebenso furioser Maler wie Trinker, mit dem Davide schon viele Becher geleert hatte. Ein enger Freund. Wenn das kein gutes Omen war! Unter seinen Bildern fühlte sich Davide plötzlich eigentümlich sicher. Der *Sala degli Inquisitori* lag im ersten Stockwerk des Dogenpalastes; eine Treppe führte direkt von den Bleikammern herab. Davide war von zwei Soldaten in den Raum geführt und zu einem schlichten Stuhl geleitet worden; danach ließen sie ihn allein.

Davide wartete und wartete. Das hielt er für ein gutes Zeichen: Allzu dringend schien seine Angelegenheit demnach nicht zu sein, es handelte sich sicher nur um eine verwaltungstechnische Feinheit und nicht um einen ernstlichen Vorwurf. Oder eben um einen Streich unter Freunden. Er hoffte, seine lustige Clique würde jeden Augenblick hereinstürmen. Endlich – es mochte eine Stunde vergangen sein – erschienen die Herren Severgnini, Gioia und Lucari wie am Vorabend in einer roten und zwei schwarzen Roben. Sie würdigten Davide keines Blickes, als sie den Saal betraten. Auch die Soldaten kamen wieder herein und flankierten Davide.

So prächtig dieser Raum sich auch ausnahm, so merkwürdig war die Sitzbank der Inquisitoren geschnitzt. Ganz eng mussten die drei hohen Herren auf einer wahrlich streng gezimmerten, dreigeteilten Bank mit viel zu hoch ausgeführten, nicht gerade kommoden Armlehnen hocken; offenbar hatte der Schreiner damit die Geschlossenheit der Entscheidungsfindung ausdrücken wollen. Umständlich zwängten sich die hohen Herren auf ihre Plätze, falteten mehrmals ihre Roben, standen auf und setzten sich unter Räuspern erneut. Es sah doch allzu komisch aus. Davide erwartete, dass jeden Augenblick die Fanfare ertönen und das Schauspiel zur groß angelegten Posse erklären würde. Und wer immer dahintersteckte, sollte es tüchtig büßen, schwor er, jetzt beinahe heiter gestimmt. Er rang sich sogar ein Lächeln ab. Niemand grüßte Davide, also schwieg auch er.

Severgnini räusperte sich ein weiteres Mal und breitete umständlich einige Papiere vor sich aus. »Aus großem Respekt vor Eurem Vater, der viel für die Republik getan hat, steht Ihr hier vor uns Inquisitoren. Das bringt Euch um die Schmach eines öffentlichen Prozesses.«

Die Worte trafen Davide wie heißes Pech. Doch die Unverschämtheit, die darin lag, bewirkte, dass es ihm jetzt zu viel wurde. Er sprang auf. »Die Schmach eines öffentlichen Prozesses? Ich bin mir keiner Schuld bewusst und habe ein gänzlich reines Gewissen«, gab er wütend zurück.

»Darf ich Euch bitten, dass Ihr Euch setzt? Es wird wohl ein längerer Tag für uns alle werden«, beruhigte ihn sein Freund Valentino Lucari, allerdings ohne aufzublicken.

Er sprach nicht als Freund zu ihm, ließ keine Verbundenheit ahnen. War es nur der Förmlichkeit des Anlasses geschuldet? Davide setzte sich, nun auf eine bemerkenswerte Art ruhig.

»Große Worte, Herr Venier. Uns liegen leider schwere Anschuldigungen vor«, mischte sich nun Gioia ein.

Davide fiel auf: Noch immer hatte keiner der Inquisitoren ihm in die Augen geschaut. »Welche Anschuldigungen sollen das sein?«

Wieder raschelte Severgnini fleißig mit den vor ihm liegenden Papieren; es schien sich um eine zwanghafte Geste zu handeln. »Nun, da wären …«

Und mit diesen Worten begann der Albtraum, der so düster war, dass Davide auch Jahre später sich kaum noch an irgendwelche Einzelheiten erinnern konnte. Die Vorwürfe lauteten auf Hehlerei, Unterschlagung, Betrug, Kuppelei und noch einiges Schlimmes mehr. Dutzende von Zeugen erschienen, die alle von den Soldaten hereingeführt wurden und hinter Davide Aufstellung zu nehmen hatten. Davide musste sich jedes Mal mühsam umdrehen.

Als Erster kam Andretti herein, der verschlagene Römer, der aussagte, dass ihm auf Davides Geheiß Dirnen zugeführt worden seien, die ihm auch noch, als er allzu tief in den Weinbecher geschaut hatte, mehr Dukaten als vereinbart abgeknöpft hätten. Davide war sprachlos, begehrte auf, wurde von den Soldaten zurück auf seinen Sitz gedrückt. Weiterhin traten Händler ein, die Davide noch nie zuvor gesehen hatte. Sie berichteten davon, übervorteilt worden zu sein, von ausstehenden Zahlungen, gar von Raub und Erpressung. Männer, die Davide nur vom Sehen kannte, erzählten von Kuppelei, von Orgien, und das in Einzelheiten, die selbst einen Lebemann wie Davide, der schon alles gesehen zu haben glaubte, erstaunten. Der dicke Kaufmann Barbatto mit den unansehnlichen roten Flecken im Gesicht warf ihm vor, sein Dienstmädchen unsittlich berührt und sogar dem jungen Koch nachgestellt zu haben.

Es war eine wohldurchdachte Dramaturgie, denn mit jedem Zeugen wurden die Vorwürfe heftiger, schwerwiegender. Das Herz schlug Davide bis in die Kehle, die Wut ließ ihn rot anlaufen, ihm blieb regelrecht die Luft weg. Doch irgendwann stellte sich, wie zu Beginn des Prozesses, eine eigentümliche Ruhe ein. Davide war, wie viele *nobili*, ein begeisterter Spieler. Und hier hielt er eindeutig ein ganz schlechtes Blatt in der Hand. Die einzige Chance bestand im Abwarten. Bislang hatte er Pech, doch irgendwann musste sein Trumpf kommen.

Nach einer schier endlosen Zahl von Zeugen, die unbeschreibliche Vorwürfe gegen ihn vorbrachten, wandte sich Severgnini endlich an den Angeklagten. »Was habt Ihr zu all den Vorwürfen zu sagen?«

»Ändert denn meine Meinung etwas?«, entgegnete Davide sarkastisch.

»Ich erinnere Euch nochmals daran, dass Ihr eine privilegierte Verhandlung genießt. Wir sind nicht Eure Ankläger, aber auch nicht Eure Verteidiger. Wir fungieren als Richter«, lächelte Severgnini, der es allzu offensichtlich genoss, Herr über das Schicksal anderer zu sein.

Je mehr Fausthiebe kamen, desto zäher wurde Davide. Die dunkle Wolke um ihn herum wurde immer dichter, schloss ihn in seiner Verzweiflung ein, und irgendwann war die Düsternis einfach nicht mehr steigerbar. Er spürte jetzt eher seinen Hunger und seinen Harndrang. Geradezu fatalistisch fügte er sich in das, was nun kommen würde.

Der vorläufige Höhepunkt der offensichtlichen Posse war der Auftritt seines Kochs Rigoberto, der zwar verlegen stotterte, aber doch abstruse Beschuldigungen über nicht geflossene Zahlungen vorbrachte; auch habe Davide ihm mit Denunziation gedroht und ihn mit vielerlei perfiden Mitteln erpresst. Doch was jetzt folgte, traf ihn wie ein Schlag in die Magengrube. Als Zeuge trat nun Enrico auf, sein treuer Gondoliere, der schon seinen Vater durch die Kanäle gesteuert hatte. Auch er war verlegen, verlagerte sein Gewicht von einem Bein aufs andere. Und brachte dann stockend hervor, wie er Davide zu konspirativen Treffen im Fontego dei Turchi gefahren habe, wo sein Herr nächtelang mit den Osmanen palavert habe. Was genau dort besprochen worden sei, wisse er zwar nicht, aber es sei ihm immer sehr verdächtig vorgekommen, weil sein Herr stets bemüht war, zu den Treffen möglichst unauffällig zu fahren, über Nebenkanäle und nur nach Einbruch der Dunkelheit oder bei dichtem Nebel.

Der Beschuldigte hielt den Kopf in den Händen. Was hier passierte, war mit dem Verstand einfach nicht mehr zu fassen.

Doch als Davide glaubte, dass all sein Unglück unmöglich noch zu steigern wäre, wurde der letzte Zeuge aufgerufen. Es war der feiste Andrea. Hoch erhobenen Hauptes stand er hinter dem nun völlig niedergeschmetterten Davide und berichtete mit fester Stimme und flüssig im Vortrag von den unglaublichsten Vorkommnissen im Palazzo, von schlimmsten Orgien und Kinderschändungen. Nur aus Angst vor der furchtbaren Rache des Herrn Venier habe er so lange geschwiegen, könne nun aber nicht länger an sich halten und Schuld auf sich laden.

Wenn er noch einen Funken Hoffnung gehabt hatte, dann war dieser nun endgültig erloschen. Ratlos und hilflos sackte Davide auf seinem Stuhl zusammen, die Wut hatte ihn ebenso verlassen wie der Mut.

Die drei Inquisitoren zogen sich, nachdem sie sich umständlich erhoben hatten, zur Beratung zurück und betraten nach nur wenigen Minuten wieder den Saal. Erneut begaben sie sich zu ihrer engen Sitzreihe, doch diesmal ersparten sie sich die eher unwürdige Prozedur des Platznehmens und blieben für die Urteilsverkündung lieber stehen.

»Im Einzelnen lässt sich Euch wenig nachweisen«, sprach Severgnini, »und wohl sind uns die Verdienste Eures Vaters und auch dessen Vaters um die Republik Venedig bewusst.

Aber die Summe der Vorwürfe, von einfachen Menschen wie von hochgestellten Persönlichkeiten vorgebracht, wiegt allzu schwer für einen *nobile*. Daher fällen wir einstimmig folgendes Urteil: Ihr habt zehn Jahre lang kein Recht, an dem gesellschaftlichen Leben teilzunehmen.«

Das, so wusste Davide, hieß bei den Urteilen der Inquisitoren nichts anderes als Kerkerhaft.

»Euer gesamter Besitz und Euer Vermögen werden eingezogen und von einer von uns zu bestimmenden Vertrauensperson treuhänderisch zum Wohle der Serenissima Repubblica di San Marco verwaltet.«

Und das hieß nichts anderes als eine vollständige, unwiderrufliche Enteignung.

Davide war am Ende.

KAPITEL 3

Die Haft

Der Weg hinauf zu den Bleikammern betrug nur wenige Schritte, doch Davide kamen sie vor wie zehn Meilen. Er wankte wie ein Betrunkener. Nach und nach erfasste er das volle Ausmaß des Urteilsspruchs. Zehn Jahre. *Zehn Jahre!* Sein Leben wäre nach der Freilassung vorbei, er hätte keinerlei Mittel mehr und würde als Bettler sein Leben fristen. Seine Freunde würden sich von ihm abwenden. Alles, was ihm blieb, war sein nacktes Leben. Und was für ein Leben sollte das sein, erst im Kerker und dann in der Gosse?

Als die schwere Eisentür hinter ihm ins Schloss fiel, war der Knall so ohrenbetäubend wie ein Musketenschuss. So fühlte es sich also an, das Ende. Unschlüssig und wie benommen stand er im Raum, bis er merkte, dass sein Zellengenosse wach war und mit dem Rücken zu ihm im Schneidersitz auf dem Fußboden saß.

»Ah, da seid Ihr ja, Herr.« Der Mann drehte sich um, und sein Mund unter dem vollen grauen Bart verzog sich zu einem Lächeln. Davide freute sich über das aufrichtige Empfinden, das erste, das er seit vielen Stunden erlebt hatte. Dann lachte er bitter auf. »Nenn mich nicht Herr. Ich bin am Ende und so arm wie du.«

»Nun setzt Euch schon. Mein Name ist Hasan.«

Verwirrt nahm Davide Platz. Vor dem Mann, der, wie Davide nun bemerkte, gar nicht so alt war, wie es auf den ersten Blick den Anschein hatte, stand ein Schachspiel. Die großen schwarzen Augen blitzten listig, das lockige Haar wuchs dicht und umrahmte den Kopf vollständig. Hasan war außergewöhnlich klein, das fiel selbst im Sitzen auf, aber nicht verwachsen, sondern gesund und kräftig.

»Bevorzugt Ihr Weiß oder Schwarz?« Seine Stimme war tief und voll, mit einem nur leichten orientalischen Akzent.

»Äh, nun ...« Davide ließ den Kopf sinken.

»Oder wollt Ihr über den Prozess reden und Eure unzweifelhafte Unschuld beichten, wie alle hier?«

Davide seufzte. »Die Welt hat sich gegen mich verschworen.« Und endlich brach es aus ihm heraus. Er berichtete seinem Zellengenossen von den haarsträubenden Aussagen nicht nur von ihm völlig Unbekannten, sondern vor allem von langjährigen Weggefährten. Was für ein Verrat ungeheuren Ausmaßes! Beim Erzählen wurde ihm die gesamte Tragweite der Verschwörung erst richtig bewusst, und ihm liefen zum ersten Mal seit seiner Kindheit Tränen über die Wangen. »Was rätst du mir also?«, fragte er seinen Zellengenossen.

Hasan zuckte mit den Schultern und blickte auf das Schachspiel, dessen Boden aus hell-dunkel gefärbtem Leinen bestand. Die Figuren dagegen waren mit einer beachtlichen Liebe zum Detail aus Holz geschnitzt. »An Eurer Stelle würde ich Weiß wählen. Es ist immer gut, die Initiative zu haben.«

Empört sprang Davide auf. »Bist du toll, Mann? Hast du nicht gehört, dass man mich soeben in die Gosse gestürzt, mir meine Freiheit genommen hat, mein Leben – und meine Liebe?« Jetzt erst, während er so erregt sprach, fiel ihm Veronica ein, mit unvergleichlicher Wucht kehrten die Gedanken an sie zurück. Er hatte die Erinnerung an sie bislang in einem anderen Teil seiner Seele aufbewahrt, so als wollte er nicht, dass Veronica mit dem gleichen Dreck beworfen wurde, welcher ihn in den letzten Stunden getroffen hatte. Was würde aus ihr und ihm werden? Glaubte sie den Vorwürfen? Würde auch sie ihn verstoßen? Würde er sie je wiedersehen?

Hasan gab sich ungerührt. »Nun setzt Euch wieder, Herr. Auch zehn Jahre wollen herumgebracht werden.«

War dieser Mann verrückt? Hatte ihn die Haft seines Verstandes beraubt? Andererseits war Davide ob der Gelassenheit seines Zellengenossen zu verblüfft, um allzu lang darüber nachzudenken. Mit vor Wut und Verzweiflung immer noch klopfendem Herzen nahm er schließlich im Schneidersitz auf dem Fußboden Platz. Das war ihm zu unbequem, also faltete er aus seiner Decke eine gemütlichere Sitzgelegenheit.

Nach zwölf Zügen war Davide, der die weißen Figuren führte, schachmatt. Er fegte mit der Hand die Figuren vom leinernen Spielfeld.

Sie war unruhig, trippelte nervös auf und ab, kaute an den Fingernägeln. So kannte sie sich selbst nicht. Aber etwas so Unerhörtes hatte Veronica noch nie erlebt. Das war ja die reinste Willkür! Und das in ihrem geliebten Venedig! Wie wagten es diese Inquisitoren, diese verfluchten *babì*, Gespenster, einen unbescholtenen Bürger in der Nacht abzuholen wie einen gemeinen Dieb? Davides Vater hatte mehr zum Wohl der Stadt getan als die Familien der drei Inquisitoren zusammen.

Doch dann beruhigte sie sich wieder. Ein Missverständnis, ganz sicher. Eine Verwechslung. Eine Denunziation, die sich bestimmt bald als Irrtum erwies. Bald würde sie es wissen. Bald würde ihr Mann von der Sitzung kommen. Ja, vielleicht würde er sogar als besondere Überraschung Davide mitbringen, man würde gemeinsam speisen und über das Erlebte schon wieder lachen können!

Endlich, draußen war es beinahe dunkel, hörte sie seine Schritte auf der Treppe. Sie rannte ihm entgegen.

Riccardo legte mithilfe seines Dieners, der gerade die Kerzen angezündet hatte, den Tabarro ab. Bevor seine Frau etwas sagen konnte, hob er müde die Hand. »Er ist bereits verurteilt.«

Veronicas schöne Augen weiteten sich. »Wie bitte? Was? Wie kann das sein? Das ist doch nicht möglich!«

»Zehn Jahre.«

Die Nachricht traf Veronica mit solcher Wucht, dass sie der Ohnmacht nah war. Sie bekam einen trockenen Mund, konnte kaum noch schlucken und brachte nur ein heiseres, entsetztes Krächzen hervor. Sie ließ sich auf die Treppenstufen sinken und hielt den Kopf in den Händen.

Riccardo erzählte ihr in seiner behutsamen und leisen Art, wie sich der Prozess zugetragen hatte. So, wie man es ihm berichtet hatte, da er nicht dabei gewesen war, handelte es sich doch um einen Prozess der Inquisitoren, die nicht dem Großen Rat unterstellt waren.

Doch auch im Großen Rat war wie in ganz Venedig der Prozess Gesprächsthema Nummer eins. Er hatte alle Ingredienzen, um Venedigs Gerüchteküche anzuheizen. Einen jungen, reichen Mann. Aus bestem Hause. Mit besten Beziehungen. Einen verruchten Palazzo. Eine geheime Liebschaft. Die schier grenzenlose Macht der gefürchteten Inquisitoren.

Ein Diener brachte Wein ins Treppenhaus, ein anderer zündete die übrigen Kerzen an und bereitete dann das *piano nobile* für den Abend vor. Auf Zehenspitzen und etwas unbeholfen schob er sich an Veronica vorbei.

Riccardo leerte sein Glas, Veronica blickte nicht einmal auf. Der Diener stellte das Glas neben ihr auf der Stufe ab.

Plötzlich kam Leben in Veronica. Ihre Verzweiflung verwandelte sich in Energie. Sie sprang auf und bestürmte ihren Mann mit tausend Fragen. Wie lautete die Anklage? Wer waren die Zeugen? Wie ging es Davide, wurde er gefoltert?

Riccardo antwortete bedächtig und einsilbig.

Diese Ruhe im Sturm, die sie immer so sehr an ihrem Mann geschätzt hatte, brachte Veronica nun vollends aus der Fassung. Wütend stürzte sie an ihm vorbei nach draußen, blickte auf den Kanal und die verdutzten Gondolieri, die sofort aufsprangen und sich zur Ausfahrt bereit machten. Doch Veronica winkte ab. Sie blieb eine Weile vor der Tür stehen und hoffte, dass der kühle Wind ihre Gedanken ordnen würde. Es nieselte, doch sie spürte es nicht.

Nach einer kleinen Ewigkeit – es war längst dunkel geworden – ging sie wieder hinein. Das Haar hing nass an ihr herab, Tropfen fielen auf den Marmorboden. Beinahe stolperte sie über das Glas Wein, das immer noch auf der Treppe stand. Sie nahm es mit nach oben, setzte sich an den Tisch, an dem die Kerzen noch brannten. Ihr Mann hatte sich bereits in sein Schlafgemach zurückgezogen.

Einer der Diener kam herbeigeeilt, doch Veronica wollte nichts mehr essen. Langsam trank sie das Glas aus – es war ein süßlicher, leicht moussierender Wein. Obwohl es in ihr immer noch loderte, war ihr Kopf wieder kühl und klar. Auf sie kam es jetzt an. Sie legte sich einen Plan zurecht.

Auch die Gedanken des sonst so gelassenen Riccardo kamen in dieser Nacht nicht zur Ruhe. Er fürchtete sich, vielleicht zum ersten Mal in seinem Leben. Seine gefährliche homophile Neigung, die Beziehung zu einem anderen Ratsmitglied und die neue Liebschaft mit einem neunzehnjährigen Fischer, einem jungen Mann, der gebaut war wie eine antike Statue und dessen Haut wie Bronze schimmerte: Würde er künftig besser aufpassen müssen, wenn er seinen roten Schopf an die ganz und gar unbehaarte Brust des jungen Fischers legte? Was passierte hinter den gold glitzernden Kulissen der altehrwürdigen Serenissima? Wenn es Davide Venier getroffen hatte, dann könnte es bald jeden treffen. Würde gar er der Nächste sein?

Die nächsten Tage schlief Davide nicht, sondern durchlebte alle Arten von Gemütsschwankungen: Hoffnung wechselte sich ab mit Mutlosigkeit, Raserei mit Niedergeschlagenheit, Stolz und Selbstvertrauen mit abgrundtiefen Zweifeln. Er überlegte ernsthaft, ob er nicht vielleicht doch schuldig war – und ob er sich diesem furchtbaren, geradezu Dante'schen Höllenkreis nicht durch Suizid entziehen sollte, etwa durch die Verweigerung der Nahrungsaufnahme. Das Essen bestand ohnehin nur aus alter Polenta mit etwas Fisch- oder Fleischresten, dazu einem Krug Wasser, da fiele ein Verzicht nicht allzu schwer.

Doch Davide aß. Das karge Essen stillte den Hunger nicht, sondern verewigte ihn gewissermaßen. Das Gefühl von Sättigung schien für immer aus seinem Magen verbannt.

Hasan dagegen verbrachte die meiste Zeit im Liegen. Ab und zu blickte er auf den unruhigen Davide, der Tag und Nacht in der Zelle auf und ab ging, mit sich selbst sprach, die nackten, feuchten Wände abtastete, als gäbe es ein Entkommen aus ihnen, und mit den Wachsoldaten zu reden versuchte, die jedoch nur stumm den Kopf schüttelten.

Ein einziges Mal pro Woche, jeden Dienstag, *martedì*, hatten sie am Abend, wenn der Dogenpalast verwaist war, Ausgang. Um einmal ordentlich auszulüften, wie die Soldaten witzelten. Die *nobili* aus den *piombi* unter dem Dach wurden zusammen mit den gemeinen Verbrechern aus den *pozzi* tief unten im modrigen Erdgeschoss an die frische Luft geschickt. Davide empfand diese Stunde wie ein Geschenk, obwohl die Rückkehr in die Zelle ihn jedes Mal mehr deprimierte.

Beim vierten *martedì* passierte es: Davide spazierte stumm neben Hasan. Plötzlich baute sich ein vierschrötiger Bursche vor ihm auf, lächelte ihn mit seinen braunen Zähnen an und schlug ihm ohne Vorwarnung mit voller Wucht in den Magen. Davide krümmte sich und ging zu Boden. Ein Fußtritt verfehlte seine Schläfe nur knapp, ein zweiter Fußtritt reichte, um ihn bewusstlos zu machen.

Als er wieder in der Zelle erwachte, war Hasan mit einem nassen Lappen über ihm und tupfte ihm die Stirn. »Das …«, stammelte Davide, »das ist hoffentlich nicht dein Waschtuch für den Toilettengang.«

»Ich sehe, Ihr habt Euren Humor nicht verloren, Herr.«

Davide richtete sich auf. Der Schädel brummte ihm wie nach einer durchzechten Nacht. »Was um Himmels willen ist mit mir geschehen?«

Da erzählte Hasan ihm von den rauen Ritualen im Gefängnis, von den Machtspielchen zwischen *pozzi* und *piombi*, der Unter- und der Oberschicht, von der Befriedigung des Abschaums der Gesellschaft, den *nobili* eins auszuwischen, von den Triumphen darüber, unter den Letzten der Erste zu sein.

»Aber warum das alles?«

»Ihr seid jetzt in einer anderen Welt, Herr. Hier herrschen andere Gesetze. Es gibt zwei Gruppen von Gefangenen, und jeder versucht, der König seiner Gruppe zu werden. Ganz wie im echten Leben.«

»Verrate mir eines, bevor du weitersprichst: Wenn du mich ›Herr‹ nennst, warum bist du dann in den Bleikammern, oben bei mir?«

Hasan legte das Tuch zur Seite und blickte in die Ferne. »Wisst Ihr, auch ich war einst ein feiner Herr. Nicht aus Venedig, wie Ihr sicher längst erraten habt. Meine Eltern waren Seidenhändler aus Samarkand, ich wurde jedoch in Istanbul geboren. Auch mir wurde mein Leben geraubt, und ich sitze hier schon seit zwei Jahren fest. Doch Ihr, Herr, Ihr seid jung, Ihr seid reich ...«

»Ich *war* reich«, korrigierte Davide.

»Sie werden Euch immer und immer wieder herausfordern. Es ist wie ein Spiel, aber eins, das richtig wehtut. Ihr könnt Euch verprügeln lassen. Oder Ihr könnt lernen, Euch zu verteidigen.«

Davides Augen flackerten auf. »Ich werde lernen. Aber wie?«

»Das überlasst ganz mir.«

»Warum bist du so freundlich zu mir, Hasan?«

»Das Schicksal hat uns zusammengeführt. Ich glaube an das Schicksal, mehr noch als an meinen Gott und seinen Propheten. Welcher zwar ein anderer ist als Euer Gott und Euer Prophet, doch am Ende sind wir allesamt arme Sünderlein.«

»Was kann ich also tun?«

»Nun, als Erstes bitte ich Euch, Euch zu erheben.«

Davide stand auf, fühlte sich aber noch ein wenig wacklig auf den Beinen.

»Hört nun zu, Herr. In meiner Jugend war ich ein recht erfolgreicher Faustkämpfer. Hätte ich Eure Statur besessen, wäre ich wohl einer der Besten des gesamten Ostens gewesen. Macht nun eine Faust.«

Davide ballte die Hände zu Fäusten.

»Und jetzt hoch mit den Fäusten vors Antlitz.«

Davide nahm die Fäuste hoch.

Hasan umrundete ihn nachdenklich. »Ihr seid groß, Herr.

Das ist ein Vorteil. Ihr müsst mit der Dame tanzen, die Ihr zum Ball geleitet habt.«

»Du sprichst in Rätseln. Was soll das heißen?«

»Ihr müsst Eure Stärken im Kampf ausspielen. Ihr seid größer als alle hier. Also muss eine gute Führhand Eure Waffe sein. Damit haltet Ihr Euch jeden Angreifer vom Leib. Und steht nicht so offen da wie ein Korb Sardinen, Herr!«

»Ich verstehe schon wieder nicht.«

»Ihr müsst, mit Verlaub, Eure Organe und Glieder schützen. Setzt das linke Bein vor.«

Und so begannen Davides tägliche Übungen, die ihn in den nächsten Wochen von einem gutherzigen Edelmann zu einem agilen, gefährlichen Gegner für jeden Mann aus den *pozzi* machen sollten.

Am Vormittag schulte Hasan ihn in der Boxtechnik mit Führ- und Hinterhand, dann folgten Ringer- und Würgegriffe sowie Ellbogen-, Fuß- und Kniestöße. Am Nachmittag standen Liegestütze und Kniebeugen auf dem Programm. Am ersten Tag schaffte Davide fünfundzwanzig Kniebeugen und zehn Liegestütze, doch er steigerte sich schnell. In die Mauern ritzte er seine neuen täglichen Bestleistungen, die ihm eine große Befriedigung in seinem sonst so trostlosen Dasein waren. Nach einem Monat schaffte er zum ersten Mal einhundert Liegestütze und lachte Hasan an.

Am nächsten Tag setzte sich Hasan auf seine Schulterblätter. Auch bei den Kniebeugen musste er bald den guten Hasan Huckepack nehmen.

Eines Tages baute sich Hasan vor Davide auf, die Hände hinter dem Rücken verschränkt. »Und jetzt, mein Herr, schlagt zu!«

Davide glaubte, sich verhört zu haben.

»Nun schlagt schon zu, so hart Ihr könnt.« Hasan stand noch immer direkt vor ihm, ohne jede Deckung.

Davide hob die Arme, ballte die Hände zu Fäusten und ließ ein paar zaghafte Schläge folgen, denen Hasan geschmeidig auswich.

»Nein, Herr, schlagt richtig zu. So hart und schnell Ihr könnt.«

Davide ließ die Fäuste sinken. »Ich werde dich verletzen! Das kannst du nicht wollen!«

Hasan kicherte. »Nun ziert Euch nicht!«

Davide nahm wieder seine Kampfposition ein und schlug zu. Doch seine Faust traf ins Nichts. Hasan, der immer noch kicherte, hatte den Kopf mühelos zur Seite genommen. Davide schlug erneut zu, doch wieder bewegte er nur die feucht-warme Luft in der Zelle.

»Das wahre Geheimnis guter Faustkämpfer ist nicht die Güte und Genauigkeit ihrer Schläge, sondern die Güte der Meidbewegungen«, dozierte Hasan, und auch diese wurden von nun an fleißig trainiert: Pendeln mit dem Kopf, Wegtauchen, das Zurückweichen aus dem Rumpf.

»Noch ein Rat, Herr. Jeder Kämpfer kündigt seinen Schlag unbewusst an. Bei fast allen weiten sich die Augen, erfahrenere Schläger heben ein wenig die Schulter der Schlaghand an. Lernt, auf diese Zeichen zu achten, und lernt vor allem, Euch nicht solchermaßen zu verraten, sondern mit großer Gelassenheit zuzuschlagen.«

KAPITEL 4

Die Methoden der Portugiesin

E s ist so weit, es ist so weit!« Bibiana stürmte mit kleinen, energischen Schritten die Treppe hinauf.

Veronica stürzte ihr entgegen. »Wirklich? Fahren wir gleich los!« Sie warf sich ihren roten Umhang über.

Bibiana Ribeiro war die Tochter eines portugiesischen Vizeadmirals und einer venezianischen Kaufmannstochter, hatte eine olivbraune Haut, aber überraschend blondes Haar, welches sie entgegen der Mode recht kurz trug und selten flocht. Überhaupt scherte sie sich wenig um Mode. Oder um das, was die Leute dachten. Ihre Augen waren groß und dunkel, ihr Mund schien immer etwas spöttisch zu lächeln.

Bibiana war Veronica Bellinis beste Freundin, schon seit der Kindheit. Und nun tat sie ihrer besten Freundin einen großen Gefallen: Sie hatte sich seit geraumer Zeit an den Inquisitor Severgnini gehängt, mit dem sie vor vielen Jahren eine kurze Affäre gehabt hatte. Daher kannte sie ihn und seine geheimen Vorlieben gut. Severgnini wusste alles über den Prozess, die Verurteilung, vielleicht auch über Hintermänner. Schließlich hatte er die Verhandlung geführt und das Urteil verkündet.

Die lebenslustige Portugiesin und die schöne Venezianerin – sie boten einen bezaubernden Anblick, wie sie in der Nachmittagssonne vor der Felze standen und von Bartolomeo am Heck und seinem Gehilfen am Bug mit ordentlicher Geschwindigkeit durch die Kanäle gerudert wurden. Zwar wagte niemand, ihnen etwas nachzurufen, aber die Blicke blieben lange an ihnen haften. Das weite, luftige Kleid aus weißer Seide, das Bibiana trug, flatterte im Fahrtwind und betonte ihre Rundungen. Mit ihrem exotischen Aussehen und ihrer unbekümmerten Art war sie ohnehin in der ganzen Stadt bekannt.

Die Gondel teilte das brackige Wasser, und Bibiana nahm Veronica bei der Hand. Wie immer, wenn Bibiana in ihrer Nähe war, fühlte Veronica sich ungeheuer lebendig, berstend vor Energie. Nichts konnte ihr zustoßen, und mit Bibiana würde sie sicher eine Möglichkeit finden, das Komplott gegen Davide aufzuklären.

Bibiana lebte vom Vermögen ihrer Familie und legte es auf bestmögliche Weise an: nämlich in ihr Vergnügen und das ihrer Freunde. Sie aß und trank gern und viel, und dass sie dabei ihre schlanke Silhouette bewahrte, verdankte sie wohl ihrem portugiesischen Blut. Beim Karneval war sie stets die Letzte, die ein Fest verließ. Und selten ging sie, ob Karneval oder nicht, allein nach Hause. Was ihre körperlichen Begierden betraf, war sie flexibel. Ein wenig schade fand sie es, dass Veronica so gar nicht auf ein kleines Abenteuer mit ihr aus war. Als Freundin wollte sie sie jedenfalls nicht missen.

Auch Veronica liebte es, zusammen mit Bibiana durch Venedig zu streifen, auf Festen aufzutauchen, bei steifen Abendessen heimlich über den biederen Gastgeber zu lachen. Es war immer aufregend mit Bibi, wie Bibiana von allen gerufen wurde. Und jetzt war es etwas ganz Besonderes.

Bibi hatte von Davides Prozess und dem harten Urteil gegen ihn natürlich erfahren und brannte darauf, der Sache auf den Grund zu gehen. Dass sie dabei so spielerisch vorging wie bei der Suche nach dem besten Karnevalsdiner am *martedì grasso*, empfand Veronica als Erleichterung.

Graue Wolken schoben sich vor die Nachmittagssonne, es

wurde merklich kühler. Veronica fror ein wenig, doch sie war zu aufgeregt, um sich in die Felze zu setzen. Sie rückte enger an Bibiana heran.

»Wir sind da«, rief die Portugiesin schließlich. »Du wirst dich wundern, bei was wir den alten Schmutzfink erwischen.« Sie wies die Gondolieri an, vor einem Palazzo in Cannaregio am Rio di San Giobbe zu halten. Der Putz blätterte von dem vierstöckigen Haus schon ab. Hinter einigen der Fenster flackerte Kerzenlicht. »Schnell, schnell!« Bibiana sprang aus der Gondel und klopfte an die Tür, die im Gegensatz zum Palazzo ganz neu schien. Veronica, die ihrer Freundin nachgeeilt war, bemerkte den Duft des frischen Holzes.

Eine Frau, wie Veronica sie noch nie gesehen hatte, öffnete ihnen. Ihre Lippen waren knallrot und so übertrieben geschminkt, dass der Mund fast doppelt so groß wirkte, ihre schwarzen Augen dick mit schwarzer Farbe ummalt, die Wangen von weißlichem Puder bedeckt, die Augenbrauen mehrfach nachgezogen. Bei so viel Farbe im Gesicht war es unmöglich auszumachen, ob es sich um eine Europäerin oder eine Berberin handelte. Ihr Haar trug sie unter einem bunt gemusterten Stofftuch verborgen.

»Ist er schon da?«, flüsterte Bibiana.

»Nein, aber er kommt gleich. Schnell, rein mit euch«, sagte die Frau. Ihre Stimme war so tief wie die eines Mannes. Mit einer Handbewegung drängte sie zur Eile, wobei ihre unglaublich langen, spitzen Fingernägel und eine Art Tätowierung auf der Hand zum Vorschein kamen.

Flink lief Bibiana die Treppe empor, vier Stockwerke, bis ganz nach oben. Veronica folgte ihr. Das oberste Stockwerk war leer und schien immer unbewohnt gewesen zu sein.

Keuchend hockten sich die beiden Frauen auf den staubigen Dielenboden. Das Licht, das durch die schmalen Fenster fiel, wurde schwächer. Veronica musste in diesem Augenblick an eine Geschichte denken, die ihr Vater ihr immer erzählt hatte. Dabei hatte er auf die oberste, schmale Fensterfront eines Palazzos gedeutet und gesagt, dass dort oben Zwerge wohnten, in winzigen, niedrigen Kammern, die für sie aber völlig ausreichten. Sie halfen den Bediensteten der hohen Herren bei der Hausarbeit. Das meiste erledigten sie nachts, wenn ihre adligen Herren schliefen. Veronica hatte ihrem Vater diese Geschichte lange geglaubt, und als sie ihr nun wieder in den Sinn kam, musste sie unwillkürlich lächeln.

Lange Zeit passierte nichts. Es wurde so dunkel, dass Veronica ihre Freundin kaum sehen konnte. Doch bald kam der Mond hinter den grauschwarzen Wolken hervor, außerdem drang aus dem Stockwerk unter ihnen plötzlich ein Licht- schwall empor, als würden mehrere Kaminfeuer zugleich auf- lodern. Dann waren Schritte zu hören, ebenso die Stimmen von Männern und Frauen. Gedämpftes Gemurmel. Danach Stille.

Schließlich nahm Veronica Geräusche wahr, die sie nicht einordnen konnte: wie Schnüre, die aufeinanderrieben, das Rascheln einer Bettstatt, ein Laut, als würde ein Knoten fest- gezurrt. Geflüster. Veronica blickte Bibiana fragend an, doch die schüttelte nur den Kopf: später.

Wieder passierte lange nichts. Schließlich hörten sie eine Frauenstimme, die immer lauter wurde. Und Schläge. Viele Schläge. Darauf folgten Stöhnen und Schreie.

»Um Gottes willen, was passiert da?«, stieß Veronica her- vor.

Bibiana kicherte vergnügt. »Keine Angst, das wirst du gleich sehen.«

Schritte auf der Treppe. Jemand kam zu ihnen herauf. Es war die übertrieben geschminkte Person, die ihnen Einlass gewährt hatte. »Jetzt kannst du ihn haben«, sagte sie mit ihrer männlich tiefen Stimme.

Bibi stieß Veronica an und stand auf.

Im Geschoss unter ihnen bot sich ein Bild, das Veronica nicht so schnell vergessen würde. Sie hatten einen Raum betreten, dessen Mittelpunkt eine Bettstatt mit weißen Laken bildete. Das Bett war an den Ecken mit Pfosten ausgestattet, an denen vier Lederriemen angebracht waren. In diesen Lederriemen steckten die Hand- und Fußgelenke des ansonsten völlig nackten Inquisitors Severgnini.

Er hatte die Augen geschlossen, schien selig zu ruhen und der Dinge zu harren, die da noch kommen würden. Sein Glied lag halb erregt, wie unentschlossen auf seiner Leiste. Ein gar zu alberner Anblick, fand Veronica.

Als Severgnini die Schritte hörte, die sich seinem Bett näherten, öffnete er die Augen. »Bibi? Was für eine Überraschung!« Er schien aufrichtig erfreut zu sein und nicht im Geringsten beschämt. So als hätte man sich zufällig bei einem Empfang getroffen.

»Mein Herr.« Es klang ausgesprochen ironisch, und Veronica konnte sich ein Schmunzeln nicht verkneifen.

Nun entdeckte Severgnini auch Veronica. »Oh, und Signora Bellini. Was für ein interessanter Besuch!« Dem Inquisitor, der entblößt und hilflos vor ihnen lag, schien die Situation ganz und gar unverfänglich.

»Nun, jetzt zu uns dreien«, sagte Bibiana und ließ ihre Stimme verrucht klingen.

»Ich kann es kaum erwarten«, antwortete der Inquisitor, und sein Glied richtete sich ein klein wenig auf.

»Mir scheint, Ihr verkennt die Situation«, lächelte Bibiana.

»Ach, tue ich das? Mag ich auch gefesselt vor Euch liegen, ich bin immer noch der Inquisitor der Serenissima.«

Bibiana nickte Veronica zu, und die verstand. Sie näherte sich und streichelte Severgnini über die weißlich-schlaffe Brust, die ganz mit grauen Haaren bedeckt war. Es bereitete ihr grässliches Unbehagen. Dann legte sie die Fingerkuppen auf Severgninis rechte Brust.

Der Inquisitor schaute sie erwartungsvoll an.

Veronica zögerte einen Augenblick, dann drangen ihre Fingernägel in das Fleisch. An zwei oder drei Stellen zeigte sich Blut.

»Ahhh«, stöhnte Severgnini. Und zwar vor Lust.

Tja, was nun? Wie foltert man einen Menschen, der den Schmerz liebt?

»Tststs«, machte Bibiana. »Veronica, du bist einfach zu gut für diese Welt. Lass mich das machen.« Sie zog ein schmales Messer hervor und ließ die Klinge aufschnappen.

»Ohhh. Du weißt, dass ich kleine Sticheleien mag«, seufzte der Inquisitor.

»Und du weißt, wie gut ich sie beherrsche«, lächelte Bibiana. Sie setzte das Messer knapp unterhalb der Brustwarze an und vollführte kreisende Bewegungen um die Warze herum.

Wieder stöhnte er. Immer noch vor Lust. Auch als das Blut heraustrat.

Bibiana hielt in dem Moment inne, als das Lächeln aus Severgninis Gesicht verschwand. Kurz blitzte Panik in ihm auf, doch schnell hatte er sich wieder im Griff.

Bibiana setzte das Messer erneut an, diesmal auf Höhe seines Nabels. Schnell drang die Messerspitze in den Bauch ein. Blut trat aus.

»Was wollt Ihr tun? Wollt Ihr mich töten?«, schrie Severgnini, gefangen in seinem Käfig aus Lust, Schmerz und Angst.

Bibiana zuckte mit den Schultern. »Vielleicht. Ihr kennt mich gut. Ich bin toll genug, es zu tun. Die gute Bibiana, die ist doch im Kopf reichlich verdreht, wie Ihr wisst.«

Der Inquisitor fühlte sich nun sichtlich unwohl. Bislang

hatte er diese Balance aus Macht und Machtlosigkeit, Stärke und Ausgeliefertsein überaus genossen, doch nun schien sich die Waagschale hin zu seiner Peinigerin zu neigen.

Unvermittelt und ganz ohne Skrupel setzte Bibiana die scharfe Klinge wieder an. Blut quoll aus der Bauchdecke.

Der Inquisitor biss sich auf die Lippen. »Haltet ein!«, schrie er, nun mit Angst in der Stimme.

»Gut. Dann erzählt mir, was Ihr über den armen Venier wisst.«

»Gar nichts weiß ich!«

Bibiana stach noch einmal zu, unbarmherzig und mit solcher Heftigkeit, dass selbst Veronica aufstöhnte.

»Haltet ein! Ich sage Euch ja alles!« Endlich gab Severgnini nach. Und erzählte, wie er zum Dogen gerufen worden war, der ihm von den Vorwürfen gegenüber Davide berichtet habe. Zunächst habe er sie nicht glauben wollen, und auch der Doge schien nicht sonderlich überzeugt. Doch dann seien zwei Männer aus Verona aufgetreten, angeblich nützliche Freunde der Serenissima, und hätten sogar Zeugenaussagen präsentiert.

Er, Severgnini, habe sich stets um einen fairen Prozess bemüht, doch angesichts der erdrückenden Beweislast und der vielen Zeugen aus Davides engstem Freundes- und Bekanntenkreis sei jener von vornherein auf verlorenem Posten gewesen.

»Was ratet Ihr uns, unwürdiger Mann?«

»Es gibt wohl nur einen Weg: Findet diese beiden Männer. Ich weiß, dass sie Kaufleute aus Verona sind, die Handel über die Alpen hinweg betreiben und viel Geld damit machen. Welches Interesse sie allerdings an Eurem Davide haben, kann ich nicht abschätzen.«

Nun näherte sich Veronica dem Gefesselten. Sie hatte Bibiana zugeschaut und schnell gelernt. Sie stieß den Zeigefinger genau in die Schnittwunde, die Bibiana am Nabel hinterlassen hatte.

Das fand Severgnini ganz und gar nicht erregend, er verlangte Schonung.

Was sie für Davide tun könne, fragte Veronica.

Und Severgnini antwortete, indem er Daumen und Zeigefinger gegeneinander rieb.

Veronica verstand.

»Hilft garantiert«, stieß Severgnini hervor. Dann betrachtete er seine Wunden, rollte die Augen und fiel in eine Ohnmacht, die nicht vorgetäuscht zu sein schien.

Als die beiden Frauen in der Gondel saßen, hatte der Regen zugenommen, der Wind heulte auf, und auf den Kanälen bildeten sich Wellen mit Schaumkronen. Fahles Licht schien von den Palästen an den Ufern aufs Wasser. Veronica und Bibiana drängten sich in der hölzernen Felze zusammen, die Schutz vor dem Unwetter bot. Der Wind zerrte heftig an der zierenden Stoffhülle, die sich bald auf Nimmerwiedersehen verabschieden würde.

Bartolomeo hingegen stand unverdrossen am Heck, den Oberkörper nach vorn geneigt, mit einem festen Umhang gegen Wind und Gischt geschützt. Seiner guten Laune konnten die widrigen Umstände offenbar nichts anhaben, er sang sogar leise ein Liedchen vor sich hin. Selbst ein nächtlicher Fischer, der arge Schwierigkeiten hatte, sein Boot bei dem heftigen Wellengang an einem Poller festzumachen, und den Weg blockierte, wurde überraschend freundlich zurechtgewiesen und nicht mit dem üblichen Schwall aus Flüchen belegt.

Es war kühl, Veronica genoss Bibis Nähe und ihre Körperwärme. »Bibi, danke für alles.«

Bibi lächelte ihr schönstes Lächeln. Ihr machte alles Spaß, was etwas Aufregung in ihr Leben brachte. Eigentlich war sie wie geschaffen für solcherlei Missionen im gefährlichen Halbdunkel der venezianischen Gesellschaft. Sie rückte näher an Veronica heran, und diese legte ihren Arm um sie.

»Wunderbare Bibi, du weißt, ich mag es lieber mit Männern und bin sehr glücklich mit meinem Davide. Aber wenn der Große Rat irgendwann ein Gesetz verabschieden würde, das Ehen zwischen Frauen vorschriebe – du wärst meine erste Wahl.«

Bibi lächelte und drückte ihrer besten Freundin einen Kuss auf die Lippen.

KAPITEL 5

Ein paar Dukaten

Von Zeit zu Zeit fragte Davide sich, wie lange er dieses harte Programm noch durchhalten würde, und dachte hin und wieder daran, seinem hoffnungslosen Leben ein Ende zu setzen. Da bekam er eines Tages überraschenden Besuch. Die Zellentür schwang auf, und Davide traute seinen Augen kaum. »Miguel!«

Sein guter Freund Miguel de Cervantes wurde hereingelassen, die Zellentür schloss sich wieder.

Davide fiel dem jungen Spanier um den Hals. Miguel, sein Trinkkumpan! Er hatte sich, kaum in der Stadt angekommen, mit seiner robusten Art schon jede Menge Freunde – und auch reichlich Feinde – gemacht. Offenbar hatte er Ärger mit der spanischen Justiz bekommen und war deswegen nach Venedig geflüchtet. Miguel de Cervantes war ein muskulöser Typ mit einem gewissen Hang zur Rücksichtslosigkeit. Sein dichter Vollbart ließ ihn älter als einundzwanzig wirken.

»Wie geht es dir? Etwas blass um die Nase, aber ich sehe dich in Form, als wolltest du in den Krieg gegen die Osmanen ziehen«, scherzte der Besucher.

Davide konnte vor Glück kaum sprechen. Dafür sprach Miguel, der junge Glücksritter, der so gern ein großer Schriftsteller werden wollte. In den zwei Monaten seit Beginn der Haft hatte Davides ehemaliger Geschäftspartner Andrea Marin es sich im *palazzo delle troie* gemütlich gemacht. Dieser war jedoch gesperrt und würde wohl nie mehr seinen ursprünglichen Zweck erfüllen. Davides eigener Palazzo stand leer, die Dienerschaft war fort, der treulose Koch Rigoberto befand sich nun in den Diensten eines Adligen aus Verona. Gondoliere Enrico war noch am Tag des Urteils verschwunden, vermutlich war er in die heimatlichen Berge geflüchtet. »Sonst hätte ich ihn mit meinen eigenen Händen erwürgt«, brauste Miguel auf.

Dann blickte Miguel auf Hasan, der wie so oft bequem auf seinem steinernen Bett lag. Ob man ihm vertrauen könne, fragte der Spanier. Man könne, entgegnete Davide, und Miguel fuhr fort. Veronica setze sich beim Großen Rat täglich mit aller Macht für eine Begnadigung ein, besteche jeden Skribenten, der nicht schnell genug die Hand wegziehen könne, doch die *nobili* ließen sich nicht erweichen. »Sie würde dich ja gern besuchen kommen, aber Frauen, du weißt ja, dürfen hier nicht herein. Sie hat mir einen Brief mitgegeben, aber den haben mir die Wärter abgeknöpft.«

Daraufhin stieß Davide einen Schwall von Flüchen aus, dass selbst Hasan erschrak.

»Was sie mir aber nicht abgeknöpft haben …« Miguel zog seinen Lederschuh aus und die Sohle ab, darunter kam eine zweite Sohle zum Vorschein. Aus dem Zwischenraum purzelten drei schöne, schwere venezianische Dukaten, die im trüben Licht der Zelle wie ein veritabler Goldschatz wirkten. »Die hier sind in diesen Kammern ohnehin wichtiger als ein Brief.«

»Und das behauptest du? Du als Schreiber von Liebesgedichten?« Davide musste nun doch lachen. Es gab sie also noch, die Welt außerhalb dieser Mauern, und die Menschen hatten ihn nicht vergessen. Er schöpfte neuen Mut.

Auch Miguel lachte, doch dann wurde er wieder ernst. »Wer immer dich verraten hat, hat eine gewaltige Arbeit geleistet. Dein Name ist gründlich verbrannt, in gewissen Kreisen praktisch schon vergessen. Aber gib die Hoffnung nicht auf. Veronica hat mächtige Freunde, und ich sehe ebenfalls zu, was ich tun kann.«

Die Tür schwang auf, zwei Soldaten forderten Miguel auf, nun wieder zu gehen. Zum Abschied umarmte er Davide.

Hasan wusste, welchem der Soldaten einer der Dukaten am besten zu überlassen war, und fortan wurde das Leben in der Zelle etwas besser, beinahe erträglich. Ein- bis zweimal pro Woche steckten die Wärter ihnen Nüsse und Obst zu, manchmal sogar *stoccafisso*. Einmal pro Monat wurden die Decken gewechselt, frisches Stroh gab es öfter, und im Hochsommer, als es in den Bleikammern unter dem Dach des Dogenpalastes entsetzlich heiß wurde, stellte ein Wärter einen Krug sauren Wein in die Zelle. Sogar ein Bündel mit frischen Hemden, Hosen und einem Paar Schuhe fand seinen Weg zu ihnen.

Dennoch begleitete der Gedanke an Flucht Davide ständig. Aber wie sollte das gelingen? Da wusste auch Hasan keinen Rat. Mit bloßen Händen waren die Mauern und die Zellentür sicher nicht einzureißen, man müsste die Soldaten überrumpeln, oder vielleicht ergab sich beim Hofgang eine Gelegenheit.

»Doch was ist nach der Flucht?«, gab Hasan zu bedenken. »Wollt Ihr davonschwimmen? Schneller rudern als die anderen? Durch Venedigs Gassen laufen? Venedig selbst scheint mir das perfekte Gefängnis zu sein.«

Diese Überlegungen entmutigten Davide fürs Erste.

Im Sommer nahm Davide zum ersten Mal wieder am dienstäglichen Hofgang teil. Sie waren wie im Frühjahr wohl zwei Dutzend Gefangene, und es dauerte nicht lange, bis ihn die wohlbekannten braunen Zähne aus dem dicken Gesicht anlächelten. »Oh, der feine Herr von ganz oben ist ja wieder unter uns …«

Davide hatte wenig Lust auf Geplauder. All die Wut, Verzweiflung und Ohnmacht, die ihm sein Schicksal so unbarmherzig vor die Füße geworfen hatte, sammelten sich und schossen ihm in die Muskeln. Er schlug sofort zu und traf genau das Kinn seines Gegenübers. Der vierschrötige Bursche fiel in sich zusammen wie ein Sack.

Davide war verblüfft, wie leicht es ihm gefallen war, den anderen zu überwältigen. Und wie wenig Skrupel er dabei empfand. Beinahe musste er lächeln, aber für einen Triumph war es zu früh. Ein Kumpan des Niedergeschlagenen mit dem geschorenen Schädel sprang mit wild schwingenden Fäusten vor. Davide hatte keine Mühe, den Schlägen auszuweichen, und setzte seinerseits eine wirkungsvolle Links-Rechts-Kombination ein, gefolgt von einem Aufwärtshaken, der den Kerl zu Boden gehen ließ. Er blieb gerade noch bei Bewusstsein, um zwei Zähne in seine Faust zu spucken und erschrocken zu Davide aufzublicken. Ein dritter Kerl wiederum wurde von Hasan in Schach gehalten. Endlich ließen sich die Soldaten dazu herab, für Ordnung zu sorgen und eine Massenkeilerei zu verhindern.

Der dienstägliche Ausgang wurde abgebrochen, alle Gefangenen wurden in ihre Zellen geführt, die einfachen Diebe und Betrüger nach unten, die *nobili* nach oben.

»Ich bin zufrieden mit Euch, Herr«, flüsterte Hasan, als sie zurück in ihre Zelle gingen.

»Ich muss gestehen: ich auch mit mir.«

Davides Welt öffnete sich ein wenig. Er begann sogar, sich die verhasste Zelle ein klein wenig wohnlicher zu gestalten.

Sie hatten auch einen Nachbarn – allerdings war ihr einziger Mitgefangener ein verwirrter, sehr alter Herr in einem abgenutzten Tabarro. Mit ihm zu sprechen, war gänzlich unmöglich, der Mann schien geistig umnachtet zu sein. Hasan äußerte den Verdacht, dass seine Erben ihn hatten loswerden wollen, um an sein Vermögen zu kommen. »Vermutlich haben sie ihn für verrückt erklären lassen, womit sie in seinem Falle nicht so unrecht hatten«, fügte er hinzu.

In den zwei folgenden Wochen war der Hofgang für alle Gefangenen gestrichen, deshalb verlegten Davide und Hasan ihr Training in die Zelle und setzen es mit unverminderter Hartnäckigkeit fort. Die bessere Ernährung machte sich allmählich bemerkbar. In den Ruhepausen und bis spät in die Nacht spielten sie im Licht einer stinkenden Öllampe Schach. Auch hier hatte Davide Fortschritte gemacht und stellte sich zusehends klüger an. Immer öfter trotzte er dem gewieften Hasan ein Remis ab, ein paarmal gewann er sogar.

Endlich stand wieder ein Hofgang an, auf den sich Davide regelrecht freute. Es war doch bemerkenswert, was die Gefangenschaft aus einem Menschen machte. Würde es erneut zu Reibereien kommen?

»Seid auf der Hut«, warnte Hasan. »Ich werde an Eurer Seite sein, aber man weiß ja nie.«

Es war ein regnerischer, kühler Herbsttag, schon beinahe dunkel. Eine Weile spazierten die Gefangenen in Grüppchen hin und her; Davide bemerkte an den auf ihn gerichteten Blicken, dass er sich in den *pozzi* einen Namen gemacht hatte. Den Vierschrötigen konnte er nirgends sehen, dafür aber seinen wild kämpfenden Kumpanen. Der hielt sich mit dem Rücken zu ihnen in einer Ecke des prächtigen Hofes auf, dessen Glanz so gar nicht zu den zerlumpten, abendlichen Flaneuren passen wollte. Bei ihrer großen Runde kamen Davide und Hasan immer wieder an dem Mann vorbei. Als sie ihn zum dritten oder vierten Mal passierten, drehte er sich um und sprang auf Davide zu. Etwas blitzte in seiner rechten Hand auf, und er führte damit einen Stoß aus, der Davide in die Seite treffen sollte. Er konnte den Angriff im letzten Moment parieren, doch um den Preis, dass die Spitze der Waffe sich tief in seinen linken Unterarm bohrte und ihn aufschlitzte. Davide stöhnte auf, revanchierte sich aber nur eine Sekunde später mit einem Schlag seiner kräftigen rechten Faust in die Magengrube seines perfiden Gegners. Ein Aufwärtshaken setzte jedem weiteren Angriffsversuch ein unzweifelhaftes Ende.

Wieder stürmten Soldaten in den Hof, um die Streithähne zu trennen. Allerdings gab es nichts mehr zu trennen, denn der Aggressor lag bewusstlos am Boden, während der Angegriffene sich seinen Arm hielt und die anderen Gefangenen nun für ausreichend Abstand sorgten.

»Der feine Herr aus den Bleikammern hat einen Hieb wie ein Holzfäller«, lachte einer der Soldaten, und die anderen stimmten ein, selbst die Gefangenen. Sogar Davide vergaß kurz seine Schmerzen.

Hasan sah sich die Wunde an. »Immerhin, ein sauberer Schnitt. Mehr als eine Narbe wird nicht zurückbleiben. *Ehi, du!«* Er rief einen Soldaten zu sich und flüsterte ihm etwas zu. Dann begleitete er Davide in die Zelle, wo er die Wunde notdürftig verband.

Was selbst dem aufmerksamen Hasan entgangen war: Bei dieser Auseinandersetzung hatte es einen Beobachter gegeben, der von der Loggia auf die Gefangenen und besonders auf Davide geschaut hatte.

Zurück in der Zelle hockte sich Davide auf den Boden. »Der Vierschrötige hat offenbar sehr unter dem Verlust seiner Zähne gelitten«, sagte er und hielt sich den Arm. Noch immer tropfte das Blut zwischen seinen Fingern hindurch.

»Was für ein unbedachter Unsinn von diesem ungehobelten Kerl. Er wird doch trotzdem noch genug davon im Maule haben«, meinte Hasan, während er die Wunde versorgte, so gut es eben ging.

Keine zwei Stunden später klopfte es an der Zellentür. Einer der Soldaten vom Hof, ein schlanker junger Mann mit heller, fast durchsichtig wirkender Haut und ebenso hellem Haar, betrat mit einem Bündel in der Hand den Raum. »Hier. Ich habe alles bekommen, was du verlangt hast. Nun gib mir schnell den Lohn.«

Hasan steckte ihm einen von Davides Dukaten zu, der Soldat verschwand. Davide verzog das Gesicht, Hasan bemerkte es. »Sorgt Euch nicht, das Geld ist gut angelegt. Ich habe den Soldaten zu Eppstein geschickt, auf dass er einige Tinkturen für eure Wunde holt.«

»Ah, Eppstein. Woher kennst du ihn?« Der jüdische Arzt aus dem Ghetto war in ganz Venedig berühmt, auch wenn wenige ihn je zu Gesicht bekommen hatten. Er behandelte nur die reichsten Herren und erwartete, dass diese sich zu ihm ins Ghetto bemühten.

Hasan lächelte und fuhr sich wissend durch seinen Bart. »Wir standen einst in engem Kontakt, denn ich versorgte ihn mit vielen Dingen, die unter der Sonne des Okzidents nur schlecht wachsen, aber ihm von rechtem Nutzen waren. Nun wollen wir uns aber um Euren Arm kümmern.«

Hasan trug zunächst eine stechend riechende Flüssigkeit auf den Schnitt auf. Die Wunde brannte fürchterlich, Davide biss die Zähne zusammen. Es folgte eine dickflüssige grünliche Tinktur, deren Anwendung nicht minder schmerzte. Dann verband Hasan alles mit einem sauberen Tuch, das der Soldat auf sein Geheiß hin ebenfalls aufgetrieben hatte.

»Verrat mir eins«, zischte Davide, noch immer unter Schmerz, durch die Zähne. »Warum lassen sie dich in Ruhe?«

Hasan rieb sich vergnügt den Bart. »Oh, Herr, Ihr müsst wissen: Ich habe meine Schlachten in diesen Gemäuern längst geschlagen.«

Bevor Davide nachfragen konnte, lief wieder eine Welle des

Schmerzes durch seinen Körper, sodass ihm beinahe schwarz vor Augen wurde.

»Ihr werdet sehen, in wenigen Tagen ist die Wunde vollständig verheilt.«

Und so war es.

Beim nächsten Hofgang steuerten der Vierschrötige und sein Kumpan mit dem geschorenen Schädel wieder auf Davide zu. Er stellte sich sofort in Kampfhaltung, doch beide hoben beschwichtigend die Hände.

»Nein, Herr, wir haben genug und wollen Frieden schließen«, rief der Vierschrötige.

Davide blickte Hasan an, der nickte. Man schüttelte einander die Hände.

»Zwei Zähne weniger, das genügt«, ergänzte der Vierschrötige. »Denn sonst hätte ich bald nur noch Suppe schlürfen können.«

Davide musste lachen.

Nachdem die anderen Gefangenen den Friedensschluss beobachtet hatten, versammelten sie sich schnell um die vier, und ein großes Palaver erhob sich. Alle erzählten, warum sie hier waren – selbstverständlich waren sie allesamt unschuldig – und wie viel Zeit sie noch abzusitzen hatten. Der Vierschrötige hatte einen Gondoliere verprügelt, der ihm mit seiner stolzen Gondel grob die Vorfahrt genommen hatte. Der Kahlköpfige hingegen hatte einem alten Adligen beständig Geld abgeknöpft, weil er ihm eingeredet hatte, er sei dessen Neffe vom Festland. Das ging so lange gut, bis die echten Verwandten vom Festland einmal auf einen Besuch vorbeigekommen waren. Auch erzählten die Häftlinge vom Leben in den feuchten, kühlen *pozzi*, in denen bei *acqua alta* das Wasser bis zu den Knöcheln reichte; viele Gefangene würden dort regelrecht verfaulen.

»So hört mir denn zu.« Davide ergriff nun wieder das Wort.

»Ist es schon einmal einem gelungen, von hier zu entkommen?«

Die Gefangenen blickten einander an.

»Das ist ganz unmöglich, Herr«, flüsterte der Vierschrötige. »Die Zellen sind solide verschlossen und die Soldaten in der Überzahl, bei Tag und bei Nacht.«

»Denkt darüber nach, beobachtet alles und berichtet mir. Wo schlafen die Soldaten? Wie lösen sie sich ab? Wer bringt wann das Essen, wer reinigt die Zellen?«

Doch die Verurteilten aus den *pozzi* konnten Davide in den folgenden Wochen nur wenige brauchbare Informationen liefern. Es wurde Weihnachten, es wurde Neujahr, und es kam der Karneval. Besonders die wilden Feste, deren ausgelassener Lärm bis tief in die Nacht in die Bleikammern wogte, deprimierten Davide erneut. Nur das harte körperliche Training lenkte ihn von seiner Niedergeschlagenheit ab. Miguel schaffte es, noch einige Male vorbeizukommen. Einmal schmuggelte er neben zwei Golddukaten Würfel und Kartenspiele herein, was auf Hasans Wunsch geschehen war. »Lasst Euch Karten und Würfel bringen. Hunger kommt und geht«, hatte er gesagt.

Und bald ergänzten lange Karten- und Würfelspiele die abendlichen Schachpartien. Davide war schon immer ein talentierter Spieler gewesen, aber Hasan verriet ihm ein paar raffinierte Tricks, die selbst Davide neu waren. »Sie werden Euch sicher irgendwann einmal von Nutzen sein.«

Vor allem aber war nun genug Zeit vergangen, sodass Davide mit mehr Besonnenheit über das Komplott nachdenken konnte, das ihn in diese ausweglose Lage gebracht hatte. Auch Hasan beteiligte sich an den Überlegungen.

Nach und nach rekonstruierten sie die Verschwörung und spekulierten über die Beteiligten und ihre Motive.

»Ganz sicher muss jemand sehr viel Geld gezahlt haben,

um so viele Falschaussagen zusammenzubekommen.« Davon war Davide überzeugt.

»Möglich aber auch, dass einige erpresst wurden. Ich denke da vor allem an Euren treuen Ruderer.«

»Enrico? Ja, mit Bestechung allein könnte ich mir seinen Verrat auch nicht erklären, egal, wie hoch der Preis gewesen wäre.«

»Und wer weiß schon, welche Geheimnisse ein jeder mit sich herumträgt.«

»Ich kenne ihn nur als lauteren Menschen.«

»In jedem Fall ist er nur ein Bauer in der ganzen großen Partie. Und auch wenn dieser Andrea der offensichtlichste Profiteur dieser Verschwörung ist, so glaube ich doch nicht, dass er die Mittel für so ein perfides Unternehmen aufbringen konnte. Es gibt da noch jemanden, an den Ihr bislang nicht gedacht habt.«

»Und das muss ein sehr einflussreicher Mann sein.«

»Zweifellos«, nickte Hasan.

»Die Frage, die mich jedoch genau so stark umtreibt: Warum ich?«

»Das ist die Eigenheit von Venedig. Kennt Ihr die Geschichte von jenem König aus dem Morgenland, dessen Reich blühte und dessen Untertanen glücklich und fleißig waren? Ein Regent aus einem Nachbarreich schickte einen Unterhändler, der erkunden sollte, wie es diesem König gelang, so umsichtig und zu aller Zufriedenheit zu regieren. Der König lud den Unterhändler eines Abends zu einem Empfang in seinen Palast. Er ließ ebenso die schönste, die reichste und die klügste Familie des Reiches zu sich kommen und bewirtete alle fürstlich. Am Ende des Abends rief er die Soldaten zu sich und befahl, alle drei Familien – Männer, Frauen und Kinder – sofort im Hof lebendig kopfüber zu begraben. Das, so erklärte der König dem entsetzten Unterhändler, sei das Geheimnis seiner Herrschaft. Keine Blume dürfe schöner oder bunter oder größer sein als der König selbst.«

»Was für eine schauerliche Geschichte!«

»Und doch nichts anderes, als Euch widerfahren ist. Eure Geschichte ist vielleicht eine Warnung an alle *nobili*, es nicht zu wild zu treiben.«

KAPITEL 6

Gioias Geschichte

Als der Inquisitor Tintorettos Werkstatt betrat, empfing ihn ein Wald aus winzigen Flammen. Kerzen ragten aus unzähligen Lüstern und Ständern auf oder fackelten auf Tischen und Fensterbänken in ihrem eigenen Wachs. Nur ein schmaler Gang zum Stuhl mit der schulterhohen Lehne war frei geblieben, auf den sich der Porträtierte zu setzen hatte. Es roch wie in einem Bienenstock, denn Tintoretto nahm natürlich nur die guten, teuren Kerzen aus Bienenwachs. Die ihm seine Kunden bezahlen mussten, was ein einträglicher Nebenverdienst war, denn das Porträt selbst war den hohen Herren nur ein paar Dukaten wert. Manchmal verdiente er mit den Kerzen mehr als mit dem Malen.

Beim Malen war der große Trinker stets stocknüchtern. Man könnte auch sagen: Das Malen war seine Versicherung dagegen, rettungslos dem Alkohol zu verfallen.

Neben Wachs roch es auch nach Ölfarben. Obgleich Tintoretto in seiner Werkstatt nur wenige Gemälde aufbewahrte und die meisten Bilder, die er auf Leinwand schuf, im helleren Wohnzimmer trocknen ließ, hatten die Farben mit den Jahren ihre Spuren auf dem Fußboden hinterlassen. Von den Dielen war nichts mehr zu sehen, der Belag aus längst getrockneten Farbtropfen war mittlerweile fingerdick.

Tintoretto konnte es sich erlauben, die hohen Herren zu sich zu bestellen. Minder beleumundete Maler hatten dagegen in den Palazzi anzutanzen, was nicht wenig Organisation erforderte und ohne Gehilfen kaum durchführbar war. Doch Jacopo Robusti, genannt »Färberlein«, hatte im kunstsinnigen Venedig längst einen Ruf inne, der ihm einige Freiheiten erlaubte. Ob ihn sein Ruhm überdauern und bis in die Nachwelt reichen würde, war unmöglich vorauszusehen – und ihm auch herzlich egal. Von Nachruhm konnte man sich kein Glas Wein kaufen.

Gioia hatte sich einen kurzen schwarzen Mantel mit großem Kragen übergeworfen. Respektspersonen kleideten sich nicht allzu bunt, stattdessen waren unifarbene Stücke, in Weiß oder Grau, besonders aber in Schwarz, in Mode. Unpopuläre Entscheidungen, etwa die Erhöhung der Preise für Lebensmittel oder gar deren Rationierung, verkündete man besser nicht, wenn man mit Gold und schillernden Broschen behängt war.

Auf dem Kopf trug er eine große schwarze Mütze, die sein Haar fast vollständig bedeckte. Auf den ersten Blick würde man ihn keinesfalls für einen der einflussreichsten Männer Venedigs halten. Offenbar entsprach diese äußere Schlichtheit genau Gioias Kalkül: Sie würde ihm selbst noch mehr Ansehen und dem schwierigen Amt des Inquisitors mehr Würde verleihen. Natürlich stand Gioia als Zugereister unter besonderer Beobachtung der Venezianer, und das Misstrauen gegen ihn war generell groß. Da war es ein kluger Schachzug, das Inquisitorenamt nicht allzu offensichtlich vor sich herzutragen.

Tintoretto kleidete sich betont nachlässig, und wer genau hinsah, konnte auch den einen oder anderen Farbflecken auf Mantel und Schuhen entdecken. Nur seinen Bart pflegte er mit großer Sorgfalt. Das Barthaar ließ er nicht, wie es gerade modern war, spitz zulaufen, sondern wies seinen Barbier stets an, es gerade abzuschneiden, was sein Gesicht kantig und entschlossen wirken ließ. Außerdem war er nicht mehr der

Jüngste und wollte nicht alles mitmachen, was gerade unter den jungen *signori* Mode war. Vor allem aber war er Maler und wollte sehen, nicht gesehen werden.

Tintoretto lief behende durch den Wald aus Kerzen und rückte Gioia zurecht. Seine knotigen, für einen Künstler großen und grob wirkenden Hände berührten ungeniert Brust und Arme des Inquisitors. Tintoretto drehte den Oberkörper nach vorn, richtete Kopf und Nacken energisch nach oben aus und arrangierte einen Arm seitlich auf einem kleinen Holztisch, der extra für diesen Zweck neben dem Stuhl stand. Diese Position war sichtlich unbequem, und Gioia protestierte mit einem Brummen. Doch hier, in diesen Räumen, gab es nur einen Gott.

»So, nun, wohlan, Euer Ehren. Ihr wollt doch mehr als nur ein albernes Kopfbild, das euch jeder Amateur hinschmiert? Also seid still und leidet stumm.«

Eine dritte Person betrat den Raum. Doch es war kein Gehilfe, wie bei Malern üblich, sondern eine Frau, eine schöne Frau.

»Ihr habt doch nichts dagegen, edler Herr, dass Frau Bellini anwesend ist?«, fragte Tintoretto beiläufig, während er seine Farben und Pinsel ordnete und verschiedene Schwarztöne anrührte.

Gioia rutschte auf dem Stuhl hin und her und nickte langsam.

»Denkt daran«, ermahnte ihn der Meister, »ich male ein Hüftbild von Euch, so müsst Ihr denn in der Position bleiben.«

Gioia nickte wieder, reckte aber sogleich sein Kinn energisch nach oben.

»Seit ihr Freund, der gute Herr Venier, im Gefängnis ist, hat Frau Bellini viel Zeit und Langeweile. Da sie sich sehr für das Malerhandwerk interessiert, geht sie mir seit einigen Wochen zur Hand.« Nüchtern war Tintoretto ein begnadeter

Schwätzer, der seine Worte wie seine Pinselstriche wohl zu setzen verstand.

Veronica nickte eifrig.

An der Tür klopfte es, und herein trat Miguel de Cervantes. Er brachte einen Schwall von Meerluft mit, es roch nach Salzwasser und Seetang. Miguel schlängelte sich durch den Kerzenwald und sorgte dabei für einen Wirbel, der den ganzen Raum für einen Moment ins Ungleichgewicht zu bringen schien.

Miguel pflegte sein Wams mit Rosshaar auszustopfen, was aus ihm eine überaus imposante Erscheinung machte. Darüber trug er eine spanische Schaube, einen weiten Überrock mit weiten Ärmeln und großem Schalkragen.

Jacopo und Miguel begrüßten einander herzlich, und Veronica bekam einen formvollendeten Handkuss.

Gioia fühlte sich sichtlich unbehaglich, ahnte aber nicht, dass die drei, die ihm nun gegenüberstanden, alles genau so geplant hatten. Er wusste nicht, dass er in den nächsten Stunden an den Rand seiner so mühsam aufgebauten Existenz gedrängt werden würde. Doch selbst wenn er es gewusst hätte – es war längst zu spät.

Der Inquisitor saß in der Falle.

»Oh, Ihr schwitzt ja«, tadelte Tintoretto. »Das tut Eurem Bildnis aber gar nicht gut. Denkt daran, dass Euch noch die nächsten zehn Generationen bestaunen wollen. Und nun, lieber Miguel, erzählt uns doch ein wenig von Euren Erlebnissen.«

Einige Wochen hatte Miguel de Cervantes in Verona verbracht. Als Einziger der drei konnte er sich ungezwungen und unauffällig durch die Stadt bewegen. Er war einem Gerücht auf der Spur, das so unglaublich war, dass es unmöglich auf Tatsachen beruhen konnte. Veronica hatte ihn mit reichlich Dukaten sowie mit Empfehlungsschreiben ihres Gatten ausgestattet.

Miguel hatte Tavernen und Bälle aufgesucht, mit Dutzenden Frauen jeden Alters geschlafen und zweimal auch, weil es das nun mal erforderte, mit Männern. An der Piazza delle Erbe wurde der sympathische, virile Spanier mit dem breiten Kreuz und der tiefen Stimme, der sich allen und jedem gegenüber großzügig zeigte, bald bekannt wie ein bunter Hund. Jeder wollte sein Freund sein.

Er trank mit Steinmetzen und Marmorhändlern, Kaufleuten, Schuhmachern und Schreinern, Mönchen, Klerikern, sogar mit dem Bischof Agostino Valier, und bald waren die letzten versprengten Scaliger-Adligen und der *podestà* seine Freunde. Er trank alle unter den Tisch, selbst den fetten Bischof, denn er hatte widerstandsfähige Eingeweide und trank, wie man es ihm beim Studium in Madrid beigebracht hatte, immer ordentlich Wasser zum Wein, was bei seinen Trinkkameraden für Verwunderung sorgte, ihm als Fremden aber zugestanden wurde.

Und doch, und doch – es ging ihm nicht um den gesellschaftlichen Aufstieg und erst recht nicht um den vielen Wein. Nein, Zweck seiner Reise war Gioia, der geheimnisvolle zweite der drei Inquisitoren.

Vor nicht einmal fünf Jahren war jener, als Marmorhändler und schwerreich, aus Verona nach Venedig gekommen, hatte sich sofort glänzende Kontakte aufgebaut und wurde schließlich zum Inquisitor ernannt, wobei seine Fremdheit einen Vorteil darstellte. Nicht auszuschließen, dass bei dieser Ernennung Bestechungsgelder geflossen waren. Aber darum ging es Miguel nicht. Vielmehr darum: Wer war Gioia wirklich?

Hier und da wurde in Venedig geraunt, er sei nicht der, für den er sich ausgebe. Wer er aber wirklich war, würde man sicher nur in Verona herausfinden.

Die Geschichte, die Miguel nach langen, teuren und mühevollen Recherchen ans Licht brachte, war in der Tat ungeheuerlich.

Gioia wurde um das Jahr 1520 als Marco Benvenuto in bettelarmen Verhältnissen in Verona geboren, als Sohn eines Schmiedes, der trank und prügelte. Er verzieh seinem Sohn nicht, dass seine Frau wenige Tage nach Marcos Geburt im Kindbett aus Stroh und dreckigen Laken verstorben war, und brachte dem kleinen Marco schon früh etliche Narben bei.

Schnell erwies sich der kleine Marco als gewaltiger Schlawiner und Überlebenskünstler, der log, bettelte, klaute und auf der Straße lebte. Mit zwölf wurde er einmal beim Stehlen von Brot und Obst erwischt, und nur das Eingreifen eines örtlichen Geistlichen konnte verhindern, dass man ihm die Hand abhackte. Der Geistliche, ein guter Christ und ohne zweifelhafte Absichten gegenüber dem ansehnlichen Knaben, nahm ihn in seine Obhut und wollte ihn zu einem aufrichtigen Menschen erziehen. Doch der Natur des Kleinen widerstrebten Häuslichkeit und fleißiges Studieren. Schon zu einem jungen Mann herangewachsen, riss er aus und schloss sich den Söldnern des neuen französischen Königs Heinrich des Zweiten an, der einen Krieg gegen den mächtigen Spanier Karl den Fünften vorbereitete.

Fünf Jahre sollte Marco unter Waffen durch Norditalien ziehen und gleich bei ersten Scharmützeln in Lothringen seinen Mut beweisen.

Viel einschneidender aber war seine Bekanntschaft mit Ieronimo Gioia. Anhand ihres Dialekts erkannten sie sich gegenseitig schnell als Veroneser, und obgleich Gioia als Adliger im Rang eines Offiziers deutlich über Marco stand, wurden sie bald enge Freunde. Die anderen Soldaten witzelten über die Ähnlichkeit der beiden. Nicht nur waren sie von gleicher Größe und Statur, auch der ovale Schnitt ihrer ansehnlichen Gesichter, die lockigen rötlich blonden, vollen Haare, der Bart, die Nase, das entschlossene Kinn, die hellbraunen Augen ließen sie wie Brüder, ja beinahe wie Zwillinge wirken. Wenngleich Ieronimo fünf Jahre älter war, hatte das Leben auf der Straße Marco mit ein paar vorzeitigen Falten und Scharten ausgestattet.

Nur Rang und Kleidung machten die Unterschiede zwischen den beiden überdeutlich. Ieronimo ritt zu Pferd und hatte einen Reitknecht, der ihm treu zu Diensten war, während Marco zu den Fußtruppen gehörte, die im Schlamm und Staub marschierten, welche die Kavallerie auf den Straßen aufwirbelte. Doch am Feuer bei Fleisch und Wein waren die Unterschiede schnell vergessen.

Der eher zurückhaltende, weiche, jedoch nicht feige Ieronimo, der in jedem Kampf seinen Mann stand, lauschte mit lustvollem Schaudern, mit welch tolldreisten Schurkenstücken der junge Marco seinen täglichen Überlebenskampf bestritten hatte. Umgekehrt ließ sich dieser ganz genau erzählen, wie es bei Ieronimo daheim zuging, wie man als Adliger lebte, sprach, aß und trank und warum er überhaupt seinen trockenen Palazzo gegen ein löchriges Zelt getauscht hatte.

Ja, warum? Ieronimo hatte sich mit seinen Eltern, vor allem aber mit seinem kränklichen Vater hoffnungslos überworfen. Die Eltern, schon recht betagt, hatten die Heirat mit seiner Jugendliebe mit allen Mitteln zu verhindern versucht und schließlich Erfolg gehabt. Diese Jugendliebe nämlich war von niedrigerem Stande, Tochter eines Weinhändlers, und eine Vermählung mit ihr hätte den Gioias gewisse finanzielle Nachteile gebracht – wobei die Nachteile bei einem so gewaltigen Vermögen wie dem ihren nur schwer messbar gewesen wären. Dennoch verhinderten sie die Heirat auf eine unvergleichlich perfide Art: Sie boten einem verarmten Edelmann eine lukrative Stellung und der Familie der jungen Frau ein Säcklein Dukaten, was beide gern annahmen. Ein willfähriger Priester traute Edelmann und Weinhändlerstochter, und damit war die Jugendliebe unwiderruflich keine Gefahr mehr fürs Familienvermögen.

Als Ieronimo davon erfuhr, verließ er noch in derselben Nacht sein Elternhaus, jedoch nicht ohne vorher aus der Schatulle seines Vaters genug Schmerzensgeld entwendet zu haben, um auch fern der Heimat ein Leben zu führen, wie es seinem Stande entsprach. Mehr aus einer Laune heraus hatte er sich dann den Truppen von Heinrich angeschlossen, nicht zuletzt, um im Schlachtenlärm den Gedanken an seine Jugendliebe zu verdrängen.

In der Schlacht von Marciano 1554, die für die Franzosen und ihre italienischen Verbündeten nach einem furchtbaren Gemetzel verloren ging – viertausend von vierzehntausend Soldaten blieben im Feld –, erwischte ihn die Kugel eines feindlichen Musketiers an der Schulter. Die Wunde entzündete sich, eine Amputation war gänzlich unmöglich, und so starb der arme Ieronimo nach vier Tagen schrecklichem Leiden am Wundfieber, in den Armen seines Freundes, des Herumtreibers und Strolchs Marco Benvenuto. Auf dem Sterbebett und unter der Zeugenschaft eines alten piemontesischen Generals vermachte Ieronimo Marco sein Vermögen, einen Beutel prall voll mit Dukaten, eine ordentliche Summe für einen ehemaligen Tagedieb.

Fortan war der Krieg für den kleinen Söldner um vieles erträglicher, konnte er sich doch besseres Essen und einige andere Annehmlichkeiten leisten. Geschickt tauschte er mit den höheren Rängen Stiefel, Kleidung und Waffen und wurde zu dem wohl angesehensten Fanten des Krieges. Marco verstand auf einmal, was Geld bewirken konnte, welche ständeübergreifende Macht es hatte – selbst hohe Offiziere warfen beim Anblick eines einzigen Dukaten alle Prinzipien über Bord. Zudem behandelten sie ihn wie einen der ihren.

Bislang hatte er Geld immer nur als schnellen Weg angesehen, Hunger und Durst zu stillen. Erst jetzt begriff er, welch ungeheure Möglichkeiten es seinem Besitzer bot. So war ihm Ieronimos Reitknecht ebenso treu zu Diensten wie zuvor seinem vornehmen Herrn, und die Huren, die dem Tross hinterherzogen, behandelten ihn so liebevoll wie einen hohen General. War nicht auch jene verhängnisvolle Schlacht von Marciano nur verloren gegangen, weil die französischen Befehlshaber der linken Kavallerie, Valleron und Fourquevaux, mit zwölf Zinnbechern, bis zum Rand mit Goldmünzen gefüllt, bestochen worden waren? Nur wegen dieses verheerenden Flankeneinbruchs waren die deutschen Landsknechte und italienischen Infanteristen abgeschlachtet worden, und vielleicht wäre Gioia noch am Leben, hätte die Stellung gehalten werden können.

Nach einigen harmlosen Gefechten in der Toskana und sinnlosen Wanderungen kreuz und quer durchs Piemont ließ der Dukatenbestand doch merklich nach, und Marco, der große Überlebenskünstler, kam ins Grübeln. Als am fünften Februar 1556 der fünfjährige Waffenstillstand von Vaucelles geschlossen wurde, löste sich das Heer auf. Der letzte Sold wurde ausgezahlt, und Marco stand da mit seinem Reitknecht.

»Schickt mich nicht weg, denn wohin soll ich gehen?«, jammerte der Mann, der von den Strapazen des Feldzuges über Gebühr gezeichnet, dabei aber noch keine vierzig war.

Marco dachte immer noch nach. Zwei Tage und zwei Nächte. Schließlich fasste er einen gewagten Plan, einen, der ihn den Kopf kosten konnte.

Am Morgen des dritten Tages erwachte er als Ieronimo Gioia. Und stellte sich als solcher seinem Reitknecht vor.

»Hör gut zu, Ferdinando«, schärfte er ihm ein. »Wenn du nicht mitmachst, so wisse, dass ich dir die Kehle durchschneide, so wahr ich hier stehe. Und wenn alles schiefgeht, dann baumelt dein Kopf genau so am Baum wie meiner.«

Der Knecht sank weinend vor ihm auf die Knie und schwor bei allem, was ihm heilig war, Marco nicht zu verraten.

Keiner wusste vom Tod Gioias, denn er selbst hatte befohlen, niemanden zu seiner Familie zu schicken, die für ihn nicht mehr existierte. Umgekehrt wusste Marco alles über die Familie, kannte jeden Namen, fühlte sich im Palazzo wie daheim, obwohl er ihn nur aus Erzählungen kannte.

Marcos Argumente waren ja auch überzeugend: Nach vielen Jahren würde der Sohn wieder nach Hause zurückkehren. Welche Eltern wären dann so hartherzig, ihn von der Schwelle zu weisen? Und wer würde den Betrug durchschauen? Im ganzen Regiment hatte es außer ihnen keinen Veroneser und auch sonst keinen Bekannten des echten Gioia gegeben.

Als Erstes ließ Marco sich bei einem Barbier den Bart genau so stutzen, wie Gioia ihn getragen hatte, nämlich recht kurz, und pflegte ihn, wie nur ein reicher Mann es sich leisten konnte.

Sobald ihn Zweifel an seiner Entscheidung überfielen, fand Marco Gründe, die ihn in seinem Vorhaben bestärkten. Außerdem, davon war er überzeugt, wäre es zum Wohle aller Beteiligten. Den Eltern schenkte er den verloren geglaubten Sohn, dem Knecht eine sichere Stellung und sich selbst viele, viele Dukaten. Er würde dem Andenken seines Freundes keine Schande bereiten, im Gegenteil, er würde dafür sorgen, dass alle glücklich waren.

Veränderte Gewohnheiten, ja auch äußerliche Veränderungen konnte er immer auf die Entbehrungen während des harten Krieges zurückführen. Auf der Rückreise über das jetzt wieder französische und nicht mehr habsburgische Piemont und die Lombardei feilte er mit Ferdinando an seiner Sprechweise und der Stimmlage. Auch übte Ferdinando mit ihm sicheres Auftreten in Adelskreisen. Und erinnerte ihn daran, dass Gioia, wenn auch mitunter ein Hitzkopf, ein eher stiller, zurückgezogener Mensch gewesen war. Diesen Wesenszug machte sich Marco sofort zu eigen und legte von da an eine gewisse Reserviertheit an den Tag.

Als Marco in Verona eintraf, war das Glück auf seiner Seite. Der Vater war längst gestorben, die Mutter alt und gebrechlich, fast taub und blind. Sie schloss ihren einzigen Sohn unter heißen Tränen in die Arme. Der Hund, ein kräftiger Mischling, erkannte Gioia, seinen einstigen Liebling, nicht mehr und versuchte sogar, nach ihm zu schnappen. Aber man erklärte es sich mit dem Krieg und der langen Abwesenheit. Bald, da war man sich sicher, würde der gute Hund seinen Herrn wieder liebevoll ablecken.

Die kleine Schwester indes blieb reserviert. Darüber machte sich Marco Sorgen. Andererseits hatte er nie viel mit ihr zu tun gehabt, war sie doch fast zehn Jahre jünger und bei Gioias Flucht ein Kind gewesen. Und was hatten Mädchen schon zu sagen?

Durchschaute sie ihn dennoch? Gab es etwas, das er übersehen hatte? Aber in der allgemeinen Euphorie über Ieronimos Rückkehr aus dem Krieg gingen die Zweifel der kleinen Schwester, sofern sie tatsächlich welche hatte, unter.

Auch mit seinen Verwandten und den Freunden des Hauses pflegte er bald herzlichen Umgang. Niemand schien den Verdacht zu haben, er könne nicht der echte Gioia sein. Ferdinando, der treue Knecht, starb nur ein halbes Jahr nach ihrer Rückkehr ins heimatliche Verona an den Pocken. Damit war der gefährlichste Mitwisser nicht mehr am Leben.

Der neue Gioia erwies sich als Glücksfall für die Familie: Mit großem Geschick nahm er die Geschäfte, für die in den letzten Jahren Verwalter eingesetzt worden waren, in die Hand. Marco merkte schnell, dass sie nur auf ihren eigenen Vorteil aus waren, denn für seinesgleichen hatte er einen untrüglichen Blick. Zwei Verwalter entließ er, einen ließ er gar ins Gefängnis werfen. In wenigen Jahren verdoppelte er das Vermögen der Gioias, die unter anderem ein Monopol auf den begehrten rosa Marmor vom Gardasee hatten und deshalb viele Abnehmer unter den höchsten Ständen von Florenz und Venedig.

Bald beschloss der neue Gioia, nach Venedig überzusiedeln. Für diesen Schritt gab es mehrere Gründe. Zum einen liefen die Geschäfte in Venedig vorzüglich und konnten womöglich verbessert werden, wenn er sich vor Ort darum kümmerte. Zum anderen brachte er dadurch einen Sicherheitsabstand zwischen sich und seine Vergangenheit. Ein politischer Aufstieg wäre ihm in Verona nicht möglich gewesen, denn dort erschien ihm diese Exponiertheit gefährlich. In Venedig hingegen würde er seine wirtschaftliche Macht mit politischem Einfluss paaren können. Zwar konnte er nie in den Großen Rat gewählt werden – dies wäre wohl erst seinen Nachkommen in ein paar Generationen möglich –, aber das neu geschaffene Amt des Inquisitors bot sich vorzüglich an.

Nachdem er sich in Venedig eingerichtet hatte, erkannte er dank seiner Verschlagenheit schnell, wen er wie umgarnen musste. Mit viel Geld und Zuwendungen erreichte er schon im dritten Jahr seiner Übersiedelung nach Venedig die Wahl ins Inquisitorenamt.

Gioia blieb während Miguels Bericht ganz still sitzen, als ginge es gar nicht um ihn. Erst gegen Ende rannen ihm die Tränen über die Wangen, in einem ununterbrochenen Strom. Groteskerweise war er trotz allem darum bemüht, seine Pose für das Gemälde beizubehalten.

»Nun sprecht schon, Inquisitor Gioia! Oder sollte ich sagen: Marco?«, ließ sich Veronica streng vernehmen.

Gioias Stimme klang fest, obwohl die Tränen weiter rannen. »Nun, kann ich es leugnen? Ihr habt die Tatsachen doch recht gekonnt ermittelt. Nur eines noch: Wie habt Ihr es herausgefunden? Wer hat mein Unglück gewollt?«

»Euer treuer Ferdinando hat sich kurz vor seinem Tod einem Priester anvertraut, weil er mit der Sünde nicht sterben wollte.«

Nun sprang der falsche Gioia schließlich doch von seinem Stuhl auf. »Sünde? Was heißt hier Sünde? Eine gute Tat habe ich vollbracht! Ich geb's zu, auch für mich, und doch haben auch andere davon profitiert. Gibt es ein glücklicheres Herz als das einer Mutter, die ihren verlorenen Sohn wieder in den Armen halten darf?« Kraftlos sank er wieder auf den Stuhl zurück. Und war sofort bestrebt, die Pose von zuvor wieder einzunehmen.

Tintoretto malte einfach weiter, was dem Ganzen den Hauch einer belanglosen Plauderei verlieh. »Aber fahrt fort, spanischer Schnüffler«, forderte er Miguel auf.

»Jener Priester stieg bald auf und wurde die rechte Hand des Bischofs. Bei einem unserer Gelage erzählte er schließlich von seinen interessantesten Beichten – wie es ja alle Kirchenleute gerne tun.«

Gioia war gebrochen. Aber klug genug, um zu wissen, dass diese drei kein Interesse daran hatten, zu verraten, wer er in Wirklichkeit war. Hier und jetzt ging es darum, mit ihnen ein Bündnis zu schmieden. Das war seine Chance, das wusste er.

Und er wusste, dass sie wussten, dass er das wusste. Die üblichen venezianischen Spielchen eben.

Also begann er zu erzählen. Doch was er zu berichten hatte, war nicht viel mehr als das, was Veronica schon von Severgnini erfahren hatte.

Gioia sei zu Severgnini gerufen worden, der ihm von den Anschuldigungen gegenüber Davide berichtet habe und den vielen Zeugen, darunter selbst enge Freunde und Bekannte. Der Doge höchstpersönlich – das habe ihm Severgnini verraten – wünsche offenbar eine Verurteilung, es seien auch hohe Herren aus Verona gekommen, mit viel Geld. Verhaftung und Prozess sollten zügig durchgeführt werden. Damit war Davides Schicksal besiegelt. Mehr wisse er auch nicht, das schwöre er beim Leben seiner Mutter, seiner echten wie der von Ieronimo. Doch er versprach – »und Euer Wissen über mich sei Euer Pfand« –, alles in seiner Macht Stehende zu tun, um herauszufinden, was es mit den rätselhaften Herren aus Verona auf sich habe.

Von der Tür her ertönte heftiges und pausenloses Klopfen. Die vier blickten sich an.

Tintoretto schickte Miguel zur Tür.

»Dacht ich's mir doch, so klopft ja wohl nur einer«, dröhnte der Spanier.

Herein schob sich, die Schneidezähne voraus, *Il Furetto*, das Frettchen, Venedigs inoffizieller Chronist. »Oho, oho!«, rief er. »Hat man mich also nicht belogen? Welch seltsame Zusammenkunft ist denn das hier?« Gierig blickte er von einem zum anderen, und in seinem Kopf unter den mit Olivenöl zurückgekämmten Haaren arbeitete es sichtlich. Ein Inquisitor und ein Maler, dazu die Freundin und der Freund eines frisch von der Staatsinquisition Verurteilten – was für eine Gemengelage, schien sein Blick zu sagen, mochte hinter diesem Treffen stecken?

»Mein lieber Furetto, du kommst ganz einfach zu spät«, winkte Tintoretto ab. »Was hier besprochen wurde, wurde besprochen, und das alles geht dich gar nichts an.«

Alles Betteln und Drängen half nichts, also zog sich das Frettchen nach einigem Protest zurück. Kurz vor dem Ausgang fiel sein Blick auf eine Kohleskizze, die an der Wand lehnte. Es war ein Entwurf für ein Gemälde des Letzten Abendmahls, das Alessandro Guidiccioni, der Erzbischof von Lucca, bei Tintoretto in Auftrag gegeben hatte. Das Mahl erinnerte eher an ein Gelage, und unerhörterweise war der eigentliche Mittelpunkt des Bildes eine Frau, die vor der Tafel saß und ihr Kind an der Brust stillte, was schon als flüchtige Skizze eine verwirrende Wirkung erzeugte.

»Oh, wenn das mal die Herren Inquisitoren sehen.« Furetto konnte sich diesen Seitenhieb nicht verkneifen.

»Keine Sorge, die Inquisition ist auf unserer Seite«, brummte Miguel.

Als die Tür ins Schloss gefallen war, wartete der Spanier einige Momente, dann öffnete er sie mit einem Ruck.

Natürlich stand das Frettchen noch immer davor, in gebückter Haltung und in der Hoffnung, das Gespräch belauschen zu können. Fragwürdige Entschuldigungen murmelnd, zog es sich endgültig zurück.

Veronica aber ließ ihn von Miguel noch einmal zurückrufen.

»Furetto, was wisst Ihr von Verona?« Sie behielt das Frettchen bei ihrer Frage genau im Auge.

Ein schneller Seitenblick zu Gioia, dann: »Verona, Verona ... Nichts wirklich Interessantes, was meint Ihr denn genau, Signora?«

»Nun, gibt es Händel irgendwelcher Art zwischen uns und ihnen? Probleme, Eifersüchteleien?«

»Oh, nicht dass ich wüsste. Unser lieber Doge Pietro Loredan ist ein Freund aller Veroneser und hat sich stets um gute Beziehungen zu der Stadt und ihren Kaufleuten bemüht. Sicher auch aus eigenem Interesse.« Furetto rieb Daumen und Zeigefinger gegeneinander.

»Gut, und nun fort. Lasst es mich wissen, wenn Euch Verwicklungen irgendwelcher Art zwischen Verona und Venedig zu Ohren kommen.«

KAPITEL 7

Der Kanzler

Das erste Jahr der Gefangenschaft war beinahe verstrichen – der alte Adlige, ihr wunderlicher Zellennachbar, inzwischen verstorben –, da passierte etwas Seltsames.

Eines Morgens, es war der Dienstag des Hofgangs, öffnete sich die Zellentür. Zwei Soldaten standen davor. Sie waren erkennbar keine Wachsoldaten, sondern schmucke Kerle mit buntem Wams und unpraktischen Lanzen, also eindeutig der repräsentativen Garde Venedigs zuzuordnen, welche die Machthaber dekorativ schützte.

»Davide Venier. Folgt uns, *per favore*«, sagte einer von ihnen.

Davide traute seine Ohren nicht. Hatte der Soldat tatsächlich *bitte* gesagt? Dieses Wort hatte er seit Monaten nicht mehr gehört. Auch Hasan sah verblüfft aus. Davide wusch sich noch schnell das Gesicht, dann folgte er den bunten Wämsen. Es war nicht weit von den Gefängniszellen, den bittersten aller Orte der Serenissima, zu ihren prächtigsten Sälen. Die Soldaten durchquerten die schmale, schmucklose Chiesetta des Dogen, den mächtigen Sala del Senato und den Sala delle Quattro Porte, den wohl schönsten Warteraum weltweit; nirgendwo konnte ein Bittsteller einen berückenderen Anblick genießen

In dem Saal saß Calaspin an einem Schreibtisch und sortierte Papiere. Er trug einen schlichten schwarzen Tabarro und keinerlei Insignien – keinen Ring, keine Kette, keine Brosche und erst recht keinen geschmückten Hut. Das hatte der Kanzler der Serenissima nicht nötig. Dem Gefangenen schenkte er keinerlei Beachtung. Im Kamin brannte ein kleines Feuer, sorgsam geschürt, Davide spürte und genoss die Wärme, die von ihm ausging.

Einer der Soldaten wies Davide mit dem Kinn an, sich auf den Stuhl gegenüber dem mächtigen Schreibtisch zu setzen, dann zogen sich die beiden Soldaten zurück. Davide nahm Platz und sah ihnen erstaunt nach. Er begriff von alldem nichts. Dann betrachtete er den Mann, den er kannte, dem er sogar schon einmal die Hand geschüttelt hatte – viele Jahre war das her, sein Vater hatte noch gelebt. Er wollte den Moment nicht verpassen, an dem Calaspin zum ersten Mal die Augen hob. Denn Davide ahnte, dass hier etwas geschah, was ihm zumindest nicht schaden würde.

Nun las Calaspin etwas, das ihm nicht gefiel. Er legte die Stirn in Falten. Überhaupt bestand sein hageres Gesicht aus vielen Falten, so als hätte sich die Bürde seines Amtes darin eingegraben: Auf der hohen Stirn und um die Augen waren tiefe Furchen zu sehen, aber auch die Mundwinkel und die große, gebogene Nase waren davon eingerahmt. Dann entspannte sich Calaspins Gesicht wieder.

Passend zu seiner asketischen Erscheinung trug er die wenigen verbliebenen graublonden Haare kurz. Er hatte etwas Mönchisches an sich, was im prassenden, hedonistischen Venedig eine wirklich bemerkenswerte Eigenart war. Man konnte ihn sich partout nicht mit einem Glas Wein in der Hand vorstellen.

Nachdem eine beinahe endlose Zeit des Wartens vergangen war, deren Monotonie nur durch das Rascheln der Unterlagen unterbrochen wurde, erhob sich Calaspin, ging zum Kamin und wärmte sich die Hände. Mit dem Rücken zu Davide begann er zu sprechen.

»So, so, Herr Venier, die Inquisitoren haben ja einiges zusammengetragen, das Euch stark belastet.« Er sprach mit tiefer, leiser, kaum modulierter Stimme.

»Haltlose Behauptungen, Kanzler!«

Calaspin drehte sich um und hob die Hand.

Davide verstummte.

»Zehn Jahre. Eine lange Zeit.« Calaspin wandte sich wieder seinem Kamin zu und schob mit einem Feuerhaken die Glut und einige halb verbrannte Scheite zusammen.

Davide seufzte. Noch einmal wurde ihm das ganze Ausmaß seines furchtbaren Schicksals bewusst.

»Ich weiß nicht, ob Ihr schuldig oder unschuldig seid, aber ich sehe keinen Grund, an dem Urteil der Inquisitoren zu zweifeln.«

Davide sprang auf. »Bei allen Heiligen, Kanzler, schwöre ich Euch, dass ich vollkommen unschuldig bin.«

»Setzt Euch und schweigt.« Calaspin schritt zum Schreibtisch, nahm behende Platz und zog ein paar Papiere hervor. »Ihr kommt aus bestem Hause. Ich kannte Euren Vater. Ein wahrhaft braver Mann. Ihr sprecht Französisch, Spanisch, etwas Osmanisch, sogar Deutsch.«

Davide nickte.

»Ihr seid im Umgang mit den höchsten Kreisen ebenso geschickt wie im Umgang mit üblen Gesellen in den Spelunken in den, nun ja, etwas entlegeneren Gegenden dieser Stadt, wo unsere Herrschaft wenig gilt.«

»Das mag wohl sein, aber …«

»Man berichtete mir, Ihr habt Euch in der Haft trotz der unglücklichen Umstände gut entwickelt. Ihr habt Euch körperlich ertüchtigt, könnt es mit dem schlimmsten Gesindel aufnehmen. Einmal durfte ich es mit eigenen Augen sehen.«

Davide runzelte die Stirn. »Kanzler, ich weiß nicht, worauf Ihr hinauswollt!«

Calaspin lehnte sich zurück und blickte Davide erneut lange an. »Ich habe Euch kommen lassen, weil ich Euch etwas anbieten möchte. Eine Gnade, die nach meinem Wissen noch keinem Gefangenen, weder aus den *pozzi* noch aus den *piombi*, je gewährt wurde.«

»Was meint Ihr, Kanzler?«

»Ihr seid ein Mensch, wie es ihn nur selten gibt. Gebildet und abgehärtet, beredt und skrupellos. Ihr könntet unserer Republik gute Dienste leisten.«

»Ich verstehe immer noch nicht, was Ihr mir mit Euren Ausführungen mitteilen wollt.«

»Ich biete Euch ein neues Leben. Einen neuen Beginn. Einen Schlussstrich. Ihr bekommt nicht Euer altes Leben zurück, aber immerhin Eure Freiheit. Die Republik stellt Euch eine Wohnung zur Verfügung und sogar einen Bediensteten.«

»Kanzler, wollt Ihr Euch über mich lustig machen?«

»Mitnichten. Hier ist mein Vorschlag. Ihr tretet in den Dienst der Republik. Wir können Menschen wie Euch gut gebrauchen.«

»Als Soldat für den Krieg?«

»Nein, so würde ich das nicht nennen. Das wäre ja geradezu eine Verschwendung. Wir brauchen Leute wie Euch für Spezialaufträge. Die verdeckt agieren. Die gefährliche Missionen ausführen. Heikle Kurierdienste übernehmen. Ihr wisst, dass Venedig viele Feinde hat. Neider, die es auf unseren Wohlstand abgesehen haben. Politische Rivalen, die uns am liebsten ins offene Meer treiben würden. Herren der Kirche, denen die Serenissima zu reich, zu vorlaut und zu unabhängig ist. Und von den Osmanen muss ich erst gar nicht erzählen. Es gibt viel zu tun.«

»Nun, das alles klingt in jedem Fall besser als ein Dahinsiechen in den Bleikammern.«

»Nicht wahr?«

»Dabei dachte ich, Euer Spitzelnetz wäre lückenlos? Sind nicht erst in den letzten Jahren viele neue Verordnungen erlassen worden, um unsere Republik zu schützen?«

»Das ist richtig, doch jede Verordnung besitzt auch Schlupflöcher. Wir haben das Recht, die Kammern der ausländischen Händler regelmäßig zu untersuchen, und alle Nicht-Venezianer dürfen nur venezianische Bürger als Dienstpersonal einstellen, ob als Hausmeister, Schiffsführer, Ballenbinder oder Wiegemeister. Kurtisanen sind stets in unserem Dienst, um bei Bällen und Empfängen Ausländer auszuhorchen. Und doch genügen weder Verordnungen noch Kurtisanen, um die Serenissima zu schützen. Bedenkt, dass wir mit herkömmlichen Waffen beinahe nicht zu bezwingen sind. Kein Kanonengeschütz reicht vom Festland zur Lagune, kein Belagerungsturm kann über das Meer schwimmen. Unsere Gegner greifen wohl oder übel zu geheimen, perfiden Strategien, um unser Gemeinwesen zu zersetzen.«

»Etwa zu jener Strategie, unbescholtene Bürger aus bestem Haus ins Gefängnis zu werfen?«

»Venier, ich bin kein Mann für Scherze. Ich wiederhole, dass mich Eure Schuld oder Unschuld nicht interessieren.«

»Nun, Ihr versteht, dass ich das etwas anders betrachte.« Davide blickte nachdenklich ins Leere. »Und wenn ich Euer Angebot ablehne?«

»Dann hat diese Unterhaltung nicht stattgefunden. Ihr geht zurück in die Bleikammern und sitzt die zehn Jahre ab, nach denen Ihr vollkommen rechtlos und arm entlassen werdet, sofern Ihr die Gefängniszeit überhaupt überlebt. Oh, *scusatemi*, jetzt sind es ja nur noch neun Jahre.«

Davide blickte auf die herrlichen Deckenfresken, dann zu Calaspin. »Ihr scheint mir meine Entscheidung leicht machen zu wollen.«

»Noch eine Warnung, die Ihr Euch besser sehr genau anhört. Glaubt nicht, dass Ihr, wenn Ihr denn auf freiem Fuße seid, uns entkommen könnt. Solltet Ihr mein Angebot annehmen, nur um dann aus der Stadt zu fliehen, dann darf ich Euch versichern, dass Venedig überall ist. Wir werden eine hohe Summe auf Euren Kopf aussetzen, und wenn wir Euch lebend bekommen sollten, dann wandert Ihr in die *pozzi*, und zwar für immer.« Calaspin lächelte, was sehr selten vorkam. »Sind wir uns handelseinig?«

»Darf ich eine Bitte äußern?«

»Ihr seid zwar nicht in der Position, eine Bitte zu stellen, aber lasst hören.«

»Mein Zellengenosse Hasan möge mit mir die Freiheit erlangen.«

Calaspin stöhnte und rieb sich die Stirn. »Wisst Ihr, wie viel Überredungskunst es mich trotz meiner Position gekostet hat, allein Euch die Freilassung zu ermöglichen?«

»Nun, dann ist eine zweite diesbezügliche Anfrage für einen mächtigen Mann, wie Ihr es seid, doch geradezu ein Kinderspiel.«

»Venier, unterschätzt nicht meine Intelligenz. Hebt Euch die Schmeicheleien für Eure Ermittlungen auf.«

KAPITEL 8

Erste Aufträge

Davide atmete so tief ein, wie es seine Lungen erlaubten. Pustete die Luft heraus, atmete wieder ein, lachte wie von Sinnen. Er schmeckte den salzigen Hauch des Meeres auf der Zunge, spürte den Wind auf seinen Wangen, die Sonne in den Augen. Er war dem Gefängnis entkommen. War es ein Wunder? Oder war es Gott, der ihm doch noch Gerechtigkeit widerfahren ließ?

Sein Blick blieb nicht an feuchtem Mauerwerk hängen, sondern an prächtigen Fassaden und Balkonen, an den Wolken und den Kanälen, den Marketendern mit ihren voll beladenen Booten und den fluchenden Gondolieri. Seine Kleidung war frisch und sauber, zwar ohne die üblichen Accessoires eines Edelmannes, aber er trug doch Hemd und Hose aus gutem Stoff, Lederschuhe mit silbern funkelnden Schnallen, ein frisches Wams und einen elegant geschnittenen Tabarro, was für nahezu alle gesellschaftlichen Ereignisse in Venedig die angemessene Bekleidung sein dürfte.

Der Preis für seine Freiheit? War kein geringer, und doch glaubte Davide sich im Glück. Seine Stadt hatte ihn wieder, und er hatte sie wieder.

Die Wohnung, die ihm Calaspin überlassen hatte, besaß zwei Stockwerke und befand sich in Cannaregio, keiner üblen, aber auch keiner besonders schicken Gegend, weit weg von den Wohn- und Vergnügungsstraßen der *nobili*. Und einen Bediensteten hatte er auch. Es war nicht der, den

Calaspin ursprünglich für ihn vorgesehen hatte, sondern ein kleiner, älterer Herr mit dichtem Bart, der Italienisch mit orientalischem Einschlag sprach. Hasan war tatsächlich freigekommen, doch statt seiner Wege zu gehen, war er nicht mehr von Davides Seite gewichen, obwohl dieser ihn tagelang genötigt hatte, sein Glück auf eigene Faust zu versuchen.

»Wohin sollte ich denn gehen, Herr? Wollt Ihr mich denn nicht?«

»Nun, es wird doch interessantere Menschen geben als mich, die dich aufnehmen können? Etwa in deiner Heimat?«

Doch Hasan versicherte ihm, dass es niemanden gebe, bei dem er lieber bliebe, und auch niemanden, zu dem er hätte gehen können. Eine Freundschaft, die in den Bleikammern geschmiedet worden sei, halte ein Leben. Außerdem äußerte Hasan, dass er das Gefühl habe, dass Davide ihn noch brauchen werde. Und schließlich stehe er regelrecht in Davides Schuld. Nur dank ihm habe er die Freiheit zurückerlangt.

Noch bevor Davide seine neue Bleibe überhaupt betreten hatte, war Veronica in ihrer Gondel erschienen. Eigentlich hatte er Veronica erst wiedersehen wollen, nachdem er seine Verhältnisse geordnet, die Verschwörung durchschaut, die Bösewichte zur Strecke gebracht hätte. Doch Veronica lachte seine albernen Bedenken einfach weg, übersäte ihn mit heißen, feuchten Küssen, weinte und lachte zugleich. Wer auch immer sich gegen ihn verschworen hatte – Veronica war stets fest an seiner Seite.

Auch Miguel de Cervantes und Tintoretto waren noch am ersten Abend erschienen, hatten Käse und *prosciutto* und Wein mitgebracht. Tintoretto war unter Androhung der Verbannung verboten worden, Davide in den Bleikammern zu besuchen. Allzu schändlich hätten es die hohen Herren empfunden, hätte er, der Maler des Dogen von Venedig, der nahezu täglich mit den höchsten Würdenträgern verkehrte, Umgang mit Gesindel aus dem Gefängnis. Während Davide mit Miguel erst seit kurzem befreundet war – sie hatten sich in einem *casino* kennengelernt –, waren Davide und Jacopo Robusti schon lange Freunde. Robusti, Mitte fünfzig, war ein eher stiller Mann, der eine erstaunliche Zähigkeit aufbrachte, wenn es um abendliche Gelage ging.

Veronica, Miguel und Tintoretto berichteten, welche Geheimnisse sie Severgnini und Gioia abgerungen hatten. Es musste sich nach allem, was sie bisher wussten, um eine gigantische Verschwörung handeln. Dennoch war eine tiefere Beschäftigung mit der Sache hier und heute fehl am Platz, stattdessen prostete man sich fleißig zu.

Viel Wein brauchte es nicht für den zwangsentwöhnten Davide, um einzuschlafen. Doch sobald er aufwachte und Veronica sah, fielen beide wortlos ineinander, so harmonisch wie Hände, die sich zum Gebet falteten. In dem Moment, als er in sie glitt und sie ihn umschloss, war alles wie ausgelöscht. Es gab keine Falschaussagen, keine Anklage, kein Gefängnis mehr, es gab keine Verschwörung, kein Leid, keine Schulden, ja, es gab nicht einmal mehr Venedig, die Palazzi, die Lagune, das Meer, das Festland, die Welt. Es gab nur noch Davide und Veronica, und beide verschmolzen zu einem ganz eigenen Universum. Und während sie miteinander das Paradies sahen und Farben, die niemand sonst auch nur erahnen konnte, hielten sie sich so fest umschlossen, wie es nur ging, wurden sie eins. Sie pressten ihre Lippen aufeinander, und sie zitterten gemeinsam vor Wonne, bis sie erschöpft und, immer noch eins, in die Bettstatt sanken.

Nach tiefem Schlaf erwachte Davide erneut, nicht auf einer Gefängnispritsche, sondern in einem warmen Bett. Mit Vero-

nica an seiner Seite. Die, schön wie nie, ihn gespielt vorwurfs-
voll damit neckte, wie heftig er geschnarcht habe.

Er hatte einen furchtbaren Kater. Aber selbst den genoss er.

Erstaunlicherweise traf Davide in den ersten Tagen, in denen
er glückselig durch die Gassen spazierte, niemanden aus seinem alten Leben, und das war sicher ganz kommod so. Denn
seine Gedanken an Rache waren längst nicht erloschen, sondern glimmten vor sich hin wie ein schwelender Waldbrand,
der sich unter der Erde durch das Wurzelwerk fraß, während
an der Oberfläche kaum Rauch sichtbar war.

Die Wohnung war schlicht und kam Davide dennoch
fürstlich vor. Wer ein Jahr lang in den Schlund der Hölle geblickt hat, der empfindet ein sauberes, warmes Zimmer mit
Kamin, einer Küche und sogar einem eigenen Schlafraum
wie den Himmel auf Erden. Hasan hatte sich, seinem neuen
Leben entsprechend, auch eine neue Philosophie zugelegt.

»Herr, meine Tage sind gezählt, im Gegensatz zu den Euren. Ich habe beschlossen, fortan das Leben zu genießen. An
Eurer Seite, wenn es Euch beliebt.«

»Was meinst du, teurer Freund?«

»Ich habe das Glück, vom Schicksal in die Stadt mit den
üppigsten Märkten der Welt geführt worden zu sein. Wo lässt
es sich besser leben als hier? Wo gibt es mehr erlesene Gewürze, Fisch aus allen Meeren, Getreide und Obst und Gemüse aus dem fruchtbaren Hinterland? Istanbul vielleicht
einmal ausgenommen, kann ich mir keine schönere, genuss-
freudigere Stadt vorstellen. Und welche Freuden bleiben
mir? Den jungen Mädchen kann ich nicht mehr den Hof
machen, der schnellste Ruderer auf dem Canal werde ich
auch nicht mehr. Viel zu lesen und viel zu studieren gibt es

noch, Herr, aber die Seele will ja auch verwöhnt und bei Laune gehalten werden.«

Und so wurde Hasan von Davides Freund und Schachpartner zu Davides Freund, Schachpartner und Leibkoch.

Doch Davides vordringlichste Aufgabe war es, sich seine Freiheit und die damit verbundenen Privilegien zu bewahren. Einen ersten, kleineren Auftrag hatte er noch in der Woche seiner Freilassung zu Calaspins Zufriedenheit erledigt.

Er sollte einen Kurier beschatten, der täglich im Fontego dei Turchi am Canal Grande ein und aus ging. Der Kurier war ein sehr junger Bursche, hübsch gewachsen, mit kurzem schwarzem Haar und dichtem Bart. Möglicherweise war das nur eine Art Test, in jedem Fall hatte Davide acht Tage und Nächte lang die Wege jenes geheimnisvollen Boten gewissenhaft aufgezeichnet und die Aufzeichnungen wunschgemäß abgeliefert. Calaspin hatte anerkennend genickt. Was aus dem Burschen wurde und ob es überhaupt ein echter Auftrag war, würde Davide nie erfahren.

Einige weitere Observationen folgten in den nächsten Wochen, bevor es sehr bald ernst wurde.

Der Mensch ist ein anpassungsfähiges Wesen. Bald kam Davide sein neues Leben ganz selbstverständlich vor. Er war nun nicht mehr der junge, reiche Adlige, sondern eine Art Wachhund. Doch wie der junge, reiche Adlige auch sah er die Sonne, konnte sich satt essen und Wein trinken, wie es ihm beliebte, und den Damen hinterherschauen. Die Gedanken an die Verschwörung rückten zunehmend in den Hintergrund, zumal er in seinen früheren Kreisen nicht mehr verkehrte. Davide gewöhnte sich an sein Dasein als Spion.

In einigen Kneipen Cannaregios besserte er mit bemerkenswertem Geschick beim abendlichen Würfel- und Kartenspiel sein Startguthaben auf, sodass ihm und Hasan für die Haushaltsführung bald eine erkleckliche Summe an Golddukaten zur Verfügung stand. An nichts fehlte es ihm.

Calaspin benutzte ihn gerne als Boten, um besonders heikle Dokumente in die oberitalienischen Städte, nach Frankreich, Dalmatien oder gar über die Alpen zu befördern. Die Observationen und Kurierdienste füllten sein Leben völlig aus, Davide würde daher auch in den nächsten Monaten keine Zeit für seinen privaten Vergeltungsfeldzug haben.

Der nächste Auftrag allerdings wurde ungewöhnlich heikel: Ein Schmugglerring betrog Venedig um wichtige Einnahmen aus dem Handel mit dem begehrten Muranoglas. Trotz der Kontrollen hatte sich ein gewaltiges Schiebernetz von der Insel Murano aus über den ganzen Mittelmeerraum ausgebreitet. Die Glasarbeiten wurden bevorzugt in Fischkörben versteckt und außer Landes geschafft.

Davide hatte in den langen, kühlen Nächten, die er gemeinsam mit zwei kräftigen Ruderern in einer leer stehenden Fischerhütte am Fondamenta San Giovanni di Battuti zugebracht hatte, einen der größten Schmuggler identifiziert: Es war ein stellvertretender *podestà,* der dank seiner Beziehungen zur Verwaltung alle Ermittlungen hatte verhindern können. Beim Versuch, ihn auf frischer Tat zu erwischen und festzusetzen, kam es zu einem Handgemenge mit seinen zwei Leibgardisten, ein Musketenschuss löste sich und streifte Davides Rücken.

Dennoch konnte der *podestà* überwältigt und gefesselt werden. Davide ließ sich sofort mit ihm Richtung San Marco rudern und lieferte das zeternde Paket bei Morgengrauen direkt bei den verblüfften Wachen vor dem Dogenpalast ab.

Calaspin, der trotz der frühen Stunde schon vor Ort war, stürmte heraus und betrachtete als Erstes Davides Wunde.

»Ihr sollt nicht Euer Leben für einen Haufen bunter Scherben riskieren, ich brauche Euch noch!«, schimpfte er. Dennoch konnte er nicht verbergen, wie zufrieden er mit seiner neuen Anwerbung war: ein harter Bursche, der offenbar eine Nase für das Verbrechen hatte. Er schickte seinen verwundeten Mann mit den Ruderern umgehend zu Eppstein.

Das Schreiben, das er ihm für die Visite bei dem jüdischen Arzt in die Hand drückte, sollte eines der wichtigsten Dokumente für Davide werden und seine Karriere als Spion enorm befördern. Denn zwischen ihm und Eppstein entstand bald eine fruchtbare Partnerschaft, die für die Serenissima großen Nutzen zeitigen sollte.

Doch viel Zeit zum Genesen blieb Davide nicht. Bald musste er erneut überstürzt aufbrechen.

KAPITEL 9

Der Gesandte

Aaaaaaaaaaaaaaaaaaaah!«

Der Wein ist rot, tiefrot wie das Gesicht des Gesandten, der auf dem Tisch tanzt, dabei Karaffen und Gläser umwirft, und aus dem Mund des Gesandten ertönt ein gewaltiger Schrei. Dann trinkt er den Wein direkt aus der Karaffe und tanzt weiter seinen Veitstanz, wilder werdend, die Arme zerteilen die zu milchigen Schlieren geronnene Luft, Weinreste spritzen auf die am Tisch Sitzenden. Der gewaltige Kachelofen, groß wie eine Kleiderkammer, bollert, Hitze erfüllt den Raum, der Raum selbst wirkt wie ein glutgoldener Ofen. Schichten aus Schweiß, Staub und Gier stauen sich bis an die freskenverzierte Decke. Die heilige Muttergottes, umrahmt von schmachtenden, nackten Engeln, schaut mit weichem Gesicht auf die Sünder unter ihr herab. Der Gesandte hat keinen Blick für Fresken, überhaupt sieht er nur Schatten, Blitze und Brüste. Ja, Brüste: So soll das Leben sein, prall und voll und wild.

Die Sitzenden, dreißig oder vierzig Spanierinnen und Spanier (»nicht Spanier, Katalanen«, hat er gelernt, aber was soll's, für diese Feinheiten war nun wirklich keine Zeit) feuern ihn an.

Ja, sie lieben ihn. Lieben sie ihn etwa nicht?

Er ist ihr wertvollstes Gut, wertvoller noch als all die lächerlichen Kunstwerke in diesem großkotzigen Palast, ohnehin nur Kopien der großen Werke aus seiner Heimat. Diese Spanier, Katalanen – alles nur armselige Kreaturen, schäbige Imitatoren der Durchlauchtigsten, unfähige Trottel. Erst hatten sie sich den Handel mit der Neuen Welt wegschnappen lassen, nun verloren sie auch noch Tag für Tag Einfluss im Mittelmeer.

Jetzt lacht der Gesandte, und sein Lachen ist ein Naturereignis, denn er bebt, sein gewaltiger, von gigantischen Mengen friulanischem Wein und *baccalà* genährter Körper sendet seismische Erschütterungen durch den Saal. Dort sitzen die reichsten Kaufleute Barcelonas samt ihren Frauen und Gespielinnen sowie einigen Extramätressen, falls Bedarf ist, und an Abenden wie diesem ist eigentlich immer Bedarf. Er kann sich nehmen, was er will. Er darf alles, nicht nur heute Abend, sondern, so hofft er, für den Rest seines Lebens. Denn er hat versprochen, ihnen ein Geheimnis zu verraten, ein Geheimnis, das die Katalanen wieder über das verhasste Madrid erheben werde, an das sie nach dieser verdammten Hochzeit der Hure Isabella von Kastilien mit dem mädchenhaften Ferdinand von Aragon seit vier Generationen gebunden sind.

Jetzt fällt der Gesandte. Er fällt in Zeitlupe, einem tiefen Ausschnitt entgegen, der Spalte des Begehrens, und er fühlt sich wohl, antizipiert den Aufprall des Glücks – und landet doch nur auf der Schnauze.

Davide war spät dran. Der Tipp mit Barcelona war ihm erst vor wenigen Tagen zugetragen worden. Er hatte sich sofort auf den Weg gemacht, mit zwei Pferden nach Genua und von dort *direttissima* unter Segeln quer übers westliche Mittelmeer. Geld hatte keine Rolle gespielt, die guten, schweren venezianischen Golddukaten waren überall gern gesehen.

Die Winde hatten günstig gestanden, und er hatte sich während der viertägigen Fahrt nur dreimal übergeben müssen. Würde er doch noch ein echter Seemann werden?

Der Kapitän des Frachtseglers, der eigentlich Wein nach Andalusien bringen und mit Wolle zurückkommen sollte, nahm für zwanzig Dukaten den Umweg nicht ungern in Kauf. Die Mannschaft wunderte sich über den seltsamen Mitreisenden an Bord. Davide Venier überragte sie alle um Haupteslänge. Er hatte den geraden, selbstsicheren Gang eines Edelmanns und hatte im Hafen auf Eile gedrängt, in einem Ton, der kaum Widerspruch duldete. Seine Augen hatten entschlossen gen Westen geblickt, als sie losgesegelt waren. Die Matrosen tuschelten: ein Adliger auf der Flucht vor einem eifersüchtigen Ehemann? Doch nun hing der feine Herr über der Reling wie ein Schiffsjunge bei der ersten Ausfahrt.

Da er in nicht gerade vorteilhafter Haltung die Fische fütterte, bemerkten die Seeleute die lange Narbe auf dem linken Unterarm, und später, als er sich an Deck den Oberkörper mit kaltem Wasser wusch, eine beinahe ebenso große quer über dem Rücken und eine verheilte Streifschusswunde an der rechten Schulter. Damit wussten sie, dass Davide nicht der übliche venezianische Kauf- oder Lebemann war.

Kaum waren sie in Barcelona angekommen, vier Tage später an einem frischen, sonnigen Spätnachmittag, gewann der Herr, sobald er wieder *terraferma* unter den Füßen hatte, seine Souveränität wieder. Mit nur wenigen Worten und Gesten hatte er sich zwei Pferde und einen Reitknecht besorgt und war in Richtung La Catedral geritten. Er hieß den Kapitän, bis zum nächsten Tag zur Mittagsstunde zu warten, und legte zwei Dukaten drauf.

»Wein wird nicht schlecht«, lächelte der Kapitän, der noch auf der Hinfahrt überlegt hatte, den wenig seetüchtigen

Herrn auszurauben und über Bord zu werfen. Aber irgendetwas hatte ihn zurückgehalten – vielleicht der Eindruck, dass jener Herr einer war, der sich trotz Seekrankheit und daraus resultierender grünlicher Gesichtsfarbe zur Wehr setzen würde.

Ja, Davide war spät dran. Die Feier im Palau del Lloctinent war zu Ende, die Bediensteten räumten auf. Hier und da waren noch Stimmen zu hören, eher gelallt als klar, irgendwo fiel Porzellan zu Boden, hinter einer Tür vernahm man Stöhnen, das nicht von unruhigem Schlaf herrührte. Keiner der Bediensteten kümmerte sich um ihn, dazu sah er, auch nach der langen Reise, zu nobel aus. Er wirkte zwar fremdartig, aber dennoch nicht wie einer, den man einfach so fragt, ob er sich vielleicht verlaufen habe. Und die einzigen beiden Wachleute, die ihm den Zugang hätten verwehren können, kauten vergnügt auf je einem Dukaten herum.

Der vierstöckige Palau beeindruckte Davide nur mäßig. Als gebürtigen Venezianer brachten ihn Repräsentationsgebäude aus anderen Ländern eher selten aus der Fassung. Im Innenhof, in dem Hunderte Kerzen die von Efeu umrankten Säulen beleuchteten, kamen ihm zwei Damen entgegen, eine ältere und eine jüngere. Sie hatten sich untergehakt und kicherten beschwipst. Als Davide sie anlächelte, blieben sie unvermittelt stehen. Die Ältere machte eine anzügliche, nur genuschelte Bemerkung, die er nicht genau verstand. Die Jüngere kicherte umso lauter, ein hübsches Mädchen mit Silberblick, etwas zu viel Puder auf der Stirn und etwas zu viel Alkohol im Blut. Ihr Perlreif, den sie über der Stirn im zurückgekämmten und gescheitelten schwarzen Haar trug, war schon etwas verrutscht. Die Ältere dagegen hatte den Puder auf der Oberlippe schon fortgeschwitzt, darunter zeigte sich ein formidabler Damenbart.

»Wo finde ich den Gesandten?«, fragte Davide in solidem Spanisch.

»Oh, Ihr steht mehr auf Männer«, flüsterte die Jüngere und hielt sich die Hand in gespieltem Entsetzen vor den Mund.

Davide ließ sie in ihrem Irrtum.

»Aha, auch ein Italiener?«, fragte die Ältere.

»Venezianer«, antwortete Davide.

»Die Gastgemächer findet Ihr hier im Erdgeschoss, da entlang, dann links«, gestikulierte der Damenbart.

Davide nickte kurz und war schon unterwegs. Er blieb vor einem der Räume stehen und lächelte den beiden Damen zu, die sich immer wieder umsahen und winkten. Als sie um die Ecke gebogen waren, trat er mit voller Wucht gegen die Tür. Dessen hätte es nicht bedurft, die Tür war nicht verschlossen, flog auf und knallte gegen die Wand. Der Lärm, der noch ein paar Sekunden im Palau nachhallte, störte offenbar niemanden.

Der Raum war schwarz. Davide nahm sich nicht die Zeit, um seine Augen an die Dunkelheit zu gewöhnen, und tastete sich vorwärts. Er wollte nicht herumtrödeln, jede Minute konnte … Plötzlich knickten seine Knie ein. Er taumelte, der Boden kam näher, noch vor dem Aufprall spürte er den explodierenden Schmerz am Hinterkopf. Dann fiel er einer noch schwärzeren, noch tieferen Finsternis entgegen.

Wie lange hatte er so dagelegen? Wenige Augenblicke? Eine halbe Nacht? Ein Diener kniete neben ihm, eine Kerze in der Hand. »Geht es Euch gut, ehrenwerter Herr?«

Davide drehte sich auf die Seite und versuchte sich emporzustemmen, knickte aber wieder ein.

»Ihr seid gefallen, ehrenwerter Herr. Soll ich Euch ein Glas Wein bringen?«

»Wo ist … wo ist der Gesandte?«, brachte Davide hervor, betastete sich den Schädel und betrachtete seine Hand. Sie war blutig. Es dämmerte ihm, was passiert sein musste: Der Gesandte hatte ihn kommen hören und ihn hinterrücks niedergeschlagen. Neben ihm lag – ein kupferner Nachttopf. Ausgerechnet. Sollte er jemals seinen Freunden von dieser Reise erzählen, würde er diese Stelle etwas beschönigen müssen.

»Er ist fort, gerade eben, ehrenwerter Herr.«

Davide stand endlich auf, mithilfe des Dieners. In seinem Kopf schepperte und dröhnte es, als spielten die Zahnrädchen einer mechanischen Vorrichtung verrückt. Ein Rinnsal Blut sickerte ihm über das rechte Ohr. »Wohin?«

»Das weiß ich nicht, ehrenwerter Herr.«

Davide klopfte sich seinen Tabarro zurecht, nickte dem Diener zu und machte sich auf den Weg. Nach wenigen Schritten geriet er noch einmal ins Taumeln, konnte sich aber am Türrahmen abstützen.

Der Gesandte rannte. In nackter, atemloser Panik. Als er den venezianischen Akzent gehört hatte, war Filiberto Nonino sofort nüchtern geworden, was angesichts der Menge an Wein, die er hinuntergestürzt hatte, eine ganz erstaunliche Leistung war. Durch den zweiten Stock des Palau war er über einen Übergang in das Casa dels Canonges gerannt und dann vage Richtung Hafen. Er hatte eine erste Rate für seinen Verrat in der Tasche, die ihn nach Süden bringen würde, nach Granada vielleicht, da hatte er Freunde. In Barcelona konnte er sich nicht mehr blicken lassen.

Also doch: Die Serenissima war ihm auf den Fersen. Wie hatten sie es nur herausgefunden? Und so schnell? Er wollte alles, nur nicht in den *pozzi* enden, dem elenden Kerker, mit den Füßen im *acqua alta*. Ein Schiff zu erreichen war das Einzige, was ihm übrig blieb, ein wilder Ritt durch die Dunkelheit wäre Selbstmord gewesen, ein Verweilen im Palazzo bedeutete den sicheren Tod. Ja, Filiberto hätte Davide töten können. Aber hätten ihn seine katalanischen Freunde dann noch decken können? Ein bisschen Spionage, gut und schön. Aber bitte keine diplomatischen Verstimmungen und ganz bestimmt keinen Krieg.

Doch der Gesandte irrte mehrfach. Zum einen wären den Katalanen die Baupläne für die neuartigen, offenbar unbesiegbaren Schiffe mit den hohen Decksaufbauten und den vielen Kanonen, die er versprochen hatte, durchaus ein paar aufgeregte Depeschen wert gewesen, und vielleicht sogar das eine oder andere tatsächliche Scharmützel. Schon gegen die Andalusier von Sevilla und Cádiz hatte Barcelona eine herbe Niederlage um die Handelsprivilegien mit der Neuen Welt erleiden müssen – dabei war Kolumbus nach seiner Rückkehr aus Neuindien hier in Barcelona empfangen worden. Nein, die katalanischen Kaufleute hatten die Nase voll von Rückschlägen.

Zum anderen war Davide alles andere als ein hoher Repräsentant der Serenissima, und es wäre für den Gesandten besser gewesen, er hätte ein zweites Mal mit dem Nachttopf zugeschlagen. Seine Gastgeber hätten dafür durchaus Verständnis aufgebracht. Aber all das wusste der Gesandte nicht. Er hatte jedenfalls das Gefühl, der Doge höchstselbst wäre hinter ihm her.

Gegen einen greisen Dogen hätte Filiberto ein nächtliches Wettrennen durch die schmutzigen Gässchen des Barri Gòtic auch locker gewonnen. Doch da er seinen massigen Leib an Marketendern, Betrunkenen, Zuhältern, Hilfsarbeitern und Obdachlosen vorbeizwängen musste, holte Davide schnell auf. Als sich der Gesandte umsah und einen Schatten bemerkte, der hinter ihm her hetzte, schrie er spitz auf wie ein kleines Kind.

Davide hatte Glück: Ein Diener im Casa dels Canonges hatte dem Gesandten den Weg versperrt, und er hatte aufholen können. Er hatte noch gesehen, welchen Weg der ungehobelte Dickwanst eingeschlagen hatte. Doch Davide hätte ohnehin zuerst am Hafen gesucht. Das war seine Stärke: Er konnte Menschen durchschauen, die auf Abwege geraten waren. Kunststück, bei seinem Vorleben. Nach einem Spurt hatte er den Gesandten eingeholt und drückte ihn gegen eine Mauer. »Ihr kennt mich nicht, aber ich kenne Euch. Ein paar Herren vom Rat würden Euch gern ein paar Fragen stellen.«

Der keuchende Gesandte war sich der Ausweglosigkeit der Situation bewusst. Aus seiner Panik wurde fatalistische Kälte. Er versuchte sogar ein Grinsen. »Doch, doch, ich kenne Euch. Ihr seid … Ihr seid Calaspins Bluthund. Aber Ihr werdet doch nicht hier, mitten in der Stadt …«, feixte er, fast selbstsicher.

Davide drückte sein Stilett durch den Stoff, sodass die Spitze den weichen, wohlgenährten Wanst anritzte.

Doch der Schmerz setzte Filibertos letzte Reserven frei. Mit der Kraft seines schweren Körpers riss er sich los und stieß Davide, der tatsächlich Skrupel hatte, die Klinge tiefer zu führen, mit solcher Wucht gegen die Wand, dass dem der Atem wegblieb.

Es war Nacht, aber die Gassen waren belebt. Schon hatten sich ein paar zahnlose Taugenichtse um die beiden fremden Streithähne aus offenbar gutem Haus versammelt und diskutierten leidenschaftlich, um was es hier zu gehen schien.

Der Gesandte rannte. Wieder einmal. Und Davide bekam wieder weiche Knie. Wie lange würde seine Kraft noch reichen?

Filiberto hatte nicht mehr viele Optionen und nur wenig Vorsprung: Er rannte auf die Catedral zu, den Ort, der ihm, wie er hoffte, Schutz und ein Versteck bieten würde. Die

Kirche, aus deren offenem Portal ein schwaches, warmes Licht strömte, hatte für ihn etwas Unwiderstehliches, wie der Tisch einer gütigen Mutter, die alles Böse fernhält. Er rannte durch das Portal und war sofort ergriffen von der prächtigen Säulenlandschaft, den gewaltigen Lüstern, dem sakralen Duft. Es waren sogar einige Gläubige anwesend, so spät in der Nacht, fast am Morgen – in Spanien lief die Zeit tatsächlich anders.

Doch sein Verfolger war schon da, nur wenige Schritte vom Portal entfernt. Mit letzter Kraft nahm der Gesandte die Stufen bis hinauf zur Empore. Doch der Bluthund setzte ihm hinterher. Das Spiel war aus, jedenfalls so gut wie.

Der Gesandte schwang ein Bein über die Brüstung. Das eigene Leben war vielleicht das letzte Druckmittel, das ihm blieb.

»Wir können reden«, sagte Venier.

»Nein, ich glaube nicht, dass wir das können.«

»Ihr seid ein ehrbarer Bürger Venedigs. Niemand wird leichtfertig über Euch richten.«

»Sie werden mich in die *pozzi* schmeißen, wo ich bei lebendigem Leib verfaule. Oder in die *piombi*, wo ich im Sommer ersticke und im Winter erfriere.« Filiberto schnaufte durch und lächelte dann. »Ihr wisst doch besser als ich, wie es einem dort ergeht«, zischte er boshaft.

»Man wird Euch anhören.«

»Und mich dann verurteilen. Ich weiß, was auf dem Spiel steht.«

»Was habt Ihr den Katalanen gesagt?«

»Nichts. Fast nichts. Die Pläne sind alle hier bei mir.« Der Gesandte klopfte sich auf den Bauch.

»Dann droht Euch nichts.«

»Außer lebenslanger Haft, dem Übertrag all meiner Besitztümer auf die Prokuratoren und Schande über mich und meine Familie? Nein, danke.«

Der Gesandte schwang das zweite Bein über die Brüstung, doch mitten in der Bewegung hielt er inne. »Was wäre, wenn ich Euch alles Geld gäbe, das ich bei mir trage, und Ihr habt mich nicht gefunden? Es ist viel Geld. Mehr als Ihr in Eurem ganzen Leben verspielt habt.«

»Ich fürchte, das ist nicht möglich. Kommt mit mir. Ein Schiff wartet auf uns. Man wird Euch anständig behandeln.«

»Ich verstehe und vertraue Euch. Aber ganz bestimmt vertraue ich nicht den Herren der Republik«, stieß der Gesandte hervor und rutschte beinahe elegant nach unten, dem Boden entgegen. Sein Körper vollführte eine behende Drehung.

Ein Sturz aus dreißig Fuß Höhe auf Stein lässt sich normalerweise überleben, wenn auch mit ein paar unangenehmen Brüchen. Aber nicht, wenn man mit dem Kopf voran stürzt, wie es der Gesandte tat.

Davide sprintete nach unten. Filiberto Nonino hatte die letzte Tat seines Lebens mit bemerkenswerter Konsequenz ausgeführt und war mit dem Schädel voran aufgeschlagen.

Die Kirchenbesucher schrien entsetzt auf und liefen zu dem Unglücklichen. Blut und Hirnmasse bildeten eine dickflüssige, fast schwarze Lache. Davide drängte sich durch, drehte den Gesandten, der auf dem Bauch lag, um und tastete ihn ab. Den Blick aufs Gesicht vermied er, im Gegensatz zu einer alten Frau neben ihm, die in Ohnmacht fiel. Tatsächlich fand er unter dem Mantel die Papiere, die die Jagd um die halbe Welt wert gewesen waren.

Mit zügigem Schritt entfernte er sich. Niemand beachtete ihn angesichts des schrecklichen Ereignisses, das alle Umstehenden vor Entsetzen lähmte.

KAPITEL 10

Der erste Tote

Heute kein Nebel. Gut. Obwohl man nie wusste, wann er kommen würde. Er konnte einen auch ganz plötzlich überraschen: erst strahlender Sonnenschein, ein wunderschöner Tag – und plötzlich eine Mauer aus Weiß, ein Schweben im Nichts, als wäre man in himmlische Sphären entrückt. Aber es musste wirklich mit dem Teufel zugehen, wenn sich die Sicht heute eintrübte.

Valerio ruderte über den Rio della Sensa und den Rio di Noale hinaus, vorbei an Murano, die Sonne eine Andeutung aus Richtung Dalmatien, ein schwaches Versprechen. Aber immerhin. In den letzten Tagen hatte es geregnet. Und es war immer noch elendig kalt. Das Ruder durchschnitt in regelmäßigem Rhythmus das grüne Lagunenwasser, sonst war kein Geräusch zu hören. Kein Wind, also konnte er sich das Setzen des löchrigen Hilfssegels, das ohnehin selten zum Einsatz kam, sparen. Er war spät dran, hatte länger geschlafen, was in letzter Zeit immer häufiger vorkam. Tja, dachte er, ich werde ganz einfach alt. Dennoch war außer ihm niemand unterwegs. Die Zeit um das Sechs-Uhr-Läuten war *seine* Zeit. Es gefiel ihm, früher hinauszufahren als die anderen Fischer und später als die großen Boote, die schon nachts auf Fischzug gingen, um rechtzeitig zum Markt in Rialto wieder zurück zu sein.

Noch zwei, drei Ruderschläge, dann war er an *seiner* Stelle. Gut eine halbe Stunde vor der Stadt, ziemlich mittig zwi-

schen Murano und Sant'Erasmo. Hier wimmelte es von See-
barschen. Seine Frau würde aus ihnen ein feines *brodetto* machen, mit Weinessig und etwas Rosmarin, den er einmal im
Monat büschelweise pflückte. Und einige von den Fischen
könnte er bei seinen Nachbarn gegen Wein, Gewürze oder
Honig tauschen.

Doch noch bevor er seine Krummhaken auswerfen konnte,
stieß sein Boot gegen etwas Schweres, Schwarzes. Der Rumpf
geriet ins Wanken, Valerio wäre fast über den Bug ins Wasser
gestürzt. Was war das? Er hatte das Hindernis so frontal gerammt, dass das Boot nun völlig still stand.

Valerio erschrak, aber fing sich wieder. Mit dem Gesicht
nach unten trieb ein Leichnam im Wasser. Valerio überlegte
kurz, ob er sich lieber davonmachen sollte, aber dann über-
wogen sein Pflichtbewusstsein und der Gedanke an seinen
ältesten Sohn. Er war als Handelsschiffer in stürmischer See
vor Sizilien ertrunken, die Leiche war nie gefunden worden.
Der schmerzhafte Gedanke daran beseitigte letzte Zweifel.
Mit einem geübten Knoten band Valerio den Toten außen
am Boot fest und ruderte zurück, der erwachenden Stadt entgegen.

Ertrunken war dieser Mann nicht, das hatte Valerio sofort gesehen. Quer durch seine Brust war ein Holzpflock getrieben.

Istanbul, im Jahr 1540

KAPITEL 11

Der Junge mit den grünen Augen

Es schien, als wollten sie nicht existieren. Nicht hier, nicht in diesem Augenblick. Sie machten sich ganz klein, drehten sich weg, blickten zu Boden. Wer konnte, duckte sich hinter seinen Stand oder entschwand in den Gassen, ohne zurückzuschauen.

Denn Orhan Ibn-Raschid spazierte über den Marktplatz von Istanbul, die Arme hinter dem Rücken verschränkt. Wie ein alter General, der seine Truppen inspiziert. Das Tuscheln, die verstohlenen Blicke, die Angst, das Ausweichen, als würde die große, unsichtbare Hand eines Gottes die Menschen von der Straße fort und in die Häuser zurückdrängen: Er liebte diese kleinen Ausflüge, die ihm so guttaten wie ein heißes Bad. *Schahyn*, flüsterten die Leute. *Falke*. Sie senkten die Häupter, manche zitterten. Ibn-Raschid sah über sie hinweg. Er war groß genug, das zu tun, und groß genug, um den gesamten Marktplatz im Auge zu behalten – in jenem Auge, das noch nicht milchig und nahezu komplett erblindet war. Hager war er, stolze zweiundsechzig Jahre alt, und er hielt seinen zähen Körper gerade. Der Bart reichte ihm bis zum Rippenbogen. Er pflegte ihn sorgfältig und täglich. Er war ein methodischer Mensch, keiner seiner Schritte war verschwendet. Er schlenderte nicht, obwohl er sehr langsam ging.

Ein Sklavenjunge mit verfilzten schwarzen Locken, der es eilig hatte, zu seinem Herrn zu kommen, sah nicht auf und lief frontal in ihn hinein. Ibn-Raschid stieß ihn mit einer

Kraft, die eigentlich unmöglich aus diesem alten Körper kommen konnte, zur Seite gegen einen Stand voller Datteln, der schwankte und schließlich umkippte. Der Junge lag am Boden wie ein Bündel Lumpen, schaute auf und wollte etwas sagen. Doch er sah nur in das milchige Auge, das, obschon nahezu nutzlos, noch genügend Schrecken verbreitete. Der Händler, der wusste, mit wem er es zu tun hatte, blickte verschämt zur Seite, als wäre es seine Schuld, dass die Datteln im Weg gewesen waren.

Der Falke sucht, flüsterten die Leute.

Der Falke bemerkte die Angst, sog sie auf, genoss sie, brauchte sie wie die Luft zum Atmen. Ja, er suchte. Aber er hatte schon lange nichts mehr gefunden. Hier auf dem Markt gab es sicher auch nichts. Er musste in die Nebengassen, ins schattige, dreckige Dunkel. Er bog in eine der Gassen ein. Der Schlamm stand knöchelhoch. Sein Instinkt hatte ihn hierhin geführt, in den beginnenden Abfluss der Altstadt, und je weiter er ging, desto beißender wurde der Gestank nach faulem Fleisch, Armut und Krankheit.

Er sah eine Rauferei. Er wusste, was Spiel war und was Ernst bei kleinen Kindern. Er sah, wenn das Lachen verging und die Tränen der Wut und der Angst in die Augen schossen, vielleicht sogar der pure Überlebenswille die kindliche Rangelei verdrängte. Er sah einen kleinen Kerl, kohlschwarzes Haar, leuchtend grüne Augen, höchstens neun, vielleicht zehn. Er beschützte seine Schwester, die von drei älteren Jungen eingekreist war.

Die Rohlinge lachten, schimpften, traten hinterhältig zu. Die Schwester: rotbraunes Haar, die ersten Rundungen zeigten sich unter dem Umhang. Die Jungen: so alt wie die Schwester, lüstern, gierig. Sie zerrten am Stoff, griffen nach ihr, fassten ihr an den Hintern, befingerten grob den Busen. Sie wehrte sich. Ihr kleiner Bruder teilte verzweifelte Schläge mit seinen kleinen Fäusten aus, die in der abgestandenen Luft verpufften.

Der Falke kam näher. Die Jungen freuten sich richtig über den Zuschauer und wollten dem älteren Herrn, der so interessiert schien, etwas bieten. Der eine zerriss den Umhang des Mädchens, ein weiterer schnappte sich den kleinen Jungen, der wütend in dem Griff zappelte und sich mit Schlägen und Bissen zu befreien suchte.

Der Falke kam noch näher heran, brach dem einen mit einem ansatzlosen Faustschlag die Nase, dem nächsten schlug er mit seinem Stock zwischen die Schulterblätter. Das reichte völlig. Der dritte flüchtete.

Das Mädchen richtete den Umhang, so gut es ging, und klopfte sich den Staub ab. Der kleine Junge blickte den Herrn aus großen grünen, unverständigen Augen an.

»Danke«, sagte das Mädchen leise.

»Wo sind eure Eltern?«, fragte der Falke.

Just zu jenem Zeitpunkt, als der Falke einen ärmlichen Lehmbau betrat, erließ der Große Rat der Stadt Venedig, dass Perlenketten nicht länger als bis zur Taille reichen dürfen. Wegen des Hungers kam es zu Tumulten vor den *fonteghi della farina*, den Mehl- und Kornkammern. Die Serenissima verstärkte die Wachen, zusätzlich mussten die beladenen Boote geschützt werden. Dazu quartierte man Soldaten auf ihnen ein. Außerdem verkauften die venezianischen Sekretäre Agostino Abbondio und Nicolò Cavazza unter Vermittlung des französischen Botschafters in dessen Residenz in Venedig heikle Staatsgeheimnisse an Geheimagenten der Pforte. Die Venezianer, von Spielschulden erdrückt, ließen den Franzosen und seine türkischen Freunde wissen, unter welch großzügigen Bedingungen der Doge zu einem Frieden mit den Türken bereit wäre. Dieser Verrat war ein schwerer Schlag für die venezianische Diplomatie. Ohnehin stand die Regentschaft des Dogen Pietro Lando unter keinem guten Stern, ereignete sich doch just am Tag seiner feierlichen Amtseinführung am neunzehnten Januar 1539 ein furchtbarer Schneesturm, der eine Verschiebung der Zeremonie um zwei Tage nötig machte. Wenige Tage später erschütterte ein schrecklicher Vierfachmord die Stadt, als ein gewisser Pietro Ramberti im Streit um das liebe Geld seine Tante, seine Haushälterin und deren zwei kleine Kinder erschlug. Dies alles, so wurde in der Serenissima gedeutet, war ohne jeden Zweifel ein schlechtes Omen für die Amtszeit des studierten Philosophen und nicht ungeschickten Seefahrers.

Der Lehmbau bestand aus einem Zimmer, das fünf Menschen beherbergte: Mutter, Vater, die älteste Tochter, den kleinen Jungen und einen Säugling. Offenbar war die Mutter wieder schwanger. Staubige Luft. Mutter und Vater saßen im Schneidersitz auf dem Boden aus festgetretener Erde. Die Mutter weinte lautlos, der Vater flehte leise, wieder und wieder. Der Falke zählte Silbermünzen ab und warf sie vor ihnen auf den Boden. »Zwanzig Akçe«, sagte er. »Ich lasse euch nur aus Höflichkeit in dem Glauben, entscheiden zu können. Nickt, und das Silber gehört euch. Weigert ihr euch, dann nehme ich den Jungen trotzdem mit. Aber das Silber auch.«

Vom ersten Tag an Nacktheit. Bei Kälte, Schnee und Hagel: nackt. So waren sie dem Falken am liebsten: schutz- und hilflos, wie Küken aus dem Nest. Die Gruppe von zwölf Jungen hatte er in den verfallenden Bukoleon-Palast gepackt, von wo aus der Bosporus nur zu erahnen war. Bei Hitze kein Windhauch. Bei den kleinsten Verfehlungen setzte es Schläge und Hiebe von den Peitschenträgern, die für Recht und Ordnung sorgten. Es gab wenig zu essen, am Morgen Ekmek-Brot, am Abend Reis, einmal die Woche Reste vom Lamm.

Tagsüber wurde exerziert: Morgens laufen, werfen und springen unter der Aufsicht eines Schinders namens Aldemir, der Nagelbretter auslegte oder Tonscherben streute, um die Kinder zu Bestleistungen anzustacheln. Einmal geriet der Junge, der zwanzig Silbermünzen gekostet hatte, ins Straucheln und schlug mit dem Gesicht voran in die Tonscherben. Er trug zwei parallel von oben nach unten verlaufende Schnittwunden auf der rechten Wange davon, die nie mehr richtig heilen sollten. Mittags Schwertkampf mit hölzernen Waffen und dem wortkargen Kämpfer Orr, der eine Augenbinde trug und den Kindern Ohrfeigen verpasste, wenn sie nicht schnell genug waren. Nachmittags die geheimnisvolle Kampfkunst aus dem Osten, die nur mit Schlägen und Tritten praktiziert wurde und die ihnen der indische Sklave Rashid beibrachte. Rashid war auch derjenige, der immer mal wieder Essen für die Kinder einschmuggelte: Datteln, Feigen, einen Apfel. Einmal stellte sich Rashid ungeschickt an und wurde von Aldemir dabei erwischt, wie er dem Jungen, der zwanzig Silbermünzen gekostet hatte, eine Handvoll Nüsse zusteckte.

Einen Tag später rief der Falke die Kinder im Hof zusammen, wo sie einen Kreis bildeten. Der Falke schritt voran, dahinter ging Aldemir, und Rashid wurde in die Mitte geführt, von zwei Männern, die keine Peitschenträger waren und die

die Kinder noch nie zuvor gesehen hatten. Sie schienen Soldaten des Sultans zu sein. Rashid musste niederknien. Aldemir zog sein Kurzschwert hervor und schnitt ihm das linke Ohr ab. Rashid schrie auf, es war der Schrei eines Tieres. Der Sandboden verfärbte sich rot, bis unter die Füße der Kinder. Aldemir warf das Ohr dem Jungen, der zwanzig Silbermünzen gekostet hatte, grinsend vor die Füße.

Der Falke beugte sich zu Rashid hinab. »Normalerweise wäre es deine Hand gewesen«, zischte er. »Aber wir brauchen deine Fäuste noch.«

Wenige Tage später exerzierte Rashid wieder. Er sah nie wieder einem der Kinder auch nur in die Augen.

Abends schliefen sie im Gemeinschaftsraum, hungrig, erschöpft, krank vor Angst und Heimweh, auf dem Boden, auf den etwas Heu gestreut war. Schmutzige Laken schützten vor der Kälte. Zwei Schüsseln standen an jedem Bettlager, eine mit Waschwasser, eine für die Notdurft. Wer flüsterte, musste die Peitschenträger fürchten.

Der Junge, für den der Falke zwanzig Akçe bezahlt hatte, war der Jüngste und Kleinste. Nie hatte ihn jemand sprechen hören, selbst beim Weinen blieb er still. Die fünf Tage ohne jegliches Essen, die immer wieder zur Abhärtung angeordnet wurden, hielt er ebenso klaglos aus wie die Tage ohne Wasser.

Im ersten Winter wurden zwei der Jungen krank. Einer bekam blutigen Husten, der andere das ägyptische Geschwür. Der Falke ließ die Kinder, die sich kaum auf den Beinen halten konnten, aus dem Palasttor werfen. Eines schleppte sich vorwärts, das andere blieb kraftlos vor dem Tor liegen. Die anderen Kinder hörten seine Hilfeschreie in der Nacht und noch am nächsten Tag. Dann verstummten die Schreie.

Tausend Seemeilen weiter nordwestlich wetterte Papst Paul der Dritte in der von ihm einberufenen *Congregazione romana del Sant'Uffizio* gegen die vermaledeiten Bestrebungen der Lutheraner, und im August wurde Venedig wie der Rest Europas von einem gewaltigen Heuschreckenschwarm heimgesucht, der große Teile der Ernte der *terraferma* vernichtete. Zudem beschloss die venezianische Justiz, fortan Dieben beim ersten Vergehen die Ohren und die Nasenspitze abzuschneiden, beim zweiten Vergehen die Augen auszustechen. Nach einer siebenmonatigen Dürreperiode ohne einen Tropfen Niederschlag begann es am siebenundzwanzigsten Mai 1543 in Venedig zu regnen. Ein Unwetter am achten Juni vernichtete jedoch einen großen Teil der ohnehin spärlichen Ernte.

Nach zwei Sommern hatten sich die Kinder verändert. Ihre Körper waren zäh, geschmeidig, ledrig geworden. Zur Ausbildung kamen Reiten und Bogenschießen hinzu. Außerdem wurden täglich zwei Jungen, die sich nun alle Körperhaare entfernen mussten, in einen Umhang gesteckt und losgeschickt. Sie mussten das Essen für die Gruppe zusammenstehlen, um ihr Geschick zu beweisen. Besonders klug stellte sich der Junge an, der zwanzig Silbermünzen gekostet hatte. Der Falke betrachtete ihn wohlwollend. Er schien ein besonderes Gewächs zu sein. Von allen drei Schulen, die er in Istanbul führte, könnte aus dieser hier ein einzigartiger Krieger kommen. Und er wies an: Bei jeder Unaufmerksamkeit sollte der Junge fortan mit der doppelten Anzahl Schläge und Hiebe bestraft werden.

In Venedig wurden nun erstmals Rudersklaven gebraucht. Bislang war das Rudern auf den Galeeren eine Aufgabe der jungen Adligen gewesen, der *buonavoglia*. Doch der Bedarf an kräftigen Männern überstieg die Bereitschaft jener hohen Herren, sich den Rücken zu ruinieren. Also fuhr Cristoforo Canal als erster Kommandant eines Schiffes zur See, dessen Ruder ausschließlich von Gefangenen bedient wurden.

Nach dem dritten Sommer endlich sah der Falke, was er sehen wollte: Die Kinder hatten sich auch seelisch verändert. Ihre Augen waren kalt und leer geworden. Sie kannten keine Angst und sahen weit über den Schmerzhorizont hinaus. Der Kleine, der zwanzig Silbermünzen gekostet hatte, bekam einen Flaum und war plötzlich der Größte und Kräftigste von allen.

Jetzt wurde mit echten Schwertern gekämpft. Schon in der ersten Woche verlor der Junge, der zwanzig Silbermünzen gekostet hatte, im Kampf gegen Orr bei einer missglückten Parade den kleinen Finger der rechten Führhand. Er verzog das Gesicht, als man die Wunde verband, aber ließ keinen Laut hören. Orr und der Falke wechselten einen Blick.

Ein anderer Junge brach sich beim Wettlauf das Bein. Der Knochen heilte nicht mehr, der Junge konnte auch nach vielen Monaten nur noch humpeln, obwohl der Falke die Ärzte aus dem Sultanspalast hatte kommen lassen. Der Junge sollte aus der Schule geworfen werden, doch er warf sich dem Falken vor die Füße und bettelte darum, bleiben zu dürfen. Das imponierte dem Falken. Er durfte bleiben.

In der Serenissima wurde auf dem Markusplatz ein Priester, welcher der Sodomie beschuldigt worden war, geköpft und anschließend verbrannt. Außerdem artete das alljährliche Kräftemessen in Cannaregio zwischen den Nicolotti und den Castellani in eine wüste Schlägerei aus, bei der zunächst Steine und Dachziegel flogen, später sogar Messer und Degen gezückt wurden. Am Ende waren vier Menschen erstochen, fünf erschlagen, dreizehn zu Tode gequetscht worden.

Der Doge Pietro Lando hingegen feierte ein Fest, bei dem er nahezu alle bedeutenden Venezianer, fast dreitausend Personen, bewirtete. Als kleine Überraschung hatten Bedienstete winzige Vögel in die Servietten gewickelt, und als die Gäste ihre Servietten aufschlugen, taumelten die verstörten Tiere benommen über die Tische, was jedoch mächtig Eindruck machte. Die Gäste kamen in den Genuss von fünfundzwanzig Gängen. Kulinarische Höhepunkte waren gezuckerte Kapaune mit Goldüberzug sowie Pfaue, die man nach dem Braten wieder in ihr Federkleid gesteckt hatte, sodass sie stehend und wie lebend serviert wurden.

In der Nacht zum achtzehnten Dezember war der Frost so beißend, dass sogar der Zement seine verbindende Wirkung einbüßte. Das Mauerwerk der halb errichteten Pubblica Libreria fiel in sich zusammen und erschlug einen älteren Herrn. Der Architekt Sansovino wurde angeklagt und in Gefangenschaft gesetzt; nur die Fürsprache seiner einflussreichen Freunde, darunter der Maler Tizian, verhinderten einen längeren Aufenthalt im Gefängnis. Allerdings musste Sansovino der Familie des Opfers eine Entschädigung und den Wiederaufbau aus eigener Tasche zahlen. Unterdessen beschlossen Kaufleute aus Padua in ihrer Stadt die Gründung eines Orto Botanico Universitario.

Nach vier Sommern konnte sich der Falke der Loyalität seiner Schützlinge sicher sein, weil sie nichts mehr hatten außer ihn und weil sie kein anderes Leben mehr kannten. Nun kamen frühmorgens Lesen und Schreiben hinzu, außerdem der Unterricht in Italienisch, Französisch und Spanisch und eine Unterweisung in Manieren und Umgangsformen. Ein makedonischer Sklave führte den Unterricht, unter der Aufsicht zweier Peitschenträger. Der Junge, der zwanzig Silbermünzen gekostet hatte, schien nur mit leerem Blick zuzuhören, aber er lernte verblüffend schnell. Wenn er gefragt wurde, antwortete er nahezu akzentfrei.

Ein anderer Junge starb, einfach so. Er wachte eines Morgens nicht mehr auf. Der Falke zeigte beinahe so etwas wie Bedauern. Es war ein kräftiger Bursche gewesen, der es weit hätte bringen können.

In Venedig hingegen wurde – mit ganz knapper Mehrheit im Großen Rat – beschlossen, dass die *marrani*, sephardische Juden, die aus Spanien oder Portugal stammten und zum Christentum konvertiert waren, aus der Stadt verbannt werden sollten. Im November gab es ein furchtbares Hochwasser, und wenige Wochen später wurde es schrecklich kalt. »*Il mare si alzò ad una altissima altezza*«, berichtete ein Chronist. In der zweiten Dezemberwoche fiel die Temperatur so dramatisch, dass der gesamte Giudecca-Kanal zufror und man bequem auf ihm spazieren gehen konnte. Die schneidenden Temperaturen lösten eine Hungersnot aus, viele Bettler vom Festland strömten nach Venedig. Die Jesuiten eröffneten dank der Unterstützung des Patriziers Girolamo Emiliani, der allen Grund zur Buße hatte (Glücksspiel, Knaben, Alkohol), ihr erstes *collegio* in der Stadt, die Compagnia dei servi dei póveri derelitti. Nach dem aktuellen *censimento*, der Volkszählung, lebten 129 971 Personen in der Stadt, darunter 25 201 in San Marco, 23 611 in Castello, 26 678 in Cannaregio, 26 274 in Dorsoduro, 15 188 in Santa Croce und 8848 in San Polo, hinzu kamen 4171 Mönche und Nonnen.

Am Ende des fünften Sommers stand die große Ausscheidung an. Der Falke, die Ausbilder und die Peitschenträger hießen die Jünglinge, sich im Innenhof zu versammeln. Der Falke blickte mit großer Befriedigung auf die jungen Männer, deren Körper drahtig und hart geworden waren, die kurze Wickelhosen und sonst nichts trugen, die stramm standen und fast schwarz gebrannt waren von der Sonne, die auch an dem Tag von keiner Wolke verdeckt am Himmel leuchtete, doch längst nicht mehr die Wärme des Augusts verbreitete. Die Ausbildung hatte so manche sichtbaren Narben hinterlassen, die aus einigen Fuß Entfernung wie harmlose rote Striemen aussahen. Für den Falken waren sie stolze Abzeichen des Mutes seiner Herde.

»Zu zwölft seid ihr angetreten, acht von euch sind übrig. Ich bin sehr stolz auf euch. Doch nur zwei von euch werden die Ehre haben, bei den Sipahi zu dienen, der Elite des Sultans, jener Reiterei, die über unsere Feinde mit wehenden Fahnen hinwegdonnert. Fünf von euch werden der Palastwache zugeteilt und sind für den persönlichen Schutz des Sultans verantwortlich. Betet, dass ihr die Ehre haben werdet, das Leben des höchsten aller Herrscher mit eurem eigenen Leben zu verteidigen! Und einer von euch« – die Stimme des Falken, der sonst sehr leise und eindringlich sprach, wenn er überhaupt redete, klang nun schrill – »wird mir zugeteilt. Dieser Eine wird Großes für unser Reich vollbringen. Kämpft darum, dieser Eine zu sein, dieser Auserwählte!«

Ein aufgeregtes Vibrieren ging durch die acht Jünglinge. Sie waren bereit, alles zu geben, und schienen so etwas wie Freude zu empfinden. An die Stelle ihres Willens war nach der fünfjährigen Hölle, die sie im aufgegebenen Bukoleon-Palast erleiden mussten, längst etwas Stärkeres, Fundamentaleres getreten, ein Instinkt, etwas Raubtierhaftes. Der Falke glaubte ganz besonders an einen seiner Schützlinge – jenen Jüngling mit den grünen Augen, der zwanzig Silbermünzen gekostet und ihn bislang nicht enttäuscht hatte.

Am nächsten Tag verließen die Jünglinge noch vor dem Morgengrauen zum ersten Mal gemeinsam mit den Lehrern und den Peitschenträgern den Palast. Auch der Falke war dabei. Die Jünglinge glaubten, dass ein neues Leben beginnen würde.

Nach einem dreistündigen Marsch Richtung Westen erreichten sie den Küçükçekmece-See. Die Peitschenträger, die heute fast zu einer Armee von drei Dutzend angeschwollen waren, riegelten eine Bucht im Osten ab. Ein Fischer, der sich arglos mit seinem Ruderboot näherte, wurde mit lauten Flüchen vertrieben. Beim Ufer stand ein Verschlag aus Brettern, das Ufer selbst war steil und felsig.

»Sieben Tage, sieben Prüfungen«, rief der Falke. »Jeden Tag wird einer von euch ausscheiden und zurückgebracht werden. Derjenige, der als Letzter übrig bleibt, ist zu allerhöchsten Aufgaben berufen.«

Der Falke nickte einem der Ausbilder zu. Von jetzt an waren nur noch die üblichen Befehle zu erwarten: scharfe Blicke und ein hierhin oder dorthin gerecktes Kinn.

Ein Peitschenträger brachte die acht Jünglinge in den Verschlag. Eine Matte für jeden, dicht nebeneinander. Doch niemand durfte sich von dem Marsch ausruhen. Sofort wurden sie bis zur Hüfte ins kühle Wasser des Sees gescheucht, wo sie sich aufzureihen hatten, den Blick gen Ufer gerichtet. Die Sonne hatte inzwischen ihren Zenit erreicht, doch sie wärmte nicht, sondern leuchtete die seltsame Szenerie mit grellem Licht aus.

Einer der Ausbilder, ein hagerer Mann mit verkrüppeltem linkem Arm, der den Jünglingen das Reiten beigebracht hatte, erklärte ihnen die Regeln: »Ihr bleibt im Wasser stehen. So lange, bis einer nicht mehr kann. Er soll einfach die linke Hand heben, und er ist von allen Qualen erlöst.« Er machte eine Pause.

Die Jünglinge sahen starr vor sich hin.

»Für alles, was ihr hier aushalten müsst, gibt es einen Ausweg. Hebt einfach die Hand. Und ihr seid raus. Aber – «, und jetzt schrie er, »wir haben euch nicht gelehrt aufzugeben! Ich verlange alles von euch! Gebt euch Mühe, verfluchte Hurensöhne! Wir haben euch nicht gezüchtigt, um jetzt eine Hand zu sehen.«

Jeder der acht hätte sich eher die Hand abgehackt, als sie zu heben. Also verharrten die Jünglinge im Wasser, während die Ausbilder und Peitschenträger am Ufer in kleinen Grüppchen zusammenstanden und so angeregt plauderten, als hätten sie sich zufällig auf dem Basar getroffen. Immer mal wieder bewegte sich einer der Jünglinge, um einen besseren Halt auf dem felsigen Untergrund zu suchen. Einmal rutschte einer ab, aber rappelte sich mithilfe der Umstehenden wieder auf. Es wurde bitterkalt, nach einer Stunde war jedes Gefühl aus den Beinen gewichen. Eine gefährliche Situation: Verlor man den Halt, war es unmöglich, sich wieder aus eigener Kraft hinzustellen. Auch konnte keiner von ihnen schwimmen.

Die Jünglinge rückten eng aneinander, um sich abzustützen. Eine weitere Stunde verging, dann eine dritte. Die Lippen der Jünglinge waren blau, die Augen rot unterlaufen. Die Schatten der Jünglinge, die etwa zwanzig Fuß weit im Wasser standen, erreichten das Ufer. Allmählich kamen die Ausbilder und Peitschenträger näher ans Wasser heran. Sie wussten aus Erfahrung, dass es bald so weit sein würde. Bald würde einer aufgeben oder einfach stürzen.

Der Jüngling mit den grünen Augen zitterte am ganzen Körper, seine Zähne schlugen so heftig aufeinander, dass er befürchtete, sie würden zertrümmert. Die Kälte war längst aus den Beinen in die Brust und in den Kopf gestiegen, vernebelte den Blick, verklebte die Nase, ließ das Hirn regelrecht schrumpfen, als würde es sich zur Faust ballen. Blitze aus Eis schossen durch seine Nervenbahnen. Er versuchte, seine Muskeln anzuspannen und wieder zu entspannen, um wenigstens etwas Bewegung im Stillstand zu erreichen.

Plötzlich ging ein Ruck durch die acht, dann noch einer. Einer von ihnen war ins Wanken geraten. Alle schwankten, versuchten, sich am anderen abzustützen, und landeten schließlich doch im Wasser. Die Peitschenträger lachten auf, so als hätten sie schon gewusst, dass das passieren würde. Zwei der Jünglinge waren nicht mehr imstande, sich aus eigener Kraft aus dem Wasser zu ziehen, sie schrien um Hilfe, einer drohte zu versinken. Da ihnen keiner der anderen helfen konnte, gingen zwei Peitschenträger fluchend und höhnisch rufend ins Wasser und zogen die zwei Unglückseligen heraus. Die erste Prüfung war beendet.

Die Jünglinge schleppten sich auf allen vieren in den Bretterverschlag, wo etwas Reis und warmer Tee auf sie wartete. Sie bekamen den Reis kaum zwischen ihre Lippen, verschütteten den Tee auf ihre nackten Oberkörper. Nach nur wenigen Augenblicken kam der Befehl, der ihnen jede weitere

Hoffnung raubte. Wer ihn rief, wie laut, woher er kam – das wusste keiner zu sagen. Doch der Ruf stand im Raum wie ein böser Geist, den nichts und niemand verscheuchen konnte: »Zurück ins Wasser!«

Entsetztes Schweigen.

»Sie wollen uns sterben lassen«, murmelte einer.

»Dann sei es so«, flüsterte ein anderer trotzig zurück.

Kaum ein Jüngling schaffte es aus eigener Kraft zurück in den See. Die Peitschenträger, die Spalier standen, stützten und schubsten sie, manchmal traten sie auch zu. Die Sonne hatte sich tief über den Horizont gesenkt, war kurz davor, auf dem Wasser zu zerfließen und in einer anderen Welt zu erscheinen.

Sie waren schon halb tot. Und diesmal mussten sie zehn Fuß Abstand voneinander halten. Keine Stütze, kein aufmunterndes Murmeln, sie hatten Schwierigkeiten, überhaupt einen Stand zu finden. Der See war nahezu schwarz, Wind kam auf, eine kleine Strömung war entstanden. Das Wasser brodelte bedrohlich – so kam es ihnen, die nicht wussten, wie sie sich in der Not über Wasser halten konnten, zumindest vor.

Es wurde Abend, und es wurde Nacht.

Der Jüngling mit den grünen Augen blickte zu seinem Nebenmann zur Rechten, den er in der Dunkelheit kaum noch ausmachen konnte. Der abnehmende Mond beleuchtete in dieser wolkenlosen Dunkelheit die Wellen, reflektierte etwas Licht, gerade so viel, um den Nebenmann noch zu sehen; auch die grünen Augen gewöhnten sich an das wenige Licht. So wie er selbst zitterte er am ganzen Körper, doch da war etwas viel Beunruhigenderes. Aus seiner Nase und aus seinen Mundwinkeln floss dunkles Wasser. Dann hustete sein Nebenmann, und der Jüngling mit den grünen Augen sah: Er spuckte Blut. Doch er weigerte sich aufzugeben. Schließlich sank er bewusstlos zusammen und ging unter. Ohne jeglichen Hilferuf und auch ohne den verfluchten Arm zu heben.

Der Jüngling mit den grünen Augen rief die Peitschenträger, die an ihren Lagerfeuern saßen. Mürrisch setzten sich schließlich zwei von ihnen in Bewegung und stiefelten ins Wasser. Obwohl sie kaum etwas sahen, wussten sie, wo sie zu suchen hatten: Sie zogen den Körper aus dem Wasser und warfen ihn ans Ufer wie ein Bündel Lumpen. Schließlich wurden auch die anderen aus dem Wasser befohlen. Die Prüfung war zu Ende.

Wie sie auf ihre Matten gekommen waren, wussten sie nicht mehr. Ohne zu essen, ohne zu trinken, am ganzen Leib zitternd, warf sich der Jüngling mit den grünen Augen auf die Matte. Jede Minute, ja jede Sekunde Schlaf, das verstand er instinktiv, konnte entscheidend sein.

Und er hatte recht: Als sie geweckt wurden, war es noch tiefe Nacht. Sie wachten aus einem Albtraum auf, um sich in einem neuen Albtraum wiederzufinden. Überall war Schlamm, in den Haaren, den Augenwinkeln, auf den Lippen. Und überall war Nässe. Sie waren nur noch zu siebt. Der Jüngling, der kollabiert war, war verschwunden. Niemand wagte zu fragen, was mit ihm passiert war. Und niemand dachte länger darüber nach. Noch beim Essen schliefen sie halb, sie konnten den wässrigen Tee und den kalten Reis mit etwas Fisch kaum bei sich behalten, zwei Jünglinge würgten alles wieder heraus.

Sie standen aufgereiht. Erste Strahlen der Herbstsonne tanzten über das kalte schwarze Seewasser. Der Falke hielt sich wie immer im Hintergrund, doch seine Präsenz war spürbar.

Einer der Ausbilder stellte sich vor die zitternden, ausgelaugten Jünglinge. »Der heutige Tag wird harmlos«, versprach er. »Heute müsst ihr den See umrunden. In jedweder Geschwindigkeit, die euch recht ist. Nur eines müsst ihr wissen: Wer als Letzter ankommt, wird nach Hause begleitet.«

Nach Hause begleitet – weitere unerträgliche Worte, Zynismus, der an der Hornhaut ihrer Seelen abprallte. Mehrere Ausbilder und Peitschenträger sollten mit den Jünglingen laufen, weitere Aufpasser standen an der Strecke, die um den See zurückzulegen war. Gut fünfunddreißig nautische Meilen mochten das sein, mehr als ein griechischer Marathon.

Einer der Ausbilder, perfekt ausgeruht, lief voraus. Die Jünglinge trotteten erst todmüde hinterher, dann versuchten auch sie sich in einem leichten Trab. Ein paar Meilen lang ging es ganz gut. Dann bog der Ausbilder von dem Uferweg ab in den Wald. Dort standen die Peitschenträger Spalier, mit Knuten bewaffnet, und hieben mit Wonne auf die Beine der Vorbeilaufenden ein. Humpelnd, stöhnend und blutend liefen sie weiter, bald wieder am Ufer entlang. Die Ersten gingen nur noch.

Auch der Jüngling mit den grünen Augen lief nicht mehr. Seine beiden Knie hatten heftige Treffer abbekommen. Doch es war noch nicht einmal die Hälfte des Weges geschafft. Die Sonne hatte ihren Zenit überschritten, Wolken zogen auf, schließlich begann es zu nieseln. Er hatte das Gefühl, als wären ihm die Füße abgefallen und als hackten nur noch die Stümpfe seiner Beine in den Boden. Zweimal hielt er an, um zu würgen. Die Stimme des Ausbilders verstand er nicht mehr; er orientierte sich an ihrer Lautstärke.

Benommen erreichte er in der früh einsetzenden Dunkelheit das Lager. War er Erster? War er Letzter? Wie war er auf seine Matte gekommen? Hatte er noch etwas gegessen oder getrunken?

Als er am nächsten Morgen aufwachte, waren sie nur noch zu sechst. Einer kam nicht mehr vom Lager hoch. Zwei Peitschenträger versuchten, ihn aufzurichten, aber er knickte einfach wieder ein, als wären seine Beine aus nassem Stoff. Schließlich wurde der Falke gerufen. Er verscheuchte alle aus dem Verschlag; sie sahen nur noch, wie er niederkniete und leise auf den Liegenden einsprach.

Doch sie blieben beim Appell nur zu fünft. Auch der Hinkende war noch dabei.

Ein Ausbilder ging vor ihnen auf und ab. »Es ist ganz einfach.« Er griff einigen unter die Achseln und versuchte, ihren Arm nach oben zu bekommen. »Hebt die Hand, und ihr seid erlöst. Ihr werdet immer noch einen hübschen Posten in der Armee bekommen. Nicht den allerruhmreichsten, den unser Sultan zu vergeben hat, aber immer noch etwas, auf das eure Väter stolz wären. Nur zu, es ist ganz einfach!«

Der Jüngling mit den grünen Augen verstand: Es ging darum, den eigenen Körper zu besiegen. Darum war es eigentlich immer gegangen, in all den Jahren im Ausbildungslager, bei all den Quälereien, Demütigungen, Schändungen. Nun musste der Geist endgültig das Kommando übernehmen. Der Körper durfte gar nichts mehr zu melden haben. Die Jünglinge hatten gedacht, die Woche würde aus Waffenübungen bestehen, aus Ausscheidungskämpfen, vielleicht sogar aus Kämpfen gegeneinander bis zum Letzten. Doch ihr Feind war diesmal ein anderer. Die Woche bestand nur aus inneren Dämonen, die jeder von ihnen zu besiegen hatte.

In einem Inferno aus Schmerz und Blut und immer neuen, hässlichen Dämonen, die ihr Haupt hoben, gingen die Tage dahin. Der Jüngling mit den grünen Augen versuchte, sich von seinem Körper zu lösen, ihn interessiert von außen zu betrachten.

Beim Schleppen von Baumstämmen zu fünft gab einer auf. Er weinte und weinte, wie er noch nie geweint hatte; die anderen blickten beschämt weg. Beim Hangeln an einem Seil, das über einem Abgrund gespannt war, erwischte es am nächsten Tag einen weiteren. Er ließ los und stürzte aus zwanzig Fuß auf die Erde, brach sich Arme und Beine und das Genick. Jetzt waren sie nur noch zu dritt.

Dann kam der Tag des Messerwerfers. Die drei Jungen mussten sich jeder vor eine hölzerne Scheibe stellen, die Beine breit, die Arme waagerecht von sich gestreckt. Ein kleiner, kräftiger Mann mit fleckiger Haut baute sich vor ihnen auf. Die Peitschenträger und Ausbilder standen im Halbkreis hinter ihm. Der Messerwerfer öffnete theatralisch eine abgewetzte Lederschatulle und warf aus etwa zehn Fuß Entfernung Dutzende von Messern, die mit einem ohrenbetäubendem Knall neben ihnen einschlugen. Die Peitschenträger applaudierten, die Jungen zuckten nicht. Doch die Messer kamen näher, blieben im Holz zwischen den Beinen, unter den Achseln und sogar zwischen Schulter und Kopf stecken. Die Peitschenträger murmelten anerkennend. Die Jungen hielten stand.

Aus der Schatulle beförderte der Messerwerfer nun eine lange, schmale Kiste aus hellem Holz. In der Kiste befand sich eine Armbrust, jene Waffe, die sogar noch präziser und tödlicher war als die besten Büchsen. Aus China war sie nach Europa gelangt. Der große Richard Löwenherz, der englische König und Freund der Sultane, war durch sie ums Leben gekommen.

Als Erster war der Jüngling mit den grünen Augen dran. Der Messerwerfer trat weit zurück, mindestens dreißig Fuß, und legte die Armbrust an. Der Pfeil zischte durch die Luft und schlug eine Hand breit neben dem Kopf des Jünglings ein. Der zweite Pfeil bohrte sich hüfthoch in nur einem Fuß Entfernung ins Holz. Der Falke blickte den Messerwerfer kurz an, und jener verstand. Er lud die Armbrust erneut, zielte und betätigte den Abzug. Die Sehne schoss über die Nuss und schleuderte den Pfeil mit der eisernen Spitze nach vorn, und noch während die Sehne in der Vorwärtsbewegung war, schlug der Pfeil ein.

Der Jüngling mit den grünen Augen rührte sich nicht, der Messerwerfer senkte wie in Zeitlupe die Armbrust. Irgendetwas stimmte nicht. Der Pfeil steckte im linken Oberarm, Blut sickerte aus der Wunde. Doch während das Blut nun regelrecht sprudelte, blieb der Jüngling einfach stehen.

Der Schütze blickte schuldbewusst. Der Jüngling mit den grünen Augen ging in die Hocke, registrierte endlich, was passiert war, hielt sich den Arm. Der Pfeil war in den großen Oberarmmuskel eingedrungen und hatte dort eine tiefe Wunde hinterlassen.

Ein Ausbilder, der sich schon seit dem ersten Tag um die Verletzungen der Jünglinge kümmerte, entfernte den Pfeil und trug aus einem Tiegel eine brennende Tinktur auf die Wunde auf. Die Blutung verringerte sich augenblicklich. Dann verband er dem Jüngling mit den grünen Augen den Arm. »Eine weitere hübsche Narbe für deine Sammlung«, kommentierte er.

Der Junge, der als Nächster dran war, zitterte am ganzen Körper und weigerte sich, sich vor die Holzscheibe zu stellen. Mit Peitschen hieben sie auf ihn ein, bis sein Rücken ganz rot war, doch er weigerte sich trotzdem. Der Dämon hatte ihn besiegt. Er wurde schließlich fortgeschleppt.

Der letzte Tag. Sie waren nur noch zu zweit: der Jüngling mit den grünen Augen und der Hinkende. Ein warmer Tag, mild, fast freundlich. Die beiden hatten länger schlafen dürfen. Keiner hatte sie geweckt, alle Ausbilder, alle Peitschenträger schienen wie vom Erdboden verschluckt.

Auf der Mitte ihres Exerzierplatzes standen drei Stühle und ein Tisch. Auf einem der Stühle saß bereits der Falke in der Sonne. Auf dem Tisch funkelte etwas. Mit einer Handbewegung forderte der Falke seine Schützlinge auf, sich zu ihm zu setzen. Unsicher nahmen sie Platz. Niemand sagte etwas.

Auf dem Tisch lag ein Messer. Ein kompaktes, kurzes Messer mit silbernem Griff. Nicht so geschmeidig und dünn wie die Messer des Messerwerfers, bösartig-plump glänzte es in der Sonne.

Die Zeit verging, dehnte sich aus. Der Falke blickte ins Nichts. Sprach noch immer kein Wort, gab keinen Befehl. Den Jünglingen lief der Schweiß in Strömen hinab.

Dann ruckte der Falke nach vorn. »Erstecht mich!«, rief er, und seine Worte schienen quer über den Bosporus zu hallen.

Die beiden Jungen zögerten, blickten in einem kurzen, verwirrten Aufblitzen von Solidarität einander an.

»Erstecht mich! Los! Treibt mir das Messer in die Brust! *Erstecht mich!*«, brüllte der Falke wie im Wahn. Speicheltropfen spritzten durch die bleierne Luft.

Der Jüngling mit den grünen Augen, der damals so tapfer seine Schwester zu beschützen versucht hatte, griff als Erster zu, hob die Klinge, spürte den von der Sonne aufgeheizten Griff und trieb das Messer mit aller Kraft gegen den Brustkorb des Falken.

Mit derselben Kraft, die der Jüngling aufgewandt hatte, federte das Messer zurück. Seine Hand rutschte ab und glitt an der Klinge entlang. Plötzlich war alles voller Blut. Das Messer fiel zu Boden.

Der Falke kicherte und öffnete seinen Kaftan. Die Brust war mit einem soliden Brett aus Kirschholz bedeckt. Er stand auf und legte den Arm auf die Schulter des Jünglings mit den grünen Augen, der sich den aufgeschlitzten Handballen hielt. »Du wirst dich und uns alle zum höchsten Heldentum führen. Noch in Generationen werden sie deinen Namen kennen. Die Freunde werden ihn jubelnd rufen, die Feinde nur furchtsam flüstern. Du wirst an vorderster Front mithelfen, alle unsere Widersacher zu zerschmettern. Du wirst dazu beitragen, dass sich dieses Reich zum Herrscher der Welt emporschwingt.«

In Venedig, wo es ungewöhnlicherweise am 1. April schneite, verbot man derweil das *gioco del píndolo* auf allen Plätzen, weil es immer wieder zu Unfällen mit Passanten gekommen war. Und das, obwohl es bei Erwachsenen und Kindern gleichermaßen beliebt war. Man benötigte ein etwa unterarmlanges Brett und einen dreimal so langen Stock. Das kurze Brett legte man auf einen Stein. Das Ende, welches in die Luft ragte, schlug man mit dem Stock, woraufhin das kurze Brett emporflog. Nun musste man in einer gleichzeitigen, geschmeidigen Bewegung mit dem Stock das Brett in der Luft treffen und möglichst weit fortschlagen – eine fantastische Gaudi. Doch der Große Rat hatte in den letzten Monaten vierzehn Beschwerden, drei aufgeplatzte Lippen und zwei ausgeschlagene Zähne registriert – Letztere gehörten ausgerechnet einer Cousine des Dogen, was den Entscheidungsprozess deutlich verkürzte.

Das Wetter spielte in der Lagune weiterhin verrückt: Im Mai regnete es täglich, das Hochwasser stand über Wochen in der Stadt. Der Juli schließlich war schwül und von heftigen Gewittern durchsetzt. Mehrmals lösten Blitzeinschläge Brände aus, außerdem registrierte man mehrere leichte Beben.

Jetzt wurde auf einmal alles ganz anders. Sicher, er war noch nicht frei. Würde es nie mehr sein. Doch er merkte, dass ihn die Menschen im riesigen Sultanspalast, in dem er jetzt wohnte, anders ansahen. Mit Respekt, sogar mit Angst. Er war der *Überlebende*. Jener Jahrgangsbeste aus den unbarmherzigen Lagern des Falken. Mit ihm war nicht zu spaßen. Er schlief in einem großen Saal mit den älteren Soldaten, die ihn verstohlen bewunderten, aber jeden Kontakt mieden. Zu haarsträubend waren die Geschichten über die Überlebenden. Die angeblich mit den Augen töten konnten.

Er war längst kein Mensch mehr, der Liebe, Wärme und Wohlbefinden empfand. Aber doch wusste er zu schätzen, dass er beim Essen nicht mehr geprügelt, im Hof nicht mehr getreten oder mit der Peitsche geschlagen wurde.

Alles, was jetzt folgte, selbst die Kopfnüsse der Lehrer, war ein Witz. Der Jüngling mit den grünen Augen lernte schnell. Zum Italienischen, Französischen und Spanischen kamen Latein und der eigentümliche venezianische Dialekt, der Genueser Dialekt und sogar ein paar Brocken der alpinen und germanischen Sprachen hinzu. Er bekam Lehrstunden in höfischer Etikette, wurde in die Tracht der Genueser, der Venezianer, der Franzosen und der Spanier gekleidet. Er lernte die Feinheiten der höfischen Benimmregeln und wer in welchem Herrschaftssystem was zu sagen hatte. Bei Venedig dauerte die Einweisung beinahe eine Woche.

Einmal wurde er sogar vor den Sultan Süleyman geführt, der schon fast ein Vierteljahrhundert auf dem Thron saß und in großen Kriegen gegen die Ungarn, die Perser und die Spanier ruhmreich gesiegt sowie mit seinen Neubauten Istanbul zur Hauptstadt der Welt gemacht hatte. Der Jüngling hatte sich den Sultan immer wie einen Riesen vorgestellt, dabei war er ein ganz kleiner Mann, der ihn aufmerksam betrachtete und den Lobpreisungen des Falken geduldig zuhörte.

Dann, eines Tages, schien selbst der Falke über die Maßen aufgeregt. »Eine Überraschung, eine Überraschung«, rief er und klatschte in die Hände.

In einem der Innenhöfe warteten drei Gestalten auf den Jüngling.

Es waren die Eltern. Und die Schwester.

Mutter und Vater waren alt geworden, sie weinten beide. Er umarmte sie kühl. Nur bei seiner Schwester flackerte kurz eine Wärme im Herzen auf, die er seit vielen Jahren nicht mehr gespürt hatte. Doch diese Wärme verflog augenblicklich, verflüchtigte sich in der endlosen schwarzen Wüste seiner Seele.

»Nun, sie sind jetzt bei uns im Palast«, lächelte der Falke. »Tüchtige Leute. Deine Mutter hilft in der Küche mit, dein Vater kocht für die Soldaten. Deine Schwester ist ein hübsches Mädchen, sie sorgt als Dienerin für das Wohlergehen der Sultanin. Allen geht es gut.«

Der Jüngling mit den grünen Augen verstand.

Doch dem Falken bereitete es viel zu viel Vergnügen, es ihm auch zu erklären, laut genug, dass alle es hörten. »Natürlich«, setzte er im Plauderton hinzu, »ist deine Familie auch unser Faustpfand. Solltest du überlaufen oder unsere Sache auf irgendeine Weise, auch unter der Folter, preisgeben, woran ich allerdings nicht glaube, brechen wir ihnen allen augenblicklich das Genick.«

Noch ein Mal durfte der Jüngling die Eltern und die Schwester umarmen – dann führte man seine Familie ab.

Der Falke begleitete den Jüngling in den Schlaftrakt der Elitesoldaten. Doch bevor sie dort angelangt waren, hielt der Falke unvermittelt an, drehte sich zu ihm hin und gab ihm mit feierlicher Geste ein Geschenk. Es war eine kleine Kapsel aus Gold.

Der Jüngling öffnete sie. Darin war Asche.

»Das ist die Hand des Messerwerfers, der dich verwundet hat. Sei dir gewiss, dass du von nun an unter dem besonderen Schutz des Sultans stehst. Und schon bald wirst du Gelegenheit haben, die Liebe, die wir alle für dich empfinden, an uns zurückzuzahlen.«

Venedig, im Jahr 1570

KAPITEL 12

Der zweite Tote

Ah, es war ein ausgezeichnetes Frühstück gewesen. Eigentlich war jedes Frühstück in Freiheit ein ganz besonderes. Davide stand vom Tisch auf und streckte sich. Es schien ein prächtiger Tag zu werden, die Sonne schien durch die kleinen Fenster und schnitt die Luft in staubige Streifen. Davide blickte aus dem Fenster. Unten, am Canal della Misericordia, zogen die beladenen Ruderboote vom Festland Richtung Rialto und brachten eine Gondel in der Gegenrichtung ins Schlingern, woraufhin der Gondoliere die Bootsführer mit einem Schwall von Flüchen bedachte, eine Signora mit weißem Schleier in den rotbraunen Locken schaute verblüfft und offenbar auch ein wenig amüsiert aus der Felze hervor, wo sie zum Schutz vor Wind und Regen Platz genommen hatte. Heute jedoch zeigte sich keine Wolke am Himmel.

Hasan räumte ab. Ein wenig Käse und Schinken hatte es gegeben, dazu ein Glas Bohnengetränk namens *qahwe*, das aus dem Osmanischen Reich kam und nur bei den noblen Familien heimlich getrunken wurde. Davides gesamte Wohnung roch nun danach. Selbst bei den Osmanen war das Getränk offiziell geächtet; die Gelehrten wetterten gegen das Teufelszeug. Davide gönnte sich *qahwe* nur zu ganz besonderen Anlässen. Oder wenn er Lust darauf hatte. So wie heute. Der findige Hasan hatte osmanischen Händlern die Bohnen unter der Hand für viel Geld abgekauft, sie im Mörser kleingestampft und mit heißem Wasser aufgegossen.

»Eine kleine Partie?«, rief Davide gut gelaunt, ohne den Blick vom Kanal zu nehmen.

»Gern, Herr«, rief Hasan zurück, eilte vom Esszimmer in die Bibliothek und zog ein Schachbrett hervor, das er auf dem Arbeitstisch seines Herrn platzierte. Im Nu waren die Figuren aufgebaut. Ein Dukat, den Davide geübt in die Luft warf und wieder auffing, bestimmte die Farbverteilung. Davide verstand es mittlerweile, eine Münze so zu werfen, dass das Glück zumeist auf seiner Seite war. Aber bei Hasan verzichtete er auf solcherlei Tricks. Sein Gefährte aus den Bleikammern bekam Weiß. Forsch rückte er mit dem Königsbauern zwei Felder vor. Davide tat es ihm gleich. Als Nächstes bewegte Hasan seinen Springer.

»Ich habe die spanische Eröffnung schon immer geschätzt«, sagte Davide. Durch das schmale Fenster strömte immer helleres Licht, das einen herrlichen Tag verhieß.

Hasan lächelte und betastete seine Dame aus Marmor. »Ja, manche halten sie für obszön, weil sie eine so blanke Kampfansage ist«, sagte er.

»Ein offener Schlagabtausch. Sehr angenehm. Aber sprechen wir nicht vom Kampf. Lass uns von wichtigeren Dingen reden. Was gibt es heute Abend zu essen?«

Das war Hasans Stichwort. Der Osmane rieb sich die Hände. »Ich habe heute Morgen schon ausgezeichnete Sardinen am Rialto eingekauft, so frisch und lecker, dass ich sie am liebsten gleich dort verputzt hätte! Wie wäre es mit *sarde in saor*? Ich lege sie noch heute Vormittag ein, Zwiebeln habe ich, sogar Pinien, etwas Salz, eine Prise Zucker, Sultaninen müsste ich …« Bevor Hasan weiterschwelgen konnte, ertönte unten an der Tür ein kräftiges Klopfen. Hasan war verblüfft. »Wer kann das sein, Herr? Ihr habt keine Verabredungen, oder etwa doch?«

»Auch wenn ich in der Vergangenheit keine guten Erfahrungen mit unangemeldetem Besuch gemacht habe, sollten wir dennoch Höflichkeit walten lassen und ihn empfangen.«

Hasan sprang auf und stürmte die Treppe hinab. Davide erhob sich und ging ans Fenster der Bibliothek, das deutlich größer war als jenes im Esszimmer. Er hatte kein gutes Gefühl. Der Tag hatte so vielversprechend begonnen. Die Signora von vorhin: Er meinte sogar, sie habe zu ihm heraufgeschaut und ihn angelächelt. Vielleicht wusste sie sogar, wer er war. In den Kreisen der *signore* war Davide kein Unbekannter – einige wussten, wo nach seiner Gefangenschaft Quartier bezogen hatte. Auch über seine *Reisen* wurde viel getuschelt.

»Ein Bote, Herr!« Hasan kam atemlos aus dem Erdgeschoss zurück. »Von Calaspin. Er bittet um sofortigen Aufbruch.«

Davide verließ seine Wohnung am Canal della Misericordia. Er hatte sich mittlerweile gut eingelebt in Cannaregio, zwischen den kleinen Handwerksbetrieben und der einen oder anderen Taverne. Etwa jene, in denen sich die Huren von der Nacht erholten – gefallene Engel mit zerlaufender Schminke, wunderschön anzusehen vor ihrem morgendlichen Glas Wein, mit Wasser vermengt, und jedes Mitleid schroff von sich weisend. Oder jene Trattoria, in denen sich die Boten und Fischer trafen, die schon lange vor Anbruch des Tages auf den Beinen waren und sich ihr erstes Glas redlich verdient hatten.

Davide war regelrecht froh darüber, seine noblen Freunde von einst nicht wiedersehen zu müssen. Zumindest nicht so lange, bis die Verschwörung gegen ihn restlos aufgeklärt und er vollständig rehabilitiert war. Sein Gefühl sagte ihm allerdings, dass er sich mit seinem neuen Leben wohl für längere Zeit arrangieren musste.

Gleich nebenan hatte der Bader Giovanni sein Geschäft. Er

nickte Davide kurz zu, während er draußen einen Kunden rasierte. Wie viele Bader war Giovanni ein ausgezeichneter Musiker, er spielte die Laute und hatte zudem eine kräftige, volltönende Stimme, trat daher oft bei Festen der Adelsfamilien auf. Manchmal sang er auch bei der Arbeit, aber jetzt war es noch zu früh am Tag für eine Gesangseinlage. Manchmal musste er sogar singen, um einen Kunden zu beruhigen, denn einen Bader suchte man nicht nur wegen eines Haarschnitts oder einer Rasur auf, sondern auch, um sich einen Zahn ziehen oder kleinere Wunden verarzten zu lassen.

Im Haus neben Giovanni werkelte der Schreiner Pierpaolo an mehreren Leisten, die wohl einmal zu Türrahmen werden sollten. Der Vater des Schreiners stand bei Wind und Wetter von morgens bis abends unter dem Vordach des Betriebes, ein rüstiger, aber schweigsamer alter Herr mit verwittertem Gesicht; er hatte viele Jahre lang das Mittelmeer befahren. Bei jedem Handelsschiff, das vorbeikam, spuckte er ins Wasser – seine ganz eigene Art, die Seefahrer zu begrüßen.

Ein Gondolino mit zwei Ruderern erwartete Davide direkt am Canale. Der Bote hatte schon Platz genommen. Die Fahrt über den Canal Grande zum Dogenpalast verbrachten sie schweigend. Davide fragte gar nicht erst, was ihn erwartete. Calaspins Boten hatten keine Befugnis, irgendeine Auskunft zu geben, ja auch nur zu reden. Sie waren nichts als Brieftauben.

Also versuchte Davide die Fahrt zu genießen, ohne sich allzu viele Gedanken zu machen, er lauschte den rhythmischen Ruderschlägen der beiden Gondolieri und erfreute sich am Trubel auf dem Canal Grande: dem zugleich majestätischen und chaotischen Ballett aus Frachtseglern und Rudergaleeren, aus Gondeln, Caorlinas und Sandolos jeder Größe, an den Rufen der Ruderer, dem Feilschen der Händler aus ihren Booten heraus und den dreist tief fliegenden Möwen. Er beobachtete die Miniboote, die den Canal Grande im Pendelverkehr überquerten und gewitzt Lücken ansteuerten.

Hier in Rialto würde nach dem Beschluss des Großen Rats bald eine Brücke gebaut werden, ganz solide aus Stein, die den Querverkehr etwas eindämmen sollte. Seit die Pläne bekannt geworden waren, wurde in Venedig über nichts anderes mehr gesprochen. Die Segeltuchmacher witterten gar eine Verschwörung der Gondelbauer.

Steuerbord zog der Markt vorbei, jener prächtige, fast das gesamte Rialto-Viertel einnehmende Basar, auf dem täglich Fisch, Obst, Gemüse, Fleisch, Milch, Wein, Werkzeug, Schmuck und andere Preziosen verkauft wurden. Auf dem Marktplatz genoss man einen für Venedig seltenen Anblick: Menschenmassen zu Land.

Als die Piazza San Marco in Sicht kam, bemerkte Davide, dass sich viele Doppelruder-Gondeln dem Dogenpalast näherten. Etwas Wichtiges war im Gange, das konnte keine gewöhnliche Ratssitzung sein. Seine Gondel legte direkt am Markusplatz an, die Ruderer verknoteten das Tau zwischen Bug und Anleger mit geübten Handgriffen. Die gewaltige Bugwelle einer Rudergaleere brachte die Gondel kurzzeitig ins Schwanken, der Bote stolperte und drohte, zwischen der Mole und dem Boot ins Wasser zu fallen. Davide riss ihn mit kräftigem Griff zurück ins Boot.

»Danke«, stöhnte der Gerettete.

»Keine Ursache. Wasser ist nicht gerade Euer Element?«

»Ich bevorzuge das Festland. Da schwankt der Boden nur bei Erdbeben.« Er ahnte nicht, wie sehr er Davide damit aus der Seele sprach.

Der Bote gewann schnell die Fassung wieder und geleitete Davide durch den Haupteingang des Palastes. Rechts und links die Statuen von Mars und Neptun, die Baumeister Jacopo Sansovino erst vor wenigen Jahren geschaffen hatte und die Venedigs Macht über Land und Wasser verkörpern sollten. Etwas Außergewöhnliches musste sich ereignet haben, dass der Bote und Davide die Scala dei Giganti benutzen durften. Links grüßte der heilige Georg, der den Drachen zu seinen Füßen zur Strecke gebracht hatte. Genauso sollte der Doge mit den Feinden Venedigs verfahren.

Etwa auf halber Höhe der Treppe wartete Calaspin unbeweglich in der Morgensonne, als wäre er selbst eine Statue. Mitglieder des Großen Rats in vollem scharlachroten Ornat stürmten an ihm vorbei und grüßten ihn ehrfürchtig. Er nickte ihnen nur kurz zu.

Es war immer wieder erstaunlich, mit wie viel Respekt dieser Mann, der aus keiner der großen venezianischen Familien stammte, von all den reichen und mächtigen Männern behandelt wurde. Calaspins Vater war ein einfacher Buchhalter im Arsenale gewesen und hatte Nägel und Planken gezählt. Mit Fleiß und Ehrgeiz hatte sich Calaspin so weit nach oben gearbeitet, wie es in der Serenissima Repubblica di San Marco nur möglich war. Kanzler waren die einzigen Personen in Venedigs Machtgefüge, die aufgrund ihrer Fähigkeiten und nicht aufgrund ihrer Herkunft gewählt wurden.

Calaspin, fast so groß wie Davide, legte ihm den Arm auf die Schulter. »Es ist so weit.«

»Das habe ich befürchtet.«

Gemeinsam gingen sie die letzten Stufen der Scala dei Giganti empor, unter dem Markuslöwen hindurch, und nahmen dann die prächtige Scala d'Oro, die Goldene Treppe, die in den zweiten Stock und die Privatgemächer des Dogen führte. Von dort weiter durch den Sala degli Scarlatti, das Vorzimmer der Macht, mit seinen vielen Putten am lombardischen Kamin und dem Bild, das den fünfundsiebzigsten Dogen Venedigs Leonardo Loredan zeigt, wie er gemeinsam mit einigen Heiligen die Muttergottes und das Jesuskind anbetet. Darunter wollte es Loredan, der geltungssüchtige Vorfahr des jetzigen Dogen, einfach nicht machen. Neben diesem hübschen Propagandabild verblasste selbst Tizians Lünetten-Fresko ›Madonna col Bambino‹.

Im Sala dello Scudo fanden normalerweise offizielle Treffen des Dogen mit auswärtigen Botschaftern und Gesandten statt. Der Großbrand von 1483 hatte die prächtigen Weltkarten an den Wänden zerstört, jedoch hatte der Geograf und Maler Giovanni Battista Ramusio sie in zwanzigjähriger Arbeit rekonstruieren können. Auch heute ging es in dem Saal geschäftig zu. Einige Dutzend Menschen kreisten immer wieder um einen großen Gegenstand, der in der Mitte des Saals aufgebaut war. Worum es sich dabei handelte, konnte Davide wegen des großen Andrangs allerdings nicht erkennen. Denn sobald sich eine Lücke zwischen den Umstehenden auftat, wurde sie sofort wieder geschlossen. Als Calaspin näher trat, bildete sich jedoch schnell eine Gasse; einer stieß den anderen an, und die edel gekleideten Herren machten Platz.

In der Mitte des Saals stand ein Bett.

Und in dem Bett lag ein sterbender Mann.

Sein Atem rasselte. Der *corno* rutschte immer wieder vom weißen Haupthaar herab, doch ein Diener rückte die Kappe geduldig gerade. Die Augen des alten Dogen waren geschlossen, aber er schlief nicht. Es hieß, zwei Schlaganfälle hintereinander hätten ihr zerstörerisches Werk verrichtet, zudem habe sich Wasser in den Lungen abgelagert. Er war schon mehr tot als lebendig. Sein Sohn hielt die Hand des Alten. Ratsmitglieder standen in mehreren Reihen um das schlichte Holzbett herum. Immer wieder drängelte sich einer nach vorn und versuchte, auf den Dogen einzuflüstern, bis ihn ein anderer anzischte: »Hört auf, es hat keinen Zweck!«

Calaspin und Davide standen nun am Fußende des Bettes.

Als der Tod abzusehen gewesen war, hatte man das Bett des Dogen extra in den Saal getragen. In einer so exponierten Position war das Sterben eine öffentliche Angelegenheit. Mittlerweile war Ruhe unter den Versammelten eingekehrt, nur das schwere Atmen des Dogen war noch zu hören. Und der Lärm von der Baustelle der Prigioni Nuove, der neuen Gefängnisse, die hinter dem Dogenpalast errichtet wurden und durch eine Brücke mit dem Palast selbst verbunden werden sollten. Sie sollten sowohl die *pozzi* als auch die Davide allzu gut bekannten Bleikammern unter dem Dach des Palastes ersetzen. Die Flüche der Arbeiter drangen zu ihnen herein und schienen mit der Zeit immer lauter zu werden. Schließlich gab Calaspin einem Bediensteten ein Zeichen, der eilfertig hinausstürmte. Nur wenige Minuten später herrschte beinahe vollkommene Stille. In den Atempausen hörte man nur das Plätschern des Lagunenwassers an den Anlegern des Markusplatzes. Und das Magenknurren der Ratsmitglieder, die es in der Disziplin, möglichst viele und möglichst hochwertige Nahrungsmittel zu vertilgen, zur Höchstform gebracht hatten. Ein paar Stunden ohne Häppchen und Wein konnten diese Menschen daher körperlich schnell an ihre Grenzen bringen.

Auch Sebastiano Venier stand am Bett, jener alte Haudegen, der bald, wie man munkelte, zum obersten Kommandanten der christlichen Streitkräfte gegen die Türken berufen werden sollte.

Wäre es nach Pietro Loredan gegangen, hätte er sich das ganze ehrpusselige Gewimmel gern erspart. Er war selbst überrascht gewesen, als man ihn 1567 zum Dogen wählte. Mit fünfundachtzig Jahren war er für das Dogenamt viel zu alt, und er wusste selbst am besten, dass er nur eine Verlegenheitslösung war. Drei Monate und sechsundsiebzig Wahlgänge lang hatte man sich auf keinen neuen Dogen einigen können, also entschied man sich am Ende für einen Kandidaten, der für alle Parteien gleichermaßen ein unbeschriebenes Blatt war. In der Vergangenheit war man schon häufiger so verfahren: Wenn man sich nicht auf einen Kandidaten einigen konnte, nahm man einfach den Ältesten, um die Entscheidung für eine Weile – aber nicht zu lange – aufzuschieben.

Also machte Pietro sich auch nicht viel Mühe mit seinem Amt und kümmerte sich in der wenigen freien Zeit, die ihm jenseits der elendigen, anstrengenden Repräsentationspflichten blieb, um seine eigenen Geschäfte, vor allem in seiner Lieblingsstadt Verona, der er als *podestà* vorstand und die er mit reichlich Gewürzen und Stoffen versorgte. Immerhin stammte er aus einer guten Familie, sein Urgroßvater hatte schon einmal das Amt des Dogen bekleidet, und eine Vorfahrin war die Ehefrau Marco Polos gewesen.

Doch mit Pietro hatte Venedig nicht das große Los gezogen, von der Bevölkerung bekam er die Bezeichnung »Hungerdoge« verpasst. Nach zwei Missernten war Getreide knapp geworden, sodass Brot rationiert werden musste. Gleich fünf Privatbanken schlitterten in die Pleite und rissen das sauer zusammengescheffelte Geld einiger ehrwürdiger Großfamilien mit sich in den Abgrund. Und als wäre das nicht schon genug, drohte auch noch ein gewaltiger Krieg mit dem Osmanischen Reich, das auf der Herausgabe Zyperns bestand. Doch nun sah es so aus, als wäre der Doge bald von seinen Leiden und Venedig bald von seinem Dogen erlöst.

Keine zwei Stunden später hatte Pietro Loredan, der vierundachtzigste Doge der Allerdurchlauchtigsten Republik von San Marco, seinen letzten Atemzug getan.

Weil Dogen selten junge Männer waren, brachte ihr Tod niemanden ernsthaft aus der Fassung. Auf das anschließende Prozedere war man eingespielt. Am Campanile läuteten die

Glocken, um den Todesfall des ersten Bewohners der Stadt der Bevölkerung mitzuteilen. Venedigs Effizienz ließ allen wenig Zeit zum Trauern. Der Rat der Zehn versammelte sich: der innere Kreis des inneren Kreises. Die Umhänge der Zehn waren nicht rot oder scharlachfarben wie jene des Großen Rats, sondern schwarz. Wer im Rat der Zehn war, hatte Macht. Viel Macht. So viel Macht, dass er sie nur ein Jahr ausüben durfte, dann musste er den schwarzen Umhang für ein Jahr ablegen und durfte sich erst danach wieder zur Wahl stellen.

Im Sala del Consiglio dei Dieci saßen Venedigs wichtigste Männer bereits beisammen. Das *consiglio* hatte beinahe uneingeschränkte Macht über Leben und Tod. Die wichtigen Entscheidungen wurden hier getroffen. Eine eigene Leibgarde sorgte für den Schutz der exponierten Persönlichkeiten.

Die meisten Treffen des Rats der Zehn waren geheim und wurden sogar in der Nacht abgehalten. Nur heute schien man es nicht so genau mit der Zugangsbeschränkung zu nehmen, im Saal trieben sich mehr Menschen herum als üblich. So fiel auch Davide nicht weiter auf. Ohnehin war bekannt, dass er für Calaspin arbeitete. *Bene.* Man fand sich mit seiner Anwesenheit ab.

Die Mitglieder des Rats der Zehn widmeten sich wieder ihren Gesprächen, in denen es nur um eines ging: die zukünftige Machtverteilung und der Weg dorthin. Mittendrin natürlich: Donatello Marchesan, genannt Krösus, der reichste Mann Venedigs. Er war nicht besonders groß und nicht besonders auffällig. Und doch strebten alle zu ihm wie Motten zum Kerzenlicht. Zwei Diener schenkten Wein aus Karaffen ein, und Calaspin eröffnete die Sitzung.

»Meine Herren, Ihr wisst, warum wir hier sind. Wir brauchen eine Formulierung für seine ›letzten Worte‹. Eine hübsche Schlusssequenz für die Bürger und für die Nachwelt. Das sind wir Pietro schuldig.«

»Vor allem, weil seine tatsächlichen letzten Worte ›mamma, mamma‹ waren«, rief ein Scherzbold, den keiner weiter beachtete. Wobei es stimmte: Der arme Mann hatte sich im Todeskampf kurz aufgerichtet und nach seiner Mutter gerufen, bevor er verschied.

»›Auf ewig Venedig‹?«, schlug einer vor.

»Zu dick aufgetragen.« – »Zu prätentiös.« – »Zu theatralisch«, tönte es aus der Runde zurück.

»›Ich habe das Brot rationiert, um eure Bäuche wegzuhexen‹«, feixte einer.

Die Runde brach in Gelächter aus.

»Meine Herren, bitte bedenkt die Umstände unseres Treffens und zeigt etwas Pietät«, mahnte Calaspin, der, wie es ihm eigen war, keine Miene verzog.

»›Ich habe die Welt gesehen.‹«

»Ach nein, etwas zu groß für den Trottel«, rief einer aus dem Rat der Zehn, von dem Davide wusste, dass seine Familie bei der Serie von Bankenpleiten fast ihr gesamtes Vermögen verloren hatte.

Davide blickte unterdessen auf die Bilder, die den Sala del Consiglio dei Dieci schmückten – und die schon sehr deutlich machten, dass hinter diesen Türen für gewöhnlich das Ungewöhnliche beschlossen wurde. Vor allem die Werke von Paolo Veronese, die erst seit wenigen Jahren dort hingen und für viel Ärger und Aufsehen gesorgt hatten, fielen völlig aus dem Rahmen des Üblichen. Auf einem Bild erhält Venedig, dargestellt als Frau, von Juno Goldmünzen und Juwelen sowie Dogenkappe und Ölzweig als Symbole für die Macht und die Entscheidung über Krieg und Frieden. Das war nun nicht gerade ein biblisches Motiv. Und wie verhielt es sich mit dem Bild ›Alter Orientale mit junger Frau‹? Ein bärtiger Mann blickt kühn in die Ferne, die Frau neben ihm schüchtern zu Boden. Welche Symbolik steckte dahinter? War es gar ein Aufruf zur Versöhnung mit den Erzfeinden im Osten, ausgerechnet in diesen brisanten Zeiten?

Unterdessen hatten sich die Honoratioren auf die Schlussworte festgelegt. »Mein Venedig«, hatte er also geseufzt. Nicht zu großartig, geradezu bescheiden, mit viel Wehmut in der Stimme hatte er sich mit seinem letzten Hauch von seiner Stadt, seinem Reich, seinen Bürgern verabschiedet.

Calaspin gab den Skribenten bereits Anweisungen, während er sich, gefolgt von Davide, entschlossenen Schrittes in Richtung Arbeitszimmer aufmachte.

»Venier, verzeiht, dass ich Euch das Schauspiel nicht ersparen konnte. Ich hatte Euch nicht rufen lassen, damit Ihr Zeuge werdet, wie über Schlussworte toter Dogen verhandelt wird.« Calaspin machte eine kurze Pause und rieb sich die müden Augen. »Ich muss Euch nicht erklären, dass die politische Lage sehr prekär ist.«

Nein, das musste er nicht. Der Sultan in Istanbul hatte zwei venezianische Handelsschiffe namens »Bonalda« und »Balba« beschlagnahmen lassen. Deren Kommandanten waren in Istanbul festgesetzt worden, während die Mannschaften mit einem dritten Schiff die Heimreise antreten durften. Das Osmanische Reich rüstete fleißig auf, beanspruchte Venedigs Territorien im südlichen Mittelmeer – kurz: rasselte mächtig mit dem Krummsäbel. Mit zweihunderttausend Mann und tausendfünfhundert Kanonen hatten die Türken unter Mustafa Pascha Zypern angegriffen. Doch normalerweise waren selbst im Krieg die Handelsgeschäfte immer weitergelaufen, im Interesse beider Nationen. Wenn nun auch die Handelsschiffe nicht mehr sicher waren, standen mehr als nur ein paar Außenposten von Venedig in der Ägäis auf dem Spiel.

Calaspin ordnete abwesend Papiere auf seinem kleinen Schreibtisch. Die Tischplatte war übersät mit Dokumenten, selbst neben den Tischbeinen stapelten sie sich.

»Und jetzt ist da noch etwas, das mir gar nicht schmeckt«, grummelte Calaspin. »Kennt Ihr Silvano Coperchio?«

»Natürlich. Der Schiffbaumeister vom Arsenale. Begeisterter, wenn auch sehr schlechter Würfelspieler.«

»Er ist tot.«

»Das ist bedauerlich. Er schuldet mir noch eine erhebliche Summe Geld.«

»Die Dukaten könnt Ihr in den Wind schreiben, Davide. Er wurde ermordet.«

»Ermordet? Von wem?«

»Findet es heraus. Möglicherweise hat es ja was mit seinen Spielschulden zu tun.«

»Wie ist er getötet worden?«

»Das ist etwas, das mich umtreibt. Er hatte einen Holzpflock zwischen den Rippen. Der Pflock ist ihm mit einer solchen Wucht in den Körper gerammt worden, dass er auf der anderen Seite zwei Ellen herausragte.«

»Autsch.« Davide verzog das Gesicht. »Da wollte wohl jemand auf sich aufmerksam machen.«

»Mir ist bekannt, dass Coperchio gern um Geld spielte, aber selten bezahlte. Und mir ist auch bekannt, dass sein Tod Venedig derzeit besonders schmerzt. Sein Wissen war im Arsenale wertvoll, fast unersetzlich. Auch deswegen will ich den Schuldigen unter allen Umständen finden.«

»Was schlagt Ihr vor?«

»Erkundigt Euch. Hört Euch bei den Spielern um. Noch weiß niemand von seinem Tod, nicht einmal seine Familie. Offiziell gilt er seit einer Woche als vermisst.«

Davide runzelte die Stirn. »Ihr wollt, dass ich zum Spielen in die *casini* gehe, in offizieller Mission?«

»Eure Verdienste während Eurer Mission nach Spanien, bei der Ihr wichtige Dokumente über unseren Schiffsbau wiederbeschafft habt, haben selbst im Schatzamt eine gewisse Befriedigung ausgelöst. Ihr werdet eine kleine Summe für Eure Untersuchungen zur Verfügung gestellt bekommen. Findet Euch nächsten Montag um neun Uhr bei Grattardi ein. Selbstverständlich pünktlich, Ihr habt sicher schon von Grattardis, nun ja, empfindlichem Gemüt gehört. Erspart ihm die Aufregung Eures Zuspätkommens. Und«, hier hob Calaspin die Augenbrauen und schien beinahe ein klein wenig zu lächeln, eine für ihn ungewöhnliche Gefühlsregung, »*in bocca al lupo*. Viel Glück!«

Davide stand auf, neigte den Kopf und entfernte sich.

KAPITEL 13

Der Mais

Die Kerzen flackerten im salzigen Abendwind, der durch die Fenster strich, das Wasser umspielte die Molen, Ruderschläge waren nur noch vereinzelt zu hören. Davide liebte diese Stunde der ersten bläulichen Dunkelheit.

Hasan hatte sich selbst übertroffen: Wie besprochen gab es am Abend *sarde in saor*, danach sogar noch eine Handvoll *moeche*, jene frisch geschlüpften Weichkrebse, die im Ganzen, paniert und in etwas Olivenöl frittiert, gegessen wurden. Dazu gab es guten roten Landwein aus dem Friaul. Hasan hatte sein Bestes auch deswegen gegeben, weil Davide nicht allein am Esstisch saß: Veronica Bellini war zu Gast.

»Ausgezeichnet, lieber Hasan«, lobte Veronica den Koch, dessen Wangen rot anliefen. Veronicas Anmut, ihre üppigen Kurven, ihr Haar ein Meer aus schwarzen Locken, dieses Mal nicht gebändigt von einer Haube oder einem Reif: Das brachte auch gestandene Männer aus der Fassung. Ein Conte aus Pavia habe ihr, als sie siebzehn Jahre alt war, den Hof gemacht, hieß es, und sei nach dem abschlägigen Bescheid aus Liebeskummer verstorben.

»Wer wird nun wohl der nächste Doge?«, sinnierte Davide, während Hasan ein Sauté aus Venusmuscheln auftrug, frische Muscheln, mit Knoblauch und Pfeffer im heißen Fett in einer abgedeckten Pfanne geschwenkt.

»Riccardo redet von nichts anderem«, entgegnete Veronica. »Er hofft auf einen Kandidaten aus der Grigolon-Familie. Das kann seinen Geschäften nur nützen, findet er.«

»Solange es keinen neuen Dogen gibt, wird Calaspin noch uneingeschränkter herrschen«, bemerkte Davide, während er mit der Schale einer Muschel das Fleisch aus einer anderen trennte.

»Ich mag Calaspin nicht. Er ist ein kalter Mensch, ganz unnahbar.«

»Niemand mag ihn. Aber das ist in einem Beziehungsgestrüpp wie Venedig sogar ein großer Vorteil. Er muss auf niemanden Rücksicht nehmen. Schau, Veronica, es ist sehr kompliziert. Es gibt den Dogen, den Großkanzler, die Prokuratoren, den Rat der Zehn, den Rat der Vierzig, den Großen Rat, den Senat, die drei Inquisitoren …«

»*I tre babì*«, rief Hasan vergnügt. »Die drei Gespenster«, so nannte der Volksmund die drei Inquisitoren, die schnell immer mehr Macht angehäuft hatten und tatsächliche wie vermeintliche Feinde der Republik unerbittlich verfolgten. Erst Calaspin schien es nach langem Ringen allmählich zu gelingen, ihre Macht zu begrenzen.

Veronica winkte ab. »Natürlich. Böse, gierige Männer, die ihre Zeit mit Mauscheln statt mit Arbeit verbringen. Aber was sollen wir über diese verknöcherten Kerle reden, genießen wir doch lieber die köstlichen frischen Muscheln. Bravo, Hasan!«

Hasan verbeugte sich.

»Ja, sehr gut, aber beim nächsten Mal bitte etwas länger ins Wasserbad, ich hatte einige sehr sandige Exemplare auf dem Teller«, frotzelte Davide. »Und beim Nachschenken warst du auch schon mal schneller.«

Hasan blickte übertrieben schuldbewusst drein und schob betrübt die Unterlippe hervor, was Veronica zum Lachen brachte.

Der Abend flog dahin, und sie saßen da mit geröteten Gesichtern, wofür das Kaminfeuer, die Kerzen und der Rotwein sorgten. Alle Probleme Venedigs – der vergangene Hungerwinter und der drohende Krieg mit den Osmanen – waren so fern und so unwirklich wie jene wundersamen Landschaften aus den Atlanten, in denen es von merkwürdigen Tieren wimmelte.

Zum Höhepunkt des Essens tischte Hasan Polenta mit Montasio-Käse auf.

Die Polenta war aus Mais, jenem neuen, süßlichen Getreide aus Übersee, nach dem ganz Venedig verrückt war. Gut, dass Hasan Beziehungen hatte und von seinem Herrn einen ordentlichen finanziellen Spielraum.

»Wunderbar, Hasan!«, schwärmte Veronica. »Erzähl, wie hast du's gemacht? Dann werde ich es umgehend meinem Koch berichten.«

Hasan verbeugte sich. »Es ist eigentlich ganz einfach. Ihr müsst nur ...«

»Bloß nichts verraten«, unterbrach Davide mit gespielter Empörung, »sonst ist Veronica nie mehr unser geschätzter Gast!«

»Keine Sorge, mein Lieber.« Sie stand auf, gab ihm einen Kuss und setzte sich wieder.

Davide lächelte erst Veronica, dann Hasan an und nickte scheinbar resigniert seinem Diener zu.

»Ihr müsst nur«, setzte Hasan erneut an, »das Korn mahlen lassen, nicht zu fein, gröber als Mehl! Bringt gesalzenes Wasser zum Kochen, rührt den Grieß ein. Und nun braucht Euer Koch starke Arme. Er muss rühren, rühren und rühren, damit die Masse nicht anbrennt. Mindestens eine Stunde lang! Dann die Polenta auf ein feuchtes Holzbrett geben, flach streichen, erkalten lassen und mit einer Schnur in Streifen schneiden. Die Streifen in der

Pfanne mit Fett anbraten, den Käse darübergeben und servieren.«

Was für ein Abend, so voller Genuss und Gelächter und einer rundum betörenden Leichtigkeit des Daseins. Davide hätte nicht gedacht, dass er und Hasan noch einmal in den Genuss solch unbeschwerter Stunden kommen würden.

Schließlich erhob sich Davide und reichte Veronica die Hand. Gemeinsam zogen sie sich in das Schlafgemach im oberen Stockwerk zurück. »Mein lieber Hasan«, rief Davide von der Treppe, »ich will …«

»… bis morgen nicht gestört werden«, ergänzte der vorwitzige Diener.

Davide wollte entrüstet etwas entgegnen, besann sich aber und verabschiedete sich mit einem Augenzwinkern.

KAPITEL 14

Die Spelunke

Der Türsteher war ein Riese, sechs Fuß und fünf Zoll groß – mindestens. Sein vernarbtes Gesicht sah aus, als hätte man ihn mehrfach kielholen lassen. Eine tiefe Furche, die sich vom Kinn bis zum Hals zog, trug er als stolzes Andenken an eine mit Messern geführte Auseinandersetzung. Seine Zähne sahen aus, als würde er damit eisenbeschlagene Bootsplanken kauen. Er hatte Hände groß wie Bratpfannen, die er mehr zu Fausthieben als zur Begrüßung einsetzte. Unter dem abgenutzten Tabarro, der von seinem gewaltigen Kreuz hing, waren allerlei Stichwaffen verborgen und manchmal auch eine Pistole. Jetzt, in der beginnenden Dunkelheit, sah er noch gefährlicher aus als bei Tag, wenn diese Steigerung überhaupt möglich war.

Die Gassen im Norden von Cannaregio waren ein übles Gebiet. Hier, mit Blick auf die Lagune und die *terraferma*, herrschte das Recht der Gosse. Die Tunichtgute, die Bettler, die Tagelöhner: Hier trafen sie sich, hier war *ihr* Venedig. Schon der Geruch war anders als im Rest der Stadt: Fauliger Schlamm moderte in den Gassen. Die Fenster der Häuser waren mit Stofffetzen zugehängt, Lärm, Streit und Kindergeschrei drangen aus den engen Wohnungen, der kühle Nordwind fuhr ungebremst in Türen und Ritzen.

Als der Türsteher Davide sah, richtete er sich zu seiner ganzen furchterregenden Größe auf und hob den rechten Arm. »Venier!«, rief er erfreut. Seine Pranke krachte auf Davides Schulter. Sie umarmten einander herzlich. Vor nicht allzu langer Zeit hatte Davide vor einem Richter zu Gunsten des Riesen ausgesagt und ihm eine lange Haftstrafe erspart. Den richtigen Namen des Raubeins kannten wenige, er hieß in ganz Venedig nur »der Friulaner«. Er war dazwischengegangen, als ein honoriges Ratsmitglied auf offener Straße seine Geliebte verprügelt hatte. Und wenn sich der Friulaner einmischte, ging es nicht ohne Kollateralschäden ab: Das Ratsmitglied trug seitdem den Arm in der Schlinge und lispelte ein wenig. Davide hatte bestätigt, dass das Ratsmitglied sich überaus unwürdig und bösartig verhalten und der Friulaner nur seine Pflicht als guter Christenmensch getan habe, es dabei jedoch aufgrund seiner körperlichen Überlegenheit unabsichtlich etwas hart zur Sache gegangen sei. Der Riese würde ihm das nie vergessen.

Der Friulaner stieß die Tür auf, die er bewachte, und Davide stand inmitten all der Angehörigen jener Schicht, denen der Tod des Dogen und überhaupt jede politische Frage, die rund um den Markusplatz entschieden wurde, herzlich egal war: den Kaputten, den Kranken, den Arbeitslosen, jenen, die nicht dazugehörten und deren Namen niemals im Goldenen Buch der Stadt stehen würden.

Ein extrem schmaler Gang führte weiter ins Innere, links und rechts standen übertrieben geschminkte Prostituierte, die Davide berührten, festhielten, sich ihm in den Weg stellten. Der Gang mündete in einen von ranzigem Öl dunkelgelb beleuchteten, überraschend großen Raum mit einer Hand voll Tische und einer Theke. Es roch nach nasser Kleidung, verschüttetem Wein und Urin. Ein Musiker spielte auf einer Bratsche das venezianische Volkslied »Monta in Gondola«, »Steig ein in die Gondel«, ein paar Euphoriker sangen herrlich schräg und voller Lust mit. Mitten im Raum stand eine größere Gruppe im Kreis, es wurde geflucht, geschrien und angefeuert: »Zier dich nicht, steig ein.« In einer Ecke lag ein Betrunkener, ein anderer, nicht weniger angeschlagen, versuchte, ihn aufzurichten. Direkt daneben stritt sich eine Hure mit einem Freier, es ging um die genauen Zahlungsmodalitäten für einen bestimmten, oral zu verrichtenden Gefallen.

Rechts im Raum, hinter der Theke, werkelte Besitzer Claudio, genannt »Quattrodenti«. Der Mann mit Halbglatze, Vollbart und Spitzbauch hatte längst seinen Traum von einer kleinen, feinen Gaststätte ad acta gelegt und schenkte billigen Wein aus großen Amphoren aus, dazu gab es überteuerte Schinkenscheiben. Seine Lederschürze hingegen glänzte auch im schlimmsten Chaos immer makellos; diesen letzten Rest gastronomischer Würde hatte er sich bewahrt. Er hatte von hohen Herren als Gästen geträumt, nun waren es die Armen und Irren, die bei ihm Zuflucht suchten. »Lass mich nicht warten, ich sitze schon in der Gondel.« Immerhin: Venedig war so reich, dass selbst die Tagelöhner noch ordentlich verdienten und sich ihren Wein fast immer leisten konnten. Geschäftstüchtig, wie der Wirt war, machte er das Beste daraus und veranstaltete Zock- und Themenabende.

Heute war große Armdrück-Nacht, jeder konnte daran teilnehmen. Dem Sieger winkten zwei Dukaten, und kürzlich hatte Claudio sogar eine Damenwertung – einen Dukaten – eingeführt. Das hatte sich so schnell herumgesprochen, dass sich auch einige hohe Herren inkognito dieses Spektakel nicht entgehen lassen wollten. So konnte Quattrodenti auf Umwegen doch einige der angesehensten Angehörigen des republikanischen Geldadels bewirten, die sich auf den Nervenkitzel eines Unterschichtenvergnügens einließen und sogar klaglos den sauren Wein tranken, der für sie nach Verruchtheit und Abenteuer schmeckte. Außerdem engagierte er ausländische Musiker, die in einem der großen *ospedali* lehrten, wie hier die Musikschulen hießen, und die sich gern ein kleines Zusatzgeld verdienten. Auch wenn das bedeutete, die eine oder andere Pöbelei über sich ergehen zu lassen oder die Geige von Bierflecken zu reinigen.

Quattrodenti hieß der Wirt übrigens, weil ihm vier Vorderzähne fehlten. Eines Tages stand er hinter seinem Tresen, als wäre nichts gewesen, bloß klaffte nun beim Brüllen oder Lachen – Letzteres eher eine Seltenheit – in seinem Mund ein schwarzes Loch. Niemand wusste, was passiert war, er selbst winkte mürrisch ab, wenn ihn jemand fragte, wer oder was um alles in der Welt ihn denn so zugerichtet habe. Claudio behandelte seine plötzliche, gewaltige Zahnlücke mit einer demonstrativen Nonchalance, als wäre sie ein lästiger Pickel auf der Wange, der von selbst wieder verschwinden würde. Über den neuen Spitznamen hatte er sich lange geärgert, doch inzwischen hatte er gemerkt, dass er sich gar nicht schlecht vermarkten ließ. Seine Spelunke hieß nicht mehr »Da Claudio« – davon gab es nämlich ohnehin ein halbes Dutzend in Venedig, was, wie der vorderzahnlose Claudio fand, aus werblichen Gründen nicht ideal war –, sondern längst »Da Quattrodenti«.

Davide drängelte sich zur Theke durch. »Quattrodenti, ein Glas Wein. Aber von dem guten Tropfen unter der Theke. Nicht das Zeug aus den Amphoren.«

»Oh, Herr Davide Venier! So hoher Besuch in meiner bescheidenen Hütte?«

»Ich wollte mal wieder nach dem Rechten sehen. Was gibt's Neues?«

»Und bei Euch? Was war denn das für ein komisches Abenteuer in den Bleikammern der hohen Herren? Ganz Venedig sprach davon. Man glaubte, Ihr seid für immer ...«

»Nun, jetzt bin ich hier.«

»Und bei bester Gesundheit, wie mir scheint! Mein Kompliment.«

»Also, was ist hier passiert, während ich zu Unrecht nichtstuend herumsaß?«

»Nicht viel, nicht viel. Schlechte Geschäfte, immer mehr Pöbel ...«

»Ich dachte, du hättest den lukrativsten Ausschank der Stadt?«

»Ach, die lassen doch alle anschreiben. Außerdem habe ich reichlich Kosten! Die Musiker, der Rausschmeißer – die kriegen alle mein ehrlich verdientes Geld! Die Huren wollen gar alles umsonst haben, weil sie sagen, dass sie es ja sind, die die Gäste anlocken.«

»Na so was. Mir kommen fast die Tränen.« Davide schnupperte am Wein, den ihm Quattrodenti hingeschoben hatte. Er war in Ordnung. Davide zahlte und ging zu dem lärmenden Kreis in der Mitte.

An einem Tisch saßen zwei Männer mit freiem Oberkörper, die Hände ineinander verschränkt und mit verzerrten Gesichtern. Es war schon das Finale im Armdrücken, der Tisch war ganz dunkel vom Schweiß der Wettkämpfer. Die ersten Endrunden hatte stets der Friulaner gewonnen, doch irgendwann wollte keiner mehr gegen ihn antreten, also verbot Quattrodenti ihm die Teilnahme, um sein Geschäft nicht zu schädigen.

Heute war der eine Mann höchstens zwanzig Jahre alt, eindeutig ein *arsenalotto*, ein Werftarbeiter. Er war klein, mit breitem Kreuz und gewaltigem Bizeps. Die dicken schwarzen Haare trug er, wie fast alle *arsenalotti*, zum Zopf gebunden. Der physische Kontrast zu seinem Gegner hätte größer nicht sein können: Der andere Mann war hager, mit schütterem blondem Haar und einem sehnigen, von dicken Adern durchzogenen Unterarm, der einer dieser anatomischen Zeichnungen glich, die Davide bei Eppstein gesehen hatte. Die Gesichter der beiden Kontrahenten waren grotesk verzerrt, und beide ließen ein leises, wimmerndes Stöhnen vernehmen. Schon viele Minuten waren sie ineinander verkeilt, keiner konnte einen Vorteil für sich erkämpfen. Die Anfeuerungsrufe der Umstehenden wuchsen zu einem geradezu irren Kreischen an, die Einsätze wurden immer waghalsiger, in der adrenalingeschwängerten Atmosphäre kam es zwischen den Schaulustigen zu Schubsereien, die zu Raufereien ausarteten.

Aufgrund seines Größenvorteils schien der hagere Blonde den Wettkampf für sich zu entscheiden, doch dann aktivierte der Werftarbeiter mit einem Schrei, der nicht von dieser Welt zu kommen schien, seine letzten Reserven und drückte den Arm des Blonden aufs Holz. Während die Gegner über der Tischplatte zusammenbrachen und der Werftarbeiter zu kaputt war, um auch nur den Arm zum Jubel zu heben, explodierte die ohnehin schon aufgeladene Stimmung der Umstehenden. Gläser, Stühle und Fäuste flogen. Nur die Sänger sangen unverzagt weiter, bestimmt zum dritten Mal: »Komm in meine Gondel, Margherita ...«

Davide kehrte der Szene den Rücken, während Quattrodenti verdrossen den Kopf schüttelte, insgeheim aber sicher zufrieden war. Diese Veranstaltungen sorgten zwar für den zweifelhaften Ruf, aber eben auch für die Beliebtheit seines Lokals.

»Also, zum Armdrücken seid Ihr ja sicher nicht gekommen. Noch ein Glas?«

»Nein. Und nein. Ich bin auf der Suche nach einem Spieler.«

»Oh, ein ganz spezielles Match?« Quattrodenti schien bereits einen Wettbewerb zwischen zwei Profi-Zockern vor Augen zu haben, für den er ordentlich trommeln könnte.

»Wer weiß? Es geht um Silvano Coperchio.«

Quattrodenti schob die Unterlippe vor und zuckte mit den Achseln.

Unterdessen schob sich ein Betrunkener an Davide heran.

»*Ehi*«, lallte er. Er fand nicht die erwartete Beachtung.

»Der war schon seit Monaten nicht mehr hier«, sagte Quattrodenti. »Ist ihm wohl zu schäbig geworden. Er bewegt sich ja jetzt in anderen Kreisen, der große Baumeister.«

»Dabei war er doch über Jahre Stammgast.«

»Ja, wenn einem Geld und Position zu Kopf steigen, dann ist der arme Claudio schnell vergessen. Ach ...«

»In welchen Kreisen bewegt er sich denn jetzt?«, hakte Davide nach.

»Na, wie ich höre, spielt er inzwischen lieber mit Krösus junior und seiner Entourage.«

»Ach, tatsächlich? Und die Summen kann er sich leisten?«

»*Ehi*«, mischte sich erneut der Betrunkene ein. »Wie wäre es mit einem ... einem Glas Wein für einen armen ... armen Kürschner? Ein Feuer und eine untreue Frau. Ganzes Geld weg!«

»Verschwinde«, sagte Davide, ohne den Blick von Quattrodenti zu nehmen.

»Na, hör mal. Bist wohl zu fein, um dich mit unsereins abzugeben, was?«, maulte der Betrunkene.

»Es heißt *unsereins*«, entgegnete Davide, ohne ihn anzusehen.

»*Ehi!*« Der Betrunkene stieß ihn an.

Davide schob ihn weg. »Letzte Warnung, mein Freund.«

Der Betrunkene nahm Anlauf, hob die Arme und stürzte auf Davide zu.

Der drehte sich blitzschnell aus der Hüfte und trieb ihm die Faust in den Solarplexus – eine Technik, die er von Hasan gelernt hatte und die er anwandte, wenn der Körper des Gegners keine gute Deckung hatte.

Der Betrunkene verlor sofort alle Spannung und fiel in

sich zusammen wie ein nasser Sack. Auf allen vieren suchte er das Weite.

Die Szene sorgte für keine große Aufmerksamkeit, Prügeleien passierten hier im Minutentakt. Nur Quattrodenti, der Kenner, nickte Davide kurz beifällig zu. Quattrodenti wusste, was man sich in Venedig über Davides Fertigkeiten erzählte, die er in seiner Zeit im Gefängnis erlernt hatte. Nun hatte jener sie im Bruchteil einer Sekunde, praktisch unbeachtet von allen anderen Gästen, ziemlich eindrucksvoll unter Beweis gestellt.

Doch bevor sich Davide wieder den Armdrückern, den Zockern, den Musikern, dem Chor und dem Wein widmen konnte, war der garstige Gast wieder da. Mit einer Kraft, wie sie nur Sturztrunkene urplötzlich mobilisieren können, stand er vor Davide, mit irrem Gesicht, heißem Atem, ausgeschaltetem Hirn. In der rechten Hand hatte er ein Messer, ein ziemlich unelegantes, grobes Küchenmesser, allerdings durchaus geeignet, Haxen vom Schwein abzulösen – und ähnlich wertvolle Körperteile von Davide. Er war völlig wahnsinnig vor Wut und Schmerz.

Doch dann – er macht sich bereit zum Sprung nach vorn und Davide bereit zur Verteidigung – bleibt die Zeit stehen. Der Betrunkene verharrt in der Bewegung, den Bruchteil eines Moments lang, dann fliegt er rückwärts, von Davide weg, dem Ausgang entgegen. Hinter dem Betrunkenen taucht das Gesicht des Friulaners auf. Er hat den Störenfried noch im Sprung an Schulter und Hosenkordel gepackt und in einer geradezu eleganten Bewegung auf den Gang geschleudert, er lässt ihn kurz über den weingetränkten Boden gleiten, um ihn dann mit einem zweiten Griff durch die Tür auf die Straße zu befördern.

Der Friulaner schaffte es bei alldem sogar noch, Davide komplizenhaft zuzuzwinkern. Er war einfach ein Meister darin, Ärger zu antizipieren, und hatte somit den Job gefunden, dessen Anforderungsprofil er vollumfänglich erfüllte.

»Beinahe schade«, grummelte Quattrodenti, »Eure Faust gegen das Messer dieses Nichtsnutzes, das hätte ich schon gern gesehen. Und hätte vielleicht sogar noch was gelernt. In meinem Beruf und bei meinem Umgang« – Quattrodenti wies mit einer theatralischen Geste auf seine Gästeschar – »können ein paar Tricks nichts schaden.«

Davide lächelte nachsichtig. »Tricks? Arbeite an deiner Schnelligkeit und an deinem Auge.«

Quattrodenti lachte auf. »Oha, da hat wohl jemand in den *piombi* etwas gelernt! Ich werde es mir merken.«

»Und wenn Auge und Schnelligkeit nicht weiterhelfen, gibt es natürlich noch das hier.« Davide öffnete kurz seinen Tabarro und ließ ein Stilett aufblitzen. »Gib's zu, du würdest deine eigene Kneipe nicht unbewaffnet betreten.«

»Niemals! Ich habe auch einen Verbündeten.« Der Wirt griff unter seine Theke und holte einen Eichenknüppel hervor. »Das ist mein treues Helferlein. Es steht mir seit drei Jahren zur Seite.« Er reichte Davide den Knüppel. Tatsächlich schien er eine effektive Waffe zu sein, kurz und kompakt, anderthalb Ellen lang, mit einem dünneren Ende als Griff und einem dickeren Ende für den Schädel säumiger Zahler, Rabauken und sonstiger Störenfriede.

Davide nickte anerkennend und gab dem Wirt sein Helferlein zurück. »Noch einen Wein auf den Schreck?«, fragte Quattrodenti.

»Ja, aber nur ...«

»... den guten, ich weiß.«

»*Le Signore, le Signore!*«, schallten Männerstimmen durch den Raum, und alles geriet in Bewegung; wie eine Flutwelle schwappten Menschen durch das Lokal, wurden an die Wände gedrückt und zurückgeworfen.

»Hier, ich, ich!«, schallten Frauenstimmen zurück. Nun sollten sich also die »Damen« beim Armdrücken messen.

Die Männer johlten, die Hormone schossen durch die Blutbahnen aller Beteiligten. Frauen in einem verschwitzten Ringen: Das war wirklich eine Sensation und ein genialer Coup von Quattrodenti. Umgekehrt wussten auch die Huren den Wettkampf für sich zu nutzen. Ob sie nun gewannen oder verloren: Sie präsentierten sich dominierend und kraftvoll oder als hilflos und unterlegen. Für beide Spielarten gab es genügend Kunden.

Davide bezahlte und verließ das Etablissement. Er umarmte kurz den Friulaner, der ihn herzte wie einen Bruder.

Ein paar Schritte weiter saß der Betrunkene in der Gosse, den Rücken an eine Wand gelehnt und abwesend den Sternenhimmel betrachtend. Als er Davide erkannte, senkte er resigniert den Blick. Er war ganz sicher nicht mehr auf Krawall aus. Zumal sein Fleischermesser irgendwo auf dem schlammigen Grund des Kanals lag.

Davide beugte sich zu ihm herab. »Ich habe einen Freund. Er kommt aus dem Orient. Er hat mir eine wichtige Lebensweisheit mit auf den Weg gegeben. Willst du sie hören?«

Der Betrunkene blickte mit einem dämlichen Ausdruck im Gesicht zu ihm empor, dann nickte er.

»Du musst dir deine Feinde besser aussuchen als deine Freunde.«

Der Betrunkene seufzte. Ob er den Sinn der Worte verstanden hatte, war nicht klar.

Davide klopfte ihm auf die Schulter und ging zu Fuß heim. Das Licht des beinahe vollen Mondes wies ihm den Weg an den Kanälen entlang zu seiner Wohnung.

KAPITEL 15

Der Mann mit den grünen Augen

Vor zwei Wochen schon war er in die Stadt gekommen. Auf einem der vielen Handelsschiffe, die ständig zwischen Istanbul und Venedig pendelten. Die Schiffe waren in einem größeren Verbund gesegelt, um sich vor den gefürchteten Piraten zu schützen, zwei kleinere Boote waren deshalb nicht mit Waren, sondern mit Soldaten bestückt, die allerdings Zwangsrekrutierte aus den schmutzigen Vororten Istanbuls, wenig seetauglich und noch weniger schlachtenerfahren waren. Das Boot, auf dem er fuhr, hatte schon öfter Kurierdienste übernommen, welche sich die verschwiegene Besatzung gut bezahlen ließ. Also beachtete man den Passagier zunächst gar nicht, der als Händler getarnt war und in unauffälliger, praktischer Tracht reiste, allerdings auffallend viel Gepäck dabeihatte.

Es war nicht das erste Mal, dass er Istanbul verließ, wahrlich nicht. Seine Missionen hatten ihn schon nach Genua, Spanien, Portugal, an den französischen Hof, in viele italienische Stadtstaaten, nach Rom und sogar nach Wien geführt. Venedig würde nun sein bedeutendster Auftrag werden. Die Chronisten der Christen nannten ihn »Crollio«. Er wusste nicht, woher der Name kam, und es interessierte ihn auch herzlich wenig. Er war ein Mann ohne Namen.

Auch sein Äußeres war auf den ersten Blick unauffällig. Nur an eine vernarbte Wange erinnerten sich die Seeleute, doch wie die Narbe aussah und ob es ein Schnitt war oder mehrere, wusste anschließend keiner mehr. Einige berichteten mit einem gewissen Schaudern von seinen grünen Augen und dem abgrundtiefen Schrecken, den sein Blick hervorrief, sodass man das Bild schnell wieder aus seinem Kopf verbannte.

Seine merkwürdigste Eigenschaft, die nach einigen Tagen auf See tatsächlich für Getuschel sorgte, war jedoch: Er schien nicht zu essen und nicht zu trinken. Nie sah man ihn bei Tisch oder mit einem Glas, dabei waren das doch die Freuden eines Seemanns! Bald machte das Gerücht die Runde, er sei kein Mensch, sondern ein böser Geist und bringe Unglück. Doch als ganz unvermittelt – man hatte schon die Tremiti-Inseln passiert, mithin einen Gutteil der Reise hinter sich – einige Piratenboote von der dalmatischen Küste her in Sicht kamen und er sich auf die Reling stellte und sie über Stunden fixierte, da geschah es, dass die Boote abdrehten. Was auch immer der Grund gewesen war, dass die Piraten den Handelskonvoi nicht angriffen: Künftig glaubten die Matrosen, er sei ein Glücksbringer. Doch niemand wagte, ihn darauf anzusprechen. Oder auch sonst nur ein Wort mit ihm zu wechseln. Ab und zu sah man ihn mit dem Kapitän reden, es waren immer nur sehr kurze Gespräche, aber seine Stimme hörte man nie. Er war, ob nun Unglücksbote oder Glücksbringer, den Matrosen durch und durch unheimlich.

Als das Handelsschiff in Dorsoduro anlegte und die Waren – es waren vor allem Stoffballen, aber auch einige Fässer mit Harzen und Gewürzen – auf kleinere Boote umgeladen worden waren, um alles im Fontego dei Turchi zu lagern, bestieg auch Crollio eines der Boote. Im Fontego traf er einen Kontaktmann, der, wie es üblich war, alle Agenten aus Istanbul empfing und instruierte. Er war ein gutmütiger Kerl namens Mustafa, der im Allgemeinen nach der Devise »Leben und leben lassen« vorging und auch bei den Venezianern, die ahnten, was er da im Geheimen trieb, wohlgelitten war. Am Ende war ja doch alles nur ein großes Spiel. Sein Leibesumfang deutete an, dass er bereits einige Gelage mit den Christen gefeiert hatte.

Gönnerhaft legte er den Arm um den Neuen, von dem er schon einiges gehört hatte. Andererseits war er lange genug in seinem Beruf, um sich nicht von Gerüchten beunruhigen zu lassen. Er hatte viele Betrüger und Killer, Folterer und Krieger kommen und gehen sehen, gewissenlose Kerle allesamt. Doch jeder von ihnen besaß auch menschliche, ja sympathische Züge, und einer wie Mustafa verstand es meisterhaft, sie seinem Gegenüber zu entlocken. Crollio aber wehrte den Arm brüsk ab und blickte Mustafa so scharf an, dass dieser unwillkürlich zurückzuckte und auch dem Blick aus diesen grünen Augen nicht lange standhielt.

Wortlos reichte Crollio Mustafa einen an ihn adressierten Brief, der das Siegel des Sultans trug.

Mustafa brach das Siegel, las den Brief und wurde weiß wie sein stets makellos gepflegter Kaftan, der sich über seinen Bauch spannte. »Oh nein, oh nein!«, stöhnte er.

So begann der erste Tag des Mannes mit den grünen Augen in Venedig.

KAPITEL 16

Der ewige Römer

Mit einem Nicken und einer höflichen, aber unmissverständlichen Handbewegung verscheuchte der Priester die letzten Gläubigen aus der Kirche. Er blies die Kerzen in den Kandelabern aus und rasselte vernehmlich mit dem eisernen Schlüsselbund. Bald waren alle Kirchenbesucher – in der überwiegenden Zahl alte Frauen in schwarzen Kleidern – aus dem Innenraum verschwunden. Nur ein eleganter Mann lehnte im Halbdunkel an einer Säule und machte keinerlei Anstalten, seinen Platz zu verlassen. Als sich der Priester näherte, griff der Besucher in seinen Geldbeutel und holte ein golden glänzendes Geldstück hervor.

»Gott segne Euch«, sagte der Priester und steckte den Dukaten in seine Tasche unter dem Gewand, welches schon einmal bessere Zeiten gesehen hatte.

»Danke, Don Armando.«

Der Priester, ein mittelalter Mann mit unregelmäßigem Bartwuchs, verließ die Kirche Santa Maria dell'Orto in Cannaregio, schloss das Portal aber nicht und ließ auch einige Kerzen brennen.

Davide war nun allein, roch Weihrauch, Holz, feuchten Stein, aber auch den in Venedig allgegenwärtigen Geruch von frisch aufgetragener Farbe. Einige der Bilder in der Kirche waren neu und leuchteten im dunklen Kirchenraum aufs Prächtigste.

Davide musste nicht lange warten, bis sich das Portal öffnete.

Andretti, der römische Kaufmann, der sich in Venedig mit großen Summen etwas Ansehen und viel Einfluss erkauft hatte, kam in die Kirche und blickte sich ängstlich um. Er wirkte wie ein Dieb auf der Suche nach Blattgold. Wie immer ging er gebückt, und die erstaunlich vielen Falten in seinem Gesicht verliehen ihm etwas Echsenhaftes.

»Es freut mich, dass Ihr mir nichts Böses antun wollt«, flüsterte er, als er näher kam. »Weiß ich doch, dass in einer Kirche meine Unversehrtheit garantiert ist.«

»Seid unbesorgt, ich werde nicht die Hand gegen Euch erheben. Ich bin gewissermaßen auf Ehrenwort auf freiem Fuße und habe nicht vor, wieder im Gefängnis zu landen«, erklärte Davide mit einem freundlichen Lächeln. »Doch beantwortet mir eine Frage.«

»Ihr wollt wissen, warum ich falsches Zeugnis gegen Euch abgelegt habe, und deswegen habt Ihr um dieses Treffen gebeten«, sagte Andretti freimütig, »und diese Frage zu stellen ist Euer gutes Recht.«

»Wie freundlich von Euch, dass Ihr mir dieses Recht zugesteht.«

Andretti überhörte die Spitze. »Wisst Ihr, es war so«, begann er. »Zwei Männer kamen zu mir. Ich hatte sie nie zuvor gesehen, und Ihr müsst mir glauben, dass ich in Venedig und auch im Umland jede Person von Bedeutung kenne. Dass diese Männer mir gänzlich fremd waren, nahm ich als deutlichen Hinweis darauf, dass hier ein abgekartetes Spiel gespielt wurde, dass ich nur eine von vielen Spielkarten war und gewiss nicht die wichtigste. Denn ein Mann, in dessen Dienst solche Männer stehen, sicher im Auftreten und im Einschüchtern versiert, musste ein mächtiger Mann sein. Es wäre also zwecklos gewesen, sich seinem Vorhaben entgegenzustellen.«

»Was versprachen sie Euch?«

»Oh, wir wurden uns schnell handelseinig. Denn sie garantierten mir das Privileg, den guten *baccalà* exklusiv in meine ehrwürdige Heimat Rom liefern zu dürfen. Ihr müsst wissen, dass die Kardinäle diese weiche Speise sehr zu schätzen gelernt haben. Das mag wohl auch an den Zähnen der violetten Herren liegen, die oft nicht mehr die besten sind. Nun rechnet einmal selbst: Mit diesem Handelsprivileg kann ich einen ganzen Straßenzug von armen Venezianern ernähren.«

Der Großkrämer vom Tiber hatte sich zweifellos eine Rechtfertigungsstrategie zurechtgelegt und blickte Davide mit devoter Miene an.

»Ihr wart also flugs einig mit jenen, die mir Böses wollten?«

»Versteht, es war eine rein kaufmännische Abwägung. Hätte ich keine Einigkeit mit ihnen erzielt, hätte ein anderer mit Freuden bereitgestanden und sich alle meine Privilegien geschnappt.«

Davide nickte. »Das verstehe ich voll und ganz.«

»Doch zum Zeichen meines guten Willens und als Möglichkeit zur Versöhnung zwischen zwei klugen, fleißigen Christenmenschen möchte ich Euch ein Angebot machen. Ein Angebot, das abzuschlagen Euch schwerfallen dürfte.«

»Oh, ein Angebot! Es drängt mich danach, es zu hören.«

»Nun, wie ich ja bereits schilderte, habe ich das Handelsmonopol für euren *stoccafisso* für Rom bekommen. Und nun brauche ich einen verlässlichen Mann, der sich um den Export gen Süden kümmert und die Geschäfte vor Ort erledigt. Ein gebürtiger Venezianer, der den *baccalà* verkauft, wäre auch unter werblichen Gesichtspunkten eine feine Sache.«

»Wie recht Ihr habt! Kein echter Venezianer würde minderwertigen Fisch verkaufen.«

»Ihr seid geschickt im Auftreten, und Euer venezianischer

Dialekt ist in diesem Geschäft bare Münze wert. Verstärkt ihn ruhig ein wenig, wenn Ihr vor Ort Handel treibt.«

»Ein kluger Gedanke.«

»Ja, es kann keinen Besseren geben als Euch. Die Bezahlung erfolgt natürlich erfolgsabhängig.«

»Natürlich, natürlich«, nickte Davide. »Und wie schlau, dass ich für Euch just den Dienst verrichte, den Ihr ohne die Falschaussage gegen mich gar nicht vergeben könntet.«

»Ja, nicht wahr?«, freute sich Andretti.

»Formidabel«, entgegnete Davide. Er legte die Hand schwer auf die eingefallenen Schultern des Römers. »Mein teurer Andretti, habt Ihr Euch gefragt, warum Euch mein Bote um ein Treffen in der Kirche gebeten hat?«

»Oh, Ihr habt es getan, damit ich dem Treffen zustimme. Denn kein guter Christ würde eine Kirche entweihen, indem er Gewalt anwendet.«

»Da habt Ihr wohl recht.«

»Außerdem wird das Portal der Kirche vom heiligen Christophorus bewacht, dem Schutzpatron aller fleißigen Kaufleute.«

»Gut erkannt!«

»Dennoch habe ich den Grund für die Wahl dieses Ortes noch immer nicht erraten, nicht wahr?«, fragte Andretti lauernd.

»Nein, das habt Ihr nicht, doch ich verrate ihn Euch gern. Ich habe nämlich eine Überraschung für Euch.«

»Als Mann des Handels bin ich zwar kein Freund von Überraschungen, aber Ihr habt mein vollstes Vertrauen.«

»So tretet näher, hierher, zur rechten Seite des Chorhauses.«

Andretti schlurfte eilfertig dorthin. »Was wollt Ihr mir zeigen?«

»Schaut Euch diese Pracht an.«

»Ah, das ›Jüngste Gericht‹ Eures Freundes Tintoretto. Ihr wisst, dass er auch in meinem Palazzo einige Arbeiten ausgeführt hat, ich bin ein großer Bewunderer seines Könnens. Viel habe ich von seinem Werk gehört, allein: Mir fehlte bisher die Zeit, es ausgiebig zu betrachten. Die Geschäfte, Ihr versteht sicher …«

»Sicher verstehe ich das. Daher genießt diesen Augenblick, zumal bei der Betrachtung eines Bildes, das als eines der großen Werke seinen Platz in der Geschichte der Kunst finden dürfte.« Davide zog Andretti mit einem heftigen Ruck näher an das Bild heran. »Der gute Färberlein hat es gerade ein wenig überarbeiten müssen, es hatten sich nach dem Beben von 1566 einige Risse gezeigt«, erläuterte er dem Römer.

»Ja, ich hörte davon, dass dadurch einige Werke beschädigt wurden, glaube aber, dass gerade die Risse einem Bild erst eine gewisse Würde verleihen.«

»Da spricht der profunde Kunstliebhaber. Nun, ich will Euch nicht allzu lange auf die Folter spannen. Seht Ihr den Teufel hier links, der die Unglücklichen in die Verdammnis führt?«

»Mein Augenlicht ist nicht mehr das beste …«

»Wartet, ich helfe gern.« Davide schob einen Kandelaber direkt an das Bild.

Der Römer wurde bleich wie junger Käse. »Das … das … Himmel hilf! Mir ist, als sähe ich in einen Spiegel!«

»Oh ja. Der gute Jacopo hat mir einen kleinen Gefallen getan und dem Teufel Euer Antlitz gegeben. Und ich muss sagen, es ist ihm wirklich vortrefflich gelungen!«

Andretti war so entsetzt, dass seine Lippen zitterten. »Das könnt Ihr nicht machen. Das ist ja entsetzlich! Für alle Zeiten … ein Dämon … ich …«

»Versteht, ich wollte mich erkenntlich zeigen für Euer falsches Zeugnis, welches ein Gutteil dazu beitrug, mein Leben von Grund auf zu zerstören. Nur mit viel Glück und beinahe mittellos stehe ich hier vor Euch. Immerhin sind mir die Freunde geblieben, und Jacopo verlangte kein Geld von mir. Aber tröstet Euch: Wenn Ihr genau hinschaut, werdet Ihr auf dem Bild auch Dante entdecken, den Jacopo ebenfalls verewigt hat. Natürlich nicht als Dämon aus der Finsternis, so wie Euch.«

Andretti fiel vor dem Bild auf die Knie und weinte. »Ich bin kein Teufel. Was sollte ich denn machen?« Er sprach nicht zu Davide, sondern wie zu sich selbst, vielleicht auch zu seinem Schöpfer. »Die Zwänge des Faktischen, die Umstände«, schluchzte er, »ich war doch nur der Empfänger eines Befehls ... eine höhere Macht ... ich konnte nicht anders ...« So brabbelte er auch noch vor sich hin, als Davide die Kirche längst verlassen hatte.

KAPITEL 17

Das Spiel

Davide hörte seine eigenen Schritte auf dem Marmorboden der Prokuratien von den prächtigen Wänden widerhallen. Die dreistöckigen Verwaltungsgebäude, die beinahe den gesamten Markusplatz umfassten, waren wie ein Labyrinth. Von Saal zu Saal wurde er geschickt, immer geleitet von grauen, mageren Menschen, Türen wurden hinter ihm geschlossen und vor ihm geöffnet. Bis er im Zentrum der Prokuratien angekommen war, und in diesem Zentrum saß, wie die Spinne in ihrem Netz, Grattardi.

Der Schreibtisch war mindestens zehn Ellen lang und ebenso breit, Papiere und Ledermappen stapelten sich fast mannshoch und bildeten eine schmale Schlucht, hinter der Grattardi zum Vorschein kam. Ohne Frage hatte Grattardi viel zu tun. Ohne Frage wollte er aber auch, dass jeder Besucher es sah.

Davide setzte sich, ohne dazu aufgefordert oder auch nur begrüßt worden zu sein. Grattardi, der ihn ohne Zweifel bemerkt hatte, studierte weiter seine Papiere. Nach einer Weile sagte er, ohne aufzublicken: »Ah, Davide Venier. Der Mann, der mich noch ins Grab bringt und die Serenissima gleich mit.« Wie immer trug der Prokurator, ein kleiner Glatzkopf mit gewaltigen Ohren, seine Brille aus fingerdickem Murano-Glas, konkav geschliffen, eine Technik, die erst seit wenigen Jahren bekannt war. Als er schließlich den Blick hob, sahen seine Augen dahinter riesenhaft aus, und diese Augen schauten misstrauisch, ja beinahe feindselig aus der papiernen Schlucht heraus auf Davide. So als sitze ihm der Antichrist höchstpersönlich gegenüber, der gekommen war, die Gebeine des heiligen Markus zu rauben.

»Guten Morgen, Prokurator«, erwiderte der solcherart Gemusterte trocken. Er wusste, wie man den Prokurator nehmen musste: entspannt. Natürlich waren er und seine sechs Vize-Prokuratoren ob der großen Zahl ihrer Aufgaben ständig überlastet, waren sie doch für die erheblichen staatlichen Vermögen zuständig, hatten die Oberaufsicht über die Banken, vollstreckten Testamente und fungierten als Vormunde für Witwen und Waisen adliger Familien.

»Der Kanzler hat mich bereits über Euren Besuch informiert. Wartet, Venier, wartet einen Augenblick.« Grattardi zog umständlich eine dicke Ledermappe aus einem der Stapel hervor, schlug sie auf, blickte auf die Papiere, die er darin fand. Davide war sich sicher, dass dies nur gespielt war und Grattardi längst alles griffbereit sortiert hatte, bevor er eingetreten war.

»Ich darf, mit Eurer geneigten Erlaubnis, die letzten Monate rekapitulieren. Am achtzehnten April händigte Venedig Euch fünfzig Dukaten für eine mir völlig unverständlich erscheinende Reise nach Dalmatien aus. Am vierundzwanzigsten Juni waren es dann fünfundsiebzig Dukaten, um die mich der Kanzler eindringlich bat, deren Verwendungszweck er mir allerdings verschwieg. Am zehnten August zwanzig Dukaten für ein *pranzo* mit Gesandten aus Genua, als hätten die Herren nicht selbst genügend Geld. Und nebenbei: Ich habe grundsätzliche Einwände, wenn sich unsere Feinde auf unsere Kosten den Bauch vollschlagen. Weiters habe ich hier einhundertfünfzig Dukaten – einhundertfünfzig Dukaten! – für eine zweimonatige Reise in den Norden, die Euch am zwölften September ausgehändigt wurden. Einhundertfünfzig Dukaten, verdammt! Habt Ihr damit einen neuen Alpenpass gebaut?«

»Nun ja, dort oben ist es kühl, da braucht man so einiges, um sich unter die Einheimischen ...«

»Für all das Geld hätte ich zwanzig Wohnungen für die Armen errichten können!« Der Prokurator schnaufte empört. »Fünfundachtzig Dukaten für die Reise nach Spanien. Nun gut, immerhin mit einem gewissen nennenswerten Ergebnis. Aber habt Ihr Euch mit der Sänfte nach Barcelona tragen lassen? Und hier: zwanzig Dukaten am achten Dezember zum Fest Mariä Empfängnis, das Ihr als vorbildlicher Christenmensch bei den Türken verbracht habt. Ja, wollen wir den Orientalen gleich den Dogenpalast überschreiben?«

»Mit diesen zwanzig Dukaten konnte ich immerhin verhindern, dass ...«

»Dieses Mal braucht Ihr das Geld fürs Glücksspiel, sagte mir unser Kanzler. Das wird ja immer besser! Ich kann mich nicht erinnern, dass die Serenissima einem ihrer Bürger jemals Geld für so ein gotteslästerliches Vergnügen zur Verfügung gestellt hätte, aber ich bin ja auch erst fünfunddreißig Jahre in den Prokuratien.«

Grattardi nahm seine Brille ab und putzte sie umständlich. Er atmete tief und langsam, um sich etwas zu beruhigen. »Deswegen habe ich mit dem Kanzler vereinbart, dass Ihr das Geld diesmal zurückbringen müsst. Keine Sorge: Ich verlange nicht einmal Zinsen. Wenn Ihr ein so guter Spieler seid, wie man sagt, dann sollte das ja keine Schwierigkeiten bereiten.«

Es war unfassbar eng, kaum möglich, sich auch nur umzudrehen. Jeder der Anwesenden musste mehr oder weniger in seiner Position ausharren. Das Erdgeschoss des Palazzos nicht weit vom Campo Santa Margherita war düster, nur ein paar Kerzen beleuchteten die sechs Tische, und ihr Licht flackerte heftig, denn durch die stickige Luft jagten Entsetzens- und Jubelschreie.

An vier der Tische saßen je zwei Spieler und würfelten, an einem Tisch wurde Schach, am letzten Tisch Dame gespielt, nach den neuen französischen Regeln des »jeu force«: Die gegnerischen Steine *mussten* von der Dame geschlagen werden. Um die Tische herum ging es laut zu, es wurde gepöbelt, gefrotzelt – und natürlich kräftig gewettet. Die Spieler selbst erschienen wie Spielfiguren in einem größeren Spiel. Zwar spielten auch sie um Geld, aber das große Geld floss bei den Wetten, die auf sie abgeschlossen wurden. Die Umstehenden, junge Männer aus den besten Familien der Stadt, setzten hohe Beträge auf jene, die Figuren, Steine, Karten, Würfel bewegten. Der Wein, mit dem die Diener aus einem Nebenraum förmlich herbeiflogen, befeuerte die Risikobereitschaft.

Die *casinò*, »Häuschen«, wie sie die Venezianer nannten, waren nichts anderes als Privatwohnungen von gelangweilten Junggesellen, die abendliche Spielrunden veranstalteten. Es war jedoch selbst für gut unterrichtete Menschen nicht immer einfach, Zeit und Ort des aktuellen *casinò* herauszufinden; die Spieler scheuten die Obrigkeit, wenngleich jeder von ihnen Verwandte in den höchsten Gremien hatte. Also bemühte man sich um wenige Eingeweihte und ein Höchstmaß an Diskretion.

Davide wusste immer, wo gespielt wurde. Es war ein ungewöhnlich schwüler Abend, ein Gewitter hing in der Luft, aus den Kanälen stiegen unangenehme Kloakendüfte empor. Er hatte den Gondoliere zunächst die Wohnung seines Freundes Miguel ansteuern lassen. Für einen Abend mit Wein und Würfeln war der nämlich immer zu haben.

Miguel bestieg die Gondel, die ordentlich zu schwanken begann, und umarmte Davide herzlich. Sie zogen sich in die Felze zurück.

»Und? Kommst du voran?«, fragte Davide.

»Nun ja, es könnte flüssiger laufen. Ich hatte es mir einfacher vorgestellt.« Miguel de Cervantes schrieb gerade an seinem ersten Theaterstück. In die Fußstapfen seines Vaters, eines Chirurgen und Hufschmieds, würde er ganz sicher nicht treten.

»Ein Spielabend wird dich auf andere Gedanken bringen.«

»Da bin ich mir sicher!«

Anschließend holten sie Tintoretto ab, der bei solchen Abenteuern einfach dabei sein musste, und sei es, um das Vorhaben mit seiner bloßen, unerschütterlichen Anwesenheit zu segnen. Davide weihte die beiden auf der Gondel in seine Pläne ein, denn heute würde er versuchen, an Krösus junior heranzukommen, Venedigs verschlagensten, einflussreichsten und maßlosesten Spieler.

Doch etwas Zeit blieb noch. Die drei ließen sich zunächst zum Monastero della Carità bringen. Im Innenhof des Klosters hatte ein Theater eröffnet, das erste in Venedig überhaupt – zuvor waren die Schauspielertruppen wie Zigeuner umhergezogen und waren je nach Buchungslage in den Palazzi oder auf Festen im Freien aufgetreten. Was für eine kuriose Idee, Eintritt zu verlangen! Doch klaglos lösten Tintoretto, Miguel und Davide ihr *biglietto*.

Das Halbrund war von zwei Feuern erleuchtet, ein *maestro del fuoco* sorgte permanent und so unauffällig wie möglich dafür, dass sie gleichmäßig brannten. Rund um die erhöhte Bühne stand eine Reihe von Stühlen, die bei der Ankunft der drei allerdings schon besetzt waren, dahinter rangelte man um die beste Sicht.

Zuerst traten zwei als Frauen verkleidete Männer auf, stark geschminkt und mit auftoupierten Frisuren. Frauen war der anzügliche Beruf des Schauspielers selbstverständlich untersagt. Die Männer stellten Huren dar, die sich in derben und leicht zu entschlüsselnden Andeutungen über die Vorlieben der hohen Herren lustig machten. Es war viel von Ruten, Stöcken und Pflöcken sowie nimmersatten, alles verschlingenden Strudeln und verborgenen, engen und schwer zu durchquerenden Gängen die Rede. Dem Publikum gefiel's, es gab wohlwollenden Applaus.

»*Oh, well*«, murmelte ein Mann neben Davide, der seinen Sohn dabei hatte. Der Kleine war höchstens sechs Jahre alt und schaute sich auf dem Arm seines Vaters alles mit großen Augen an. Als Miguel sah, dass der Vater mit der Zeit Mühe hatte, das Kind zu tragen, ließ er sich den Jungen reichen und setzte ihn sich auf die Schultern, was dem Kleinen sehr gefiel.

Als Nächstes trat ein magerer Poet auf, der ein schauerliches Gedicht vortrug, in dem es um eine Blume ging, vielleicht aber auch um ein hübsches Fräulein, genau ließ sich das nicht verstehen. Seine Vortragskunst entsprach der Qualität seiner Reime, und so wurde er unbarmherzig unter Johlen und Pfiffen von der Bühne verjagt. Ein Jongleur, offenbar genau zu jenem Zweck in Lohn und Brot, versöhnte die Zuschauer wieder ein wenig. Er bewies ein bemerkenswertes Geschick mit Bällen – bis zu sieben hielt er in der Luft – und holte dann drei große Messer hervor. Um ihre Schärfe zu beweisen, schnitt er mit jedem davon einen Apfel mühelos entzwei und verteilte die Hälften unter den Sitzenden. Dann ließ er sich von einem Zuschauer die Augen verbinden und jonglierte mit den Messern, was ihm vorzüglich gelang.

Nachdem der Jongleur unter Applaus verabschiedet wor-

den war, versuchten sich die Schauspieler nach dieser Gauk-
lereinlage wieder am Spiel. Eine Sitzung des Großen Rates
wurde nachgestellt, alle Teilnehmenden trugen groteske,
quietschbunte Umhänge und redeten durcheinander, was
vermutlich Absicht war, aber leider dazu führte, dass eventu-
elle Pointen im allgemeinen Getöse untergingen. So gab es
jede Menge Buhrufe.

Während das Missfallen allmählich verklang, betrat ein
einzelner Mann die Bühne. Ganz schüchtern stand er da, der
Umhang war ihm zu groß, die Hände zitterten erkennbar.
Hoffentlich, dachte Davide, ist das alles nur gespielt. Einige
aus der Menge feixten. Der Mann breitete die Arme aus und
richtete den Blick nach oben. Davide schwante nichts Gutes.
Der Schauspieler begann zu rezitieren, erst leise, mit brüchi-
ger Stimme, dann immer lauter werdend. Die Zuschauer
blickten einander an. Der Text war – auf Latein? Nein, auf
Altgriechisch. Was immer der Mann da vortrug, er hätte sich
keinen schlechteren Moment und kein unpassenderes Publikum aussuchen können. Zunächst kämpfte seine Stimme
noch gegen die Zwischenrufe an. Doch das schien die Menge
nur weiter zu provozieren. Gegenstände flogen, zuerst zer-
knülltes Papier und tönerne Trinkbecher, dann die ersten
Stühle, und als ein paar Rüpel sogar halb brennende Scheite
aus dem Feuer klaubten, siegte der Überlebenstrieb des
Schauspielers über seinen Selbstdarstellungsdrang: Der tap-
fere Altgrieche floh hinter die Bühne. Einige aus dem Publikum setzten ihm nach. Obwohl die anderen Schauspieler
ihr Möglichstes taten, um die aufgebrachte Menge zurück-
zudrängen, geriet alles außer Kontrolle. Doch selbst jetzt
hörte man in dem Tumult noch den einen oder anderen alt-
griechischen Vers. Der Schauspieler war fürwahr ein zäher
Bursche.

»Ein mutiger Mann, der da«, rief der Mann neben Davide.

Sein Sohn genoss von seiner erhöhten Position aus das Durcheinander ganz offensichtlich.

»Zweifellos, doch nun, denke ich, sollten wir uns in Sicherheit bringen. Miguel?«

Miguel hob das Kind von den Schultern, reichte es dem Vater und sorgte dafür, dass die Gruppe sicher durch das Portal des Klosters nach draußen kam. Die anderen Zuschauer harrten im Innenhof darauf, welches Spektakel ihnen noch geboten würde. Die vom drohenden Gewitter aufgeladene Luft schien alle noch zusätzlich aufzuwiegeln.

»Eure Kleidung sagt mir, Ihr seid nicht von hier?«

»Wohl erkannt, ich bin Engländer«, erwiderte der Mann. In der Tat war seine Aufmachung typisch für die Herren von der Insel, er trug einen kurzen Mantel und einen Mühlsteinkragen. Das schüttere Haar, im Nacken aber noch ganz dicht und voll, hatte er sich kurz schneiden lassen, der Bart dagegen war länger, als es auf dem Kontinent Mode war. In seinem linken Ohrläppchen glänzte ein dicker goldener Ring, die Füße steckten in gewaltigen Ochsenmaul-Schuhen, ein jeder doppelt so breit wie der Fuß selbst.

»Engländer? Doch, man hört es«, nickte Davide. »Nun, wie hat Euch das alles gefallen?«

»*Delightful*, ich meine, ein großer Spaß. Aber man könnte sicher noch einiges in der Dramaturgie verbessern.«

»Seht, da vorn ist eine Taverne, in der es für gewöhnlich ruhig zugeht. Auf ein Glas Wein?«, schlug Tintoretto vor.

Die drei stellten sich mit den beiden Engländern an ein großes Fass, auf das eine Tischplatte genagelt war. Der Wirt brachte vier Becher mit Rotwein und einen Becher Wasser, mit einem Schluck Traubensaft eingefärbt, außerdem eine Platte mit Schinken und Käse und marinierten Sardellen. Miguel hob den Kleinen hoch und setzte ihn auf die Tischplatte.

»Weshalb hat es Euch nach Venedig verschlagen?«, fragte Davide den Engländer.

»Oh, ich bin Handschuhmacher. Ich reise oft nach Verona, um feines, weiches Leder einzukaufen, an dem es uns in England arg mangelt. Dieses Mal habe ich meine Reise verlängert, um Venedig anzuschauen. Mit meinem kleinen Gehilfen hier. Die Geschäfte sind nämlich zuletzt günstig verlaufen. Meine Heimat ist Stratford-upon-Avon, fünfzig Meilen nordwestlich von London.«

»So jung und schon auf großer Reise!« Miguel klopfte dem Kleinen, der einen lustigen Lockenkopf hatte, auf die Schulter. »So gefällt mir das. Versteht er mich denn?«

»Oh, er spricht das Italienische schon besser als ich, obwohl er dieses Jahr erst sechs geworden ist. Und von der Schauspielerei und Possenreißerei kann er nie genug bekommen. Erlaubt, dass ich mich vorstelle: Mein Name ist John. John Shakespeare. Und dies ist mein Sohn William.«

Eine zweite Runde Wein wurde bestellt, während Miguel de Cervantes dem kleinen William Shakespeare einen spanischen Abzählreim beibrachte.

Es blitzte und donnerte, aber der Regen wollte nicht kommen.

»Eine Frage, lieber John«, erkundigte sich Davide neugierig. »Ihr Engländer seid bekannt für eure Gesetzestreue. Hattet Ihr je Ärger mit der Obrigkeit?«

Der Handschuhmacher lachte dröhnend. »Ja, einmal musste ich einen halben Shilling Strafe zahlen, weil ein Haufen Unrat auf der Straße vor meinem Haus lag. Nicht einmal von mir, möchte ich hinzufügen.«

»Dann wäre Venedig bald sehr reich – und die Einwohner wären schnell pleite!«, lachte Tintoretto.

»Inzwischen bin ich selbst die Obrigkeit, ich darf mich *high bailiff* nennen. Ihr sagt zu diesem Amt wohl *podestà* oder Bürgermeister. Etwas Glück war allerdings dabei: Ich bekam nicht viele Stimmen, war aber der einzige Kandidat.«

»Vielleicht solltest du einfach Doge werden«, schlug Miguel Davide vor. »Das wäre die Lösung für all deine Sorgen.«

So wurde noch eine Zeit lang weitergescherzt. Doch John erzählte auch, wie schwer es Katholiken derzeit in England hätten, inzwischen gebe es sogar Geldstrafen für alle, die nicht den anglikanischen Gottesdienst besuchten, und Agenten würden Namenslisten anlegen. Er hoffe sehr, dass diese Denunziationen bald endeten, andernfalls müsse er Venedig um Asyl ersuchen, was allerdings, genau betrachtet, eine deutliche Verbesserung im Vergleich zu seiner rauen, unbedeutenden Heimatstadt darstelle.

»Tüchtige Handschuhmacher werden hier immer gebraucht. Nun aber müssen wir los, wir haben in der heutigen Nacht noch eine wichtige Mission«, mahnte Davide. »Braver Engländer, kommt gut nach Hause.«

»Heim oder nicht heim, das ist hier die Frage. Was meinst du, William? Oder noch einen Spaziergang zum Markusplatz, bevor es in die Herberge geht?«

Der Kleine nickte eifrig.

»Schüchtern ist er beim gesprochenen Wort«, erklärte der Vater. »Doch Schreiben tut er bereits wie der fleißigste Buchhalter.«

Natürlich war er schon da. Saß am Würfeltisch, an dem es hoch herging. Das Geld seines Vaters ließ ihn offensiv und angstbefreit auftreten, was bedeutete, dass er neun von zehn Partien gewann, bevor sie richtig begonnen hatten.

Krösus junior, eigentlich Mattia Marchesan, hatte in der Spermalotterie den Hauptgewinn gezogen. Vater Donatello war unermesslich reich, seine Besitzungen erstreckten sich bis nach Mailand und Dalmatien, seine Handelsschiffe reisten bis nach Asien. Mehrere Dogen und viele Generationen von Ratsmitgliedern hatten geschickt den Reichtum der Familie gemehrt; nun hatte der Alte, so wurde gemutmaßt, mehr Geld als der Rest des venezianischen Stadtadels zusammen. Ob Mattia in die Fußstapfen seiner erfolgreichen Vorfahren treten würde, war allerdings mehr als fraglich. Sein Weinkonsum galt selbst für venezianische Verhältnisse als maßlos, Konkubinen waren ihm augenscheinlich wichtiger als das Familienvermögen, und für seine gerade mal dreißig Jahre trug er einen beachtlichen Schmerbauch vor sich her. Er war sogar noch ein wenig größer als Davide, das glatte blonde Haar fiel ihm auf den Rücken, und seine Haut war gerötet, was ihm ein ungesundes Aussehen verlieh. Sein etwas dümmliches Gesicht glänzte speckig.

Natürlich ging es an Mattias Tisch am lebhaftesten zu, spielte er doch um die höchsten Einsätze und wagte am meisten.

Der hünenhafte Miguel schob sich problemlos durch die Menschen, stieß Groß und Klein, Herr und Diener zur Seite; in seinem Fahrwasser gelangten Davide und Jacopo an den Nebentisch von Krösus junior. Miguel legte einem der Spieler die Hand auf die Schulter und blickte finster. Der Mann stand erschrocken auf, Davide nahm Platz.

Sein Gegenüber sah für einen Moment verdutzt aus, fing sich aber wieder. »*Buonasera*, Venier«, murmelte der Mann. Man kannte sich.

Davide hatte Krösus junior von seinem Platz aus gut im Blick, und Miguel und Jacopo sorgten dafür, dass es auch so blieb. »Zehn Durchgänge ein Dukat?«, schlug Davide vor, was ein sehr hoher Einsatz war. Davide sagte es auch so laut, dass es alle hörten.

Das derzeit beliebteste Würfelspiel der Venezianer hieß *dodici*, »zwölf«. Mit mehreren Würfen musste man sich der Zahl zwölf annähern. Wer sie jedoch erreichte oder gar überwürfelte, hatte verloren. Eine Elf war demnach das perfekte Ergebnis, auch eine Zehn oder eine Neun reichten fast immer für den Sieg. Das Schöne an diesem Spiel war, dass die so beliebte Manipulation der Würfel keinen Zweck hatte. Mit Gewichten oder ungleichmäßig gerundeten Ecken konnte man Würfel nämlich so bearbeiten, dass eine bestimmte Zahl häufiger fiel, etwa die Sechs. Doch mit zwei Sechsern hintereinander hatte man verloren. Es kam also ganz einfach aufs Glück an. Außerdem konnte jeder mit seinem eigenen Würfel spielen, ohne Misstrauen zu erregen – schließlich war man abergläubisch und hatte seinen Glückswürfel stets dabei.

Davides Gegenüber zögerte. Aber Krösus junior, der das Angebot gehört hatte, biss an. Er erhob sich vom Nebentisch, was ihm nicht leichtfiel, ein paar Weingläser tanzten.

»Ah, Davide Venier«, schnaufte er. »Venedigs größtes Rätsel! Wir hatten noch nie das Vergnügen am Würfeltisch, oder irre ich mich?«

»Nein, leider nicht. Aber wie wäre es denn, wenn wir uns diesem Vergnügen hier und heute hingeben?«

»Ein mutiger Mann, das gefällt mir sehr! Nehmt doch bei mir Platz, mein leichtsinniger Freund!« Krösus junior zeigte mit einer einladenden Handbewegung auf den Stuhl, der soeben ehrerbietig von seinem bisherigen Spielpartner geräumt wurde. »Vielleicht sollten wir um Euer Geheimnis spielen? Wenn Ihr verliert, verratet Ihr uns, was genau Ihr eigentlich macht? Und vor allem«, Krösus junior beugte sich vor und flüsterte verschwörerisch, »*für wen?*«

Es hieß, dass viele absichtlich gegen Krösus junior verloren, um ihn nicht zu verstimmen. Ihn zum Feind zu haben konnte äußerst unangenehm sein, schließlich besaß sein

Vater halb Venedig und hatte damit auch die Hälfte der Ratsherren in der Tasche. Donatello konnte Karrieren fördern oder verhindern, selbst Gefängnisstrafen konnte er erwirken. Würde er auch morden lassen? Wie im Falle von Silvano Coperchio?

»Ein sehr hoher Einsatz, wie ich meine«, entgegnete Davide. »Ich bin für Diskretion. Wie wäre es stattdessen mit den guten, alten Dukaten?«

»Um ehrlich zu sein, spiele auch ich am liebsten um Geld. Etwas Wein? Der Hausherr hat einen vorzüglichen Tokaier vorrätig.«

»Tokaier? Den trockenen Friulaner oder den süßen Magyaren?«

»Den Friulaner selbstverständlich.«

»Dann gern.«

»Oh, und Eure Freunde sind auch da! Der Schriftsteller in spe und der große Maler des Dogen!«

Miguel ließ ein Grunzen ertönen, das wie ein sich ankündigendes Erdbeben klang und auch Krösus junior beeindruckte, der daraufhin eine beschwichtigende Geste machte.

Tintoretto, der stille, zähe Mann, lächelte freundlich. Er hatte längst ein Glas Wein in der Hand, das er sich im Gedränge organisiert hatte, möglicherweise bereits sein zweites.

»Wie man hört, verkehrt Ihr, seit Ihr diese unselige Gerichtsverhandlung hattet, eher in anderen Schichten.« Krösus Junior lächelte verschlagen. »In den Schänken von Cannaregio herrschen sicherlich andere Regeln beim Spiel.«

»Nun, ich denke, dass sich dort die gleiche Anzahl feiner Burschen wie Halunken und Halsabschneider finden lässt wie in den ehrenwertesten Kreisen der Gesellschaft.«

Der Satz saß. An den anderen Tischen wurde es still. Auch Krösus junior sah verblüfft aus. Dann jedoch begann er zu lachen, ein hohes, helles Gackern, und die Anwesenden stimmten mit ein.

Die beiden einigten sich auf den Einsatz für die ersten Spiele: Wer von zehn Würfelrunden die meisten gewann, erhielt einen Dukaten, was für einen Werftarbeiter, Soldaten oder Schreiner einen Wochenlohn bedeutete. Davide verlor die ersten drei Runden, gewann aber die nächsten zwei. Alle anderen Spiele im Raum waren praktisch zum Erliegen gekommen, nur die Herren am Schachbrett bekämpften einander noch verbissen. Die Kommentare der Umstehenden wurden lauter, wagemutiger, obszöner, der Wein floss nach wie vor, als hätte Bacchus persönlich die Organisation des Nachschubs übernommen. Nur hinter Davide verhielt man sich ruhig und besprach die Wetteinsätze flüsternd. Dafür sorgte Miguel.

Das Spiel war ausgeglichen.

»Was haltet Ihr davon, fünf Dukaten für zehn Runden zu setzen?«, fragte Krösus junior.

Das Publikum raunte.

»Wie wäre es mit zehn für zehn?«, konterte Davide.

Krösus junior lächelte.

Nun hatten auch die Schachspieler ihre Partie beendet, alles drängelte sich um den Tisch mit den beiden Würfelspielern.

Schließlich legte Davide einen Lauf hin, weil Krösus junior immer riskanter spielte. Hatte er neun Augen erreicht, forderte er sein Glück heraus und kam jedesmal über die Zwölf. Davide lag erst mit achtzig, dann mit ungeheuren einhundertzwanzig Dukaten vorne. Krösus junior schien ihn nicht mehr einholen zu können und verlor zusehends die Geduld.

»Mir scheint, heute ist Fortuna eine sehr launische Dame«, murrte er. »Setzen wir einen Schlussstrich unter die Partie. Ein letzter Durchgang: doppelt oder nichts?« Das war eine beliebte Taktik, die viele ungeübte Spieler abschreckte.

»Doppelt«, antwortete Davide betont beiläufig. Er könnte nun den sagenhaften Betrag von zweihundertvierzig Dukaten gewinnen – oder auf Null zurückfallen.

Krösus würfelte eine Fünf, Davide eine Zwei. Krösus würfelte eine Vier, Davide eine Drei. Davide hatte die niedrigere Zahl und war erneut dran. Er würfelte eine Fünf. Zehn Augen, das war kaum zu toppen. Doch Krösus junior gab nicht auf: Er würfelte eine Zwei – elf Augen. Seine Anhänger jubelten. Davide konnte noch mit einer Eins kontern, bei Gleichstand würde erneut gewürfelt werden. Doch Davides Würfel zeigte eine Vier.

Nicht nur Miguel und Tintoretto schnauften hörbar aus.

Krösus junior lehnte sich grinsend zurück. »Wie wollt Ihr zahlen? Sofort oder per Boten morgen?«

»Doppelt oder zweihundertvierzig Dukaten für Euch?«, fragte Davide plötzlich.

Im Publikum brandete Jubel auf. Hier wurde wirklich eine einmalige Schau geboten. Mit dieser Offerte hatte niemand gerechnet. Auch Krösus junior nicht. Davide konnte nun unglaubliche vierhundertachtzig Dukaten in einer einzigen Runde gewinnen. Oder zweihundertvierzig Dukaten, die er nicht hatte, verlieren. Für diese Summe würde auch Calaspin nicht bürgen können, ihm drohten übelste Konsequenzen, im schlimmsten Fall wieder die Bleikammern.

»Ein einziges Spiel?«, fragte Krösus junior. Auf seiner Oberlippe hatten sich Schweißperlen gebildet, die er hastig wegwischte. Davides Blick blieb ein paar Sekunden auf Juniors Oberlippe haften, gerade lange genug, dass sein Gegner es bemerken musste. Bei einer Summe wie dieser verließ selbst der reichste Venezianer – genauer: der Sohn des reichsten Venezianers – seine Wohlfühlzone.

»Ein einziges Spiel«, bestätigte Davide.

Davide begann mit einer Drei, Krösus junior würfelte eine

Zwei. Davide legte eine Zwei nach, Krösus junior eine Fünf. Dann war Davide dran – und würfelte eine Vier. Neun Augen, ein gutes Ergebnis. Was würfelte Krösus? Eine Drei – und lag damit bei zehn Augen. Davide konnte nur mit einer einzigen Zahl gewinnen, der Zwei.

Nun wurde es so still im Raum, dass der gewittrige Wind zu hören war, der durch die Gassen strich. Selbst Miguel war erkennbar aufgewühlt, bloß Tintoretto schien die Ruhe selbst zu sein.

Was Krösus junior nicht wusste: Davide hatte bei Hasan eine Menge Tricks gelernt und auch selbst einige Kniffe entdeckt, dem Zufall etwas auf die Sprünge zu helfen. Auf einem von verschüttetem Wein regelrecht klebrigen Tisch würde er nur eine Seite des Würfels etwas anfeuchten müssen, etwa mit ein wenig Speichel. Die feuchte Seite würde auf dem besudelten Tisch eher haften bleiben, für eine Zwei würde er also die Seite mit der Fünf manipulieren müssen.

Er schloss die Augen, wurde regelrecht selbst zum Würfel, sah sich im Geiste werfen und den Würfel über den Tisch rollen. Er dachte an seinen Vater und die vielen gemeinsamen Reisen, sah das sanft im Wind schaukelnde Schiff und wie er versuchte, die Bewegungen des Rumpfes auszugleichen. Ein Gefühl, von dem jetzt viel abhing: seine Zukunft und vermutlich auch die Calaspins.

Davide bewegte sich scheinbar unruhig hin und her, schuf sich dadurch aber eine stabile Position im Stuhl, schaute dann seinen Würfel an, gab ihm einen Kuss – und würfelte die Zwei.

Krösus junior stöhnte auf und warf seinen Würfel zu Boden, das volle Weinglas gleich hinterher. Miguel klopfte Davide vor Freude so heftig auf die Schulter, dass dieser um sein Schlüsselbein fürchtete. Die Umstehenden jubelten und klatschten Beifall, selbst die Krösus-Anhänger zeigten ihre

Begeisterung, prosteten einander zu, gratulierten Davide. Tintoretto organisierte die Getränke.

Der Abend setzte sich fort, wie er begonnen hatte: Man nahm wieder an den Tischen Platz, großmäulig wurden Wetten ausgerufen. Offenbar hatte das Geschehene die Spieler inspiriert, eine ungeahnte Risikofreude breitete sich aus. Davide wollte gar nicht wissen, um welche Fantasiebeträge nun allenthalben gezockt wurde, welche Wohnungen, Luxusgondeln und Konkubinen leichtfertig gesetzt wurden.

Krösus junior hatte sich immerhin wieder gefangen, strich sein derangiertes Seidenhemd glatt und orderte einen neuen Wein, während ein Diener zu seinen Füßen die Glasscherben aufsammelte. »Wie machen wir es mit der Bezahlung?«, fragte Davide so beiläufig wie möglich.

»Geldgeschäfte erledigen wir besser im Nebenraum«, schlug Krösus junior vor.

Beide erhoben sich und fanden eine angenehm kühle Sitznische in der *anticamera*. Gelegentlich huschten Diener vorbei, um die noblen Herren im Spielsaal mit Wein zu versorgen. Juniors persönlicher Diener wurde an den Tisch gewunken, Krösus gab ihm flüsternd Anweisungen. Der Diener zog sich zurück.

»Ich habe nur etwa zweihundert Dukaten dabei. Das restliche Geld werde ich Euch in den folgenden Tagen per Boten schicken.«

»Ich gebe Euch meine neue Anschrift. Wie Ihr ja wisst, ist der Venier-Palazzo nicht mehr der meine.«

»Ja, das ist mir nicht entgangen. Ich hoffe doch, dass das nicht unser letztes Spiel sein wird«, charmierte Krösus junior und leerte sein Glas in einem Zug.

»Ganz sicher nicht, mein wohlhabender Freund«, erwiderte Davide und tat, als fühlte er sich geschmeichelt.

»Einem Mann mit solchem Mut begegnet man selten«,

gab Krösus junior gönnerhaft zurück. »Vielleicht sollten wir uns für die ganz großen Spiele zusammentun?« Ein- oder zweimal im Jahr trafen sich, meist zum *festa del Patrono* am fünfundzwanzigsten April oder zum *ferragosto* im Hochsommer, die reichsten Bürger des Mittelmeerraums zu einem mehrtägigen Ess-, Trink- und Spielgelage, bei dem auch in Zweiermannschaften gespielt wurde und, so wollten es Gerüchte, schon ganze Landstriche den Besitzer gewechselt hatten.

Davide wiegte den Kopf hin und her. »Warum nicht? Doch da ist noch etwas, unter uns Spielern …«

»Was kann ich für Euch tun, Venier?«

Unterdessen waren Tintoretto und Miguel in die *anticamera* gekommen, hielten sich aber höflich im Hintergrund.

Davide wartete, bis alle Diener außer Hörweite waren, und beugte sich vor. »Was habt Ihr mit Coperchio gemacht?«

»Coperchio?« Krösus junior war sichtlich verwirrt und dachte angestrengt nach. Davide heftete seinen Blick auf Mattias Augen, die hin und her rollten. »Coperchio, Coperchio …«, murmelte Krösus junior.

»Der Schiffsbaumeister vom Arsenale«, half Davide nach.

»Ja, ich wüsste auch gern, wo der bleibt.« Krösus junior kratzte sich den schuppigen Kopf. »Er schuldet mir noch fünfzig Dukaten, der Mistkerl.«

Es hatte zu regnen begonnen: erst feine Tröpfchen, die kaum sichtbare Kreise auf dem Kanalwasser hinterließen. Dann größere Tropfen, die einschlugen wie Steine und das Wasser regelrecht aufspritzen ließen; dann gewaltige Tropfen, die auf die Dachziegel klopften und am Mauerwerk hämmerten. Dann kam Wind auf, plötzlich, heulend, an Türen und Fensterläden rüttelnd. Doch Davide, Miguel und Tintoretto ließen sich davon nicht stören, im Gegenteil: Der ungemütliche Wetterumschwung machte die Nacht im Trockenen umso angenehmer.

Auf dem Tisch in Davides Speisezimmer dampften allerlei Köstlichkeiten: Der Hausherr hatte seine beiden Freunde nach dem so glücklich verlaufenen Spieleabend zum Mitternachtshappen eingeladen, wie es in Venedig gerade Mode war. Hasan hatte glücklicherweise die Absichten seines Herrn antizipiert und nicht nur fleißig eingekauft, sondern auch ordentlich vorgekocht.

Als Vorspeise gab es geröstete und gesalzene Mandeln, anschließend *sopa de pesse*. Hasan hatte am Morgen Calamari sowie Drachenkopf, Petermännchen, Scholle, Seeteufel und *asià*-Hai gekauft, dazu Venus- und Jakobsmuscheln. Er kochte die Fische in etwas Salzwasser, anschließend filetierte er sie und gab sie mit Öl und Knoblauch in eine Pfanne, wo sie noch kurz auf kleiner Flamme zogen. Er putzte die Calamari und gab sie zusammen mit den Muscheln ins Kochwasser der Fische, fügte am Schluss noch einige Lorbeerblätter und Pfeffer hinzu und servierte alles mit süßem Tokaierwein, jenem aus dem fernen Ungarn, nicht dem viel trockeneren aus dem Friaul.

Der ungarische Erzbischof Draskovich hatte den Wein wenige Jahre zuvor beim Konzil von Trient Papst Pius dem Vierten und den Kardinälen als Geschenk mitgebracht. Eine clevere Werbemaßnahme, denn kaum waren die großen Kirchenmänner heim in ihre Bistümer und Paläste gekehrt, orderten sie für sich und ihren Hofstaat große Mengen des süßlich schmeckenden Tropfens.

Die drei ließen es sich schmecken und überschütteten den selig lächelnden Hasan mit Komplimenten. Doch schnell kehrten sie wieder zum Spieleabend zurück.

»Ob Krösus junior wohl Ärger mit Papi bekommt?«, schmunzelte Miguel.

»Ich bezweifle, dass der Vater irgendetwas von Juniors Verlusten erfährt«, meinte Davide.

»Nun ja, vierhundertachtzig Dukaten tun auch einem sehr reichen Mann weh«, fand Tintoretto.

»Eher ein kleines Stechen als ein großer Schmerz«, bemerkte Miguel.

»Auf jeden Fall wusste Krösus junior nichts über Coperchios Verbleib und schon gar nicht, dass er tot ist«, erklärte Tintoretto bestimmt.

»Was macht dich so sicher?«, fragte Davide.

»Ich verbringe die Hälfte meines Lebens damit, Menschen ins Gesicht und in die Augen zu schauen«, sagte Tintoretto. »Oft über mehrere Stunden, manchmal über Tage. Dabei beobachte ich ihre Reaktionen, versuche, ihre Gedanken zu lesen, ihre tieferen Motive zu erkennen.« Er schenkte sich ein Glas Wein ein – mindestens sein zehntes, vielleicht sein fünfzehntes – und fuhr fort, vollkommen nüchtern: »Krösus junior hatte keine Ahnung, was mit Coperchio geschehen ist. Darauf wette ich.«

»Ja, das Gefühl hatte ich auch«, meinte Davide. »Aber bedenkt, meine Freunde: Ein erfahrener Spieler wie er weiß natürlich, wie man effektiv blufft.«

Schließlich kam *baccalà* auf den Tisch, das Leibgericht der Venezianer. Hasan hatte ihn gewässert, dabei das Wasser regelmäßig gewechselt, ihn seit dem Morgen ordentlich mit dem Hammer bearbeitet und mit Olivenöl, Knoblauch und etwas Milch zu einem Brei verkocht. Dazu kredenzte er geröstetes Brot mit Rosmarin.

Die Liebesbeziehung der Lagunenbewohner zu einem Fisch aus dem kalten Nordmeer konnte niemand so recht erklären – schließlich lebte man inmitten reichster Fischvorkommen. Dass der Stockfisch in die Serenissima gelangte, war einem Schiffsunglück zu verdanken. Die wenigen Überlebenden des Schiffbruchs strandeten schließlich auf den Klippen einer kleinen Insel im Nordatlantik und wurden dort von Fischern aufgelesen. Drei Monate lang pflegten die Insulaner die Venezianer, bis diese schließlich wieder die Reise gen Heimat antreten konnten. Doch sie kamen mit neuem Wissen zurück, hatten sie doch bei ihrem nordischen Aufenthalt die erstaunliche Stockfisch-Technik gelernt. Darüber hieß es in einem Rapport für den Großen Rat: »*Die Insulaner fangen täglich eine unvergleichliche Menge Fisch, vor allem zweier Typologien. Der eine heißt* stocfisi, *der andere ist eine Schollenart von beneidenswerter Größe. Die* stocfisi *trocknen im Wind und in der Sonne ohne Salz, und weil sie Fische ohne Fett und Feuchtigkeit sind, werden sie hart wie Holz. Wenn die Inselbewohner sie essen wollen, schlagen sie sie mit dem Pfannenboden in winzig kleine Stücke, dann geben sie Gewürze hinzu, um das Gericht schmackhaft zu machen.*«

»Im Grunde hat mich der Abend nicht besonders weitergebracht«, murmelte Davide nachdenklich, als Hasan die Teller abräumte.

»Außer natürlich finanziell«, merkte Miguel an.

»Und das Schatzamt wird sich freuen, dass es diesmal sein Geld zurückbekommt«, lächelte Tintoretto.

»Auf das Schatzamt!« Miguel hob das Glas.

»Auf das Schatzamt!«, antworteten alle.

Am nächsten Vormittag fühlte sich Davides Kopf erheblich größer an als noch am Vortag. Wie machte Tintoretto das bloß, fragte er sich, als Hasan für ihn einen großen Zuber kühles Brunnenwasser bereitstellte. Dort tauchte er kopfüber ein und konnte danach wieder einen klaren Gedanken fassen. Bald darauf stand ein Bote von Krösus junior vor der Tür und brachte den Restbetrag in einem schweren Lederbeutel. Davide quittierte, ohne nachzuzählen. Er sah dem Boten aus dem Fenster nach, der mit Juniors Angebergondel gekommen war, die schwarz bemalt, mit üppigen Blattgoldbeschlägen und dem Familienwappen verziert war, einem Phönix mit Dreizack in seinen Klauen unter französischen Lilien.

Gegen Mittag ließ Davide sich in einer schlichten schwarzen Gondel zu Calaspin rudern, um Rapport zu erstatten.

»Meinen Glückwunsch, Ihr habt gestern Abend eine beachtliche Summe gewonnen«, begann Calaspin das Gespräch.

Davide war verblüfft. «Woher wisst Ihr das?«

»Glaubt Ihr, ich lasse meine besten Männer unbeaufsichtigt?«

»Ich bin mir nicht sicher, ob ich mich deswegen geschmeichelt oder beleidigt fühlen soll.«

Calaspin zeigte die Andeutung eines Grinsens. »Wie auch immer: Wir sind sehr zufrieden mit Euch. Wie Ihr vielleicht wisst, hat Mattia Marchesan zwar einen großen Hofstaat, aber keinen sonderlich großen Freundeskreis. Allzu viele Ratsmitglieder haben schon schmerzliche Summen an ihn verloren. Man konnte bei jenen Ratsmitgliedern, als sie von Eurem Würfelglück gehört haben, beinahe ein wenig, wie soll ich mich ausdrücken, *Schadenfreude* verspüren.«

»Es ehrt mich ungemein, dass ich etwas zum inneren Frieden Venedigs beitragen konnte.«

»Karten, Karten!« Prokurator Grattardi warf verzweifelt beide Arme in die Höhe und ließ sie wieder auf seinen überbordenden Schreibtisch sinken. »Alle Welt will plötzlich Karten haben!« Wieder tat er so, als hätte er Davides Erscheinen nicht bemerkt. »Was ist nur aus den Seeleuten geworden? Wissen die nicht, wie teuer Karten sind, wie wertvoll und wie heikel es ist, wenn sie in die falschen Hände geraten? Kapitäne von heute taugen einfach nichts. Die wollen selbst eine Karte, um vom Lido nach Caorle zu segeln!«

Davide wartete den Wutausbruch des alten Geizkragens geduldig ab, der noch eine Weile weiterging und schließlich auch die Kopisten einbezog, die die Karten von Hand nachzeichnen mussten und offenbar gern mal wichtige Landmarken oder gar Felsen vergaßen.

Endlich wandte sich Grattardi seinem Gast zu. »Was wollt Ihr? Noch mehr Geld?«

Davide hielt es für ausgeschlossen, dass ausgerechnet der Prokurator nichts von seinem Triumph am Würfeltisch gehört haben sollte, aber er spielte das Spiel mit. »Ja, noch einmal fünfzig Dukaten wären gut. Dann kann ich eine weitere Spielerunde initiieren, um endlich …«

Grattardi stockte der Atem, er schien einem Herzinfarkt nah. Vielleicht war er tatsächlich so tief in seiner Zahlenwelt vergraben, dass er kein Ohr für Klatsch und Neuigkeiten hatte.

Bevor er zu einer erneuten Tirade ansetzen konnte, beruhigte Davide ihn, indem er einen Stoffbeutel voll Dukaten hervorholte – es waren jene fünfzig, die ihm Grattardi im selben Beutel schweren Herzens überlassen hatte.

Grattardis Gesicht erhellte sich einen Augenblick lang, bevor es wieder seinen gewohnt misstrauischen, griesgrämigen Ausdruck annahm. Er öffnete den Beutel und zählte mit geübter Hand den Inhalt. Schließlich atmete er auf. Davide glaubte, die Andeutung eines Lächelns in den Mundwinkeln zu erkennen, ein kaum sichtbares Zucken. Und doch …

Davide lächelte jedenfalls breit zurück. »Heute ist Euer

Glückstag, Grattardi!« Seine Hand fuhr unter seinen Umhang. »Fünfzig Dukaten – plus eine Dukate für den Stadtschatz!« Er warf ihm den Dukaten direkt vor die Nase auf den Schreibtisch.

»Ich bitte Euch, Venier«, stammelte der sichtbar aus der Fassung geratene Grattardi. »Das kann ich selbstverständlich nicht annehmen. Das wäre unredlich.«

»Es ist wohl das erste Mal in der Geschichte unserer heiligen Stadt, dass ein Bürger dem Schatzamt freiwillig Geld überlässt?«, lachte Davide.

»In der Tat, so etwas ist äußerst selten. Natürlich, fürs Seelenheil und als Stiftung kommt es schon einmal vor, aber …«

»Seht es als Gewinnbeteiligung. So ein Geschäft macht Ihr nie wieder, Grattardi!«

Davide sah, wie es in dem Prokurator arbeitete. Zwei Prozent Zinsen in so kurzer Zeit, das konnte er eigentlich nicht ablehnen. Und das tat er auch nicht. Vielleicht zum ersten Mal seit vielen Tagen lächelte er. Und zwar so sehr, dass Davide seine gelbbraunen Zahnstummel sehen konnte.

KAPITEL 18

Die Wahl

Hier!« – »Ich!« – »Nehmt mich!« – »Nein, mich!« – »Hier!« – »Ich!« – »Ich, ich!« – »Bitte, ich, ich!« – »Hier, hier!« Hunderte Jungen drängten sich vor dem Dogenpalast an der Porta della Carta, allesamt kleine, verlauste Schlitzohren. Sie balgten, schubsten und schlugen um sich und flehten zugleich den Kanzler an. Die Eltern der Kinder feuerten ihre Brut an, mancher Vater boxte selbst mit, um seinem Sohn eine bessere Ausgangsposition zu verschaffen.

Vereinzelte Sonnenstrahlen stachen durch die dunklen Wolken; es versprach ein schöner Frühlingstag zu werden. Doch selbst wenn es aus Kübeln gegossen hätte, wäre der Markusplatz heute voller Menschen gewesen. Schließlich wurde an diesem Tag der Doge gewählt. Und als erster Akt dieses wie immer prächtigen, wie immer äußerst komplizierten Zeremoniells musste ein *ballottino* gefunden werden, ein junger Knabe, der als Glücksbringer in der Wahllotterie fungierte. Die Verfassung schrieb vor, dass der Kanzler dafür den ersten Jungen auswählen sollte, den er, von der Porta della Carta kommend, auf dem Markusplatz sah. Dieser göttlichen Fügung versuchten sehr viele Eltern und Kinder fleißig nachzuhelfen, denn der *ballottino* war nicht nur für die Wahlurnen zuständig, sondern wurde Teil des Hofstaates für die Dauer der Regentschaft des Dogen, gewissermaßen als sein persönliches Maskottchen. Gerade Angehörigen armer Familien bot dies eine ungeheure Chance auf Prestige und

Aufstieg und war es wert, ein paar Kratzer, eine blutige Lippe und den einen oder anderen ausgeschlagenen Zahn zu riskieren.

Schließlich kam Calaspin in Sicht, in leuchtend roter Robe mit Hermelinbesatz, begleitet von einem ganzen Tross von Helfern, und aus der Meute am Eingangstor wurde ein einziger hysterischer Haufen. Fäuste, Tritte, Schreie flogen hin und her, Kinder wurden aus dem Haufen gedrängt oder regelrecht durch die Luft gewirbelt, mit Hechtsprüngen versuchten sie zurück in die Mitte und nach vorn zu gelangen. Der ganze Platz kam in Bewegung, auch die weiter weg Stehenden wollten nun einen Blick aufs Geschehen bekommen, was unendlich viele Kettenreaktionen unter den sich wiegenden, verschiebenden, reckenden, schubsenden Menschen auslöste.

Davide verfolgte das Geschehen von einem Logenplatz aus. Veronica hatte ihren Charme spielen lassen und von ihrem Mann die Schlüssel zu seinem Büro an der Nordseite des Markusplatzes bekommen. Als Mitglied des Großen Rats war Riccardo an der Wahl beteiligt – und wie jedes Mitglied des Großen Rats sogar ein möglicher Nachfolger des dahingeschiedenen Hungerdogen. Es war ein einmaliger Blick, der sich den beiden aus dem dritten Stock bot: Campanile, Markuskirche und Dogenpalast, der Bacino di San Marco mit seinen schaukelnden Gondeln in Dreierreihen, dazu der Torre dell'Orologio gleich nebenan und die vielen Menschen aller Schichten, die sich unten drängten. An den drei Schiffsmasten vor der Markuskirche wehten die Markusbanner eher unschlüssig im leichten Wind.

An der Porta unter der Skulptur des Dogen Francesco Foscari – er hatte sich kniend vor einem geflügelten Markuslöwen verewigen lassen, schließlich hatte er den Bau des Tors in Auftrag gegeben – ebbte das Geschrei ab, Rufe der Enttäuschung hallten aus dem Gewühl. Davide sah, wie Calaspin mit einem kleinen Jungen an der Hand ein paar Schritte zurück von der Menge trat, während seine Begleiter die Urnen aufbauten, eine riesige und viele kleinere.

Calaspin und ein Mitglied des Großen Rats verschwanden mit dem Jungen in der Basilica di San Marco zum gemeinsamen Gebet. Unter dem goldenen Portal drehte sich der Junge, ein schmutziger Bursche mit kohlschwarzem Haar, noch einmal um und winkte triumphierend der Menge zu. Vereinzelt wurde heftig applaudiert: Offenbar war die liebe Verwandtschaft in voller Zahl angerückt.

Nach einer Weile kamen die drei wieder heraus. Die Wahl konnte beginnen. Nacheinander verließen die restlichen Mitglieder des Großen Rats den Palast, in ihrer goldbestickten Kleidung und gemessenen Schrittes, sich des Anlasses und der eigenen Bedeutung bewusst.

Der Große Rat war schon aufgrund seiner Größe – derzeit umfasste er fast vierhundert Mitglieder – ein eher passives Organ im komplizierten Machtgefüge der Serenissima. Zwar musste er immer gehört werden, war aber doch weit weg von der eigentlichen Zentralgewalt. Nun konnte und wollte er einmal seine gesamte Macht zeigen, schließlich wählten und stellten die Ratsmitglieder den Dogen.

Und so schritten sie einzeln aus dem Palast, gaben ein Los mit einem Namen in die große Urne und zogen sich wieder zurück hinter die Palastmauern. Immer wenn ein Los in die Urne fiel, applaudierten die Zuschauer, ab und zu riefen sie die Namen der bekannteren Räte, die mal schüchtern, mal forsch in die Menge winkten oder ihrem Volk nur zunickten. Zumindest vom Sehen kannte Davide fast alle von ihnen; Donatello Marchesan, Krösus senior, war als einer der Letzten gekommen.

Erst nach mehr als einer Stunde war dieser Vorgang beendet, und jetzt zeigte sich Venedigs kompliziertes und groteskes Wahlverfahren aufs Allerschönste.

Der *ballottino* zog aus der großen Urne die Namen von dreißig Ratsmitgliedern. Diese Namen kamen in eine kleinere Urne, und daraus zog der *ballottino* nun neun Namen, die laut ausgerufen wurden. Die neun Ratsmitglieder bestimmten vierzig Wahlmänner aus ihrer Mitte, deren Namen erneut in einer Urne deponiert wurden und die der *ballottino* wiederum auf zwölf reduzierte.

Die Sonne hatte längst ihren Zenit überschritten, die Schatten wurden länger, nach wie vor stand halb Venedig gebannt vor dem Palasttor. Findige fliegende Händler bahnten sich ihren Weg durch die Menge, schenkten Wein aus Schläuchen aus und verkauften Nüsse und Trockenfrüchte. Davide umarmte Veronica, die vornübergebeugt am Fenster stand, anzüglich von hinten, doch sie lächelte und entwand sich seinen Armen und Absichten. Ihre ganze Aufmerksamkeit galt dem Geschehen vor dem Palast.

Das Prozedere ging weiter: Die zwölf Räte wählten fünfundzwanzig aus ihrer Mitte. Die Namen kamen in die Urne, davon wurden wieder neun ausgelost. Diese neun bestimmten nun fünfundvierzig Wahlmänner, die der *ballottino* auf elf reduzierte. Diese Elf wählten einundvierzig Wahlmänner. Und diese einundvierzig sollten ihn in den nächsten Tagen wählen dürfen: den neuen Dogen. Einer der einundvierzig war Riccardo Bellini, Veronicas Mann.

Hasan hatte den Markt heute beinahe ganz für sich, schließlich verbrachte halb Venedig den Tag auf dem Markusplatz. So schlenderte er vergnügt und zur Abwechslung mal ohne Geschiebe und Geschrei zwischen den Ständen am Rialto umher und kaufte fleißig ein. Erst war er bei den Obstständen gewesen. Von der *terraferma* waren alle Arten von Äpfeln, Birnen, Aprikosen, Pfirsichen, Waldfrüchten und Kirschen angeliefert worden, selbst die ersten Trauben gab es, allerdings noch zu einem völlig verrückten Preis. Bei den Gemüsehändlern erstand er Knoblauch, Erbsen, Minze, einige Kräuter. Zum Abschluss ging er zu einem seiner bevorzugten Fleischhändler, der leise auf ihn einredete. Offenbar hatte er etwas ganz Spezielles für Hasan.

Was Davides Diener in der Euphorie des Einkaufens entging: Er wurde beobachtet.

Es war eine enge Wahl gewesen, wie die *galoppini* Davide unablässig mitgeteilt hatten. Diese Boten, zumeist junge, arme Venezianer, berichteten bei wichtigen Entscheidungen aus dem Palazzo Ducale, strömten hinein und heraus und wieder hinein. Wie zuverlässig ihre Informationen waren, konnte man nicht immer sagen, aber die geschicktesten *galoppini* hatten sich einen vertrauenswürdigen Ruf erworben. Die einundvierzig Ratsmitglieder, die in einem Raum im Palast eingeschlossen waren und auf Staatskosten üppig bewirtet wurden, hatten sich innerhalb von zwei Tagen entschieden. Das war überraschend schnell gegangen. Denn je nach Zusammensetzung der Wahlmänner ließ man Gott und den zu wählenden Dogen auch mal einen guten Mann sein und goutierte lieber die Austern und den Wein und die sonstigen herbeigeschafften Köstlichkeiten. Doch die erforderlichen fünfundzwanzig Stimmen waren schließlich zusammengekommen. Venedigs Glocken läuteten Sturm, und wer nicht ohnehin vor Ort war, stürmte zu Fuß oder via Gondel zum Dogenpalast.

Keine Frage, er war ein würdiger Kandidat. Er hatte sich gegen starke Konkurrenz durchgesetzt, nämlich gegen den alten, aber einflussreichen Admiral Sebastiano Venier und gegen den noch älteren, aus einer ausgesprochen noblen Familie stammenden Nicolò da Ponte. Geboren im Oktober des Jahres 1507, war Alvise Mocenigo zwar schon stolze zweiundsechzig, aber als Doge geradezu ein Jüngling, waren doch die meisten seiner Vorgänger bereits im Greisenalter gewesen, ohne Haare und Zähne.

Auf dem Markusplatz wurde gerempelt und gestoßen, alles strömte in Richtung Basilica, die aber schon rappelvoll war, die menschlichen Pfropfen an den drei Portalen machten ein Hinein- oder Herauskommen unmöglich. Erst als ein wahrhaft unübersichtliches Knäuel von Bewaffneten und Würdenträgern aus dem Dogenpalast schritt, teilte sich die Menge, sodass eine kaum schulterbreite Gasse entstand. Die Venezianer klatschten, Hurrarufe erschollen. Der neue Doge war kaum zu sehen, und wer ihn erspähte, blickte auf ein eingeschüchtertes Männchen, das schwer unter der Last seines Corno zu tragen schien.

Alvise war der vierte Doge aus der Mocenigo-Familie, und nichts Untadeliges war über ihn bekannt. Mal abgesehen von den üblichen halb legalen Geschäften zur Vermehrung des eigenen Vermögens, bei denen immer einer über die Klinge sprang. Generell gehörte zum venezianischen Geschäftsmodell der unbedingte Glaube daran, cleverer zu sein als der andere.

In der Markuskirche hatten die Honoratioren Schwierigkeiten, sich bis nach vorn zum Altar durchzukämpfen. Die Luft war feucht vom Schweiß der Anwesenden, an den goldenen Mosaiken sammelten sich bereits Kondenstropfen. Die Soldaten, ebenfalls schweißgebadet, drückten mit ihren Lanzen Schneisen in die Schaulustigen, die nicht nur die

Bänke und Durchgänge, sondern jeden erdenklichen Winkel des Gotteshauses besetzt hatten, schwer atmeten, kämpften und schubsten, um sich ihren schmalen Blickwinkel zu erhalten.

Die einundvierzig Wahlmänner des Großen Rats, der Patriarch Giovanni Trevisan mit seinem löchrigen Bart, der Doge und Calaspin bildeten einen Halbkreis vor dem erhöhten Altar, die Soldaten hielten die Schaulustigen im Zaum, die nun ihrerseits mit Macht nach vorn drängten. So nah würden sie, allesamt Angehörige des gemeinen Volkes, nie mehr in ihrem Leben einem Dogen kommen. Wer einen Blick auf ihn erhaschen konnte, der betrachtete es als Segen für sich und seine ganze Familie.

Der Doge: Als einer der Kleinsten der Abordnung, mit gebückter Haltung und langem Bart wirkte er nicht unmittelbar wie der geborene Führer der Serenissima. Doch die Strahlkraft des Amtes und die Erhabenheit des Moments schienen ihn bereits wachsen zu lassen. Alle Gerüchte um seine Person waren vergessen. Alvise galt als Pantoffelheld, der unter der Fuchtel seiner Frau stand, einer belesenen und sogar mit den Naturwissenschaften vertrauten höheren Tochter namens Loredana Marcello, deren etwas herbe Optik nicht mit ihrem zweifellos vorhandenen intellektuellen Charme mithalten konnte. Doch nun überschüttete man den kleinen Mann mit Glanz. Der neue Doge schien beinahe zu leuchten. So viele Hoffnungen, so viele Erwartungen. Und so viel Stolz darauf, den Beginn einer neuen Ära mitzuerleben.

Nach dem Gebet des Patriarchen ergriff Calaspin das Wort. Er trat einen Schritt nach vorn. In der Kirche wurde es so still, dass man die Risse in den Fresken entstehen hören konnte. Calaspin würde gleich den Satz sprechen, auf den ganz Venedig wartete, den Satz, den zu hören seit jeher als Privileg galt, ja geradezu als Segnung von Gottvater persönlich. Die Spannung war mit Händen zu greifen. Manche Zuschauer hatten Tränen in den Augen, andere fassten sich an den Händen, und selbst die rauesten Gesellen wurden von der allgemeinen Ergriffenheit überwältigt.

Auftritte wie dieser waren Calaspin sichtlich unangenehm, er war alles andere als ein Mann, dem die öffentliche Selbstdarstellung lag; nur gut, dass das vergleichsweise jugendliche Alter des neuen Dogen ihm einen gewissen Aufschub für die nächste Verkündung gab. Calaspin sprach die Worte, die bewusst im venezianischen Dialekt gehalten wurden: »*Questo xe el vostro Doxe, se ve piaxe!*« Und das Volk, das in der Basilica versammelt war, rief wie mit einer einzigen gewaltigen Stimme: »Wir haben ihn gewählt!« Und brach in einen Jubel aus, dass man um die Mosaiksteine fürchten musste.

»Das ist euer Doge, wenn er euch denn gefällt«: Dieser Satz, seit Generationen bei jeder Amtseinführung des Dogen vorgetragen, sollte bekräftigen, dass die Souveränität vom Volk und nur vom Volk ausging. Eine hübsche Augenwischerei, die aber dazu führte, dass die venezianische Staatsform langlebiger war als so viele andere.

Der neue Doge Alvise Mocenigo hob beinahe abwehrend die Hand. *Zu viel der Ehre, zu viel der Ehre*, schien er ausdrücken zu wollen. Noch ahnte er nicht, dass ihm und Venedig äußerst unruhige Zeiten bevorstanden.

KAPITEL 19

Andrea

D ann, an einem Tag mit einer Luft wie Diamantstaub, die schon am frühen Morgen das Wasser auf den Kanälen in allen Farben funkeln ließ, konnte Davide nicht mehr an sich halten. Er tat, was er seit dem Tag seiner Freilassung aus dem Gefängnis hatte tun wollen: Er ließ sich zu seinem Palazzo rudern – jenem Familiensitz, nur einen Steinwurf vom Canal Grande entfernt, in dem er geboren und aufgewachsen war und wo er bis zu seiner Verhaftung gelebt hatte.

Hasan und später auch Calaspin hatten ihm dringend geraten, sich von seinem alten Leben fernzuhalten. Er hätte auf sie hören sollen. Denn an einem Traumtag, der die Fassade des dreistöckigen Palazzos mit Abertausend Strahlen illuminierte, vor dem geliebten und vertrauten Elternhaus zu stehen, tat bitter weh. Davides Eingeweide zogen sich zusammen. Die ganze Tragik der Ereignisse brach wie eine große, böse Welle über ihm zusammen und setzte alle seine bisherigen Verdrängungsmechanismen außer Kraft. Es war ein überwältigender Moment, der ihn stärker aus der Fassung brachte, als er es sich hätte träumen lassen. Sogar die Luft blieb ihm einen Augenblick lang weg. Nach der Trauer kam die Wut, die es nicht besser machte.

Als Davide sich wieder gefangen hatte, betrachtete er das Haus genauer. Die hölzernen Läden waren allesamt geschlossen, der Eingang mit einem dicken Vorhängeschloss verriegelt. Er rüttelte am Portal, das aus massivem, elegantem

Kastanienholz gefertigt und im unteren Drittel mit Eisen beschlagen war, um dem jährlichen Hochwasser zu trotzen. Doch es gab kein Stück nach. Ihm wurde plötzlich leicht ums Herz. Bislang hatte sich niemand den Palazzo unter den Nagel gerissen. War seine Rückkehr vielleicht doch nicht ausgeschlossen? Calaspin hatte ihm erzählt, dass das Haus weiterhin unter der Verwaltung der drei Inquisitoren stehe und ein endgültiges Urteil über den künftigen Verwendungszweck noch nicht gefallen sei, es aber wenig Anlass zur Hoffnung gebe. Nun aber, da Davide zum ersten Mal seit mehr als zwei Jahren vor dem Palazzo der Familie Venier stand, schöpfte er unvermittelt neuen Mut. Seine unbeschwerte Vergangenheit – sie war noch da, richtete sich physisch vor ihm auf. Eine Rückkehr schien nicht völlig ausgeschlossen.

Kurz dachte er über einen Einbruch nach, denn der Palazzo musste noch voll von Schätzen sein. Doch der argwöhnische Blick der Gondolieri hielt ihn von seinem Vorhaben ab.

Da er nun schon mal in seiner Vergangenheit unterwegs war und keine dringenden Missionen warteten, ließ Davide sich zum *palazzo delle troie* rudern. An den Ort seiner ersten eigenen Unternehmung, die sich doch so gut angelassen hatte und ihm dann zum Verhängnis geworden war. Auch hier waren alle Fensterläden geschlossen. Davide wusste, dass der Palazzo sofort nach seiner Verhaftung geräumt und für Geschäfte aller Art gesperrt worden war. Aber von Miguel wusste er auch, dass sich Andrea Marin dort breitgemacht hatte.

Und da war er auch schon: Aus dem Haus trat Andrea, feist wie einst, sogar noch ein wenig dicker, die Nase leuchtete im hellen Tageslicht.

Als er Davide sah, blieb er wie vom Donner gerührt stehen, das Stück Brot, von dem er gerade abgebissen hatte, glitt ihm aus der Hand, und er hörte auf zu kauen. Er fing sich aber gleich wieder, schluckte den Bissen hinunter, kam – es war kaum zu glauben – mit einem strahlenden Lächeln und ausgebreiteten Armen auf Davide zu und schickte sich an, ihn zu umarmen. Er roch stark nach Alkohol.

Davide stieß Andrea heftig zurück.

»Sind wir denn keine Freunde mehr?«, erdreistete der sich zu fragen und blickte Davide treuherzig an.

»Verhöhnst du mich, Kerl? Auch du bist schuld daran, dass ich ins Gefängnis kam und mein Vermögen verloren habe!«

»Nun, jetzt bist du ja frei. Ich habe schon davon gehört. Das muss gefeiert werden!«

»Hornochse! Sei froh, dass ich dich nicht auf der Stelle erwürge!«

Andrea spielte nun den Gekränkten. »Ich bin genau wie du das Opfer einer Verschwörung.«

»Nur, dass du deinen Hintern gerettet hast, während meiner in den Bleikammern saß.«

»Was hätte ich denn machen sollen? Ich gebe ja zu, ich bin kein Heiliger. Aber hätte ich mich für dich opfern sollen? Hättest du das für mich getan?«

Davide seufzte und rieb sich die Augen. »Erzähl mir lieber, was genau passiert ist, und lasse ja kein Detail aus.«

»Tja, wo anfangen? Kurz nachdem wir unseren Palazzo eröffnet hatten, kamen eines Abends zwei Männer zu mir. Ich hatte sie nie zuvor gesehen. Und sie waren keine Venezianer.«

»Woran hast du das gemerkt? An ihrem Dialekt?«

»Ja, das auch. Und an der Art, wie sie die Gondel bestiegen. Ich habe sie einmal dabei beobachtet. Erst vorsichtig mit dem vorderen Fuß Halt suchen, sich dann unsicher mit dem hinteren abstoßen«, kicherte Andrea, »so besteigt keiner von uns ein Boot.«

»Wie sahen sie aus?«

»Schwer zu beschreiben. Unscheinbar. Beide etwa in meinem Alter. Helle Haut, recht helle Haare. Normal groß. Teure, saubere Mäntel. Einer etwas dicker, der andere etwas größer. Auffälligkeiten? Hmmm, vielleicht diese hier: Der eine, der etwas Größere, hatte einen Leberfleck zwischen den Augenbrauen. Genau hier.« Andrea tippte sich auf die Stelle über der Nase. »Jedenfalls sollte ich gegen dich aussagen. Sie boten mir Geld, zweihundert Dukaten. Ich weigerte mich, aber sie kamen ein zweites Mal, erhöhten den Betrag und boten mir Wohnrecht für drei Jahre in diesem Palazzo, auf ihre Kosten. Dann kamen sie ein drittes Mal. Und nun setzten sie mir die Pistole auf die Brust. Einer von uns beiden werde zwangsläufig dran glauben, das Urteil sei schon längst von höchster Stelle gefällt et cetera.«

»Welche höchste Stelle? Von wem genau?«

»Das habe ich nicht gefragt, ich hatte eine Heidenangst, Davide! Sie drohten mir auch, uns beide ins Gefängnis werfen zu lassen, sollte ich mit dir darüber reden. Unsere Aktivitäten musste ich schon am Tag nach deiner Verhaftung einstellen. Angeblich wegen fehlender Sittlichkeit und Verstoßes gegen die öffentliche Ordnung.«

»Und nun wohnst du hier?«

»Zumindest noch in diesem Jahr. Es ist reichlich Ausstattung vorhanden, wenngleich ich mir zurzeit keine Bediensteten leisten kann.«

Davide dachte nach. »Hast du dich nie gefragt, warum das alles?«

Andrea warf die Arme in die Höhe. »Täglich, Davide, täglich frage ich mich das! Wir hatten so viele hohe Herren zu Gast, dass ich mich stets auf der sicheren Seite wähnte. Ein bedauerlicher Irrtum.«

»Das Urteil ist schon längst von höchster Stelle gefällt.« Davide wiederholte leise Andreas Worte. »Wer steckt nur dahinter?«

»Wenn du es herausfindest, dann lass es mich wissen, ja? Wir lassen diese Schufte in die *pozzi* werfen. Ach, und noch was, nur damit du weißt, dass ich auf deiner Seite bin: Ich habe den Gondoliere ausfindig gemacht und ihn gefragt, wohin er die beiden Männer nach unserem Gespräch gerudert hat. Es ging zu einem Anleger in Cannaregio, dort wartete ein Viererruderer auf sie, der sie nach Mestre brachte.«

Davide hörte aufmerksam zu. »Was merkwürdig ist«, überlegte er dann laut, »keiner profitiert bisher von meinem Verschwinden. Keiner lebt in meinem Palazzo, mein Vermögen untersteht nach wie vor den Inquisitoren. Dass es nicht ausgegeben wird, darüber wacht Grattardi.«

»Grattardi!«, prustete Andrea los, erneut bemüht, sich gegenüber diesem Mann, den er mit seiner Falschaussage beinahe für ein Jahrzehnt ins Gefängnis geschickt hätte, wie ein guter Kumpel zu gerieren.

»Wem nützt dies alles, frage ich dich? Wem war meine Haft mehrere Tausend Dukaten wert?«

»Davide, ich schlage vor, dass wir uns später in angenehmerer Umgebung treffen. Denn gleich muss ich zu einem Stelldichein mit einer Dame aufbrechen, das ich ungern verpassen möchte. Sieh, da kommt schon mein Gondoliere, der brave Francesco.« Andrea war erkennbar froh um die Gelegenheit zur Flucht, die ihm die Ankunft des Gefährts bot. »Was hältst du davon, am heutigen Abend ordentlich zu bechern? Oben im Palazzo stehen immer noch einige Karaffen Wein, die wir austrinken sollten, bevor sie sauer werden.«

»Also gut. Zum Acht-Uhr-Läuten werde ich da sein. Und denk darüber nach, ob dir noch was einfällt.« Davide wandte sich von Andreas ausgestreckter Hand ab und bestieg, mit dem sicheren Schritt des waschechten Venezianers, seine Gondel.

Der Abend war klar und kühl. Der Dunst, der noch während der Dämmerung in den Gassen gehangen war, hatte sich aufgelöst, der zunehmende Mond stand nun hoch und klar am Himmel. Davide hatte Schwierigkeiten gehabt, eine Gondel zu finden, irgendwo schien ein größeres Gastmahl stattzufinden. Vielleicht feierte man im legendären Cà da Mosto mit seiner byzantinischen Fassade, dessen Hausherr, ein Abkömmling katalanischer Gewürzhändler, das goldene Geschirr nach den einzelnen Gängen nicht waschen, sondern mit großer Geste in den Canal Grande werfen ließ. (Dass er noch in der Nacht nach dem rauschenden Fest seine Diener losschickte, die möglichst viele der wertvollen Teller wieder herausfischen sollten, war ein Gerücht, das sich hartnäckig hielt.) Davide war zu solchen Zusammenkünften der Reichen und Schönen längst nicht mehr eingeladen. Und er bezweifelte, dass sich daran künftig etwas ändern würde.

Als Davides Gondel in den Kanal des Palazzos einbog, empfing ihn eine bizarre Szene. Alle Stockwerke des *palazzo delle troie* waren beleuchtet. In jedem Stockwerk schienen Tausende von Kerzen und Öllampen zu brennen.

Eine Transportgondel mit einem Ruderer kam ihnen entgegen. Er deutete mit dem Kinn auf das Lichtermeer. »Ist der *palazzo delle troie* denn wieder in Betrieb?«, rief er seinem Kollegen zu.

Davides Gondoliere am Heck zuckte mit den Achseln und schob die Unterlippe hervor. »Boh.«

Davide ließ sich absetzen. Das Lichtermeer tat beinahe in den Augen weh. Es war offensichtlich, dass den beiden Gondolieri die Frage nach dem Palazzo auf den Lippen brannte, doch ein fürstliches Trinkgeld und die unmissverständlich knappe und harsche Aufforderung, gefälligst zu warten, ließ sie den Mut verlieren, ihren Fahrgast damit zu behelligen.

Da hatte Andrea aber eine schöne Überraschung für ihn

arrangiert. Tatsächlich flackerten im marmornen Empfangs-
saal die Kerzen wie zu den profitabelsten Tagen des Palazzos.
Doch die Kerzen, allesamt aus wertvollem Bienenwachs und
mit Arsenik geweißt, flackerten in völliger, absurder Stille.
Beinahe hörte man die Flammen im Lufthauch hin- und her-
wogen. Nichts deutete auf den Gastgeber hin. Oder darauf,
dass ein Gast erwartet wurde. Es war gespenstisch. Davide
spürte, dass hier etwas nicht stimmte.

»Andrea?«, rief er mehrmals. Doch als Antwort kam nur
ein schwaches Echo seiner eigenen Stimme. Er zog sein Stilett hervor, während er die Treppe zum ersten Stock empor-
schritt. »Andrea?«, rief er noch einmal.

Alle Türen des ersten Stocks waren geschlossen, nur die
am Ende des Gangs stand offen. Auch hinter ihr flackerte
und leuchtete es munter. Was mochte sich Andrea überlegt
haben? Eine große Versöhnungsfeier? Zuzutrauen wäre es
diesem Strolch, dachte Davide. Ein gemeinsames Gelage, und
alles wäre wieder im Reinen: Diese Überlegungen waren allzu
typisch für seinen ehemaligen Geschäftsfreund.

Davide ging auf den geöffneten Raum zu, aus dem das
Licht in dicken, goldenen Wellen heraus auf den Gang
schwappte. Er kniff die Augen zusammen und betrat den
Raum, in dem früher die *barbieri* ihren Dienst versehen hatten. Seine Augen brauchten eine ganze Weile, um sich an die
blendende Helligkeit zu gewöhnen, die aus Hunderten Ker-
zenständern und Öllampen loderte. Irgendjemand musste
sich die Mühe gemacht haben, all diese großen, schweren
Ständer aus Messing und Silber aus dem gesamten Palazzo
hier hereinzutragen.

Andrea war es sicher nicht gewesen.

Denn er hing von einem Lüster in der Mitte des Raumes.

Sein Genick war gebrochen. Die Lippen waren seltsam
verzerrt, als hätte er noch etwas rufen wollen. Davide trat nä-

her. Die Augenlider des Toten waren geschlossen. Er hatte Schürfwunden an den Armen, aus einer Wunde am Kopf war Blut ausgetreten. Seine Hände waren auf dem Rücken zusammengebunden. Wer immer das getan hatte, hatte sich gar nicht erst die Mühe gemacht, es wie einen Selbstmord aussehen zu lassen.

Davide durchsuchte mit gezücktem Stilett alle anderen Räume des Palazzos, fand aber niemanden. Er ging in Andreas Arbeitszimmer und wühlte in den Papieren. Auf dem Tisch lag eine prall gefüllte Geldbörse, geradezu ostentativ dort liegen gelassen. Doch was auch immer sich Davide erhofft hatte – die hastige Durchsuchung der Räume ergab keinerlei Hinweise.

Hasan trug Leckerei um Leckerei auf, doch Davide würdigte sie nicht einmal eines Blickes, ließ alles stehen und nippte lustlos an seinem Wein.

»Geradezu ein Fanal«, resümierte Hasan. »Sicher eine Warnung. Ihr solltet nicht weiter nachforschen.«

»Und diese ›Warnung‹, wie du es zu nennen beliebst, wird gleich mit einem Mord verknüpft? Fürwahr, wir leben in rauen Zeiten!«

»Nun, dieser Mord, so es denn einer war …«

»Ich zweifle nicht daran«, warf Davide ein.

»… bietet doch, ganz nüchtern betrachtet, einige Vorteile. Nicht nur seid Ihr gewarnt, sondern auch ein wichtiger Zeuge ist aus dem Weg geräumt.«

Davide stand auf und ging ans Fenster. Wieder einmal wurde ihm überdeutlich bewusst, dass sich sein Leben dramatisch geändert hatte; die unbeschwerten Zeiten des wohlhabenden Junggesellen waren ein für allemal vorbei. Er war von unbekannten Mächten in eine Welt aus Niedertracht, Gewalt und Tod gestoßen worden.

»Was wollt Ihr also tun, wenn Ihr unter Verdacht geratet?«, rief Hasan ihm zu, während er den Tisch abräumte. »Man könnte Euch Rache unterstellen.«

Davide blickte auf den Kanal, der jetzt still und dunkel dalag, und atmete tief durch. »Darüber habe ich schon nachgedacht, lieber Hasan. Nun, wenn denn ein weiterer Komplott gegen mich im Gange ist, dann sei es so! Ich habe wenig zu verlieren. Aber ich mag nicht glauben, dass das wieder ein falsches Spiel gegen mich ist. Und wenn dem tatsächlich so wäre, treuer Hasan, dann ist mein Leben keinen Pfifferling mehr wert.«

»Kopf hoch, Herr.«

»Oh, keine Sorge, Hasan. Das Verzagen liegt mir fern. Es ist wie beim Schach. Wir haben Schwarz und müssen das Spiel von Weiß mitspielen.«

KAPITEL 20

Das Frettchen

Das Frettchen hatte keine der üblichen Schwächen. Es war weder an Frauen noch an Dukaten oder Alkohol interessiert, sondern einzig und allein an Wissen. Und so stöberte und schnüffelte und wühlte sich das Frettchen Tag und Nacht durch Venedig, schlich sich in Paläste und auf Feste, aber auch ins Arsenale und in die verruchten Ecken der Stadt, in die *casini* und Bordelle.

Das Frettchen hieß eigentlich Francesco Collauto. Aber alle Welt nannte ihn »Il Furetto«, übrigens auch ganz ungeniert in seinem Beisein. Einen besseren Spitznamen hätte man gar nicht für ihn finden können, er passte ebenso trefflich zu seiner äußeren Erscheinung wie zu seinem Charakter.

Sein Gesicht lief wie ein Schiffsrumpf spitz zu, es gab kaum Wölbungen oder Kanten. Seine dünnen Haare trug er kurz und kämmte sie streng zurück, was ihn noch stromlinienförmiger aussehen ließ. Zudem hatte er zwei große Schneidezähne, die ihm etwas Nagerhaftes verliehen.

Niemand wusste viel über Francesco Collauto. Er wohnte im Rialtoviertel, aber nie war jemand bei ihm daheim gewesen. Er richtete keine Feste, nicht einmal Abendessen aus und nahm nur als Beobachter am gesellschaftlichen Leben teil.

Die Leute kannten ihn. Duldeten ihn. Es war unmöglich, ihn auszusperren, er war so hartnäckig wie eine Mücke in einem stockdunklen Schlafzimmer, man wurde ihn nicht los.

Er genoss es, mehr zu wissen als alle anderen. Und wer von ihm etwas wissen wollte, musste ihn mit Wissen bezahlen.

Schon seit dem Jahr 1555 kümmerte er sich um die *quaderni manoscritti*, die der Große Rat damals eingeführt hatte. Darin wurden einmal pro Quartal alle Neuigkeiten rund um Venedig zusammengestellt. Diese Nachrichten wurden entweder kostenlos verteilt oder in Aushängen bekannt gemacht. Niemand hätte diese Aufgabe besser erledigen können als das Frettchen, das sich dafür fürstlich bezahlen ließ. Auch für das, was es wusste und *nicht* publik machte.

Veronica hatte lange gebraucht, um mit ihm ein Treffen zu vereinbaren, doch nun hatte sie es geschafft. Sie standen am Rialto, auf dem Fischmarkt. Das Frettchen erklärte ihr, dass Märkte ideale Treffpunkte seien. Beim Bummeln könne niemand sie belauschen. Gerade das viele Palavern und das Gedränge sorgten für eine besonders intime Atmosphäre.

Das Frettchen trug einen merkwürdig schief geschnittenen Tabarro, in dem es, obwohl nicht älter als vierzig, bucklig und zerbrechlich wirkte. Seine dünnen schwarzen Haare glänzten zwar recht hübsch, waren aber, wie Veronica schnell merkte, an den Ansätzen schon grau. Vermutlich färbte es sein Haar mit Kohlenpulver.

»Ja, ich meine sogar, dass einige hohe Herren gut beraten wären, delikate Dinge und heikle Geschäfte in der Öffentlichkeit zu besprechen«, legte das Frettchen mit seiner hohen und leisen, etwas heiseren Stimme dar. »Dort bleiben sie sicher geheimer als in der Nische eines Ladenlokals, in dem der Wirt oder jeder andere mithören kann.«

Und so schoben sich das Frettchen und Veronica durch die Fischstände, just an jenem Tage, an dem Venedig über nichts anderes sprach als über die sieben Kinder, die eine Frau am Campo Santo Stefano zur Welt gebracht hatte

Das Frettchen wusste, warum Veronica um das Treffen gebeten hatte, und kam sofort zur Sache. »Ich gebe zu, die Verurteilung des Herrn Venier gehört zu den rätselhaftesten Dingen, die sich in den letzten Monaten, vielleicht sogar Jahren in Venedig zugetragen haben. Selbst meine Quellen tröpfeln nur.« Freimütig erzählte das Frettchen, was es in Erfahrung gebracht hatte. Es war nicht viel.

Währenddessen verkauften die Fischhändler um sie herum *branzini, rombi, orate, sogliole, calamari, gransi pori, alici* und *sardelle*, außerdem *anguille* und *asià*, dazu ein paar besonders prächtige Hummer, Drachenköpfe und Schwertfische. Viele der Fische wurden vorher geputzt, und die Eingeweide landeten auf dem Boden, der an diesem späten Vormittag schon recht schmierig und glitschig war. Die Köche der Palazzi hatten längst eingekauft, nun kamen die Kaufleute, die sich etwas Gutes gönnen wollten. Hier und da wurde auch roher Fisch speisefertig über den Verkaufsstand gereicht, filetiert und gewürzt mit Salz, Pfeffer oder Honig.

»Wisst Ihr, wie viele Fischverkäufer es hier gibt?«, fragte das Frettchen.

»Na, vielleicht fünfzig?«, riet Veronica eher lustlos.

Das Frettchen kicherte. »Exakt hundertvierzehn, meine Teure!« Und es begann zu erklären, dass nach einem neuen Dekret jeder Fischhändler mindestens fünfzig Jahre alt sein und zwanzig Jahre zur See gefahren sein musste, sich außerdem in der *Scuola dei Compravendi Pesce* einzuschreiben hatte. Außerdem hatte der Große Rat beschlossen, dass auch freie Ruderer sich als Fischhändler registrieren lassen durften, sofern sie ebenfalls zwanzig Jahre zur See gefahren waren.

An den Enden der Einkaufsstraßen hatten Weinhändler ihre Stände aufgebaut und boten Wein direkt aus dem Fass an. An einem der Verkaufsstände machten Veronica und das Frettchen halt und orderten zwei Becher Wein, die ihnen ein missmutiger Mailänder mit einem Brummen hinstellte. Sie seien die ersten Kunden seit einer Stunde, schimpfte der Weinhändler, was sei nur mit den Venezianern los? Als Veronica den Wein probierte, war ihr schnell klar, warum dieser Mann keine Geschäfte machte. Das Getränk stank nach altem Leder und hinterließ einen bitteren Geschmack auf Gaumen und Zunge, der kaum vergehen wollte.

Sie waren weitergeschlendert und bei den Gemüseständen angelangt. Eine junge Frau herrschte über den größten aller Stände. Sie war eingerahmt von Peperoncini in allen Farben, bot Möhren, Tomaten, Gurken, Erbsen, Bohnen, Kartoffeln, Zucchini, Kopfsalat und Rettich an. Im Herbst konnte man bei ihr die größte Auswahl an Trüffeln aus dem Piemont finden, dazu wundersam geformte Kürbisse, und auch ihre Pilze waren stets frisch und schmeckten herrlich nussig und erdig. Sie hieß überall nur *La Verdurina*, die Gemüsefrau. Sie war eine imposante Erscheinung, so groß wie die größten Söhne Venedigs und mit ebenso breiten Schultern. Ihr hellblondes Haar trug sie streng zurückgebunden. *La Verdurina* war Venezianerin, und doch kam man nicht umhin, bei ihr teutonische Vorfahren zu vermuten. Ihre Stimme war tief und voll und konnte sehr schnell sehr laut werden. Wer bei ihr kaufte, wurde höflich behandelt und bekam meistens noch etwas mehr mit in den Korb. Wer nur schaute oder das Gemüse anfasste, dann aber weiterging, wurde wüst beschimpft.

Schließlich vertraute das Frettchen Veronica an, dass es sich intensiv umgehört habe. Seinerzeit sei Davides Verhaftung ja über Wochen Stadtgespräch gewesen. Inzwischen habe der Klatsch aber nachgelassen, anderes Gerede mache die Runde, zudem seien die Meldungen über das Vorrücken der Türken im östlichen Mittelmeer äußerst beunruhigend. Das Frettchen wusste nur, dass die Sache weite Kreise gezogen hatte. Nach seinem Wissensstand waren selbst Doge und Inquisitoren von der Last der Beweise überrascht gewesen.

Es hatte – bei allem Wohlwollen – kaum eine Möglichkeit gegeben, den Prozess zu Davides Gunsten zu wenden. Es waren Kräfte am Werk, die stärker zu sein schienen als selbst die ehrwürdigsten Institutionen von Venedig.

»Und welche Kraft, liebe Veronica Bellini, ist so stark, dass ihr selbst der Doge machtlos gegenübersteht?«

Veronica überlegte. »Die Religion? Vielleicht der Papst höchstselbst?«

Das Frettchen lachte laut auf. »Eine hübsche Antwort, die zu einem reinen Charakter wie dem Euren passt. Und doch gibt es in Venedig nur eine Kraft, die so etwas vermag. Vergesst den Papst. Es sind die Dukaten. Viele Dukaten.«

»Was meint Ihr genau?«

»Auch ich stochere hilflos im Dunkel dieses Falls herum, ich gestehe es frei heraus. Ungewöhnlich für mich und mein Metier, dass ich Euch nicht einmal eine Vermutung präsentieren kann. Und doch würde ich Euch dringend raten, dorthin zu gehen, wo das Geld ist.«

»Nun«, lächelte Veronica, »das ist ein Rat, der, wenngleich von einiger Bedeutung, Euren Ruf als allwissender Lagunenbewohner nicht gerade erhärtet.«

Das Frettchen verbeugte sich unterwürfig. »Ihr habt recht, und Ihr wisst, dass ich zu Besserem in der Lage bin. Ich verspreche, Euch umgehend zu informieren, wenn ich auf Neuigkeiten stoße. Natürlich nur, sofern auch Ihr mir etwas zu bieten habt …«

»Wie wäre es fürs Erste mit pikanten Details über Severgnini, den Oberinquisitor?«

»Oh, immer gern. Je pikanter, desto besser. Man hört ja einiges über seine Vorlieben. Allein, eine Bestätigung fehlt mir noch.«

Die konnte Veronica liefern und versichern, dass all diese Gerüchte zutrafen.

Das Frettchen hörte mit großer Aufmerksamkeit zu und fragte an vielen Stellen nach. Es wollte wissen, in welcher Art Severgnini gefesselt gewesen war, ob er gänzlich nackt oder vielleicht doch bekleidet war und ob Damen oder gar Herren anwesend waren und was genau sie taten.

Veronica kam nicht umhin zu vermuten, dass allein das Reden über Severgninis Vorlieben das Frettchen über alle Maßen erregte. Also beschloss sie, das Thema zu wechseln. »Eine Frage habe ich doch noch, denn bislang scheint's, als habe ich Euch mehr verraten als Ihr mir.«

»Nun, also seid Ihr dran.«

»Severgnini und Gioia durchschaue ich, nur Valentino Lucari nicht. Berichtet mir etwas über ihn, das ich noch nicht weiß. Und der Rest Venedigs auch nicht.«

Das Frettchen dachte nach, indem es sich auf die Lippen biss und auf den Dreck des Marktplatzes blickte, als lägen dort, im Schleim und in den Schlieren, die tiefsten Geheimnisse der Lagunenstadt verborgen. »Oh, da ist schon etwas, das ich Euch mit auf den Weg geben kann. Aber wer weiß, ob es Euch nützt.«

Veronica lehnte sich vor. »Je ausgefallener, desto besser.«

Das Frettchen trommelte aufgeregt die Fingerkuppen aneinander. »Valentino Lucari, einst ein Vertrauter Eures Davides, ist ein großer Freund sehr hübscher Füßchen, wie mir verschiedene Quellen berichtet haben, und er pflegt sie bei den Konkubinen kennerhaft zu massieren. Nur falls Ihr diese Information einmal brauchen solltet. Ich glaube kaum, dass man im Großen Rat davon Kenntnis hat.«

Veronica dachte nach, dann lächelte sie. »Ja, das könnte durchaus nützlich sein. Und nun lasst uns noch ein Glas Wein trinken. Aber eines von der guten Sorte. Ihr seid schließlich mit einer Dame unterwegs, die lange auf ihren Geliebten verzichten musste und nun jeden Trost braucht.«

»Wie ist denn das Verhältnis zwischen Eurem Mann und Eurem Liebhaber? Es scheint ja ganz formidabel zu sein.«

Das bestätigte Veronica.

»Gab es gar eine *ménage à trois*?«, hakte das Frettchen ungeniert nach.

»Schluss jetzt. Was immer Ihr dazu von mir wissen wollt, müsst Ihr teuer bezahlen. Die Münze, die Euch diese Geheimnisse verriete, habt Ihr noch nicht in Euren Taschen.«

Das Frettchen nickte, legte unbeholfen den Arm um Veronicas Hüfte und dirigierte sie zum Stand eines Mannes aus der Nähe von Brescia, der einen feinen, moussierenden Wein aus Flaschen ausschenkte, die mit einer Rinde von der Korkeiche verschlossen waren, eine wahrhaft seltsame Art der Aufbewahrung. Doch das sprudelnde Getränk war durchaus ein Genuss.

Dann verschwand das Frettchen nach einem kurzen Gruß in der Menge, auf dem Weg zu seinem nächsten Auftrag. Immerhin hatte es den Wein für beide bezahlt, was bei dem größten Schnorrer von Venedig sehr selten vorkam.

KAPITEL 21

Tirol

Obwohl es eigentlich fast Sommer war, hatte in diesem Jahr der Winter die Bergwelt noch fest im Griff und schien sie nicht mehr aus seinen eisigen Klauen lassen zu wollen. Der Schnee taute nur langsam, die Wege waren schlammig, die Pfützen oft über Nacht wieder zugefroren.

Davide hatte sich bei Calaspin diese Reise ins habsburgische Tirol erbeten. Die Republik musste in dieser Zeit ohne ihn auskommen, und sie würde es schaffen. Er hatte sich fest vorgenommen, Enrico zu finden. Er wollte endlich eine Antwort darauf, was den treuen Gondoliere, der zwei Generationen von Veniers gedient hatte, dazu bewogen haben mochte, gegen ihn auszusagen. Davide hegte keinen Groll gegen Enrico, vielmehr war er auf der Suche nach einem weiteren Mosaikstein, um das Rätsel der ungeheuerlichen Verschwörung gegen ihn zu lösen.

Davide ritt frohen Mutes durch den Tag und bis in die Abenddämmerung hinein. Hasan war bei ihm, außerdem ein Knecht, den sie bei Treviso für einen Dukaten und freie Kost angeheuert hatten. In drei Tagen hatten sie über Conegliano das hübsche Städtchen Belluno erreicht, von dort ging es weiter in die Berge gen Innichen. Die Nächte verbrachten sie in vergleichsweise komfortablen Herbergen, immer gab es frisches Stroh und gewaschene Laken für die Edelmänner, und die Wirte machten einen schönen Schnitt mit den Gästen aus Venedig.

Davide und Hasan ließen es sich an nichts fehlen, bestellten viel zu essen und stets den besten Wein des Hauses. Welcher allerdings, wie Hasan zu bemerken nicht umhin kam, oft jenem Gesöff ähnelte, mit dem in Venedigs Hafenspelunken am frühen Morgen die Tresen geputzt wurden. Auf die neugierige Frage der Wirte, was sie denn um diese Zeit in diese Gegend verschlagen habe, reagierten ihre Gäste ausweichend.

Auf den schlammigen Wegen kamen ihnen zahlreiche Pferdefuhrwerke entgegen, und sie mussten enge Brücken überqueren, unter denen das Wasser munter rauschte. Ochsen, vor eiserne Pflugscharen gespannt, arbeiteten sich durch die Hänge, die Bergbauern jedoch nicht minder hart wie ihre Tiere, um die Pflüge in der Spur zu halten.

Die Wege wurden immer schmaler und gefährlicher, manches Mal ritten sie an furchterregend steilen Abhängen entlang. Davide machte die Höhe nichts aus, ebensowenig dem Reitknecht, nur Hasan schien der Blick in die Tiefe großen Schreck einzujagen.

Der Reitknecht, der meist schwieg und auf Fragen nur wortkarg antwortete, wurde plötzlich, als sich zwischen zwei Bergmassiven ein Tal vor ihnen auftat, aufgeregt und bekreuzigte sich. »Jetzt kommen wir ins Tal der schwachsinnigen Kinder!«

Davide zügelte sein Pferd und drehte sich zu dem Reitknecht um, der auf dem schmalen Pfad zwischen ihm und Hasan ritt. »Was redest du, Junge?«

»So wird's erzählt, Herr, von dieser Gegend! Alle Kinder, die in diesem Tal geboren werden, seien gänzlich schwachsinnig, heißt es. Deshalb verlassen viele gebärende Frauen das Tal.«

»Was sind denn das für Schauergeschichten?«

»Einmal führte ich einen Herrn in die Herberge eines reichen Dörflers, dessen Kinder alle schwachsinnig waren.«

Innichen, die Heimat Enricos, war noch einen halben Tagesritt entfernt. Doch die Dunkelheit hatte bereits eingesetzt und zwang die drei zur Rast im erstbesten Gasthof.

»War es diese Herberge?«, fragte Davide.

»Nein, Herr, die Herberge lag weiter oberhalb des Dorfes.«

»Umso besser, denn hier werden wir rasten.«

Davide und Hasan bezogen ihre Zimmer und erfrischten sich. Der Reitknecht richtete sich unterdessen im Stall bei den Pferden ein Lager her.

Der Wirt und seine Frau kochten vorzügliche Knödel mit Speck, das Feuer im Kamin brannte munter, während der kalte Wind an den hölzernen Fensterläden rüttelte.

»Nun, Hasan, wer hätte gedacht, dass du einmal deine Kunst als Reiter in den Bergen von Tirol zeigen musst?«, lachte Davide.

»Herr, erinnert mich nicht an diesen Tag. Heute glaubte ich ein ums andere Mal, mein letztes Stündlein hätte geschlagen.«

Der Wirt und seine Frau, beide noch nicht alt, auch wenn das harte Klima deutliche Spuren in ihren Gesichtern hinterlassen hatte, setzten sich zu ihnen und radebrechten auf Italienisch. Sie freuten sich über den unerwarteten Besuch und über die außerplanmäßigen Einnahmen. Ihre Kinder, eine große Schar und alle noch sehr klein, tobten immer wieder durch die Stube, waren aber viel zu sehr in ihr Spiel vertieft, um die Gäste eines Blickes zu würdigen. Der Reitknecht hatte sich zu ihnen an den Tisch gesellt, eine hübsche Magd namens Helena brachte ihnen Wein.

»Seid froh, dass Ihr hier nächtigt, sonst hätte Euch in dieser Nacht der Haunold geschnappt und mit einem einzigen Bissen verschlungen«, erzählte der Wirt.

»Wer … wer ist Haunold?«, fragte Hasan beunruhigt.

»Ihr kennt ihn nicht? Haunold ist ein Riese, der schon seit

vielen hundert Jahren in dieser Gegend lebt. Wollt Ihr seine Geschichte hören?«

»Nur zu, Wirt!«, ermunterte Davide seinen Gastgeber. Er vermutete, dass es sich beim Wirt um einen *raccontatore* handelte, der für seine Geschichten ein kleines Extrageld beanspruchen würde.

»Haunold war der Sohn eines römischen Feldhauptmannes. Nachdem dieser im Kampf gegen die Hunnen getötet worden war, floh seine Amme mit ihm ins Villgratental. Dort trafen sie die Lottermoidl, die war eine Hexe. Sie gab den beiden den Rat, sich bei der nahen Quelle Admirabus zu verbergen. Das Wasser dieser Quelle war aber wundertätig, und als Haunold davon trank, wurde er zu einem Riesen.

Inzwischen hatten die Hunnen Burg Heinfels errichtet und herrschten gar schrecklich über das Pustertal. Als der bayerische Herzog Tassilo in die Gegend kam und in Sankt Oswald lagerte, erschien eine Abordnung der Bauern bei ihm mit der Bitte, die Hunnenherrschaft zu beenden. Herzog Tassilo belagerte die Hunnenburg, konnte sie aber nicht einnehmen. Dem Hunnenfürsten gelang es allerdings auch nicht, den Herzog zu schlagen. Schließlich sollte die Entscheidung im Zweikampf fallen.«

Der Wirt nahm einen großen Schluck Wein und blickte seinen Zuhörern tief in die Augen. »Der Hunnenfürst war aber von so mächtiger Gestalt, dass sich ihm niemand entgegenstellen wollte. Also schickte der Herzog einen Boten zur Quelle Admirabus, um den Riesen Haunold um Beistand zu bitten. An der Stelle, wo der Sextnerbach in die Drau mündet, kam es zum Kampf zwischen Haunold und dem Hunnenfürsten, bei dem Haunold den Hunnen tötete und ihm eine Rippe herausriss. Die Rippe hängt heute über dem Tor des Innichener Doms, Ihr könnt sie sehen, wenn Ihr dort seid!

Herzog Tassilo gründete zum Dank das Kloster Innichen, an dessen Bau Haunold tatkräftig mitwirkte. Allerdings sehr zum Leidwesen der Einwohner von Innichen, denn der Riese hatte einen gewaltigen Appetit. Er aß ihre Schafe und Pferde und Ziegen, weshalb die Bauern ihn schließlich verjagten. Wütend über diesen Undank zog sich Haunold als Einsiedler zurück. Noch heute ernährt er sich gern von unvorsichtigen Wanderern, die es versäumen, rechtzeitig Rast zu machen.«

»Lass dich nicht bange machen.« Davide zwinkerte Hasan zu.

»Mit steilen Abhängen nehme ich es gerade noch auf, aber nicht mit einem Riesen, der ganze Schafe zum Frühstück verspeist.«

Die Tür schwang auf, und eine Gruppe Holzfäller kam herein, die – wie sie vom Wirt erfuhren – seit einigen Wochen hier logierte. Mit ihnen drang ein Schwall kalter Wind in die Stube. Die Holzfäller waren gewaltige Burschen mit wilden Bärten, sechs Kerle, von denen einer verwegener aussah als der andere. Sie schlugen Tannen und Buchen, deren Holz für den Schiffsbau gebraucht wurde. Doch obwohl sie regelrechte Haunolds waren, saßen sie schweigend, fast verängstigt am Tisch und baten mit leiser Stimme um ihre Mahlzeit und den Wein. Es war geradezu komisch, diese Braunbären zu beobachten, die sich in der ungewohnten Gesellschaft edler Herren so schüchtern und zurückhaltend benahmen.

Nachdem das Essen serviert und nur das Knistern des Kaminfeuers und das selige Schmatzen der Holzfäller zu hören waren, gab der Wirt noch die Geschichte vom Schloss am Abgrund und von Scharhart zum Besten. Davide ließ weitere Krüge Wein für sich und seine Gefährten sowie die Holzfäller kommen. Die braven Burschen dankten es ihm mit herzlichem Gegrummel.

Nach diesem kurzweiligen Abend griff Davide in seinen

Dukatenbeutel und gab dem Wirt eine Münze. »Mein Bester, Euren Lohn als Geschichtenerzähler habt Ihr Euch redlich verdient.« Auch Helena bekam eine Münze.

Angenehm aufgewärmt und wohlig satt zogen sich Davide und Hasan in ihre Zimmer zurück, der Reitknecht machte es sich im warmen Stall bequem.

Am nächsten Morgen – die Holzfäller waren längst fort, um sich erbarmungslos die nächsten Bäume vorzunehmen – genossen Davide und Hasan ein deftiges Frühstück mit heißer Milch, Brot, Käse, Eiern und Speck und ließen auch dem Reitknecht eine ordentliche Portion auftragen. Sie verabschiedeten sich von den freundlichen Wirtsleuten und sattelten ihre Pferde. Das Wetter hatte sich beruhigt, aus dem nächtlichen Sturm war ein Frühlingswind geworden. Sogar die Sonne zeigte sich hinter hellgrauen, immer stärker aufreißenden Wolken.

Das gute Wetter erleichterte ihnen die Weiterreise, ging es doch steil bergan zu dem Ort, der kurz nach der Mittagszeit linker Hand in Sicht kam und aus wenigen ärmlichen Hütten bestand.

Vor der ersten Hütte, die sie passierten, versammelte sich sogleich eine Bauernfamilie, sichtlich verwundert über den ungewöhnlichen Besuch. Davide stieg ab und erkundigte sich nach Enrico, der hier Heinrich genannt wurde. Der Bauer zeigte auf eine Kate etwas oberhalb des Weges, zu der sich die drei Reisenden flugs aufmachten.

Vor der Kate, die reichlich windschief aussah und kaum den Widrigkeiten des Wetters in dieser unwirtlichen Bergwelt zu trotzen vermochte, saß ein Mann, der mit einer Schnitzarbeit beschäftigt und ganz in Gedanken versunken war. Erst als die Pferde schnaubend zum Stehen kam, ließ der Mann von seinem Tun ab. Es war tatsächlich Enrico.

Er riss die Augen auf. »Ein Geist!«, rief er. »Ein Geist ist gekommen, um mich zu holen!« Er sprang auf, ließ Holz und Messer fallen und floh in ein Waldstück, das gleich hinter der armseligen Behausung begann.

Hasan wollte sich an die Verfolgung machen, doch Davide hielt ihn zurück.

»Er ist nicht mehr der Jüngste und wird nicht lange wegbleiben. Ich denke, es ist am besten, wir warten hier auf ihn.«

»Meint Ihr wirklich, Herr?«

»Ja, er wird sehr bald zurück an seinen warmen Kamin kehren. Auf, kümmern wir uns ums Feuer, um uns das Warten und ihm das Wiedersehen möglichst kommod zu gestalten!«

Während der Reitknecht die Pferde versorgte, betraten Davide und Hasan Enricos Hütte und machten es sich dort bequem. Im Innern war die Kate, die von außen recht armselig wirkte, mit Bedacht ausgestattet. Tiefe Sessel waren mit sauberem Stoff und einige sogar mit Fellen bedeckt, in einer erhöhten Feuerstelle glomm noch ein Rest Glut. Davide schichtete ein paar Scheite darauf, die schnell in hellen Flammen standen. Der Reitknecht wurde zu den Nachbarn geschickt, um Brot, Speck und Wein zu organisieren, und so verbrachten die drei einen gemütlichen Nachmittag in der Kate.

Und wie Davide vorausgesagt hatte, stand am Abend ein am ganzen Leib bibbernder Enrico vor ihnen in der Stube und hob resignierend die Arme. »Nun tötet mich denn!«, rief er mit blau gefrorenen Lippen. »Denn lieber sterbe ich durch Euer Schwert, was nur gerecht wäre, als in der Kälte der Nacht.«

Davide lächelte und öffnete seinen Mantel. »Wie du siehst, guter Enrico, bin ich unbewaffnet. Denn was würde es ändern, wenn ich dich tötete? Doch verrate mir eines: Warum hast du gegen deinen braven Herrn falsches Zeugnis abgelegt?«

Enrico setzte sich und kam langsam wieder zu Kräften. Stockend und voller Scham begann er zu erzählen, dass schon Monate vor dem Gerichtsprozess zwei Männer zu ihm gekommen seien. »Ich hatte sie nie zuvor gesehen. Sie waren keine Venezianer, das hörte ich. Vielleicht stammten sie aus Padua oder aus Verona. Junge, elegante Herren. Sie boten mir viel Geld, erst fünfzig, dann sogar einhundert Dukaten. Sie wollten nur, dass ich aussage, ich hätte Euch regelmäßig zu den Türken gerudert. Doch ich lehnte ab. Daraufhin gingen sie fort, aber sie kamen ein zweites Mal.«

»Wie sahen sie aus?«

»Sie hatten helle Haut, waren recht gut aussehend und sauber. Einer von ihnen war etwas fülliger als der andere, aber beileibe nicht dick. Sie hatten helle Haare, hellbraun oder vielleicht sogar blond. Ach, und der eine hatte ein Teufelsmal genau zwischen den Augenbrauen. Bei ihrem zweiten Besuch boten sie mir zweihundert Dukaten, warfen mir das Geld regelrecht vor die Füße. Ich blieb wieder standhaft. Dann kamen sie ein drittes Mal.« Enrico begann zu weinen. »Diesmal hatten sie einen Jüngling dabei. Er wäre bereit, mich eines sittlichen Vergehens zu beschuldigen, wenn ich mich weiterhin weigerte, Euch zu verleumden. Das hätte für mich lebenslange Haft bedeutet.«

»So dreist und auch so billig hat man dich erpresst? Warum bist du nicht zu mir gekommen?«

Nun schien Enrico vor Scham zu vergehen. »Herr, mein Leben ist ohnehin nichts mehr wert. Der Jüngling ...«, er hielt sich die Hand vor die Augen, »... ich kannte ihn gut, habe ihn oft heimlich getroffen.«

Davide verstand. »Gut, gut, Enrico. Wisse, dass ich dir nicht grolle. Mein Zorn richtet sich gegen jene, die auch dir übel mitgespielt haben. Aber lasse dich nie wieder in Venedig blicken. Es sei denn, dir fällt noch etwas ein, was mir bei meinen Nachforschungen weiterhelfen könnte. Und nun zeige uns ein Lager für die Nacht und wecke uns früh am Morgen, damit wir zeitig zurückreiten können.«

Als sie am nächsten Morgen aufbrachen, stieg aus den Wäldern noch der Dunst empor, und in der kühlen Luft bildete der Atem der Menschen und Pferde kleine Wölkchen. Davide, Hasan und der Reitknecht waren gerade in den Sattel gestiegen, da stürmte Enrico aus der Kate.

»Wartet! Nehmt die Dukaten von mir. Das ist das Mindeste. Ich habe meinen Judaslohn nicht angerührt, nichts ausgegeben! Wenigstens das mag meiner Seele ein klein wenig Linderung verschaffen.«

Davide dachte kurz nach, dann nickte er, nahm den Beutel mit den Dukaten wortlos an sich und gab seinem Pferd die Sporen.

Genau in dem Augenblick, als hundert Meilen entfernt Davide mit Hasan und dem Reitknecht über die letzten Schneereste den Rückweg aus Tirol antrat, stand Valentino Lucari vor dem Palazzo einer bedeutenden venezianischen Familie. Ein Bediensteter ließ ihn ein und führte ihn hinauf in das *piano nobile*. Unsicher stolperte Lucari hinter dem Bediensteten her, keineswegs so, wie man es von einem gefürchteten Inquisitor erwartet hätte.

Oben erwartete ihn bereits eine sehr, sehr schöne Frau.

»Ihr habt mich rufen lassen, Signora?«, fragte Lucari mit trockenem Mund.

Das *piano nobile* war von Tageslicht durchflutet und mit schönen Möbeln ausgestattet, zudem brannten Wachskerzen an den Wänden, welche die Gastgeberin in ein beinahe goldenes Licht tauchten.

Veronica Bellini blickte den Inquisitor mit dem vernarbten Gesicht kühl von oben bis unten an. Ihr schlichtes weißes Kleid schmiegte sich eng an ihren Körper. Die langen Haare trug sie offen, sie fielen ihr fast bis zur Hüfte, und das war ein so offenkundiges Signal, dass Lucari regelrecht nach Luft schnappte.

Der bestickte Saum ihres Kleides umspielte ihre Knöchel, und ihre Füße waren, was Valentino sofort bemerkte, nackt! Die Zehennägel waren mit Bleiweiß lackiert, wie es die besser verdienenden Huren machten, und Valentino konnte den Blick kaum mehr von ihnen lassen.

»Danke, dass Ihr gekommen seid.«

»Eine Selbstverständlichkeit, wenn eine so wohl beleumundete Signora wie Ihr mir einen Boten schickt. Doch was kann ich für Euch tun?« Seine Stimme klang unsicher.

Veronica fuhr sich, wie um eine nicht vorhandene Falte glattzustreichen, über das Kleid, berührte dabei ihre Brüste und ließ die Hand auf ihrer Hüfte ruhen. »Nun, ich will Euch ein Geständnis machen. Ihr habt als Mann, dem man nichts vormachen kann, sicher geahnt«, begann sie mit tiefer, ruhiger Stimme, »dass ich immer eine gewisse Schwäche für Euch hatte.«

»Was meint Ihr damit, Signora?« Nun war Valentinos Stimme vor Erregung ganz heiser.

»Mein Mann, Ihr wisst, es ist kein Geheimnis, teilt mit mir nur sehr selten das Bett. Mein Liebhaber – nun, das Gefängnis hat ihn verändert«, log sie. »An wen soll sich eine Frau wenden, wenn sie sich einmal ganz und gar entspannen will?«

Nun konnte Valentino nicht mehr an sich halten, fiel vor ihr auf die Knie und liebkoste Veronicas Zehen hingebungsvoll.

Vom Frettchen hatte Veronica ja erfahren, dass Lucari ganz

vernarrt in Füße war, und da passte es vortrefflich, dass Veronica ausnehmend hübsche Füße besaß. Tatsächlich riefen sie sofort die gewünschte Wirkung hervor. Veronica ließ sich auf ein Kissen fallen und den Inquisitor gewähren. Hatte sie ihn schon so weit, oder sollte sie noch warten?

»Ihr seid recht stürmisch, mein Herr«, lächelte Veronica. »Ich werde Euch ein Geschäft vorschlagen.«

Valentino versuchte sich zu sammeln. Was ihm aber nicht so recht gelang.

Veronica flüsterte ihm nun ins Ohr: »Ich mache Euch ein Geschenk, das Euch ganz sicher unvergesslich bleiben wird. Ihr dürft meine Füße massieren, und zwar so lange es Euch beliebt. Würde Euch das gefallen, großer Inquisitor?«

»Ja, oh ja«, stammelte Valentino.

»Doch vorher«, Veronica entzog ihm nun ihre Füße, »erzählt Ihr mir alles. Warum habt Ihr Davide nicht verteidigt? Ihr wusstet, dass die Vorwürfe völlig haltlos waren!«

Mit einem Ruck setzte sich Valentino auf. Die Erregung verschwand aus seinem Blick, nicht aber aus seinem Körper. Er schaute wütend und ängstlich drein.

Veronica lächelte. »Nun?«

Der Inquisitor seufzte schicksalsergeben. Dann begann er zu erzählen, wie die beiden anderen Inquisitoren ihn zunächst über Davide ausgehorcht hatten, weil sie ja wussten, dass man miteinander verkehrte. Erst nach geraumer Zeit hätten Severgnini und Gioia ihn mit den Vorwürfen gegen Venier konfrontiert. Er aber habe Davide tapfer verteidigt, denn er hielt die Vorwürfe für erkennbar absurd und von irgendeinem Neider konstruiert. Doch die Inquisitoren bestürmten ihn und sprachen von einem höheren Interesse, deuteten an, dass wichtige Mitglieder des Großen Rates, ja sogar der Doge selbst … Man müsse gemeinsam agieren, denn nur einstimmig seien die Beschlüsse der Inquisitoren gültig. Sie hätten ihm gedroht und ihn dann wieder um-schmeichelt mit der Aussicht auf lukrative Geschäfte.

Schließlich, erklärte Valentino, habe er nachgegeben. Man müsse ja auch und gerade als Inquisitor an seine Zukunft denken, denn das Amt bringe zwar Ehre und Ansehen mit sich, aber eben auch viele Feinde. Man sei, wenn man so wolle, oberster Denunziant der Republik und verscherze es sich durchaus mit dem einen oder anderen mächtigen Mann. Da hieß es klug und vorausschauend agieren. Und über-haupt habe es keine Rettung für Davide mehr gegeben, weil die anderen Inquisitoren entschlossen gewesen seien, ihn zu verurteilen, und so habe er seinen Widerstand am Ende auf-gegeben.

Veronica war überzeugt, dass Lucari nicht log. Er war nicht der Richtige, um sie näher an die Hintergründe der Ver-schwörung heranzubringen. Also schloss sie seufzend die Augen und ließ ihn noch eine Weile gewähren

KAPITEL 22

Die Regatta

D avide saß grübelnd am Fenster und blickte auf den Kanal. Es war windig, das Wasser kräuselte sich, und einem Kaufmann, der am Ufer spazieren ging, wehte es den Hut vom Kopf und mitten ins Wasser. Mit lautem Schimpfen beklagte er den Verlust, als wäre ihm sein Geldbeutel abhandengekommen. Ein Gondoliere, der zufällig vorbeifuhr, versuchte, den Hut mit seinem Ruder aus dem Wasser zu fischen, doch vergeblich. Beinahe wäre er selbst ins Wasser gefallen – er war wohl noch nicht lange Gondoliere.

»Nur zu, einen Dukaten für meinen Hut, tapferer Junge«, ermunterte ihn der dickliche Kaufmann.

»Ein Ruderer bin ich, kein Fischersmann, Herr.« Und der Gondoliere ruderte seines Weges. Er wurde mit Flüchen bedacht.

Nach einigem Nachdenken betrat der Kaufmann ein am Ufer vertäutes Boot, an das Wind und Strömung den Hut herangetrieben hatten, beugte sich über das Schiffsgeländer und ergriff seinen Schatz schließlich.

Derweil war der Besitzer des Bootes an der Anlegestelle erschienen und entrüstete sich über die unerlaubte Benutzung seines Gefährts. »*Ehi*, was tust du da?«

Der Kaufmann kletterte ungeschickt ans Ufer und baute sich vor dem Bootsbesitzer auf. »Was duzt Ihr mich, Idiot? Haben wir früher einmal zusammen Schweine gehütet?«

Es folgte ein hitziger Wortwechsel, bis an einem Fenster

238

eine alte Frau mit einem Bottich auftauchte und Unrat auf die Straße schüttete. Ob es sich dabei nur um Schmutzwasser oder gar um Schlimmeres handelte, war von Davides Position aus nicht genau auszumachen, in jedem Fall verfehlte der Schwall die Streithähne nur knapp. Dies wiederum hatte zur Folge, dass die beiden sich verbündeten und Verwünschungen nach oben schleuderten. Doch die alte Frau schloss ungerührt das Fenster. So trennten sich auch die beiden Streithähne, auf eigenartige Weise versöhnt, und Davide hing wieder seinen Gedanken nach.

Viel weiter war er mit seinen Nachforschungen in eigener Sache bislang nicht gekommen. War es überhaupt sinnvoll weiterzustochern? Oder wäre es nicht besser, auch für sein eigenes Seelenheil, alles auf sich beruhen zu lassen? Manchen – vermeintlichen oder tatsächlichen – Feinden der Republik war es viel schlechter ergangen als ihm.

Hasan klatschte unternehmungslustig in die Hände. »Gestattet mir, Euch etwas abzulenken. Wie wäre es mit Schach nach meinen Regeln?«

Davide, gerade noch in düstere Gedanken versunken, blickte auf. »Deine Regeln? Was meinst du?«

»Nun, das Schach, das Ihr hier spielt, hat wenig mit unserem Spiel im Orient zu tun. Daher habe ich mir die Freiheit genommen ...« Hasan zog ein Kästchen hervor, in dem sich ein Schachbrett befand. Die hübsch und aufwendig geschnitzten Figuren funkelten verführerisch.

David nahm eine Figur und berachtete sie anerkennend. »Ist das etwa Elfenbein?«

»So ist es.«

»Wem hast du das denn gestohlen?« Davide war wieder zu Scherzen aufgelegt.

»Was denkt Ihr denn? Ganz mittellos war und bin ich nicht. Ich saß schließlich in den Bleikammern, nicht in den *pozzi.* Es handelt sich um das Mitbringsel eines engen Freundes aus Istanbul.«

Davide betrachtete die Figuren genauer. »Ja … Schach ist es zweifellos, und doch sehen die Figuren, ich weiß nicht, wie ich es ausdrücken soll …«

»Sie sehen etwas anders aus, nicht wahr?«

»Ja, diese hier zum Beispiel.« Davide hielt eine Figur in die Höhe. »Sie erinnert mich an einen römischen Streitwagen.«

»Nicht nur eure Römer hatten Streitwagen, sondern auch die Perser. Und aus eurem Streitwagen ist, weil er nicht mehr in Gebrauch ist, ein Turm geworden.«

»Und dies hier ist zweifellos der Läufer.«

»Es ist ein Minarett.«

»Sind die Zugregeln dieselben wie beim Läufer?«

»Oh, zu den Regeln komme ich gleich. Der Springer ist, wie Ihr seht, ebenfalls ein Pferd. Und erratet Ihr, was diese Figur darstellt?«

»Es kann sich nur um die Dame handeln. Und doch sieht sie nicht aus wie eine Königin.«

»In unserem Spiel haben Frauen nichts zu suchen. Die Figur, die Ihr Dame nennt, ist unser Wesir, und seine Zugregeln sind auch etwas andere. Der Wesir kann zwar in alle Richtungen ziehen, aber nur jeweils ein Spielfeld.«

»Das finde ich großartig! Mir hat nie gefallen, dass die Dame ungleich stärker ist als der König.«

»Und auch das Minarett darf diagonal in alle Richtungen ziehen, aber nur ein Feld.«

»Das ändert tatsächlich viel.«

»Damit nicht genug. Auch die Fußsoldaten rücken bei der Eröffnung nur ein Feld vor.«

»Das hat vielleicht den geringsten Einfluss auf das Spiel.«

»Ich möchte aber nicht verhehlen, dass auch bei uns schon viele nach den neuen Regeln spielen so wie Ihr.«

»In den *piombi* haben wir immer die neuen Regeln beherzigt.«

»Mir hätte es nicht behagt, mit einem neuen abendländischen Spielfeld nach alten morgenländischen Regeln zu ziehen.«

»Das ist verständlich, mein lieber Hasan. Und es war auch gut, dass wir nach den abendländischen Regeln gespielt haben und du mir so vieles beigebracht hast, denn seither habe ich ja den einen oder anderen Dukaten beim Schach gewonnen.«

»Habt Ihr Euch schon einmal gefragt, warum die Fußsoldaten, die längst Bauern heißen, nur die Figur auf dem diagonalen Feld schlagen können, nicht aber jene direkt vor ihnen?«

»In der Tat habe ich mir diese Frage schon einmal gestellt.«

»Ihr seid ein charmanter Schwindler, Herr! Doch damit Ihr's wisst: Sie schlagen diagonal, weil in Gefechtsformation ihre Lanzen seitlich neben den großen Schilden herausragten. Also griff der Soldat stets den Mann schräg vor ihm an.«

»Sehr schön, deine Theorie, doch nun bin ich neugierig. Lass uns nach den alten Regeln spielen und sehen, welcher König zuerst stürzt.«

»*Schāh-māt*. Der König ist geschlagen. Diesen persischen Ruf habt Ihr immerhin übernommen.«

Doch kaum waren die ersten Bauern vorgerückt, hämmerte eine Faust an die Tür. Die beiden Spieler schauten einander an.

»So dreist klopft nur …«, setzte Hasan an.

»… ein Bote von Calaspin«, beendete Davide den Satz, stand auf und schnappte sich den Tabarro.

»Davide, Ihr seht mich besorgt.«

»Mit Verlaub, Kanzler, mir scheint, das ist einer Eurer Dauerzustände.«

Calaspin lächelte, aber dieses ungewohnte Mienenspiel bereitete ihm sichtlich Mühe. »Der Doge bekommt hohen Besuch«, murmelte er schließlich, während sein Gesicht wieder seinen üblichen düsteren Ausdruck annahm.

»Nichts Ungewöhnliches, würde ich meinen.«

»Da habt Ihr recht, und doch hat sich der Doge, weil er schließlich noch recht neu im Amte ist, zu einem großen und ausgedehnten öffentlichen Auftritt entschlossen. Erzherzog Karl der Zweite Franz von Österreich und Alfonso der Zweite, der Herzog von Ferrara, werden uns mit ihrem Besuch beehren. Und obwohl ich ihm dringend davon abgeraten habe, ist er entschlossen, zu Ehren seiner Gäste eine Regatta auf dem Canal Grande zu veranstalten.«

»Eine Regatta für die Staatsgäste. Das wird die braven Bürger freuen. Euch hingegen sehe ich ausgesprochen bedrückt.«

»Unter anderen Umständen, zu anderen Zeiten ist eine solche Regatta ganz bestimmt eine hübsche Idee, zeigt sie doch unseren Freunden und uns, wie prächtig und tüchtig unsere Republik ist.« Calaspin rieb sich die Augen. »Aber ausgerechnet in diesen unruhigen Zeiten …«

»Haltet Ihr etwa ein Attentat für möglich?«

»In der Tat, auch wenn mir keine konkreten Hinweise vorliegen. Es ist ein Gefühl, das ich habe, und es beunruhigt mich. Wenn tatsächlich ein Attentäter in der Stadt ist, wäre eine Regatta der perfekte Zeitpunkt für einen Anschlag. Hier im Palast habe ich keine Sorge, vor jedem Tor und jeder Tür sind Wachen postiert, und um bis in die Gemächer des Dogen vorzudringen, bedarf es geradezu magischer Kräfte.«

»Zumal Ihr, wenn ich mich so umsehe, die Anzahl der Soldaten bereits erhöht habt. Doch was gedenkt Ihr nun zu tun?«

»Ich werde weiterhin auf unseren höchsten Würdenträger einwirken, auf eine Regatta zu verzichten. Doch es ist, als redete ich gegen eine Mauer. Unser Doge erweist sich als sehr uneinsichtig. Er will ganz offenbar wieder einmal mit seiner goldenen Prachtgaleere spazierenfahren.«

»Wird er nicht von den *arsenalotti* gut geschützt?«

»Das sind zwar raue Burschen, aber einen Mordanschlag zu verhindern übersteigt wohl ihre Fähigkeiten. Auch sollen sie nichts von meinen Befürchtungen erfahren. Stellt Euch vor, das spräche sich in der Werft herum? Ich möchte nicht, dass Unruhe unter unseren fleißigen Bootsbauern entsteht.«

»So nehmt Eure besten Soldaten!«

»Das kommt ebensowenig infrage, denn die *arsenalotti* werden ganz bestimmt auf ihrem Recht bestehen, die Leibgarde des Dogen zu stellen, wie es bei jeder seiner Ausfahrten mit der Prachtgaleere üblich ist. Denkt nur an das *festa della sensa* an Christi Himmelfahrt! Außerdem: Würde ich sie nur an die Ruder lassen, nicht aber auf Deck, gäbe es obendrein viel Geraune.«

»Ja, die *arsenalotti* haben viele Muskeln, sind aber doch rechte Tratschweiber.«

»Meine Idee ist also folgende: Ich werde Euch an dem Regattatag zu einem Leibgardisten machen. Ihr habt Erfahrung im Nahkampf, ich vertraue Eurer Beobachtungsgabe. Außerdem seid Ihr mit den Umgangsformen des Adels vertraut. So fungiert Ihr offiziell als Berater des Dogen und weicht ihm nicht von der Seite. Während der gesamten Regatta werdet Ihr Euch in seiner Nähe aufhalten, ohne das Protokoll zu stören oder Euch, wie es sicher ein einfacher Soldat täte, wie ein Tölpel zu benehmen.«

Davide lächelte. »Und wir wollen ja nicht, dass die hohen

Herren aus Ferrara und Wien daheim über uns Muschelesser herziehen.«

»Nein, das wollen wir nicht. Nicht in diesen Zeiten, in denen das Christentum zusammenstehen muss und hinter den Kulissen wichtige Bünde geschmiedet werden. Ihr seid der perfekte Mann, um an diesem Tag den Dogen zu schützen.«

»Und was hält der Doge von der Idee, einen Aufpasser zu bekommen, der noch vor nicht allzu langer Zeit in den Bleikammern einsaß?«

»Der Doge hält die Idee für ausgezeichnet und ist einverstanden. Er kannte noch Euren Vater.«

»Ja, das weiß ich …« Für einen Augenblick versank Davide in der Vergangenheit, doch er sammelte sich schnell wieder. »Habt Ihr ihm denn von Euren Sorgen berichtet?«

»Nun, ich bin eher im Vagen geblieben. Ich halte es für klug, unser Staatsoberhaupt nicht unnötig aufzuregen. Wie Ihr ja wisst, sind unsere Dogen allein aufgrund ihrer aufreibenden repräsentativen Pflichten reichlich angegriffen, da will ich ihrer Stirn keine weitere Sorgenfalte hinzufügen.« Calaspin legte nun seinerseits die Stirn in tiefe Falten. »Ich habe lediglich allgemein auf die Gefahr aufrührerischer Aktivitäten in politisch brisanten Zeiten hingewiesen. Und dass es ja auch einen unserer Gäste treffen könnte, und wie stünden wir dann vor der Welt da? In jedem Fall ist der Doge hocherfreut über Euren Beistand. Ihr werdet entsprechend eingekleidet und mit Waffen ausgerüstet.«

Von zwei Seiten rückten die Gäste nach Venedig vor. Mit zweitausend Mann auf zwanzig Rudergaleeren, extra für diesen Anlass gebaut, zog die Delegation aus Ferrara los, zunächst auf dem Po und nach Erreichen der Adria in Richtung Norden direkt auf die Serenissima zu. Dem Herzog von Ferrara war das Brimborium peinlich, aber sein Kanzler Bariati, ein sehr kleiner, sehr bärtiger Choleriker mit Großmachtfantasien, bestand darauf. Man müsse Venedig und der Welt doch zeigen, dass auch Ferrara das Zeug zu einer *Signoria* hätte, einem Stadtstaat, der auf jeden Fall mit Florenz und Genua mithalten könne.

Doch, ach, diese Anreise beruhte auf einer schrecklichen Fehlplanung! Örtliche Bootsbauer, kaum erfahren mit Schiffen dieser Größe, hatten die Galeeren im Akkord zusammengezimmert, und nicht eine davon erwies sich als seetauglich; auf manchen Schiffen musste die Hälfte der Ruderer zum Schöpfen des einbrechenden Wassers abkommandiert werden. Zudem fehlten jedwede Aufbauten, sodass der Hofstaat Wind und Wetter ungeschützt ausgesetzt war. Zwar hatte man Zelte für die hohen Herren und Damen am Heck errichtet, doch der Wind hatte sie schon am ersten Tag der Reise zerfetzt, noch bevor die Reisenden die Po-Mündung erreicht hatten.

Die Wetterlage sei günstig, hatte der Hofmeteorologe vollmundig verkündet, doch nun saß er, zu allem Unglück auf derselben Galeere wie der kleine Kanzler, wie ein Häufchen Elend in Wind und Regen. Hastig errichtete man unter Deck Notunterkünfte, was den Herzog köstlich amüsierte. Der Kanzler indes war außer sich und hätte jeden einzelnen Schiffszimmerer am liebsten auspeitschen oder gleich aufknüpfen und den Wettermann nach Art der Piraten kielholen lassen.

Und die Ruderer selbst! Welche Groteske! Fast zwei Dutzend Schiffe mussten mit je vierzig Männern besetzt werden, eintausend kräftige Kerle waren also vonnöten gewesen. Doch woher nehmen? Man hatte ein paar Burschen aus den

Gefängnissen verpflichtet und ihnen Straffreiheit in Aussicht gestellt, ein Versprechen, das man selbstverständlich nicht halten würde. Aber das waren längst nicht genug. Also ging man in die städtische Irrenanstalt und nahm die paar Dutzend mit, die noch halbwegs klar im Kopf waren. Doch immer noch fehlten viele kräftige Arme, also köderte man Ferraras Bürger mit etwas Geld, dem unvergesslichen Reiseerlebnis und der Aussicht auf Ruhm und Ehre. Hatte es Venedig über Jahrhunderte nicht ebenso gehandhabt? Die allerletzten Lücken füllte man mit schwächlichen Studenten auf, die man direkt aus den Tavernen rekrutierte. Mit Ach und Krach bekam man die Ruderbänke voll. Aber an den Riemen saßen keine Ruderer.

Als ein wenig würdevoller erwies sich die Anreise der Habsburger, die von Norden her über die Berge auf die Stadt zuhielten, in deutlich kleinerer Zahl, höchstens ein Zehntel der Ferrareser Abordnung. Sie saßen allesamt auf robusten Pferden, die Kälte der Alpenpässe machte Ross und Reiter nichts aus. Doch wehe dem Gasthaus, das am Abend auf ihrem Weg lag! Dort wurde getrunken, vergewaltigt und geplündert – die hohen Herren, stinkend und mit verfilzten Bärten, kannten keine Gnade. Am nächsten Morgen warfen sie den verschreckten Gastwirten ein paar Goldstücke hin und zogen schwer verkatert, aber gut gelaunt weiter gen Süden.

Da Erzherzog Karl unter einer Blasenschwäche litt, was seinen Durst jedoch in keinster Weise beeinträchtigte, verfügte er, dass der gesamte Tross alle zwei Stunden anhielt. Daraufhin mussten zehn Diener einen Kreis um ihn bilden, mit dem Rücken zu ihm, und er konnte in aller Seelenruhe abstrahlen.

So erreichten der Ferrareser und der Habsburger samt ihrem Hofstaat, wenn auch auf ganz unterschiedlichen Wegen und aus verschiedenen Richtungen kommend, beinahe zeitgleich ihr Ziel.

Derweil bereiteten sich die Venezianerinnen in ganz eigener Weise auf den großen Tag vor.

Es war ein lustiges Bild: Sie hingen kopfüber aus den Fenstern, mit den Haaren in der Sonne, oder drängten sich auf sämtlichen Plätze, die viel Licht garantierten. Von der Hure bis zur Signora: Alle wollten unbedingt blond sein, vor allem für den Tag der Regatta. Die Huren und Marketenderinnen witterten ein gutes Geschäft, und die feinen Damen wollten ihre Repräsentationspflichten optimal erfüllen. Da hieß es leiden.

Die ärmeren Frauen behandelten ihre Haare mit einer Mischung aus Wein und Olivenöl und breiteten sie anschließend in der Sonne aus, um sie zu bleichen. Die Frauen der Kaufleute und die adligen Damen benutzten Alaune, Schwefel und die säurehaltigen Säfte von Rhabarber, Zitronen oder Walnüssen. Aber auch Zwiebelschalen, Kürbisstiele oder Safran waren zum Haarebleichen geeignet, noch experimentierfreudigere Frauen hatten Galläpfel gesammelt.

Veronica, die diese Mode nicht mitmachte, wirkte mit ihrem tiefschwarzen Haar wunderbar exotisch. Sie besprühte ihr Haar und ihr Haarnetz lediglich mit einer betörenden Mischung aus Rosenwasser, Gewürznelken, Muskatnuss und Moschus.

Der Tag der Regatta war ein Sonntag und, das Wetter betreffend, ein typisch venezianischer Tag. Nebel hing morgens in den Gassen, die kühlen Temperaturen ließen den Atem

Wölkchen bilden. Doch bald löste sich der Nebel auf, die Temperaturen stiegen mit einem Schlag an, und alsbald kündigte sich ein traumhaft schöner Sonnentag an. Meteorologisch betrachtet war also nichts ungewöhnlich. Doch alles andere war weit entfernt davon, gewöhnlich zu sein.

In den Gassen herrschte höllisches Gedränge. Die Kanalufer waren dicht gesäumt mit Menschen, es bestand nicht die geringste Möglichkeit eines Durchkommens. Um die wenigen unbesetzten Stellen herrschte ein Kampf, der auch mit Fäusten ausgetragen wurde. Männer schoben und stießen, Frauen keiften und kratzten, Kinder schrien und drängten sich nach vorn. Um jeden Zentimeter wurde verbissen gerungen. Es war nur noch eine Frage der Zeit, wann die ersten Schaulustigen in den vordersten Reihen ins brackige Wasser gestoßen wurden.

Doch all das war nichts gegen das Getümmel auf dem Wasser. Alles, was Venedig an Wasserfahrzeugen aufbieten konnte, hatte sich auf dem Canal Grande versammelt: zuvorderst Hunderte von Gondeln, dazu die *sandoli*, die *caorline*, auch die *mascarete* und *pupparin* jeder Art. Besonders die herrschaftlichen Gondeln, geputzt und gewienert, zogen alle Aufmerksamkeit auf sich.

Zehn verschiedene Hölzer wurden für eine Gondel verbaut, Eiche für den Rumpf, Kiefer für den Boden und das Vorderdeck, Lärche für die Seiten und das Hinterdeck, Nussbaum für den Sitz und die vordere Bank sowie die Riemengabel, Kirsche für die hintere Bank und die Plattform, Ulme und Tanne für die Innenbretter, Linde für die Bugverzierung, Ramin für die Riemenstange und Buchenholz für den Riemen. Dreihundert hölzerne Teile und fünfhundert Mannstunden waren zum Bau eines Bootes notwendig, und er erforderte viel Erfahrung. Die Gondeln wurden von tüchtigen Tiroler Schreinern hergestellt, die sich in den Werften rund um Dorsoduro niedergelassen hatten und ihr Wissen von Generation zu Generation weitergaben. Rund um ihre Arbeitsplätze hatten die Männer aus den Bergen ein ansehnliches Tiroler Dorf gebaut, das in der maritimen Atmosphäre außerordentlich kurios wirkte.

Doch all die feine Holzarbeit reichte nicht aus, denn kaum hatten die wohlhabenden Venezianer ihre Gondel, noch herrlich nach frisch gehobeltem Holz duftend, abholen lassen, schickten sie sie schon weiter zum Gold- und Silberschmied und gar zum Schneider, damit diese allerlei glänzende Verzierungen anbrachten. Seit Jahrzehnten wetteiferten die reichen Familien darum, wer das schönste Boot besaß, und das ließ man sich viel Geld kosten. Die Bugbeschläge mit ihrem kecken Metallschweif, die ursprünglich als Gegengewicht zum am Heck rudernden Gondoliere dienen sollten, wurden zunächst Weiß gestrichen und schließlich mit Silber oder gar Blattgold veredelt; und bald glänzten auch die Heckschnäbel in den teuersten Farben. Fein ziseliertes Eisen an den Planken ließ aus den schmalen, zierlichen Gondeln schwimmende Prachtboote werden, eines Admirals würdig. Besonders die Damen genossen die immer feineren Ausstattungen der Felze mit Samt und Seide und sogar mit Baldachinen auf goldfarbenen Säulen. Eine berüchtigte venezianische Junggesellenvereinigung – große Spieler, Trinker und Weiberhelden allesamt, die sich einmal pro Woche zu gemeinsamen Exzessen trafen – hatte ihre Gemeinschaftsgondel zu beiden Seiten mit den markigen Worten »*Hic sunt leones*« versehen.

Zwar hatte der Große Rat, ausnahmsweise in großer Einigkeit mit der Kirche, schon im Jahre 1562 und noch einmal 1567 mittels eines »Aufwandgesetzes« jeglichen Prunk untersagt und Schwarz als einheitliche Farbe für die Gondeln festgelegt, doch noch hielt sich niemand an diese Vorgabe, und die einfache Bevölkerung ergötzte sich an dem verschwenderischen Glitzerkram.

Heute allerdings nützte kein Goldbeschlag, sondern es erforderte kernige Gondolieri, die geschickt ruderten und sich ins Zeug legten, um das Boot und mit ihm die hohen Damen und Herren in die beste Startposition für die Regatta zu bringen. Denn von den geschätzten zehntausend Gondeln Venedigs hatten sich wohl die meisten auf dem Canal Grande versammelt, und hier war, im Kampf um die besten Plätze, jede Gondel der anderen Raubfisch. Die Gondeln der Schiedsrichter, als Zeichen ihrer Autorität mit dem Löwenwappen geschmückt, hatten allergrößte Mühe, eine Fahrrinne freizuhalten.

Und dann – was für eine Pracht! Es war, als schwebte eine Wolke aus purem Gold wenige Fingerbreit über dem Wasser. Lichtstrahlen schossen in alle Richtungen, als die goldene Prachtgaleere auf den Markusplatz zuglitt. Auf der ganzen Welt gab es kein schöneres Gefährt als jene doppelstöckige Rudergaleere, komplett in Gold und mit rotem Samt ausgelegt. Der Bucintoro näherte sich wie eine geheimnisvolle, verführerische Meeresgottheit, und niemand, nicht einmal das verwöhnteste Auge, konnte sich der Faszination entziehen, die von ihm ausging. Alle glotzten wie hypnotisiert auf die Prachtgaleere, als wäre sie eine überirdische Erscheinung, die ihre Steuerbordseite lasziv dem Markusplatz entgegenreckte. Sie war mit unzähligen feinsten Schnitzereien verziert, verfügte über ein Ober- und Unterdeck, und als Galionsfigur diente Justitia mit Schwert und Waage. Über dem Deck spannte sich ein gewaltiges Dach aus rotem Samt; am Mast, der ebenfalls rundum vergoldet war, hing eine purpurne Fahne aus feinster Seide mit dem Bildnis des Markuslöwen.

Am Markusplatz nahm der Bucintoro den Dogen und seine erlauchten Gäste samt Entourage an Bord.

Davide und der Doge stiegen gemeinsam den Aufgang empor. »Danke«, flüsterte der Doge, bei dem sich seine Frau, die kluge und gebildete Dogaressa Loredana, untergehakt hatte. »Gott segne Euren Vater. Ich habe von dem Urteil gegen Euch gehört und glaubte kein Wort von dem, was Euch vorgeworfen wird.«

»Es ist wirklich alles haltlos, mein Doge, und ich bin davon überzeugt, dass die Wahrheit bald ans Licht kommen wird.«

»Gut, gut.« Der Doge hatte sich schon wieder von Davide abgewandt und vollführte eine schwer zu deutende Handbewegung in Fahrtrichtung. »Bringen wir den Tag mit Anstand hinter uns.«

Die *arsenalotti* hatten für den Bucintoro Sitzbänke gezimmert und an den Planken festgenagelt. Am Bug stand ein gewaltiger *arsenalotto*, der von den Kameraden eigens dazu bestimmt worden war, als symbolischer Kapitän zu fungieren. Hinter ihm, erhöht, thronte weithin sichtbar der Doge mit seiner Frau Loredana. Davide saß schräg vor den beiden, während links und rechts des Dogen auf ebenfalls erhöhten – wenn auch nicht ganz so hohen – Bänken Erzherzog Karl und Herzog Alfonso Platz nahmen. Auf etwa einem halben Dutzend weiterer Bänke saßen die Würdenträger Venedigs sowie Mitglieder des Hofstaats der Gäste. Am Heck stand eine Gruppe Begleitsoldaten, ältere *arsenalotti*, die eine informelle Leibgarde bildeten, sowie der eigentliche Kapitän des Bucintoro samt eines Steuermannes.

»So, ihr Lieben, dann legt euch mal tüchtig ins Zeug!«, dröhnte Erzherzog Karl, nachdem er, obwohl noch ein junger Mann, schwer atmend und von zwei seiner Adjutanten gestützt, die Prachtgaleere betreten hatte. Er plumpste mit einem gewaltigen Schnaufer auf seine Sitzbank und klatschte in die Hände. »Nun rudert mal schön!«

Im Unterdeck schufteten beinahe einhundertsiebzig *arse-*

nalotti – ebenfalls von ihresgleichen gewählt – an den Riemen. Schon Tage zuvor waren sie auf eine üppige Fleischdiät gesetzt worden, damit ihnen nicht die Kraft ausging. Doch dies war bei diesen Burschen kaum zu befürchten.

Sie fuhren unter der hölzernen Rialtobrücke hindurch.

»Ah, was für ein Wetterchen!«, polterte Karl, als der Bucintoro in den Bacino hinausglitt. Angesichts der erzherzöglichen Leibesfülle musste man um den eng geschnürten Wams fürchten, der Mühe hatte, den Schmerbauch im Zaum zu halten. »Jetzt noch ein kühles Bier, und es könnte ein formidabler Tag werden«, prustete der Erzherzog, begeistert von seinem Witz. Die Anwesenden lächelten höflich. Zwei Schwerter hingen von Karls massigem Leib herab, als Umhang trug er einen prahlerischen Pelz, über den die Venezianer schon am Vortag ausgiebig getuschelt hatten.

Auch die gegenreformatorischen Maßnahmen des Habsburgers schmeckten den toleranten Venezianern nicht. Er ließ protestantische Pfarrer ausweisen, verhinderte den Bau von protestantischen Kirchen und war generell der Liebling des Papstes. Und das kam in Venedig nicht gut an. Zumal Papst Pius der Fünfte just vor wenigen Wochen eine Bannbulle an die Republik Venedig geschickt hatte. Venedig reagierte darauf, wie es auf alle anderen päpstlichen Bullen reagierte: Es schwieg sie tot und verbot zudem allen Priestern, sie von der Kanzel zu verkünden.

Alfonso der Zweite aus Ferrara war da von ganz anderem Schlag. Er förderte den Dichter Torquato Tasso, außerdem hatte er die brillante Idee des *concerto delle donne* gehabt, der Gründung des ersten Ensembles von Sängerinnen der Christenwelt. Alfonso war ein stiller, schmaler Herr, der ein ums andere Mal in sich hineinlächelte ob des ungehobelten Auftretens des Habsburgers.

Die Regatta bestand aus fünf Durchgängen mit jeweils einem anderen Bootstyp. Der Startplatz lag östlich hinter dem Arsenale und führte durch das Becken von San Marco in den Canal Grande bis zum Rialtobogen. Dort wartete auch der Bucintoro des Dogen, welcher einen Punkt der Ziellinie bildete, während der andere Punkt eine große Gondel war, in der zwei Ratsmitglieder als Schiedsrichter der Regatta fungierten.

Als Erstes durften die Gondolieri ihre Künste beweisen. Ihre Regatta wirkte geradezu rührend. Denn die schmalen Gondeln, die sonst Personen oder Waren transportierten, waren für Beweglichkeit in den engen Kanälen ausgelegt, nicht für Geschwindigkeit. Mehr als einmal drohte ein übereifriger Gondoliere ins Wasser zu fallen, sehr zur Belustigung der Zuschauer, die johlten und schrien und Obszönitäten riefen. Als der Sieger, ein hagerer Kerl, den Davide vom Sehen kannte wie die meisten Gondolieri, den Bucintoro passierte, machten sich sofort die beiden Mitglieder des Großen Rats auf den Weg, um ihm einen Dukaten zu überreichen.

Der Habsburger redete unterdessen in einem wilden Sprachgemisch auf den Dogen und den Ferrareser ein. »Und deswegen muss man das Übel an der Wurzel packen, *n'est-ce pas, allora noi*, wir haben alle Evangelischen *espulsé, n'est-ce pas*? Keine Predigten *e niente chiese per loro*! Sind sie erst einmal *entre nous*, dann ist alles zu spät, *troppo tardi*.«

»Aber«, wagte der Ferrareser einen Einwand, »seht Euch diese bezaubernde Stadt an, die uns ihre Gastfreundschaft und die Ehre einer Regatta gewährt. Hier leben Katholiken, Protestanten, Juden, Osmanen friedlich nebeneinander, und mir scheint, dass es der Stadt dabei nicht schlecht ergeht.«

Erzherzog Karl stieß einen seiner gewaltigen Schnaufer aus, welche die gesamte Sitzbank erzittern ließen. »Nichts für ungut, Eure Durchlaut«, er blickte kurz zum Dogen, »doch hier ist der Kitt, der alles *insieme* hält, von goldener Farbe. *Oro!*

Das Streben nach Reichtum hat Venedig, zugegeben, ein hübsches Reich mit einer ebenso hübschen *capitale* beschert, alles *très joli*, doch sind materielle Gelüste ein gutes Fundament, um auch in schweren Zeiten beieinanderzustehen? Seht, wie die Türken im Mittelmeer wüten. *Barbari!* Sie treibt kein Streben nach Reichtum an, sondern nur ihre Religion. *Voilà*, und so ist's auch bei uns, in unserem Reich der vielen Völker. Wer tüchtig glaubt, verzagt auch in der Not nicht.«

Nun war es am Dogen, das Wort zu erheben. Seine Stimme war dünn, aber fest. »Wir sind fürwahr treue Christen, doch ich denke, dass eine gewisse religiöse Toleranz dem Gemeinwesen nur zuträglich sein kann.«

Karl beugte sich vor. »Man hört, die Juden hätten ein ganzes Viertel für sich, würden es nach ihrem Gusto führen. *C'est vrai ou non?*«

Der Doge nickte. »Meine Vorgänger haben den Juden tatsächlich ein eigenes Viertel zugewiesen, und wir schätzen uns glücklich, die klügsten und tüchtigsten von ihnen in unserer Stadt zu beherbergen. Sie sind eine wahre Bereicherung.«

»Ich hörte, sie seien brauchbare Ärzte«, gab Karl zu.

»Die jüdischen Ärzte in Venedig sagen Euch sicher nichts anderes als Eure Ärzte«, bemerkte der Doge. »Ihr solltet besser auf Eure Linie achten!«

Erzherzog Karl blickte den Dogen verständnislos an, und dem einen oder anderen Diplomaten lief es vermutlich eiskalt den Rücken hinunter. Doch dann lachte und lachte der Erzherzog, bis ihm die Tränen über die Wangen kullerten, und sein ganzer Leib bebte. Es war ein so drolliger Anblick, dass bald das ganze Oberdeck mit einstimmte.

Von der Ferne schwollen die Rufe erneut an und kamen wie eine Woge immer näher. Die *regata dei giovanissimi a due remi* war in Gang, und in den *pupparin*, den Zwei-Mann-Booten, standen immer zwei junge Burschen zwischen vierzehn und achtzehn Jahren. Alle acht Teilnehmerboote lagen nahezu gleichauf, als sie in den Rialtobogen kamen. Verbissen kämpften die Jungen um jeden Fuß Vorsprung, ihre Gesichter waren verzerrt, und ihr Atem ging schwer. Von ihrer Position aus war kaum zu erkennen, wessen Bug als Erster die Linie zwischen dem Bucintoro und dem Boot der beiden Ratsmitglieder überquert hatte.

Auch die beiden Ratsmitglieder mussten eine Weile darüber debattieren, wer gesiegt hatte – generell war das Debattieren eine erklärte Lieblingsbeschäftigung aller Räte. Schließlich aber setzte sich ihr Boot, von zwei Ruderern gesteuert, in Bewegung, und sie überreichten zwei jungen Burschen, die mit ihrem schwarz gelockten Haar, den kleinen Nasen und dem dunklen Teint Brüder zu sein schienen, den Dukaten. Die anderen Boote näherten sich dem Siegerboot, doch statt einer Gratulation setzte ein großes Gezeter ein, denn gleich zwei weitere Bootsbesatzungen forderten den Sieg für sich. Es sah so aus, als würde jeden Augenblick eine Schlägerei losbrechen, was auf den schwankenden Planken ein lustiges Spektakel geworden wäre.

Davide behielt unterdessen die Fenster im Blick. Mit dem Kapitän hatte er zuvor abgesprochen, gebührenden Abstand zu allen Häusern und auch zum Ufer zu halten. Falls ein Attentat mit einer Muskete aus einem der Palazzi geplant war, würde ein Schuss aus hundertfünfzig Fuß Entfernung sein Ziel gewiss verfehlen. Wäre er selbst der Attentäter: Wie würde er die Tat planen? Ein Schuss wäre auf die Distanz viel zu ungenau und verriete sofort den Schützen. Kein erfahrener Assassine beging solch einen Anschlag. Nein, es müsste ein Attentat aus nächster Nähe sein. Die *arsenalotti* waren über jeden Zweifel erhaben, ebensowenig würde sich im Hofstaat der Gäste ein zu allem entschlossener Mörder befinden. Und unter den Soldaten? Sie waren alle handverlesen, zum Teil seit Jahren in den Diensten der Serenissima. Nein, ein mögliches Attentat würde von außerhalb erfolgen.

Als Nächstes war die Regatta der Männer in Zwei-Mann-Gondeln an der Reihe, die *regata dei gondolini a due remi*. Die Teilnehmer starteten, jeweils zu zweit, in einer kleineren, breiteren Version einer Gondel. Im Vergleich zu den Gondolieri, die hohe Herren gemütlich durch die engen Kanäle schoben, waren diese Männer eingespielte Teams, gewohnt, schweres Gut mit hoher Geschwindigkeit zu transportieren, nicht nur in den Kanälen Venedigs, sondern auch im Pendelverkehr zwischen Venedig und dem Festland.

Derweil plauderte Davide mit dem Ferrareser, der sich als angenehmer, gebildeter Mann erwies, ganz ohne jeden Dünkel. Umgekehrt schien es dem Ferrareser nur recht zu sein, eine Weile von den groben Scherzen Karls und der förmlichen Höflichkeit des Dogen befreit zu sein.

»Nun, was meint Venedig, lieber Davide? Wird es einen Krieg geben?«, fragte Alfonso.

»Venedigs Meinung ist oft nicht so leicht zu ergründen«, gab Davide leise zurück, denn schließlich saß der Doge nur zwei Armlängen von ihnen beiden entfernt.

»Dann erzählt mir, was Ihr selbst glaubt.«

»Ich hoffe nicht, dass es einen Krieg gibt, und doch sehe ich kaum einen anderen Ausweg. Die Türken überrennen unser Meer, nehmen Insel um Insel ein. Gebieten wir ihnen nicht rechtzeitig Einhalt, werden ihre Schiffe bald vor dem Markusplatz aufkreuzen.«

»Ich teile Eure Einschätzung der Lage. Entscheidend wird sein, eine verlässliche Allianz der Christenmenschen zu schmieden. Allein wird es Venedig nicht schaffen, die Hilfe der Genueser wird ebenso nötig sein wie die der Spanier, der Bourbonen, ja sogar der Österreicher.«

»Die Österreicher können wir bestimmt gut gebrauchen. Ob in einer Seeschlacht, möchte ich jedoch bezweifeln.«

Der Ferrareser kicherte. »Doch tüchtige Soldaten zu Lande vermögen sie zu stellen, wie ihre ungeliebten Cousins, die Helvetier.«

Nun stand die *regata delle donne* auf dem Programm.

Karl konnte es zunächst gar nicht glauben. »Das ist nicht Euer Ernst. Frauen an den Riemen?« Und doch kamen sie bald herangeflogen, an Geschwindigkeit den Männern kaum nachstehend. Sie ruderten in *mascarete*, historischen Fischerbooten, und es gewann die »Meerjungfrau« mit ihrer Schwester, wie allenthalben vorausgesagt worden war. Die *sirenetta*, wie sie von allen genannt wurde, hieß eigentlich Arianna und besaß die Kraft eines Mannes. Ihre Schultern waren so breit wie die eines Schmiedes und ihr Nacken ebenso kräftig. Es hieß sogar, sie schwimme regelmäßig von Venedig nach Mestre, um für die Regatten in Übung zu blieben, trete nachts in den schummrigsten Weinlokalen der Stadt im Armdrücken gegen die kräftigsten Männer an und gewinne meistens. Ihre Schwester Violetta war von schmalerer Statur, eher sehnig als muskulös, doch über die Kraft, das Ruder zu bedienen, verfügte sie ebenso wie ihre Schwester. Sie siegten mit beinahe fünf Bootslängen Vorsprung.

Karl hob halb im Scherz, halb im Tadel den Zeigefinger in Richtung des Dogen. »Nanana, *alors*, wenn das der Papst sehen würde, *mio dio*.«

»Wovon sprecht Ihr?«, fragte der Doge mit gekonnt emporgezogenen Augenbrauen.

»Weibsbilder im Wettkampf zur Belustigung des Volkes, das kann doch keinem Priester gefallen, *n'est-ce pas*? Wir sind doch nicht bei den Amazonen! Gnädigste, nichts für ungut«, er nickte der Dogaressa Loredana zu, »aber unser heiliges Buch und unser Glaube weisen den Frauen einen Platz fern der Schinderei zu. *Casa e cucina*, so heißt es doch bei Euch *italiani*?«

Als die Ruderinnen sich zum Abschiedsgruß dem Bucintoro näherten, erhob sich Karl dennoch und schaute sich die Frauen, die sich so tüchtig ins Zeug gelegt hatten und immer noch schwer atmeten, genauer an.

»Seht, lieber Karl«, ließ sich nun die Dogaressa vernehmen, »wenn eine Frau sich als fähig herausstellt, sei es körperlich oder geistig – wäre es nicht eine Vergeudung von göttlich gegebenem Talent, würde man dies einfach ignorieren? Denn war es nicht der Herrgott höchstselbst, der unserer Arianna hier ein Kreuz wie ein Kerl gegeben hat? Soll sie daheim für einen Mann das Mahl bereiten oder nicht vielmehr zum Ruhm einer christlichen Republik am Riemen Dienst tun?«

»Ich pflichte Euch bei«, schaltete sich Alfonso ein. »An meinem Hofe genieße ich den Austausch mit klugen Damen ebenso wie mit klugen Herren. Und in der musischen Begabung sind uns die Damen dermaßen überlegen, dass wir uns hüten sollten, sie im Hause einzusperren, wie es die Heiden machen.«

Karl strich sich durch den Bart. »Ihr sprecht ja beinahe schon wie einer dieser Protestanten.«

»Nun, ganz so arg ist es noch nicht. Zu Priesterinnen wollen wir sie ja nicht gleich weihen«, erklärte nun der Doge, um Ausgleich bemüht, was ihm auf bewundernswerte Art gelang. Das ganze Boot begann zu lachen. Freilich, wer sein halbes Leben im Großen Rat zugebracht hatte, der hatte gelernt, wie man vermittelt.

Nun war es Zeit für das große Finale. Die besten Ruderer nicht nur Venedigs, sondern auch des Umlandes traten im Sechser-Boot *caorlina* gegeneinander an. Wie es seit Generationen Tradition war, stellten neben Venedig die Gemeinden

Campagna Lupia, Cavallino-Treporti, Chioggia, Jesolo, Mira, Musile di Piave und Quarto d'Altino jeweils ein Boot. Alle Gemeinden veranstalteten stets Ausscheidungsrennen, um die kräftigsten und zähesten Ruderer in ihren Reihen zu finden. Wer es einmal ins sogenannte »erste Boot« geschafft hatte, wurde für ein Jahr von seiner Arbeit freigestellt, und das bei vollem Lohnausgleich. Im Gegenzug musste er sich mehrere Stunden am Tag im Rudern üben und sich für jegliche Rennen bereithalten, nicht nur für die jährliche Regatta am Himmelfahrtstag, sondern auch für Wettbewerbe zwischen den Gemeinden, die je nach Laune der Ortsvorsteher oft spontan beschlossen wurden. Jeder dieser Ruderer war in seiner Gemeinde eine wichtige Person und bekam in den Wirtshäusern das beste Fleisch, den fettesten Aal und den süßesten Wein vorgesetzt, und das sogar auf Kosten des Hauses, was bei den geizigen Wirten in und um Venedig ein wahres Wunder war.

Manche Ruderer konnten sich mehrere Jahre im ersten Boot halten, bevor sie von jüngeren verdrängt wurden, und jede Gemeinde hatte ihre Legende. In Quarto d'Altino etwa gab es den alten Vittorio, der achtzehn Jahre lang der beste Ruderer gewesen war und noch mit über siebzig Lebensjahren die meisten jüngeren deklassierte. In Jesolo hatte es im vergangenen Jahrhundert gar einen Ruderer gegeben, der vierundvierzig Jahre für seine Gemeinde das Wasser geprügelt hatte, von seinem sechzehnten bis zu seinem sechzigsten Lebensjahr.

Nun hatte das Rennen begonnen. Die majestätisch wirkenden, gewaltigen Boote schossen durch das Wasser, als schöbe sie der Apostel Markus persönlich an. Bei allen wehte am Bug die Fahne mit dem eingestickten Gemeindewappen – so waren sie von überall her gut auseinanderzuhalten.

Es war ein hartes, enges Duell. Zunächst lag der Markuslöwe der Venezianer ganz vorn.

Natürlich gewannen die Lagunenstädter die meisten Regatten, zählte ihre Stadt doch auch die meisten Köpfe – mehr als doppelt so viele wie alle Gemeinden aus dem Umland zusammen –, aus denen sie die tüchtigsten Ruderer auswählen konnte. Um diese Vormachtstellung zu sichern, war es sogar schon zu Verheiratungen gekommen. Auf diese Weise wurden besonders vielversprechende Jünglinge kurzerhand zu Bewohnern Venedigs gemacht. Der Doge Gerolamo Priuli hatte praktisch seine ganze Regierungszeit darauf verwendet, möglichst viele talentierte Ruderer mit jungen Venezianerinnen zu vermählen und ihnen einen lukrativen, nicht allzu zermürbenden Posten im Staatswesen zuzuschanzen, natürlich im Stadtgebiet, damit sie für die Serenissima startberechtigt waren.

In den letzten zehn Jahren mit seinen vierzehn Regatten hatte das venezianische Boot, wie jeder Venezianer auswendig wusste, elf Mal gewonnen, war einmal Zweiter, einmal Dritter und einmal Letzter geworden, weil einem Mann auf der Hälfte der Strecke ein Ruder gebrochen war.

Für die Gemeinden wiederum gab es bei aller Konkurrenz untereinander nichts Schöneres, als das große Venedig zu besiegen. Eben weil es so selten vorkam, schmeckte es umso süßer, den reichen Herren aus der berühmten Wasserstadt eine Niederlage zu bescheren.

Doch was passierte hier und heute? Bald ließ der Schwung der sechs Venezianer nach. Hatten sie etwa zu ungestüm angefangen? Das Boot aus Cavallino schob sich Fuß für Fuß heran, auch die Musiler und Jesoler lagen gut im Rennen, während Mira, Chioggia und Quarto d'Altino, etwa anderthalb Bootslängen dahinter, das Mittelfeld bildeten und die Ruderer aus Campagna Lupia mit drei Bootslängen hoffnungslos abgeschlagen waren. Doch vorn wurde es enorm eng, die Ruderblätter schienen einander beinahe zu berühren.

»Hol mich der Teufel!«, rief Karl erregt, als die Boote heranflogen. »Zehn Dukaten darauf, dass Euren Leuten die Puste ausgeht!«

Die venezianischen Adligen überhörten diesen Affront diskret und konzentrierten sich auf das packende Rennen. Selbst der Doge hatte seinen Hals gereckt und wendete die Augen nicht vom Geschehen ab.

Was für ein Bild! Auf dem gesamten Canal Grande stand weißer Schaum, der Fahrtwind der über den Zielstrich schießenden Boote war noch hoch oben auf dem Bucintoro spürbar, und der Lärm der Zuschauer in den Booten und auf den Balkonen schwoll zu einem gewaltigen Konzert an, das trotz der Vielzahl der Stimmen auf seltsame Weise wohlklingend war, sodass ein jeder ob der Großartigkeit des Momentes erschauderte. Und: Die Venezianer hatten sich der Attacke der tapferen Cavalliner erwehrt und im Angesicht des Bucintoro neuen Mut und frische Kraft gewonnen. Sie siegten am Ende unzweifelhaft mit einer halben Bootslänge Vorsprung.

Berauscht von dem Spektakel blieben die Zuschauer noch zurück, während die Teilnehmer an der Regatta ihre Boote in ihre heimatlichen Kanäle manövriert hatten und sich mit Stockfisch, Schinken und Wein stärkten. Ans Heimgehen wollte keiner denken, obwohl die Schatten schnell länger wurden und der Kanal allmählich im Dunkel versank. Kein Zweifel, in den Wirtshäusern und Schenken würde es am Abend hoch hergehen. Heute glaubte jeder Bewohner der Lagunenstadt, es mit der ganzen Welt aufnehmen zu können. Die Gefahr eines gewaltigen Krieges zwischen West und Ost hatten die Venezianer vergessen.

Auch für den Dogen und seine Gesellschaft wurde es Zeit, zurückzukehren, denn für den Abend war ein Festbankett im Großen Saal geplant, bei dem vierzig Köche für zweihundert Gäste die feinsten Spezialitäten vom Hinterland und von der Lagune zubereiten würden. Die Ruder der *arsenalotti* fuhren aus und arbeiteten auf Backbord- und Steuerbordseite gegeneinander, sodass der Bucintoro gekonnt beinahe auf dem Fleck wendete und sich Richtung Markusplatz in Bewegung setzte.

Zunächst würden sie die Rialtobrücke unterqueren. Davide blickte auf die Zuschauer, die sich auf der Brücke versammelt hatten, und sah eine kurze Bewegung, einen minimalen Ruck, der durch die Menge lief. Nein, er sah es nicht, es war eher ein Gefühl, eine Ahnung von Gefahr. Die Brücke. Natürlich, die Brücke! Wenn ein Attentat stattfinden würde, dann von dort. Man wäre von dem Dogen nur wenige Fuß entfernt. Ohne weiter nachzudenken, sprang Davide zum *arsenalotto*. »Was müssen wir tun, um die Route zu ändern?«

Der kräftige Mann blickte Davide verwundert an. »Wovon redet Ihr?«

»Doge, was haltet Ihr davon? Die Route zu ändern und unseren Gästen die Schönheit ganz Venedigs zu zeigen? Seht doch, was für einen wunderbaren Tag uns der Herrgott geschenkt hat!«

Doge Alvise Mocenigo schaute Davide mit unentschiedenem Gesichtsausdruck an. Dann sah er auf die überfüllte Rialtobrücke, auf der die Menge tobte, Arme sich reckten, Fahnen geschwenkt wurden, man die Republik hochleben ließ. Und er blickte wieder Davide an. Ahnte er, was seinen Leibgardisten bedrückte?

»Ihr habt recht, mein Freund. Warum drehen wir nicht eine herrliche Runde?« Er nickte dem *arsenalotto* zu, der wiederum dem Kapitän am Heck Bescheid gab, welcher den Ruderern unten mit scharfem Ton das erneute Wendemanöver befahl.

»Doch haltet kurz inne, damit wir die Menge grüßen können«, befahl der Doge.

Und so geschah es. In gut einhundert Fuß Abstand blieb der Bucintoro mit der Steuerbordseite vor der hölzernen Brücke stehen. Der Doge stand auf, grüßte mit erhobener Hand seine Untertanen, die schon seit dem frühen Morgen dort gewartet und auf eine erneute Durchfahrt der Prachtgaleere gehofft hatten. Schließlich ließen sie die hölzerne Rialtobrücke achteraus und fuhren gen Westen auf den Canal Grande, vorbei am Kloster Santa Maria auf der Backbordseite, und bogen in den Canal della Giudecca ein, um wiederum ostwärts Richtung Dogenpalast zu rudern.

»Mein lieber Karl, Ihr seid auf dem Landweg gekommen«, sagte der Doge. »Nun möchte ich Euch einmal zeigen, wie sich Seefahrer unserer Stadt nähern, und Ihr werdet zugeben müssen, dass sich auf der Welt keine andere Stadt finden lässt, die prächtiger vor dem Reisenden in den Himmel wächst.«

Als sie sich schließlich vom Bacino di San Marco dem Markusplatz näherten und die Pracht bewunderten, eindrucksvoll von der tief stehenden Sonne angeleuchtet, bekamen selbst die abgebrühtesten Venezianer eine Gänsehaut.

Er hatte sich alles sorgsam überlegt, Risiko und Nutzen abgewägt. Der Sprung wäre etwa zwanzig Fuß tief gewesen, und er hätte sich vielleicht ein Bein gebrochen. Doch das hätte ihn nicht davon abhalten können, das Messer in den Dogen zu rammen, bis zum Schaft, und vielleicht noch ein zweites und ein drittes Mal. Die Überraschung wäre auf seiner Seite gewesen, der Triumph gewiss.

Er hatte sich auf der Rialtobrücke Fingerbreit um Fingerbreit vorwärtsgedrängt. Selbst ihm war das nicht leichtgefallen, hatte er doch seine ganze Brutalität und Stärke im Zaum halten müssen, um die Unternehmung nicht zu gefährden. Kurze Ellbogenstöße, Schubser von hinten, besonders auf Alte, Schwache, Blöde – nach einiger Zeit hatte er sich in die erste Reihe gekämpft. Und musste dort seine Position immer wieder verteidigen. Manchmal überlief es ihn in heißen Wellen, und er hätte am liebsten seinen Dolch gezogen.

Doch dann drehte das Boot ab. Das war nicht vorgesehen und gegen jede Tradition bei Regatten.

Und am Bug stand *er*. Dieser Venier, der erst im Gefängnis gesessen hatte und nun überall zu sein schien. Sah er ihn? Trafen sich ihre Blicke?

Sein Vorhaben war gescheitert. Er musste sich etwas Neues einfallen lassen. Gut, dass in seinem Kopf noch einige Ideen schlummerten.

KAPITEL 23

Rigoberto und die Kakerlake

Calaspin war wie immer beschäftigt oder verstand es zumindest meisterlich, diesen Eindruck zu vermitteln. Er hatte seine Nase tief in die Papiere vor sich gesteckt, doch als Davide eintrat, stand er auf und streckte ihm die Hand entgegen. »Ich bin zufrieden mit Euch. Habt Dank für Euren Einsatz, auch wenn er wohl überflüssig gewesen ist und sich alles recht angenehm entwickelt hat.«

»Wie schön, dass Ihr mit Eurem tapferen Diener zufrieden seid«, gab Davide nonchalant zurück.

»Der Doge hat sich zudem lobend über Eure Zurückhaltung und die Kunst Eurer Gesprächsführung geäußert.«

»Nun«, Davide räusperte sich, »wenn Euch und unserem gemeinsamen Herren meine Arbeit so gut gefallen hat, würde ich gerne eine Bitte äußern. Lasst mich beim heutigen Fest zugegen sein.«

»Das wird sich, denke ich, einrichten lassen.«

»Aber nicht als Gast, sondern in der Küche.«

Calaspins Augen verengten sich zu Schlitzen. »Ihr wisst zweifellos um die Sicherheitsvorkehrungen, um einen Giftanschlag zu verhindern? Der Zugang zur Küche ist strengstens reglementiert.«

»Das ist mir bewusst, doch weiß ich auch, dass ein Wort von Euch mir jede Tür öffnet.«

Calaspin biss sich nachdenklich auf die Unterlippe. »Ich darf davon ausgehen, dass Ihr keine Dummheiten macht.«

»Kanzler, ich habe ein langes Jahr in den Bleikammern zugebracht. Mir steht nicht der Sinn danach, erneut deren Gastfreundschaft in Anspruch zu nehmen.«

»Gut. Die Bitte sei Euch gewährt. Ich werde alles in die Wege leiten und eine Person meines Vertrauens bitten, Euch in die Küche zu führen.«

Was für ein Fest! Die höchsten Vertreter der Stadt hatten sich aufs Feinste herausgeputzt. Die Tische im Großen Saal waren üppigst eingedeckt, das Flackern der Abertausenden von Kerzen wurde vom Silbergeschirr reflektiert, sodass die Luft regelrecht glänzte. Feine Herren in teuersten Roben und schöne Frauen mit funkelndem Geschmeide füllten bald das obere Geschoss des Dogenpalastes, beinahe ebenso viele Bedienstete reichten Wein und Häppchen. Musikanten spielten auf Querflöte, Viola da Gamba und Viola da Braccio muntere Tanzstücke; die heitere Musik, Stimmengewirr und Gelächter erfüllten den Raum.

Veronica erschien an der Seite ihres Mannes Riccardo – bei offiziellen Anlässen zeigten sie sich immer gemeinsam. Riccardo stach wie immer durch seinen gewaltigen roten Haarschopf hervor. Veronica war die Schönste des Festes, Männer und Frauen drehten sich nach ihr um. Ihr blendend weißes Kleid war an den Ärmeln mit Halbedelsteinen und zahlreichen Schleifen verziert, darüber trug sie einen hellroten, besonders weit ausgestellten Reifrock nach spanischer Art. Das Haar hatte sie in der Mitte gescheitelt, und weit hinten auf dem Kopf saß eine Haube von der Farbe ihres Reifrocks. Auch die Haube war mit Schmucksteinen und Bändchen verziert. Veronica sah wahrhaftig aus wie eine Königin.

Doch dann schob sich eine weit weniger angenehme Erscheinung in Davides Blickfeld. »Ah, Furetto, Ihr auch hier?« Der saubere Tabarro und der teure Hut mit Pfauenfeder sahen irgendwie falsch an dem Chronisten aus. Er wirkte nicht elegant, sondern verkleidet.

»Oh, was wäre meine Arbeit ohne solche Feste?« Hier, führte das Frettchen aus, träfe sich doch jeder mit jedem, und dank jahrelanger Übung erkenne er auf den ersten Blick, wer sich mit wem gerade nicht vertrage, zwischen welchen hohen Herren der Gruß unterkühlt ausfiele, wer wessen Blick vermeide. »Meine Stunde schlägt beim dritten, spätestens beim vierten Glas Wein«, vertraute er Davide an, während er den Blick über die Ankommenden schweifen ließ und den einen oder anderen mit einem Kopfnicken begrüßte. Viele der Herren legten es regelrecht darauf an, mit ihm im Gespräch gesehen zu werden, um der Konkurrenz zu verstehen zu geben, dass man auf dem Markt der Informationen aktiv und vielleicht gerade im Begriff war, einen Wissensvorsprung zu erlangen. »Und in der heutigen Wirtschaft, mein junger Venier, kann jeder noch so winzige Vorteil über viel Geld entscheiden.«

»Nun, dann gute Gespräche.«

Die Küche des Dogen war viel zu klein, deshalb hatte man sie zum Hof hinaus erweitert und mit Stoffbahnen vor neugierigen Blicken geschützt. Zusätzliche Feuerstellen waren errichtet und Öllampen angezündet worden. Während der größte Teil des Küchengeschehens nun im Hof stattfand, waren die Patisserie und der Weinausschank im Inneren des Palasts verblieben.

»Danke, dass Ihr mich mitgenommen habt, Herr«, flüsterte Hasan.

»Oh, gern geschehen. Ich dachte, es täte dir einmal gut, den Dogenpalast zu sehen, ohne danach wieder in den Bleikammern fortgeschlossen zu werden«, flüsterte Davide zurück.

Sie hielten sich in der Nähe der Küche auf, wie es Davide mit dem Chef der Wachmannschaft vereinbart hatte, und standen im Dunkeln zwischen zwei Stoffbahnen und hinter leeren Weinkisten. Die hell erleuchtete Küchenszenerie lag vor ihnen wie auf einer Bühne. Niemand nahm Notiz von ihnen, zu sehr waren die Bediensteten damit beschäftigt, die Feuer zu schüren.

»Hast du mitgebracht, um was ich dich gebeten habe?«, fragte Davide streng.

»Oh ja, Herr, ein großes und garstiges Exemplar.«

Davide blickte ins Leere und musste plötzlich lächeln. »Weißt du noch, der Aufwärtshaken gegen diesen vierschrötigen Lümmel? Und der Kahlkopf mit dem Messer?«

»Oh ja, denen habt Ihr es fein gegeben! Ob sie immer noch hier einsitzen, direkt unter unseren Füßen?«

»Still jetzt«, mahnte Davide.

Die Köche – es mussten mindestens zwanzig sein – näherten sich und jagten die Bediensteten brüsk fort. Der Küchenchef, ein Mann mit einem gewaltigen Glatzkopf, setzte sogar zu einem Tritt in den Hintern eines Trödlers an, verfehlte allerdings sein Ziel. Die Bediensteten stoben davon wie ein aufgescheuchter Vogelschwarm. Dann kommandierte der Küchenchef seine Köche in scharfem Ton an ihre Plätze. »Los, los, ihr Hunde, macht ihr, dass ihr an die Riemen kommt!«

Alle nahmen eilends ihre Plätze ein, nur ein gewaltiger Koch mit kräftigen Armen und langem Bart, die Haare wie ein *arsenalotto* zum Zopf gebunden, blieb direkt vor dem Küchenchef stehen. »Ich bin es nicht gewohnt, dass man so mit mir redet, ich dulde das nicht.«

Der Küchenchef blies seinen Brustkorb auf. »Schweig!«, knurrte er.

»Nein, ich schweige nicht. Ich lasse mich nicht einen ›Hund‹ nennen, von keinem Menschen der Welt, ja nicht einmal vom Dogen höchstselbst.«

Nun stierte der Küchenchef seinen Untergebenen an, aus seinen Augen sprühten regelrecht Funken. Seine Nasenspitze berührte beinahe die des Kochs. Mit zusammengepressten Kiefern, als müsste er sich aufs Äußerste beherrschen, stieß er hervor: »Dann nenne ich dich eben Esel oder Schaf oder Qualle, doch jetzt geh mir aus den Augen, bevor ich dich für immer aus der Welt schaffe.«

Eher verdutzt als eingeschüchtert trollte sich der Koch an seine Arbeitsstelle. »Was sagt man dazu?«, murmelte er mehr zu sich. »Ich habe Menschen aus minderen Anlässen eine Tracht Prügel verabreicht. Doch dieser hier ist ein ganz wundersamer Irrer. Vielleicht sollte man eher für ihn beten.«

Bei dem rabiaten Küchenchef handelte es sich um niemand anderen als um Rigoberto, den Koch, der einst in Davides Diensten gestanden und ihn so übel verleumdet hatte. Er war in großer Aufruhr, wie Davide und Hasan aus ihrem Versteck beobachten konnten. Davide bemerkte auch, dass er ordentlich zugenommen hatte und einen feisten Wanst vor sich hertrug.

Die ersten Gänge wurden zu den Gästen geschickt, dabei wirbelte Rigoberto trotz seines Gewichts herum wie ein außer Kontrolle geratener Kreisel. Sein Gesicht wurde von einem breiten Kiefer und dicken Lippen dominiert, darüber saßen kleine Äuglein und eine schmale Stirn.

Rigoberto glänzte vor Schweiß, als hätte man ihn mit Zuckerglasur überzogen. Jeder, der ihm in die Quere kam, musste eine Backpfeife fürchten, ob verdient oder nicht. Alle versuchten, einen Bogen um ihn zu machen, doch für Ausweichmanöver war es einfach zu eng und ging es viel zu chaotisch zu.

Rigoberto schnappte sich zwei Köche und verdonnerte sie an den Herd. »So, hier, mach das Garum für die Fische«, raunzte er einen der Köche an und warf ihm einen leeren Topf entgegen. »Machst du jetzt Sud aus Fisch und den Eingeweiden. Nimmst du danach Pfeffer, Thymian, Liebstöckel, Öl und Wein in Maßen. Aber in Maßen den Wein, du Dummkopf!« Er sprach mit dem starken südlichen Akzent eines Sizilianers. Die Sprache Siziliens, Vizekönigreich Aragoniens und Spaniens, hatte wenig gemein mit dem Italienisch des Nordens, etwa dem Florentinischen eines Dante oder gar dem venezianischen Dialekt.

»Wo sind die Filets? Hier, macht ihr so«, erklärte er jetzt zwei Köchen. »Kocht ihr die Fische und stellt sie hierhin, lasst Butter in der Soßenpfanne schmelzen, fügt Mehl dazu, rührt Rotwein und Süßwein ein, gebt Essig, Garum, Liebstöckel und Kümmel hinzu, nehmt noch Thymian, Zwiebeln und ordentlich Salz. Und gebt alles über die Fische, spart nicht und seid großzügig, ihr Geizkrägen! – Machst du das Fischragout, machst du es so«, befahl er einem anderen Koch. »Häutest die Zwiebeln, schneidest sie in Ringe, brätst sie in Öl, stellst sie zur Seite. Schneidest die Pflaumen – na, die hier, du Holzkopf! – in Stücke, vermischst sie mit Rosinen und Mandeln, brätst sie im Fett an, löschst sie mit Wein und Essig ab und schmeckst mit Honig ab. Gibst die Zwiebeln wieder zu, würzt mit Safran, Pfeffer, Salz, lässt alles ziehen. Säuberst den Fisch und schneidest ihn in mundgerechte Stücke, beträufelst ihn mit Zitrone, pfefferst, wendest ihn im Mehl und brätst ihn im Fett rundherum goldgelb an. Legst nun Fisch auf den Teller und überziehst ihn mit der Soße. Los, fang schon an, Schlafmütze!«

Hasan beugte sich zu Davide. »Ein feines Rezept, meint Ihr nicht?«

»Koch das gern einmal für mich.«

Wieder ertönte Rigobertos eigentümlicher Dialekt im Hof des Dogenpalastes. »Wer macht nun den Aal? Hier, Trottel, tanz an, schweig still und hör mir zu.«

Ein junger, dürrer Kerl mit dicken, feuchten Lippen erschien und gab sich die allergrößte Mühe, dem unwirschen Chefkoch so aufmerksam wie möglich zuzuhören. Ein wenig sah er selbst wie ein Fisch aus.

»Willst du einen eingelegten Aal machen, so nimmst du einen Aal und ziehst ihm die Haut ab, aber hab Acht! Reibst du vorher die Hände mit Salz ein, dann geht es besser. Schneidest ihn in Stücke und legst ihn in frisches Wasser mit Salz. Lässt du ihn eine gute Weile darin liegen. Danach wäschst du ihn mit frischem Wasser sauber und kochst ihn in gutem Wein – zum Kochen immer nur guten Wein verwenden, hörst du! Wenn der Aal halb gar ist, dann tust du Safran, Ingwer, Zimt, Zucker und wenig Nelken dazu und lässt alles noch einmal aufwallen, dass er gut gar werde. Richtest du ihn danach in der Brühe an.« Der junge Kerl holte sich seinerseits Hilfe, dann glitschten die fettigen Aale aus der Romagna über die hölzernen Tische. Eingeweide, Haut und Gräten flogen auf den Boden, das feine Fleisch kam ins Wasser.

»Ein guter Mann, dieser Rigoberto«, wisperte Hasan.

Davide stieß ihm in die Rippen. »Hörst du jetzt auf, diesen Erzschuft zu loben?«

»Herr, ich rede nur über seine Kochkünste. Seht, wie gut er mit dem schwierigen Tintenfisch umgeht!«

Rigoberto bereitete die *seppie alla veneziana* höchstselbst vor. Es war eine komplizierte Arbeit, bei der nicht gepfuscht werden durfte. Ein ganzer Berg von Tintenfischen lag vor ihm. Er putzte sie, indem er den Kopf entfernte und die Innereien aus den Tuben zog. Die Tentakel schnitt er in fingerbreite Stücke. Um sich bei Laune zu halten, verfluchte der

Glatzkopf die Unfähigkeit aller anderen Köche. Die Tuben wusch er und schnitt sie in Streifen. Dann hackte er Zwiebeln, Knoblauchzehen und Petersilie klein. In großen Pfannen erhitzte er Olivenöl und schwitzte Zwiebeln und Knoblauch an, bis sie etwas Farbe angenommen hatten, gab die Tintenfischstreifen hinzu und schmorte sie kurz an. Anschließend goss er Weißwein und Garum darüber, außerdem die wertvollen rötlichen *pomi d'oro* und Petersilie. Das Ganze ließ er bei geringer Hitze zugedeckt vor sich hin köcheln, bevor er ein paar Gehilfen zu sich rief, die ihm beim Anrichten mit frisch gebackenem Weißbrot und schwarzem Pfeffer helfen sollten. Die Diener wurden herbeibeordert und trugen den Gang zur Festgesellschaft.

Dann lief Rigoberto zu dem vor sich hin köchelnden Garum, würzte es mit Thymian und Salz nach, verteilte, wohl aus reiner Gewohnheit, Backpfeifen und brüllte herum. Danach zitierte er ein paar Köche, die bislang mit niederen Arbeiten beschäftigt gewesen waren, zu sich. »Wir machen nun Kohl auf römische Art. Ich zeig's euch einmal, ihr Dummköpfe, dann macht ihr's nach, und wehe, ihr verderbt es! Schneidet ihr den Strunk des Bologneser Kohls heraus und kocht ihr die Blätter in Fleischbrühe. Presst ihr den Saft aus dem Kohl und schlagt ihr ihn mit dem Messer weich, seht her! Lasst ihr den Speck aus. Gebt ihr den Kohl dazu und lasst alles vorsichtig anbraten. Dann hinzu mit der Brühe, aber nicht zu viel, es soll ja keine Suppe werden, hört ihr? Zum Schluss reibt ihr Käse darüber und würzt mit Zimt. Kein Salz, verstanden? Dafür sorgt der Speck. Und nun an die Arbeit, ihr Faulpelze, verdient euch euren Lohn!«

Er hob die Hand, um mit ein paar Schlägen seine Lehrstunde zu vertiefen, doch die Köche hatten sich bereits geschickt zu den Feuerstellen gedreht, und Rigoberto ließ von seinem Vorhaben ab. Schellen würden die Arbeit nur verzögern, und man war ja ohnehin in Verzug, wie immer bei diesen großen, anstrengenden Festen.

Es war ein höchst amüsantes Schauspiel, das Davide und Hasan aus ihren dunklen Logenplätzen verfolgten, keinen Augenblick war ihnen langweilig. In einem günstigen Moment schlich sich Hasan gebückt ein paar Fuß nach vorn und holte für sich und seinen Herrn ein paar Scheiben warmes Brot, die mit *baccalà* bestrichen waren und verwaist auf der Anrichte lagen.

Davide kaute die Beute mit Vergnügen. »Jetzt noch ein Glas Wein, und es wäre ein gelungenes Fest auch für uns beide.«

Kaum hatte er es ausgesprochen, war Hasan in der Dunkelheit verschwunden und sogleich wieder da, mit einem Krug gutem friulanischem Tokaier und zwei Bechern.

»Du Teufelskerl, wo hast du …?«

»Mein geringer Wuchs ist manchmal von Vorteil, sah ich doch, dass einige Köche Krüge und Becher unter die Tische gestellt hatten, um sich den Abend zu versüßen und den Tyrannen zu ertragen. Also bediente ich mich flugs. Habe ich unrecht getan?«

»Die Köche werden sich schon zu helfen wissen.«

Die *cena* näherte sich ihrem Höhepunkt.

Zusammen mit ein paar Köchen, die offenbar sein Vertrauen genossen, sodass er auf körperliche Züchtigung verzichten konnte, bearbeitete Rigoberto nun die Kalbsleber, die bei keinem großen Abendessen fehlen durfte. Sie spülten die Leber ab, tupften sie mit Stofftüchern trocken und schnitten sie in dünne Streifen. »Fünfzig Zwiebeln, abziehen und in Ringe schneiden«, brüllte Rigoberto, ohne von der Leber aufzusehen. Hinter ihm gerieten die Küchenhilfen sofort in Bewegung. Die Leberbrigade bestäubte die Streifen dünn mit Mehl und briet sie in heißem Öl braun, nahm sie aus der Pfanne und stellte sie beiseite. In derselben Pfanne wurden die Zwiebelringe im Bratfett glasig gedünstet, dann wurde reichlich Wein hinzugegossen und bei großer Hitze gekocht, bis die Flüssigkeit verdampft war. Schließlich gab man die Leberstreifen mit gehackter Petersilie zurück in die Pfanne, salzte und pfefferte.

Es duftete so köstlich, dass Hasans Magen zu knurren begann.

Zum Schluss briet der glatzköpfige Grobian Salbeiblätter in heißem Fett knusprig und legte sie auf die Leberstreifen.

Jetzt erst, nach gut drei Stunden, ließ die Anspannung nach. Das Hauptgericht hatte die Küche verlassen, alle atmeten auf.

Rigoberto, der bislang weder gegessen noch getrunken hatte, ließ sich einen Krug bringen und machte sich gar nicht erst die Mühe, den Wein in einen Becher umzufüllen. Mit einem einzigen gewaltigen Zug leerte er den Krug zur Hälfte, rülpste herzhaft und wischte sich mit dem Handrücken die Lippen sauber.

Ja, die ganz große Arbeit war getan, die Mägen der Gäste waren gefüllt mit den feinsten und frischesten Spezialitäten, die Venedigs Märkte zu bieten hatten, und dem besten Wein. Das Dessert, das aus zwei Gängen bestand, würde ein Kinderspiel werden.

Zunächst bereiteten die *pasticceri* unter der unbarmherzigen Aufsicht Rigobertos valencianische Orangen zu. Er war zu ihnen ins Innere des Palasts geeilt und brüllte ihnen seine Anweisungen in gewohnter Lautstärke zu. Sie schälten Orangen und teilten sie, bestreuten die Stücke mit einer Mischung aus braunem Zucker, Muskat und Zimt. Aus Mehl, Salz, Zucker, Olivenöl, geschlagenem Ei und Milch bereiteten sie einen Teig zu und ließen ihn eine Weile ruhen. Dann erhitzten sie die Pfannen, zogen die Orangenschnitze durch den Teig und brieten sie in Öl, bis sie schön braun waren. Dazu wurden kleine Schüsseln mit Senf und Zucker gereicht, aus denen sich die Gäste je nach Gusto bedienen konnten.

Der Höhepunkt des Dessertgangs aber war die Mandelmilch, die in zauberhaften Muranogläsern kredenzt werden sollte. Hierfür wurde Milch mit gemahlenen Mandeln kurz aufgekocht. Währenddessen vermischten die Patisseure Mehl, Zimt und Ingwer und gaben die heiße Mandelmilch Tropfen für Tropfen hinzu. Sie ließen die Mischung kochen, bis sie leicht andickte. Dann kamen Waldbeeren und Zucker hinzu. Das Ganze wurde so lange gekocht, bis der Zucker sich aufgelöst hatte und die Beeren zu zerfallen begannen. Rigoberto höchstselbst, hörbar zufrieden mit dem Ergebnis, verfeinerte die Nachspeise mit etwas Weinessig und ordnete an, jedes Glas mit kandierten Rosenblüten zu dekorieren.

Nun standen alle Gläser bereit zum Servieren auf einem großen Holztisch und glänzten in ihrer verführerischen Süße.

Die Arbeit der Kochbrigade war beendet. Die Köche zogen sich zurück, aßen selbst etwas, tranken ihren Wein, saßen in Grüppchen zusammen und plauderten. Von einem Moment auf den anderen war es vorbei mit Rigobertos Macht. Er selbst stand mitten im Geschehen und würde gleich die Diener rufen, damit sie den allerletzten Gang nach oben trugen.

Es war Zeit, dass Davide sich zu erkennen gab. Er trat aus dem Dunkel hervor. Als seine Augen sich wieder an die Helligkeit gewöhnt hatten, sah er ein zitterndes Bündel vor sich. Es war, als wäre Rigoberto inmitten der gewaltigen, improvisierten Küche zu einem Zwerg geschrumpft. Sein Kopf war nach unten gefallen, die Schultern furchtsam zusammengezogen, die Knie zitterten.

Davide blickte ihn mit aller Strenge an.

»Wie lange seid Ihr schon hier, Herr?«, stieß der Koch schließlich hervor.

»Oh, lange genug, um mich davon zu überzeugen, dass du

es nicht verlernt hast, wohlschmeckende Dinge zuzubereiten.«

Rigoberto entrang sich ein gequältes Lächeln, dann setzte er sofort wieder eine Leidensmiene auf. »Ein Lob von Euch ist mir viel wert.«

»Die Gäste scheinen mir recht zufrieden«, sagte Davide mit Blick auf die leer gegessenen Silberteller, die die Diener zurück in die Küche brachten.

»Ja, ich bin's auch sehr. Wie erfreulich, dass meine Kunst geschätzt wird. Und doch …«

»Schweig jetzt.« Davide rieb sich die Augen und wurde erkennbar ungeduldig. »Ich habe dich immer gut behandelt, dir gutes Geld gezahlt, dich nie geschimpft. Warum hast du mich verraten?«

»Herr, ich konnte nicht anders! Opfer einer böswilligen Erpressung wurde ich, der ich nicht gewachsen war! So glaubt mir! Aus lauter Gram aus Venedig geflohen bin ich, habe in Verona beim *podestà* gearbeitet, und erst zurückgekommen bin ich, als die Männer des Dogen höchstpersönlich angefragt haben.«

»Erzähl mir, was vorgefallen ist, und lass ja nichts aus, hörst du?«

»Herr, es waren böse Männer, das hab ich gleich gewusst! Drohten mir schlimme Dinge an, wollten mich arg verprügeln.«

»Welche Männer?«

»Zwei Burschen waren es. Ich habe sie nie zuvor gesehen. Von den Großen Seen kamen sie nach ihrem Dialekt.«

»Wie sahen sie aus?«

»Irgendwie – nordisch. Mit hellen Haaren. Brüder sind sie vielleicht. Der eine mit einem großen Fleck zwischen den Augenbrauen. Sie wollten, dass ich falsch aussage gegen Euch.«

»Was boten sie dir?«

Rigoberto senkte den Blick. »Zwanzig.«

»Armselige zwanzig Dukaten? Und das hat dir gereicht, du Schuft?«

»Herr, die Herren sahen wirklich grimmig aus, ich fürchtete um meine Unversehrtheit! Und sie haben gesagt, wenn ich nicht einlenke, dann würden sie wiederkommen! Herr, ich hatte schlimme Schulden, zu viel gespielt hatte ich …«

»Zwanzig Dukaten! Auf der Stelle sollte ich dich so verprügeln, dass du nicht mehr von allein aufstehen kannst.«

»Herr, ich bitte Euch! Ich flehe Euch an!«

Davide blickte sich um. »Die *dolci* müssen gleich serviert werden, oder?«

»Ja, die Damen und Herren warten schon. Wenn Ihr verzeiht …« Rigoberto trat unruhig von einem Bein aufs andere.

Davide blickte ihm lange in die Augen, dann streckte er die Faust vor.

Rigoberto duckte sich und riss zugleich verschreckt die Hände empor. »Schlagt mich nicht, oh Herr! Seid ein guter Christ!«

»Oh, keine Sorge. Ich habe eine kleine Überraschung für dich.«

»Eine Überraschung?« Rigoberto ließ langsam die Hände sinken.

»Siehst du die Muranogläser dort, hübsch aufgereiht und funkelnd? Du hast Mandelmilch bereitet, nicht wahr?«

»Ja, Mandelmilch. Gern gegessen habt auch Ihr sie.«

Immer mehr Diener kamen herab und standen fragend vor der augenscheinlich fertigen Nachspeise. Sie warteten auf den letzten Marschbefehl des aufbrausenden Rigoberto.

»In besseren Zeiten, ja. In einem dieser entzückenden Gefäße habe ich, als du nicht aufpasstest, eine Kakerlake versteckt. Ein lebendes Exemplar und ein recht stattliches dazu.

Genau so eines wie dieses hier.« Davide öffnete die Faust. Auf seiner Handfläche krabbelte ein scheußliches Tier, eine große Kakerlake mit schwarz glänzendem Panzer, die Fühler neugierig emporgereckt. Es war ein wirklich stattliches Insekt, fast so lang wie ein kleiner Finger, und das Tier verbreitete einen widerlich süßlichen Geruch. Davide schloss die Hand schnell wieder.

Rigoberto wurde bleich wie Mehlstaub. »Herr, ich bitte Euch, das könnt Ihr mir nicht antun! Es wäre eine Blamage für den Dogen und gewiss mein Ruin!«

»Ich weiß ja, in welchem Gefäß das Tier sich befindet, und könnte dich schnell erlösen. Willst du wissen, was du dafür tun musst?«

Rigoberto begann zu zittern. »Nein, Herr, was ist es? Was muss ich tun, um große Schande abzuwenden von mir?«

»Du musst den Bruder der versteckten Kakerlake verspeisen.«

»Ver … verspeisen? Wie meint Ihr das, Herr?«

»Wie ich es gesagt habe, Kerl. Mich hast du um ein Haar ein ganzes Jahrzehnt hinter Gitter gebracht, hast dafür gesorgt, dass mir mein Vermögen genommen wurde, und jetzt verschmähst du diese kleine Gabe?«

Rigoberto fiel vor Davide in die Knie. »Ich flehe Euch an.«

»Nun, wie du willst, Treuloser. Hasan, komm.« Davide wandte sich zum Gehen.

Rigoberto sprang auf. »Haltet ein! Gut, ich tu's! Und hab es wohl verdient!« Schweiß rann ihm den Körper hinab, er schien plötzlich geschrumpft zu sein.

Davide drehte sich um und bedachte Rigoberto mit einem maliziösen Lächeln. »Also gut.« Er öffnete die Faust. »Schön kauen, sonst verbeißt sich das Geschöpf in deiner Luftröhre, und du stirbst einen unschönen Tod.«

Rigoberto würgte schon heftig, als Davide ihm das vielfüßige Ungetüm auf die Handfläche setzte. Er schloss die Augen, schickte ein Stoßgebet gen Himmel, bekreuzigte sich. Dann nahm er das Vieh in den Mund und biss ein paarmal herzhaft zu.

Es knackte so laut, dass Hasan zusammenzuckte.

»Kauen und runterschlucken«, befahl Davide.

Geschüttelt von entsetzlichem Ekel, fiel Rigoberto um und wand sich am Boden von einer Seite zur anderen. Als er es mit schier übermenschlichem Willen geschafft hatte, die Kakerlake hinunterzuschlucken, robbte er zum nächsten Weinkrug und stürzte den Inhalt in einem Zug hinab, hustete und würgte aber immer noch, als regierte der Teufel in seinem Magen.

Davide rief Hasan zu sich, und beide machten Anstalten, den Dogenpalast zu verlassen.

Rigoberto sprang auf. »Haltet ein, Herr! Meinen Teil der Abmachung habe ich erfüllt. Nun sagt mir schon, wo sich das Ungeheuer verbirgt, damit ich den Gästen erspare, was ich gerade erleiden musste!«

Davide drehte sich um. »Beruhige dich. Ich hatte nur ein einziges Exemplar dabei.«

Als Davide und Hasan sich entfernten, hörten sie noch, wie Rigoberto rief: »Nun tragt schon das Dessert hinein, ihr vermaledeiten Bastarde!«

KAPITEL 24

Der Schatten

Er verschwand im Dunkel der Nacht, verschmolz mit ihr. Seine Schritte hallten auch in den engsten Gassen nicht wider. Er hatte schon als Kind gelernt, völlig lautlos zu gehen. Die wenigen Menschen, die zu dieser späten Stunde unterwegs waren, sahen ihn nicht, er verbarg sich rechtzeitig hinter Vorsprüngen, in Eingängen, in Seitengässchen.

Den Stadtplan hatte er sich eingeprägt, er kannte den Weg zu der Wohnung im Sestiere Castello, vorbei an der Chiesa San Zaccaria, einer Kirche, in der zwei Dogen ermordet worden waren.

Fühl dich in deine Feinde ein, hatte ihm sein Lehrmeister eingeschärft. *Wisse, was sie denken, glauben, hoffen.*

Er hatte sein Messer dabei, wie er es immer dabeihatte. Und doch würde er erst im letzten Moment entscheiden, wie er sein Werk verrichtete.

Sei unberechenbar, folge keinem Muster, bleibe ein Rätsel – das flößt den Menschen noch mehr Furcht ein.

Die Wohnung befand sich in einer Gasse nicht weit vom Arsenale und lag in völliger Dunkelheit. Selbst wenn der Mond kurzzeitig zwischen den dicken Wolken auftauchte, würde kein fahles Schimmern in die enge Gasse mit ihren zwei Stockwerke hohen Häusern dringen.

Crollio hatte keine Mühe, die von der Feuchtigkeit verzogene Haustür aufzustoßen. In dieser verwöhnten Stadt fürchtete man offenbar keine Einbrecher.

Eine Treppe führte in den ersten Stock, ein schmaler Gang in den *cortile*, in den etwas Mondlicht fiel, das ihm zur Orientierung völlig ausreichte. Auf dem Boden lagen Gerümpel, etwas Brennholz, ein Bündel Fischernetze. Er nahm sich ein Stück Schnur vom Fischernetz, testete es mit einem Ruck auf seine Festigkeit. Nirgendwo ein Geräusch. Lautlos glitt er die Treppe zu den Wohnräumen empor und betastete die Wohnungstür. Sie war von innen verriegelt, aber der Spalt zwischen dem Türrahmen und dem Riegel war groß genug, dass er den Riegel mit der Messerklinge aufhebeln konnte.

Die Tür quietschte beim Öffnen ein klein wenig.

Crollio wartete ab.

Geduld ist dein wichtigster Verbündeter.

Dann tastete er sich weiter vor, durch die Küche, ins Schlafzimmer. Wieder wartete er lange, lauschte dem gleichmäßigen Atmen zweier Menschen.

Dann, endlich, gab ihm ein winziges Fleckchen Mondlicht Gewissheit. Er sah alles ganz klar vor sich, von der Ausführung bis zur Flucht. Und er schritt zur Tat.

Als sein Opfer aufwachte, zog sich die Schnur bereits um seinen Hals zusammen. Der Mann konnte nicht einmal mehr Schmerzen empfinden in einem letzten tödlichen Akt wurden ihm Kehlkopf und Genick zugleich gebrochen.

Als die Frau des Opfers aufwachte, war Crollio schon wieder im Erdgeschoss. Als sie aufschrie, war er zwei Gassen weiter. Ihr verzweifeltes Geschrei weckte halb Castello, Fensterläden flogen auf.

Nur wenige Sekunden nach der Tat war er wieder ein Geschöpf der Nacht, ein Schatten, ein schwarzer Geist.

KAPITEL 25

Die Werft

Calaspin sah noch grimmiger aus als sonst. »Ich habe vernommen, dass Ihr Euch auf die Suche nach Euren Verschwörern macht.«

Davide breitete die Arme aus. »Ihr könnt es einem ehrlichen Mann nicht verwehren, dass er wissen will, wer ihm ...«

»Still jetzt«, raunzte Calaspin. »Es gibt wichtige Neuigkeiten. Eure Mühen am Spieltisch neulich waren wohl umsonst.«

»Was meint Ihr damit?«

»Gestern Nacht geschah ein weiterer Mord. Wieder ein Baumeister aus dem Arsenale. Diesmal kein Spieler.«

»Wer?«

»Matteo Busdon. Ein fähiger, integrer Mann, wie man mir berichtete. Jemand hat ihn in seiner Wohnung im Sestiere Castello erdrosselt, im Schlaf, seine Frau lag neben ihm. Der Täter entwischte. Niemand hat irgendetwas gesehen, die Frau ist völlig verschreckt und kann sich an nichts mehr erinnern.«

»Gibt es einen Tatverdacht?«

»Nun ja, zwei tote Schiffsbaumeister innerhalb von so kurzer Zeit, da fällt es nicht schwer, auf jemanden zu tippen, der Venedig als Seemacht schaden will.«

»Genueser?«

»Ihr wisst doch, Davide: Venedig hat mehr Feinde als Kanäle. Jede italienische Stadt der *terraferma* neidet uns unsere

Handelsprivilegien. Der fromme Pius in Rom hält uns für gottlose Gesellen, und dann sind da ja noch die Franzosen, die Spanier, die Portugiesen, die Österreicher, die Genueser, die Neapolitaner, die Sizilianer, ach, und von den Osmanen will ich gar nicht erst anfangen. Wahrscheinlich hassen uns auch die Moskowiter, die Ungarn und die Polen, ohne dass wir bislang davon wissen.«

»Was schlagt Ihr also vor, Kanzler?«

»Ich halte es für klug, dass Ihr Euch im Arsenale umseht. Wir haben ja keinerlei Anhaltspunkte. Ich werde Euch einen der Leiter dort zur Seite stellen. Wir müssen unbedingt einen weiteren Mord verhindern. Sonst bleibt niemand mehr übrig, der uns Schiffe bauen kann. Und was das für Venedig bedeuten würde«, Calaspin seufzte, eine für ihn außergewöhnliche Gefühlsregung, »muss ich Euch ja nicht auseinandersetzen.«

Das Arsenale lag im Osten der Stadt, nicht weit vom Markusplatz und den Prokuratien entfernt. Ein leichter Regen hatte eingesetzt, nicht unangenehm, eher erfrischend als lästig. Auf dem Weg zu einer Gondel musste sich Davide durch eine Delegation von französisch sprechenden Adligen mit allerlei Bediensteten schlängeln, die aufgebrochen war, um den neuen Dogen Alvise Mocenigo zu treffen und über allerlei lukrative Geschäfte zu reden. Doch Alvise hatte eine Audienz noch nicht gewährt. Also verbrachten die Franzosen die Tage damit, müßig umherzuschlendern, und sie beklagten sich nicht darüber. Ein Maler aus ihrer Entourage hielt die beeindruckendsten Sehenswürdigkeiten mit Kohle auf einer Leinwand fest, die zwei Diener mit einer großen Stoffplane vor dem Regen schützten. Die adligen Damen trugen hohe weiße Hüte und roséfarbene, etwas grob geschnittene Kleider, die adligen Herren violette Umhänge. Davide erkannte, dass der Maler die Frontansicht des Dogenpalastes zeichnete, ein beliebtes Motiv bei allen Venedigbesuchern, die des Malens mächtig waren. Auch bei jenen, die es nicht waren. Ein paar Venezianer, die sich an der mindestens fünfzigköpfigen französischen Delegation vorbeizwängten, erbosten sich über die Zeichnungen. Venedigs Schönheiten auf Bilder zu bannen galt beim einfachen Volk als Spionage, und es war schon vorgekommen, dass Staffeleien oder gar der Maler selbst im nächsten Kanal landeten. Bei erkennbar adligen Gästen waren solche Übergriffe allerdings selten. Zumal, wenn diese von sichtlich kräftiger Dienerschaft umgeben waren.

Davide genoss den Blick vom Markusplatz auf San Giorgio Maggiore, die vorgelagerte Insel mit der Markusturm-Kopie, und die voll beladenen Boote, die, tief im Wasser liegend, auf den Canal Grande zuströmten wie Bienen zu ihrem Stock. Zeichnen allerdings konnte Davide bei all seinen Talenten dann doch nicht. Vielleicht würde er Tintoretto um den Gefallen bitten, diese wunderbare An- und Aussicht für ihn festzuhalten. Davide wusste: Mit ein paar Flaschen exotischem Wein wäre dieser schnell überredet.

Der Gondoliere, dessen Boot Davide betrat, war höchstens sechzehn Jahre alt. Der Junge war kräftig und ausgewachsen, aber eben doch deutlich ein Junge, der sich noch nicht rasieren musste, wie man an seinem Bartflaum sah. Er ruderte die Gondel ganz allein, was eine gute Muskulatur erforderte. Dafür musste er aber auch den Verdienst mit niemandem teilen.

»Zum Arsenale, *per favore*«, sagte Davide und setzte sich hinter die Felze, weil er die frische Luft und die feinen, kaum spürbaren Regentropfen genießen wollte, die eher einem feuchten Nebel ähnelten.

»Seid Ihr *consigliere*, mein Herr?«, fragte der Junge frech.

»Was glaubst du?«

»Ich glaube, Ihr seid es nicht.«

»Soso. Und warum nicht?«

»Ein *consigliere* hätte niemals ›bitte‹ gesagt.«

Davide schmunzelte. »Ich werde es mir merken. Außerdem haben die *consiglieri* eigene Gondolieri, nicht wahr?«

»Nicht alle. Ich bin sehr oft hier am Markusplatz und fahre die hohen Herren, wenn ihre Gondolieri Pause machen.«

»Wie heißt du, Junge?«

»Luca.«

»Und wie alt bist du?«

»Gerade sechzehn geworden!«

»Ziemlich jung für einen Gondoliere, oder?«

»Trotzdem bin ich schneller als die anderen. Obwohl ich ganz allein rudere.«

»Mir gefallen Solisten. Für manche Fahrten ist es gut, so wenige Mitwisser wie möglich zu haben.«

Luca lächelte wissend und legte sich ins Zeug.

»Ich habe keinen Vater mehr«, begann er nach einer Weile, »und bin das älteste von sieben Geschwistern und …«

»Erzählst du mir das, um am Ende ein ordentliches Trinkgeld zu bekommen?«

Luca senkte den Kopf. »Ich geb's zu, nur fünf Geschwister.« Dann hob er wieder den Blick und grinste.

Sie näherten sich vom Bacino aus, an San Giorgio Maggiore vorbei und über den Rio de l'Arsenal der Werft. An den Ufern links und rechts lagen Versorgungsschiffe aus aller Welt und in jeder Größe, die auf Einlass und Abfertigung warteten. Drumherum kreisten voll beladene Gondeln mit Ruderern, die lauthals ihre Waren anpriesen: frisches Obst und Gemüse, Dörrfleisch, Stockfisch, Wein, lebende Hühner, die in ihren Käfigen gackerten, Wassereimer mit Fischen, die vergeblich um ihr Leben schwammen, und fangfrische Krebse in Reusen. In allen Sprachen schallte es empor zu den Decks, und in allen Sprachen schallte es zurück. Allerlei Dialekte waren zu hören, zumeist das Genuesische, aber auch Spanisch und Persisch, Französisch und Portugiesisch, sogar Englisch.

Die einfachen Matrosen durften die Schiffe nicht verlassen, sonst verloren sie das Anrecht auf ihre Heuer für die gesamte, oft monatelange Fahrt. Schlimmer noch: Sie konnten innerhalb des militärischen Sperrgebiets verhaftet werden oder mussten mit empfindlichen Strafen rechnen. Wenn sie niemand aus der Haft auslöste – und wer sollte einen einfachen Matrosen aus einem fremden Land freikaufen? –, drohte ihnen ein jämmerliches Ende in den Zellen der Serenissima.

Oft mussten sich mehrere Matrosen zusammentun, um sich ein wenig Obst oder Gemüse leisten zu können; für ein Huhn sammelte die gesamte Besatzung Geld. Kam ein Kauf zustande, wurde ein Korb mit dem geforderten Betrag von der Reling gelassen. Der Gondoliere nahm das Geld und lud die Ware in den Korb, der schnell hochgezogen wurde.

In der Abenddämmerung, wusste Davide, kamen Gondolieri mit Huren angefahren. Nur die Offiziere konnten sich die weltberühmten venezianischen Kurtisanen leisten, wenn überhaupt. Verhandlungen über Preise, Dauer des Services und besondere Dienste wurden von allen umliegenden Schiffsbesatzungen lautstark und in allen Sprachen kommentiert. Was niemandem groß etwas ausmachte. Für die Kurtisanen wurde dann ein gewaltiger Binsenkorb über eine Winsch herabgelassen und wieder hochgezogen. Auch Kommentare über das Aussehen der erwählten Dienstleisterin fehlten nicht, sofern der Mond und ein paar Fackeln an Bord genug Licht spendeten.

Luca musste an diesem leicht nieseligen Tag inmitten der

Gondelhändler sein Können zeigen, und er ruderte geschmeidig durch das Chaos, das an einen Basar zu Wasser erinnerte. Einige Male musste er klug manövrieren, um Kollisionen zu vermeiden, denn die Händler änderten die Richtung ohne Vorwarnung, nahmen wenig Rücksicht auf andere kleine Boote und glaubten, dass scharf ausgestoßene Flüche ihnen schon von selbst den Weg bahnen würden. Das Erstaunliche an dieser venezianischen Herangehensweise an Verkehrsstaus: Meistens gelang alles unfallfrei.

Luca fand einen schmalen Zugang am Rio knapp vor dem *ingresso all'acqua*. Er schob den Bug der Gondel so nah ans Ufer, dass sein Gast problemlos aussteigen konnte. Davide gab ihm für die Fahrt einen Vierteldukaten, doppelt so viel wie üblich.

»Auch das würde ein *consigliere* niemals tun«, rief Luca ihm vergnügt nach.

Davide mochte den jungen Gondoliere. Ein guter Ruderer. Und auch sonst sicher von Nutzen. Wer so viele hohe Herren beförderte, der schnappte bestimmt das eine oder andere interessante Gespräch auf.

»Ach, Luca?« Davide war schon ein paar Schritte in Richtung Arsenale gegangen, als er sich wieder umdrehte.

Luca, der schon in die andere Richtung abgestoßen hatte, musste anhalten und eng an der Kaimauer und den angelegten Schiffen zurückrudern, was ihm mit Bravour gelang.

»Wenn du künftig etwas hörst, neue Casinos, neue Spieler, Gerüchte, Andeutungen, Schulden, Fehden – lass es mich wissen, *va bene*?« Davide gab ihm einen Dukaten.

Luca strahlte über das ganze Gesicht. »Ja, Herr, selbstverständlich, Herr.« Und er fügte hinzu: »Ihr seid wirklich kein *consigliere*.«

Das Arsenale: Davide hatte es, wie die meisten Venezianer, noch niemals betreten. Doch dass es enorme Ausmaße besaß, wusste er. Wegen der Rauchwolken, die dort aufstiegen, und des eigentümlichen Geruchs, der einem in die Nase stieg, je näher man der Werft kam, mied man diese Gegend gern. Es gab vier Eingänge zu dem schwer bewachten, eine Meile mal eine Meile großen Areal. Vom Canale delle Galeazze im Norden und vom Arsenale Nuovo im Osten näherten sich die großen Transportschiffe, und dort verließen auch die fertigen oder ausgebesserten Galeeren die Werft. Die Arbeiter, Soldaten und Kleinkrämer wählten stets einen der beiden Zugänge im Süden, je nachdem, ob sie zu Fuß oder per Gondel kamen. Einer der südlichen Eingänge war der *ingresso all'acqua*. Er konnte durch ein monumentales Fallgitter verriegelt werden, und gerade hatte man mit dem Bau von zwei Wehrtürmen begonnen. Der andere war der *ingresso di terra* direkt daneben. Über dem *terra*-Eingang prangte das mächtige Relief des Markuslöwen, das Buch des Friedens, das er in seinen Vordertatzen hielt, war geschlossen und verbarg die Inschrift *pax tibi*. Kein Wunder: Im Arsenale ging es nicht um Frieden, sondern um Krieg. Zweihundert Soldaten schützten die Anlage, einige davon patrouillierten auf der Wehrmauer hinter den Zinnen, andere standen in losen Gruppen vor dem Tor.

Aus dem Gewühl der Bewacher kam ein kleiner Mann in einem etwas zu großen Tabarro und mit gewaltiger Würdenkette auf Davide zu. »Herr Venier, Herr Venier«, rief er schon aus der Ferne. Er kam schnell näher und schüttelte Davides Hand mit beiden Händen. »Sehr erfreut, ich bin Alessandro De Longhi, der *provveditore*.« Alessandro, obwohl höchstens dreißig, war fast kahl, außergewöhnlich klein, aber voller Energie. Der Organisationschef der Werft schien es kaum erwarten zu können, Davide seine Arbeitsstätte zu zeigen. »Ihr genießt ein Privileg, das sonst niemandem zuteilwird«, sagte Alessandro, als sie an den Soldatengrüppchen am Eingangstor vorbeiliefen. »Nicht einmal Ratsmitglieder dürfen das Arsenale so ohne Weiteres betreten.«

»Ich bin mir dieses Privilegs durchaus bewusst«, gab Davide zurück, der seine Neugier kaum verbergen konnte.

Alessandro schaute an Davide empor. »Der Kanzler hat mich ausdrücklich darum gebeten, mit Euch ganz offen zu sprechen. Bereit für einen kleinen Rundgang?«

»Dazu bin ich hier. Seid Ihr über den Tod der beiden Schiffsbaumeister informiert?«

»Selbstverständlich. Wir haben die Wachen verdoppelt, sowohl am Eingang als auch im Paradies, im Fegefeuer und in der Hölle.«

»Paradies, Fegefeuer, Hölle? Wovon sprecht Ihr?«

Alessandro lächelte. »Wie Ihr sicher wisst, wählt der Große Rat jedes Jahr drei Vertreter, die die Arbeit im Arsenale beaufsichtigen sollen.«

»Das ist mir bekannt.«

»Sie leben für die Dauer ihrer Amtszeit auch hier in der Werft. Zumindest ist es ihnen gesetzlich vorgeschrieben. Ihre drei Wohnhäuser heißen *paradiso, purgatorio* und *inferno*.«

Das Tor wurde nun auf Anweisung eines Offiziers per Seilzug einen Spaltbreit aufgezogen. Was rund ums Arsenale nur diffus zu riechen war, strömte jetzt mit Macht aus der Öffnung: ein unbestimmter Geruch nach Pech und Verbranntem. Der *provveditore* schlüpfte durch das Tor, Davide tat es ihm nach. Unmittelbar dahinter erhob sich über ihnen ein Wald aus Masten, die zu prächtig ausgestatteten Schiffen gehörten, eines schöner als das andere, bereit zum Lossegeln. Sie lagen so dicht nebeneinander, dass das Hafenbecken kaum mehr zu erkennen war.

Auch im unmittelbaren Blickfeld war es kaum möglich, mehr als ein paar Fuß weit zu sehen. Menschen über Menschen, Arbeiter mit dunklen, missmutigen Gesichtern, Kisten auf den Schultern, strömten wie Ameisen aneinander vorbei, wie durch ein Wunder ohne Kollisionen, Gedränge, Geschiebe – eine Choreografie der Schwerstarbeit. So muss es beim Pyramidenbau in Ägypten zugegangen sein, dachte Davide. Hammerschläge und das Geräusch von verdampfendem Wasser sorgten für ohrenbetäubenden Lärm.

»Fünftausend Arbeiter«, rief Alessandro stolz und zeigte mit einer unbestimmten Geste auf das Gewimmel, das sich ihnen darbot. Ja, die *arsenalotti*: raue Burschen mit rauen Sitten und sogar einem eigenen Dialekt, dem *linguaggio arsenalesco*. Eine streng hierarchisch organisierte Gemeinschaft, die ihre Lohnforderungen schon mal mit Streiks durchsetzte – und wenn das nicht half, mit der Faust. Die *arsenalotti* wussten: Ohne sie wäre Venedig nichts, ein schutzloses Inselchen im Mittelmeer. So hatten sie sich über Generationen einige bemerkenswerte Privilegien gesichert: einen anständigen Lohn, ohne der Steuerpflicht zu unterliegen, eine nahezu unkündbare Anstellung, sogar medizinische Versorgung und eine kleine Leibrente, wenn sie zu alt zum Arbeiten waren.

Links vom Hafenbecken mit seinen gewaltigen Schiffen lagen die riesigen Produktionshallen. Davide und der *provveditore* betraten die erste. Dort arbeiteten Seiler am Tauwerk, verarbeiteten den guten, teuren Hanf aus Bologna zu Seilen und armdicken Tauen. In der Halle direkt daneben wurde Segeltuch hergestellt. Ein Gehilfe mit Weinschlauch drängte sich an Davide vorbei und wurde von den Seilern mit Gejohle und dem Klappern der hölzernen Trinkbecher begrüßt. Die *arsenalotti* hatten sich nämlich auch das Recht erstritten, mehrmals am Tag mit großzügigen Weinrationen versorgt zu werden, offiziell verdünnt mit Wasser. Aber die Gehilfen hatten ein Geschäft daraus gemacht, möglichst reinen Wein auszuschenken und dafür einmal pro Arbeitswoche einen kleinen Extralohn von den Werftarbeitern einzustreichen.

Keine Frage: Das Arsenale war das genaue Gegenteil der urbanen Eleganz Venedigs. Und doch war es seit seiner Gründung vor fünfhundert Jahren der Grundstein für all die Pracht der Serenissima.

Beim Weitergehen raubte es Davide fast den Atem: Ganz unvermittelt stank es nach verbranntem Menschenhaar, so beißend und unerträglich, dass ihm die Tränen in die Augen schossen. Hier waren die Kalfaterer am Werk und nahmen sich die Schiffsrümpfe vor, indem sie mithilfe von Kalfathammer und Kalfateisen Werg in die Zwischenräume der Planken trieben. Andere Kalfaterer stellten in großen Kesseln Pech aus Baumharz her, das über das Werg gestrichen wurde. Das schmorende Pech und die kokelnden Leinenfasern vermischten sich zu diesem entsetzlichen Gestank. Davide kamen die Zeilen aus Dante Alighieris ›Divina Commedia‹ in den Sinn, die ganz Venedig kannte und die der große Dichter schon vor mehr als zweihundertfünfzig Jahren der Werft gewidmet hatte:

Gleich wie man in Venedigs Arsenal
das Pech im Winter sieht aufsiedend wogen,
womit das lecke Schiff, das manches Mal
bereits bei Sturmgetos das Meer durchzogen,
kalfatert wird – da stopft nun der in Eil'
mit Werg die Löcher aus am Seitenbogen.

In weiteren Hallen des Arsenale werkelten die Zimmerleute. Aus stabilem Eichenholz fertigten sie Kiele und Planken, die nachgiebige Kiefer wurde zum Mast, der nicht splitternde Walnussbaum zum Ruder, die zähe und gut zu verarbeitende Ulme zur Ankerwinde. Das Hämmern und Nageln und Sägen erschuf eine regelrechte Lärmwolke, die den infernalischen Pech- und Werggestank vergessen ließ.

Der Holzbedarf des Arsenale war gigantisch. Auf seinen Reisen hatte Davide den Kahlschlag im Karst des Friaul, in Istrien, Dalmatien und in Tirol gesehen. Ganze Wälder hatte die Serenissima beschlagnahmt. Das Abtragen und die weitere Bearbeitung des Fällholzes, der Transport und die Aufforstung standen unter strenger Aufsicht, und wehe dem, der mit einer Axt in einem Eichenhain erwischt wurde. Auspeitschen war da noch die mildeste Strafe. Die Zimmerleute hatten den Pflanzern im Hinterland beigebracht, die Jungbäume mit Seilen so zu verbiegen, dass sie gewölbt heranwuchsen und besser für Planken genutzt werden konnten.

Im Arsenale Vecchio lagen die Kriegsgaleeren und Handelskaracken voll aufgetakelt, in einer Halle dahinter wurden einige Galeeren überholt. »Unsere wichtigste Aufgabe ist nicht so sehr der Bau, sondern vor allem die Instandsetzung«, erläuterte Alessandro. »Ihr seid Venezianer, ich muss Euch ja wohl kaum erzählen, wie böse das Salzwasser den Planken zusetzt. Aber worauf wir besonders stolz sind: Wir halten mindestens zehn Galeeren einsatzbereit, das bedeutet, dass sie innerhalb von zwei Stunden auslaufen können. Selbst die Besatzungen stehen zur Verfügung. Um die Schiffe aber kampfbereit zu halten, müssen wir sie alle sechs Monate aus dem Wasser holen und die Rümpfe komplett neu mit Pech abdichten.«

Es begann zu nieseln. Aus dem leichten Regen wurde bald ein Wolkenbruch, auch kam starker Wind auf, und durch den Lärm auf der Werft bahnte sich fernes Donnergrollen. Davide und der *provveditore* stellten sich bei den Waffenschmieden unter, deren Arbeitsstätten zum Teil überdacht waren. Der Lärm der Hammerschläge war nun heller, metallisch, aber nicht weniger durchdringend. Die Schmiede schlugen Eisen zu Schwertern, Säbeln, Lanzen, Rüstungen und Enterhaken.

Die *arsenalotti* mit ihren langen, zu Zöpfen gebundenen Haaren schienen den Regen gar nicht zu spüren, sie fuhren ungerührt mit ihrer Arbeit fort. Schlendrian sollte auch gar nicht aufkommen: Die Arbeiter wurden von Vorarbeitern überwacht, die ihrerseits von Hallenaufsehern kontrolliert wurden, welchen wiederum Werkmeister auf die Finger schauten. Ein Admiral überprüfte abschließend die Riemen und Takelage der Schiffe. An der Spitze der Werft standen der *provveditore* als Werksleiter und die drei Ratsmitglieder. Bei aller Macht der Arbeiter: Auch die Serenissima verstand es, strikte Regeln aufzustellen. Im Campanile der Werft läuteten die Glocken zum Arbeitsbeginn nach Sonnenaufgang. Wer nach dem Läuten kam, erhielt für den Tag keinen Lohn.

In der letzten Halle wurde Alessandro lebhaft. »Kommt, das müsst Ihr Euch ansehen!« Davide betrat die Halle, die trotz des grauen Wetters in helles Licht getaucht war. Er musste die Augen zusammenkneifen, so sehr glänzte alles um ihn herum. Mitten in der Halle lag der Bucintoro, die goldene Prachtgaleere des Dogen zu Repräsentationszwecken. Der Thron des Dogen erhob sich am Heck des Schiffes. Die Schnitzereien am Rumpf waren bis zur Wasserlinie mit Blattgold überzogen, und mehrere Schmiede werkelten daran herum, um abgesplitterte Goldstreifen zu ersetzen.

»Was für ein Schiff!«, sagte Alessandro. »Und Ihr seid sogar schon darauf gewesen, nicht wahr?«

Davide nickte. »Ihr wisst gut Bescheid.«

»Venedig ist ein Dorf. Ein besonders schönes und ein besonders ungewöhnliches. Aber eben doch ein Dorf.«

»Da stimme ich Euch zu.«

»Für den großen Tag soll der Bucintoro natürlich schön glänzen«, erklärte Alessandro. Der große Tag war die *Ascensione di Gesù*, Christi Himmelfahrt. An diesem Tag ließen sich der Doge und einhundert der wichtigsten Würdenträger der

Republik mit dem Bucintoro über die Enge von San Nicolò aufs offene Meer rudern, wo der Doge die jährliche Vermählung mit dem Meer erneuern würde, indem er mit theatralischer Geste einen goldenen Ring in die Wellen warf. Die Ehre, die einhundertachtundsechzig Ruderer an den zweiundvierzig Rudern zu stellen, hatten die *arsenalotti*. Sie würden unter sich die kräftigsten und verdientesten Werftarbeiter auswählen.

Davide und der *provveditore* setzten nun mit einer Arbeitsgondel über zu den Pulvermachern, die zur Sicherheit durch einen Kanal von den Waffenschmieden getrennt waren. In den Pulvermühlen mischten die Pulvermacher ihre explosiven Ladungen, mahlten Salpeter, Holzkohle und Schwefel zu einem feinen Pulver, das in Kuchen gepresst, getrocknet und in Leinenbündel verpackt wurde. Bei den Pulvermachern gab es die meisten und schlimmsten Arbeitsunfälle: Ein einziger Funke konnte ausreichen, eine ganze Halle zur Explosion zu bringen. Die Sicherheitsvorkehrungen waren streng, die Aufsicht unerbittlich, und doch waren alljährlich Tote zu beklagen.

Direkt neben den Werkstätten der Pulvermacher begannen die Wohnkomplexe der *arsenalotti*.

»Und wo sind die drei Ratsmitglieder untergebracht?«, fragte Davide.

»Hier, seht, dort sind ihre Wohnungen.« Alessandro zeigte auf drei zweistöckige, nebeneinanderstehende Häuser, vor denen je zwei Wachen standen. »Mitten auf dem Gelände, optimal geschützt.«

»Wenn ich darüber nachdenke, halte ich sie ohnehin für wenig gefährdet. Sie haben ja keine Ahnung vom Schiffsbau, oder?«

Alessandro lachte auf. »Die hohen Herren haben vom Schiffsbau so viel Ahnung wie ich von der Wildschweinjagd!«

»Was machen sie denn den ganzen Tag?«

Alessandro machte eine unmissverständliche Geste mit dem Daumen in Richtung seines halb geöffneten Mundes. »Allerdings verständlich, für die Herren ist das hier furchtbar laut und furchtbar langweilig. Entschuldigt meine offenen Worte. Sie versehen eine lästige Pflicht, die sich aber für ihre weitere Karriere als nützlich erweisen kann. Hohen Herren, die ihr Pflichtjahr im Arsenale verbracht haben, traut man offenbar jede Menge zu. So, als hätten sie die Ruder selbst geschnitzt.«

»Was sagen die Leute eigentlich zu den beiden verschwundenen Schiffsbaumeistern?«

»Na, dass sie tot sind, hat sich hier natürlich schnell herumgesprochen. Aber man geht eher von privaten Streitigkeiten aus oder von Spielschulden. Bei Silvano Coperchio glaubte auch ich an Spielschulden. Doch Eure Anwesenheit hier, Herr Venier, sagt mir ... *ehi*, du!« Alessandro hielt einen Gehilfen, der sich gerade an ihm vorbeidrängeln wollte, am Arm fest. »Bring uns zwei Becher mit Wein, das viele Reden strengt an.«

Der Gehilfe, noch ein Kind, flitzte davon.

Kurz darauf stießen Alessandro und Davide an. »Auf den neuen Dogen«, erklärte der *provveditore* feierlich. Der Wein war unverdünnt.

»Die beiden Schiffsbaumeister, die verschwunden sind, waren für etwas ganz Neues, ganz Großartiges zuständig. Ich zeige es Euch.« Alessandro winkte eine kleine Transportgondel heran.

Sie wurden in einen entlegenen Teil der Werft gerudert, das Arsenale nuovissimo, einem erst vor wenigen Jahren neu ausgehobenem Becken mit neuen Lagerhallen. »Wir arbeiten hier nach einem völlig neuen Verfahren«, erklärte der *provveditore*. »Auf anderen Werften, ob in Flandern, Frankreich,

Spanien oder England, arbeiten alle immer an ein und demselben Schiff. Wir hingegen haben die Arbeitsschritte aufgeteilt. Außerdem versuchen wir, jeden Schiffstyp nach exakt den gleichen Abmessungen zu bauen. Wir können mehrere Schiffe zugleich fertigen, indem wir einfach nur die Teile vervielfältigen. Könnt Ihr Euch noch an den Besuch des französischen Königs erinnern?«

Davide konnte. Karl der Neunte war im Jahr zuvor Gast der Serenissima gewesen. Die *arsenalotti* hatten zu dessen großer Verblüffung an nur einem Tag eine Galeere aus vorgefertigten Teilen erbaut und ihm das Schiff zum Geschenk gemacht.

Unterdessen legte die Gondel an, Alessandro und Davide stiegen aus.

Was in dem neuen Becken in Sicht kam, raubte Davide den Atem: ein Riese von einem Schiff mit einer Wand voll todbringender Geschütze, die ihn aus tiefschwarzen Augen anstarrten. Aufbauten, höher als eine Burg, pechschwarz gestrichen. Ein Monster aus dem siebten Kreis der Hölle. Ein solches Schiff hatte Davide bei all seinen Reisen noch nie gesehen.

Alessandro lächelte. »Unser neues Meisterwerk. Wir nennen sie Galeasse.«

Dieses waffenstarrende Ungeheuer beeindruckte Davide zutiefst. Mindestens zweihundert Fuß lang und vierzig Fuß breit, mit drei mächtigen Masten unter dem wendigen Lateinersegel und einem hohen Geschützturm auf dem Vorschiff sowie einem erhöhten Gefechtsstand mit Standartenmast achtern.

»Die reine Perfektion. So groß wie ein Transportschiff, so wendig wie eine kleine Galeere«, schwärmte der *provveditore*. »Sie vereint das Beste aus allen Generationen von Segelschiffen. Größer und besser bewaffnet als eine Galeere, mit zwanzig Geschützen, auch an Backbord und Steuerbord. Flinker als eine *galera grossa*. Trotzdem mit einem Ruderdeck ausgestattet, schließlich haben wir im *mare nostro* weniger Wind als im Englischen Meer, in dem Flauten ganz unbekannt sind.«

»Wie viele Menschen bedienen dieses ... Schiff?«, fragte Davide überwältigt.

»Eintausend Mann Besatzung sind vorgesehen. Und seht Ihr die Segel? Drei Lateinersegel! Das Kreuzen gegen den Wind ist ein Kinderspiel.« Alessandro war sichtlich erregt. »Zum Schutz vor Spionage gibt es so gut wie keine Baupläne. Außer jenen, die Ihr, wie man munkelt, aus Spanien zurückgeholt habt. Damit bleibt das Wissen garantiert im Arsenale. Wir vertrauen auf das *occhio del maestro*, das Auge des Meisters. Wenn aber die *maestri* verschwinden, dann haben wir ein Problem.«

»Wie viele Menschen wissen, wie man diese Galeasse baut?«

»Das ist selbst für mich nicht ganz einfach zu beantworten. Mehr als eine Handvoll sind es sicher nicht.«

»Wenn die Morde an den beiden Schiffsbaumeistern – und von Mord können wir wohl ausgehen – in einem Zusammenhang stehen und wenn dem Arsenale geschadet werden soll: Woher kannte der Mörder diese Männer, und woher wusste er, woran sie arbeiten?«

»Das habe ich mich auch schon gefragt. Doch eine undichte Stelle muss es geben, denn es wäre beinahe gelungen, unsere Pläne an die Spanier zu verkaufen ...«

Davide überlegte, dann fasste er einen Entschluss. »Ich hätte gern eine Liste mit allen Namen, die Ihr für unerlässlich haltet. Und sollte einer dieser Spezialisten noch nicht im Arsenale wohnen, hat er sich unverzüglich hier einzufinden. Sorgt für eine gute Bewachung dieser Menschen.«

»Ich werde mich darum kümmern.«

KAPITEL 26

Der ungebetene Gast

Das Fontego dei Turchi kam ihm nicht mehr sicher vor. Er wurde beobachtet. Das sagte ihm sein Instinkt. Also suchte er.

Halte Ausschau nach den Alten, den Einsamen, den Verschlossenen, den Sonderlingen, den Eigenbrötlern, hatte er gelernt. Menschen also, die auch mal Tage in ihren Wohnungen verbrachten. Oder Menschen, die nicht grüßten und ihre Einkäufe wortlos erledigten. Außerdem: *Halte dich an die Unscheinbaren.* Graue Niemande konnten Monate wegbleiben, ohne vermisst zu werden. Sie waren ein unbedeutender Teil der Stadt, wie ein Stein im Straßenpflaster. Niemand scherte sich groß darum, wenn einer fehlte.

Crollio hatte sich einen glatzköpfigen, stillen Mann ausgesucht, vielleicht fünfundsechzig Jahre alt, körperlich halbwegs auf der Höhe und klar im Kopf. Einen, der nicht öfter als einmal pro Tag seine kleine Wohnung in Castello verließ, bei unterschiedlichen Marktständen einkaufen ging, nie grüßte, offenbar nie einen bleibenden Eindruck hinterließ. Die Marketender tuschelten nicht über ihn, etwa über seinen Geiz oder sein Versäumnis, das Wechselgeld nachzuzählen. Niemand würde ihn jemals vermissen.

All das beobachtete Crollio, ohne selbst gesehen zu werden – dank seines Talents, sich unsichtbar zu machen, und dank jahrelanger Übung. Er konnte Stunden in einer Ecke zubringen, ohne beachtet zu werden, er konnte durch die

Gassen gehen, ohne gesehen zu werden, er konnte sogar um Wasser bitten, ohne in Erinnerung zu bleiben. Er war der Namen- und Gesichtslose, der Mann ohne Eigenschaften.

Der alte Mann war schnell überwältigt. Zunächst wollte er ihn töten, aber das wäre mit zu vielen Schwierigkeiten verbunden gewesen. Die Leiche verschwinden zu lassen hätte einigen Aufwand erfordert. Wäre sie gefunden und identifiziert worden, wären die Häscher des Dogen schnell in der Wohnung aufgetaucht. Also schlug er den Alten nieder, fesselte und knebelte ihn, brachte ihn ins Schlafzimmer und gab ihm zweimal am Tag zu essen und zu trinken. Als sein Gefangener gleich am ersten Tag beim Essen verzweifelt aufschrie, verpasste Crollio ihm einen tiefen Schnitt in den Oberarm, schmerzhaft, stark blutend, aber nicht gefährlich. Er ließ das Blut eine ganze Weile fließen, dann erst verband er die Wunde fachmännisch. Außerdem gab es zwei Tage lang nichts zu essen und nichts zu trinken. Fortan war der alte Mann still und fügsam.

Dagegen hatte er es darauf angelegt, dass die beiden toten Schiffsbaumeister gefunden wurden. Als Hinweis für jene, die schlau genug waren, ihn auch zu verstehen. *Säe Unruhe*, hatte er gelernt. *Sie ist dein größter Verbündeter. Wer unruhig ist, macht Fehler. Wer Fehler macht, bekommt Angst. Wer Angst bekommt, macht noch mehr Fehler.*

Der alte Mann, sein unfreiwilliger Gastgeber, hatte noch keine Verabredung mit dem Tod. Gut möglich, dass er ihn am Leben ließ, Crollio hatte sich darüber noch keine Gedanken gemacht. Hier und da kamen Zeugen mit dem Leben davon. *Tue Schlechtes und lass darüber reden.*

Die Wohnung im Sestiere Castello lag genau zwischen Markusplatz und Arsenale und deshalb strategisch günstig für alle weiteren Schachzüge. Zwei Fluchtwege zu Fuß durch

.das Gassengewirr waren möglich. Crollio hatte die Karte genau im Kopf. Erst vom Castello, inzwischen von ganz Venedig. Jede Nacht, bevor er sich ein paar Stunden Schlaf gönnte,
stellte er sich Orientierungsaufgaben. Von hier nach dort,
von dieser Kirche zu jener.

Ein Kinderspiel.

KAPITEL 27

Der Name

Davide blickte aus dem Fenster. Es wurde Abend, und obwohl es noch hell war, kam Venedig ganz allmählich zur Ruhe. Boote wurden an den Ufern vertäut, die Gespräche auf der Straße leiser.

»Ist alles vorbereitet?«, fragte er Hasan.

»Ja, es gibt …«

»Nein, ich will überrascht werden. Ist Zeit für eine Partie?«

»Selbstverständlich.«

Davide setzte sich an den Arbeitstisch, auf dem das Schachbrett schon aufgebaut war. Hasan nahm ihm gegenüber Platz. Der Münzwurf bescherte Davide die weißen Figuren. Normalerweise konnte er seine abendliche Schachpartie kaum erwarten, doch heute war er verhaltener als sonst, kaum bei der Sache, erstaunlich unkonzentriert.

»Hasan, lieber Hasan«, murmelte er, während er zur Eröffnung den Königsbauern zog. »Sind Venedigs Herrscher nicht wie die Figuren in einem gewöhnlichen Schachspiel?«

»Ich würde, mit Verlaub, Herr, ein Schachspiel nie als gewöhnlich bezeichnen.«

»Und doch drängt sich der Vergleich geradezu auf. Der Doge ist der König. Alle gruppieren sich um ihn, alle beschützen ihn, das ganze Spiel ist auf ihn ausgerichtet. Und doch kann er sich kaum bewegen, sich nicht selbst verteidigen. Der Große Rat, das sind die Bauern. Viele fleißige und weniger fleißige Fußsoldaten, vor allem zu Beginn aller strategischen Überlegungen interessant. Der Rat der Zehn, das sind die Läufer und Türme. Potenziell gefährlich, aber mit etwas Augenmaß schnell zu durchschauen, weil sie geradlinig ihren Weg verfolgen.« Davide strich sich übers Kinn. »Und der Kanzler, das ist der Springer. Gern unterschätzt, aber extrem beweglich, oft spielentscheidend.«

»Und wer ist die Dame?«, fragte Hasan.

»Das ist die Frage. Kann blitzschnell überall sein, dominiert auch vom Rand aus, vermag alle und jeden zu bedrohen. Und ist oft der eigentliche Mittelpunkt des Spiels. Ich habe einen Verdacht. Aber ich bin mir noch nicht sicher.«

Davide lehnte in der Mitte des Spiels einen Bauerntausch ab, was sonst nicht seine Art war. Normalerweise hielt er sein Schachfeld möglichst übersichtlich und nahm jede Gelegenheit wahr, Figuren aus dem Weg zu räumen. »Doch wenn ich's recht bedenke, reicht nicht einmal das Schachspiel mit seinen wohl Millionen von Möglichkeiten aus, Venedig zu erklären«, lachte er, nun besser gelaunt.

Hasan lachte erleichtert mit.

Vor dem Abendessen verließ Davide noch einmal das Haus für einen kurzen Besuch beim Barbier. Seit seiner Zeit im Gefängnis ließ er sich den Bart immer etwas länger stehen, sehr zum Missfallen Veronicas.

»Herr!«, hörte er jemanden von einer Gondel aus rufen.

Davide blickte sich verblüfft um, hatte er doch keine Gondel bestellt. Da sah er ihn. »Ah, Luca. Der tüchtige Ruderer mit den fünf Geschwistern.«

»Ihr kennt meinen Namen, Herr?«

»Machst du dich lustig über mich, Kleiner? Ich vergesse keine Namen.«

Der junge Gondoliere errötete. »Verzeihung, Herr, ich wollte Euch nicht beleidigen.«

Davide lachte. »Mir scheint, du fährst zu viele alte Herren

über die Kanäle, die ihre eigene Adresse vergessen haben, vor allem spät am Abend!«

Jetzt lachte auch Luca auf.

»Also, was gibt es?«

»Ihr batet mich doch, Euch Dinge zu berichten, die ich auf meinen Fahrten so höre.«

»Ja, schieß los.«

»Ich weiß ein paar Dinge. Vielleicht sind sie interessant für Euch. Also: Es gibt einen neuen Spielsalon. Er ist in der Wohnung des Ratsmitglieds Burratin, gleich hinter …«

»Gleich hinter den Prokuratien. Ich weiß.«

»Oh.« Luca war enttäuscht.

»Nun ja, was hast du denn sonst noch?«

»Ein anderes Mal brachte ich ein Ratsmitglied mit seiner Frau zu einem Abendessen. Man sprach über Riccardo Bellini und seine Frau Veronica. Und dabei fiel auch Euer Name, Herr.«

Davide winkte lächelnd ab. »Ja, ich kann mir in etwa denken, was dabei gesprochen wurde. Oft ist es auch gut, nicht allzu viel zu wissen. Jedenfalls was die eigene Person auf dem Markt der Gerüchte angeht.«

Luca fuhr sich durch den Lockenkopf. »Und dann war da noch etwas. Ein Gespräch, aus dem ich nicht schlau wurde.«

»Na, vielleicht werde ich es ja«, murmelte Davide wenig begeistert und wandte sich zum Gehen. Er musste allmählich dringend zum Barbier.

»Zwei Ratsmitglieder. Schon sehr alt. Sie unterhielten sich nur flüsternd. Ich habe kaum ein Wort verstanden, aber …«

»Aber?«

Luca zögerte. »Es fiel immer wieder ein Name. Und dieser Name … Wie soll ich sagen? Die Männer schienen sich zu fürchten. Wie sie ihn aussprachen … Da bekam ich fast selbst Angst.«

Davides Augen verengten sich zu Schlitzen. »Welcher Name?«, fragte er mit kühler, leiser Stimme.

»Vielleicht habe ich mich verhört, ich weiß es ja auch nicht …«

»Welcher Name?«, insistierte Davide.

»Sie sprachen von einem Crallio, Callio oder Collio.«

Davide blickte den Gondoliere lange an, dem ein eisiger Schauer über den Rücken zu laufen schien. Er kannte den Namen.

»Bist du ganz sicher, Junge?«

»Äh, ja, so ähnlich klang der Name!«

»War es Crollio?«

»Ja, richtig, Crollio war es wohl.«

Davide blickte in den Himmel. Die Wolken zogen, von einem warmen Wind getrieben, über die Lagune. »Crollio«, sagte er mehr zu sich selbst.

»Danke, Kleiner.« Geistesabwesend kramte er einen Dukaten hervor, ließ den Gondoliere grußlos stehen und ging, die Rasur vergessend, in sein Haus zurück.

Niemand wusste, wie er wirklich hieß. Niemand wusste, wie er aussah. Die, die ihn zu Gesicht bekommen hatten, hatten ihr Wissen mit dem Leben bezahlen müssen. Das Einzige, was über den Mann bekannt war, den man in der christlichen Welt »Crollio« nannte, war Folgendes: Er stand im Dienst der Osmanen. Ob er dem Sultan direkt unterstellt war, galt wiederum als unklar. Die Genueser Todesserie, bei der 1565 vier Ratsherren, allesamt Freunde Venedigs und ein Bündnis anstrebend, innerhalb von wenigen Wochen starben, wurde ihm zugeschrieben. Eher zufällig fand man heraus, dass ihr Essen vergiftet worden war. Ein Diener hatte davon gekostet und aufgrund der kleinen Dosis des Gifts knapp überlebt. Später änderte Crollio – ein Name, den ihm ein venezianischer Chronist gab, der später selbst verdächtig früh starb – offenbar seine Strategie und ließ Morde überdeutlich wie Morde aussehen. Weitere Tote, die vermutlich auf Crollios Konto gingen, waren der venezianische Gesandte am französischen Hof, der sich gefährlich gut mit dem dortigen König verstand, sowie ein spanischer Hofjunker, der eine Allianz der Mittelmeeranrainer Venedig, Genua, Frankreich und Spanien vorantreiben wollte.

Geheimnisvolle Tote hatte es auch in Lucca, Florenz, Mantua und am Mailänder Hof gegeben, das Verschwinden zweier Kardinäle im Vatikan schrieb man ebenfalls Crollio zu, jenem Mann, über den man nur bruchstückhaftes Wissen zusammentragen konnte. Etwa dass seine Augen von einem erstaunlichen Grün waren. Und er hatte, wollte man den Berichten von völlig verängstigten Augenzeugen glauben, eine oder zwei tiefe Narben auf einer seiner Wangen. Möglich, dass er auch hinter einigen Todesfällen an deutschen Höfen und in Portugal stand.

Wie der Mann unerkannt seine Morde hatte begehen können, war ein Rätsel, über das an allen Höfen eifrig spekuliert wurde. Die meisten Schranzen waren sich sicher: Er verfügte über magische Kräfte, konnte sich unsichtbar machen und an zwei Orten gleichzeitig sein.

Den Versuch, den geheimnisvollen Assassinen für Venedig zu kaufen – seit jeher eine beliebte Taktik der pekuniär ihren Feinden überlegenen Seemacht –, bezahlten drei Abgesandte mit dem Leben. Der Große Rat hatte ihre Augen, Ohren, Zungen und Geschlechtsteile in einem Stoffsack zugestellt bekommen. Eppstein, der die Überreste untersuchte und sie ihren Besitzern für ein Begräbnis zuordnen wollte, vermutete, die Amputationen seien *vor* dem Tod der Abgesandten vorgenommen worden. Die Abgesandten waren Davides Vorgänger gewesen, die für Calaspin spezielle Aufträge und heikle Botengänge übernommen hatten.

Sollte Crollio tatsächlich in Venedig sein? Und die Schiffs-baumeister getötet haben, um das Arsenale und damit die gesamte Serenissima zu schwächen? Wer stand als Nächster auf der Liste?

Veronica traf, wie gewohnt, zur blauen Stunde ein. Hasan hatte nur wenige Kerzen angezündet und *risi e bisi* gemacht, mit dem teuren Getreide namens *riso* aus Persien, Erbsen, Petersilie, etwas Käse, Speck und – als besondere Note des begeisterten Kochs – etwas Minze. Es war nicht Davides Lieblingsessen, aber Veronicas. Sie saß ihm gegenüber und schlemmte mit Lust. Manchmal musste man eben Kompromisse machen. Dafür warteten gebratene Wachteln auf ihn, obwohl derzeit keine Jagdsaison war. Aber Hasan hatte längst Beziehungen aufgebaut, die denen eines Hofmarschalls gleichkamen. Er konnte beinahe zu jeder Saison alles besorgen, wenn auch nicht immer zu einem günstigen Preis. Gut, dass sein Herr niemand war, der bei Lebensmitteln aufs Geld schaute.

»Nun, was sagt man zum neuen Dogen?«, fragte Davide, als Hasan gerade die köstlichen Wachteln mit Polenta auftischte. Veronica sah heute besonders bezaubernd aus, ihre Wangen glänzten, sie blickte ihn verliebt an. Wind kam auf, die Kerzen flackerten vergnügt. Und doch konnte Davide den Abend nicht vollauf genießen. Die unbestimmte Bedrohung, die wie ein langer Schatten auf die Lagunenstadt fiel, schlug ihm aufs Gemüt.

»Man war sich zumindest schnell einig. Für Sebastiano Venier stimmte am Ende niemand mehr. Ein zwar fähiger, aber wirklich störrischer Kerl. Und Nicolò da Ponte bildet sich viel zu viel auf seine Familie ein. Außerdem ist er vielen Ratsmitgliedern zu papsttreu.«

»Ich glaube, der alte Venier hätte Venedig gutgetan.«

»Das sagst du ja nur, weil du den gleichen Nachnamen

trägst. Nicht, dass ihr am Ende noch verwandt seid und du dir besondere Zuwendungen erhoffst«, lächelte Veronica.

»Veniers gibt es in Venedig zu viele, als dass noch irgendjemand wüsste, wer mit wem verwandt ist.«

Zum Dessert hatte Hasan Teigröllchen aus karamellisiertem Zucker, Butter, Mehl, Milch und wertvoller geriebener Schokolade bereitet, die sich Veronica und Davide schmecken ließen. Hasan klappte nun die Fensterläden zu, es war empfindlich kühl geworden. Die Nacht erinnerte mit feuchter, unangenehmer Zugluft daran, dass der Sommer eben doch noch einige Wochen entfernt war.

Bei einem Glas Muskateller entspannte sich Davide ein wenig.

»Du hast heute Alessandro kennengelernt, den *provveditore* des Arsenale, richtig?« fragte Veronica, als wüsste sie um die düsteren Gedanken ihres Geliebten.

»Ja. Eine wirklich faszinierende Welt da draußen. Einiges kannte ich schon, aber Alessandro hat mir alles gezeigt und einiges erklärt. Diese Werft mag in ihrem Lärm und ihrem Gestank die Hölle auf Erden sein. Aber sie dient dem Erhalt unserer Seemacht, kein Zweifel.«

»Ich habe Riccardo schon so oft gedrängt, mir einmal das Arsenale zu zeigen, aber er sagt, das sei keine Welt für Frauen.«

Davide lachte. »Die *arsenalotti* würden Damenbesuch durchaus zu schätzen wissen …« Dann stockte er und wurde ernst. »Woher weißt du denn, dass ich den *provveditore* getroffen habe?«

»Alessandro hat es mir selbst gesagt.«

»Wann?«

»Heute Morgen. Ist das schlimm? Hätte er das nicht tun sollen?«

»Nein, aber wo hast du ihn denn getroffen?«

»Vor unserer Wohnung. Er wohnt doch neben uns.«

»Er wohnt nicht im Arsenale?«

»Nein, nichts auf der Welt bringe ihn dorthin, betont er. Wie du schon sagtest. Zu viel Lärm, zu viel … Wo willst du denn hin?«

Davide war aufgesprungen. »Ich leihe mir deine Gondel aus, warte hier auf mich!«, rief er Veronica zu. Im Türrahmen verharrte er, kehrte noch einmal zurück, schnappte sich noch eines der köstlichen süßen Röllchen vom Tisch und stürmte an dem verdutzten Hasan vorbei nach unten auf die Straße.

KAPITEL 28

Der Anschlag

Der wohnt nicht im Arsenale, der eitle Trottel. Warum hat er mir das nicht gesagt? Warum habe ich nicht danach gefragt? Davide machte sich Vorwürfe. »Schneller, schneller, mein Teurer! Es geht um Venedig!«, trieb er Bartolomeo an, den treu ergebenen Diener der Bellini-Familie, der gar nicht wusste, wie ihm geschah. Auch der Junge am Bug ruderte, als ginge es um sein Leben.

Kein Stern am Himmel, ab und zu schaute die Mondsichel hervor, das Licht wurde vom Wasser reflektiert, und aus einigen Fenstern drang schwacher Kerzenschein. Die Lichtverhältnisse, um auf den engen Kanälen Kopf, Kragen und Gondel zu riskieren, waren denkbar schlecht. Dennoch ruderte Bartolomeo, wie er seit seiner Jugend nicht mehr gerudert war, die Gondel flog regelrecht über das Wasser, und das trotz der Dunkelheit. An einer unübersichtlichen Kurve hinter der Brücke am Rio della Misericordia wäre es beinahe zu einem Zusammenstoß gekommen. Eine Transportgondel trieb gemächlich in der Mitte des Kanals dahin. Doch Davide sprang an den Bug ihrer Gondel und drückte mit dem Fuß das entgegenkommende Fahrzeug einfach aus dem Weg. Zum Entsetzen des Krämers schrammte das Ruder der Transportgondel mit einem hässlichen Splittergeräusch an einem am Ufer vertäuten Boot entlang. Seine Flüche hallten ihnen noch lange nach. Auch Bellinis Gondel hatte sich bei der Aktion Schrammen zugezogen.

»Herr«, keuchte der arme Gondoliere, der am Ende seiner Kräfte zu sein schien, aus dem Halbdunkel, »geh mit dem Gefährt behutsam um. Es ist nicht meines, und doch ... und doch bin ich dafür verantwortlich.« Der junge Ruderer am Bug dagegen jauchzte vergnügt.

»Fünf Dukaten, wenn du schneller ruderst, und fünf Dukaten für die Schäden an deiner Gondel.«

Bartolomeo stieß einen kurzen, verzweifelten Seufzer aus, dann senkte er den Kopf und pfiff dem Burschen am Bug etwas zu. Davide registrierte, wie sich die Frequenz der Ruderschläge noch einmal leicht erhöhte. Ja, so funktionierte Venedig.

Riccardo Bellinis Palazzo am Rio de la Fava, ein paar hundert Fuß nördlich vom Markusplatz, war ein schmucker Neubau, vier Stockwerke hoch und zum Glück ordentlich erleuchtet. Vielleicht hielt Riccardo gerade einen seiner »Herrenabende« ab, über die in Venedig noch mehr geflüstert wurde als über die außereheliche Beziehung seiner schönen Frau mit dem ehemaligen Sträfling aus den Bleikammern.

Dieser wartete erst gar nicht, bis der Gondoliere sein Boot vertäut hatte. Mit einem Satz war er am Ufer und warf dem völlig ausgepumpten Ruderer die zehn versprochenen Dukaten hin. »Wo wohnt der *provveditore*? Hier?« Davide zeigte auf das zweistöckige Haus links neben dem prächtigen Palazzo.

»Ja, Herr, dort. Erst durch den Eingang im Innenhof, dann gleich rechts.«

»Gut. Fahr zurück zu deiner Herrin.«

Der Gondoliere legte seufzend ab. Er würde sein Gefährt zur Ausbesserung des Schnitzwerks in die kleine Werft in Dorsoduro bringen müssen, zu den *tirolesi* in ihren Holzhäusern.

Der Kanal lag in völliger Stille da, auch aus den Häusern

drang kein Laut, nicht einmal aus dem hellen Palazzo. Die Ruderschläge der Gondolieri, die sich entfernten, waren das einzige Geräusch.

Davide lauschte. Holz knackte, irgendwo schrien zwei Möwen. Dann zückte er sein Stilett. Es war mit einer zweikantigen und nicht mit der sonst beliebten dreikantigen Klinge versehen und besaß einen Elfenbeingriff – eine Arbeit aus der berühmten Waffenschmiede Del Rosso unter den Vatikanischen Bibliotheken zu Rom, die perfekte, unauffällige Waffe, so simpel und doch so heimtückisch, dass viele Städte sie verboten. Sie erlaubte das unauffällige Töten, blutete die Wunde aufgrund des kleinen Einstiches doch kaum, aber die lange Klinge richtete in den Eingeweiden des Opfers verheerenden Schaden an.

Es war längst nach Mitternacht. Das Haus, eigentlich Teil eines *borgo* mit einem von allen Seiten umschlossenen Innenhof, lag völlig unbeleuchtet da. Die Wohnanlage sah von außen eher schlicht aus, war aber alles andere als ärmlich: frisch verputzt, die Fenster gar mit doppelseitigen Fensterläden ausgestattet. Der Zugang zum Innenhof war durch keine Tür versperrt.

Davide betrat lautlos den schmalen Durchgang, der kaum höher war als er selbst groß und der einzige Weg zum Innenhof. Je weiter er vordrang, desto dunkler wurde es. Im Innenhof empfing ihn zunächst völlige Schwärze. Er blieb stehen, um seine Augen daran zu gewöhnen. Nach einiger Zeit konnte er zumindest die Umrisse der Gebäude und die Tür erkennen, hinter der Alessandro De Longhi wohnte, der sorglose Leiter des Arsenale. Inzwischen hatte sich auch wieder etwas Mondlicht durch die Wolken gekämpft.

Mit gedämpften Schritten, immer wieder innehaltend, schlich Davide auf die Wohnung des *provveditore* zu. Nur sein eigener Atem war zu hören. Die Wohnungstür, edel beschlagen, war nicht verriegelt. Davide stieß sie behutsam auf, die eisernen Scharniere quietschten dennoch fürchterlich. Er hielt geraume Zeit inne, doch von nirgendwoher kam eine Reaktion auf den schrillen Lärm. Davide ging weiter. Das Mondlicht reichte gerade aus, um das Zimmer zu beleuchten, in dem er stand. Es war ein großer, kühler Raum, in der Mitte ein Esstisch mit vier Stühlen, an der Seite eine Anrichte, ein paar Regale, Kleiderhaken. Keine vornehme Einrichtung, eher die typisch praktische Wohnung eines venezianischen Junggesellen.

Irgendwo weiter hinten in dem Gebäude miaute eine Katze. Durch einen Türspalt drang ein fahler Lichtschein aus einem Zimmer, wohl von einer Kerze oder Öllampe, und zeichnete eine feine gelbe Linie auf den Terrakottaboden. Aus der Ferne erklangen Ruderschläge und Rufe. Davide glitt vorsichtig in Richtung des Lichts. Das Miauen wurde lauter. War es wirklich eine Katze? Nein, das war ein Wimmern, ein … Mit drei hastigen Schritten war Davide an der Tür, aus welcher der Lichtstreifen fiel. Er riss sie auf und sah den *provveditore* in seinem Schlafzimmer neben dem Bett knien, nackt, gefesselt und mit einem Stoffknebel im Mund. Der *provveditore* sah ihn aus weit aufgerissenen Augen an. Sein Wimmern wurde lauter, sein Körper zuckte so wild hin und her, wie es die fachmännisch angelegten Fesseln erlaubten.

Davide blickte sich instinktiv um. Plötzlich war ein großer schwarzer Schatten über ihm. Sein Stilett fiel zu Boden, der Schatten hatte es ihm aus der Hand geschlagen, doch mit der Linken traf Davide irgendetwas im Gesicht seines Angreifers, es knackte ein Knochen. Dieser, offenbar völlig schmerzunempfindlich, ließ keinerlei Reaktion erkennen, legte seine Hände um Davides Hals und würgte ihn. Die zwei heftigen Schläge, die Davide noch austeilte, wurden vom weiten Mantel des Schattens verschluckt. Ein bösartiges Tier hatte sich an seinem Hals festgekrallt, zu allem entschlossen und rasend vor Wut.

Die beiden Kämpfer vollführten einen tödlichen Tanz durch den Raum, rissen Nachtgeschirr, Papiere, einen Stuhl, eine ganze Garderobe zu Boden. Mit beiden Händen versuchte Davide, den Würgegriff zu lockern. Die Luft blieb ihm weg, die Knie wurden weich, noch zweimal hieb er mit seiner letzten verbliebenen Kraft auf den Angreifer ein. Der zweite Faustschlag traf genau die Nasenspitze, der Würgegriff lockerte sich einen winzigen Augenblick. Überall war Blut. Es sprudelte aus dem Schatten hervor, der ganze Raum schien von einer roten Wolke eingehüllt. Doch Davide konnte sich dem Angreifer nicht entwinden und sackte zusammen. Von irgendwoher flog ein zweiter Schatten heran.

Bevor er das Bewusstsein verlor, hörte Davide, wie sein Gegner aufheulte, und sah, dass ein Messer tief in dessen Oberschenkel steckte. Er schlug wild um sich, der Griff lockerte sich weiter, dann wurde Davide ohnmächtig.

KAPITEL 29

Im Ghetto

Aus der Schwärze blitzte ein winziger Lichtstrahl. Dann noch einer. Und noch einer. Danach ein verschwommenes Bild, heller werdend. Dann wieder Schwärze. Allmählich kam Davide zu sich. Er blinzelte, konnte aber noch nichts erkennen. Es roch nach Kräutern, der Geruch kam ihm vertraut vor. Davide versuchte, die Augen aufzuschlagen, was ihm aber nur zum Teil gelang. Die anderen Sinne schienen wieder zu funktionieren.

»Ein paar hübsche Würgemale habt Ihr da, mein Herr.« Die Stimme hörte er klar und deutlich, er kannte sie … Da wusste er es: Eppstein!

»Diesmal war es wohl kein eifersüchtiger Ehemann, der hinter Euch her war?«, fragte die Stimme wieder.

Endlich schaffte Davide es, die Augen ganz zu öffnen.

Eppstein blickte ihn mit seinem rechten Auge an, dem einzigen, das ihm verblieben war. Über dem fehlenden linken Auge trug er eine Augenklappe aus schwarzem Leder. Darüber, wie er es eingebüßt hatte, rätselte ganz Venedig, denn Eppstein weigerte sich beharrlich, ein Wort darüber zu verlieren. Möglich, dass er diesen bedauerlichen Verlust unter der Folter erlitten hatte, vielleicht war es auch eine Entzündung gewesen. Eppsteins Forschungen behinderte seine eingeschränkte Sicht jedenfalls nicht.

Bei dem Versuch, sich aufzurichten, schoss Davide der Schmerz wie ein Keulenschlag in den Nacken.

»Bleibt lieber liegen. Euer Hals ist ordentlich mitgenommen. Ich werde Euch noch ein paar kühle Umschläge machen.«

Davide nahm seine Umgebung vom Liegen aus in Augenschein. Neben Eppstein standen Hasan und Miguel, auch der *provveditore* war dabei.

Der ergriff sofort das Wort. »Ich weiß nicht, wie ich Euch danken soll. Ihr habt mir das Leben gerettet«, sagte er mit zitternder Stimme. Er war noch sichtlich mitgenommen, was unter den Umständen alles andere als verwunderlich war.

Davide winkte mit schwacher Geste ab. »Wer hat gesagt, dass er Euch ermorden wollte?« Er versuchte erneut, sich aufzurichten. Kurz raubte ihm der Schmerz den Atem, aber endlich saß er aufrecht und blickte dem verstörten *provveditore* in die Augen. »Vielleicht wollte er Euch ein besseres Angebot machen und Euch mit nach Istanbul nehmen. Warum hätte er Euch sonst fesseln sollen? Ja, vielleicht habe ich sogar Euren beruflichen Aufstieg verhindert.«

»Na, fast schon wieder der Alte«, murmelte Eppstein mit gespieltem Missmut.

In einem aufgeregten Durcheinander erzählten nun alle Beteiligten, wie der nächtliche Kampf weitergegangen war.

Hasan war nach Davides übereiltem Aufbruch zutiefst beunruhigt gewesen, hatte sich, auch auf Drängen Veronicas, kurzerhand das Ruderboot vom Nachbarn, dem Barbier, geschnappt und Miguel, der am Canale della Misericordia wohnte, aus dem Tiefschlaf gerissen. Gemeinsam waren sie in Windeseile zum Haus des *provveditore* gerudert. Kaum war das Boot vertäut, stürmten sie in den Innenhof und sahen im Schlafzimmer des *provveditore* das Ringen der beiden Männer und den gefesselten Alessandro.

»Er war auf einmal da«, rief dieser nun dazwischen. »Ich

hatte schon geschlafen. Und als ich aufwachte, war ich schon so gut wie gefesselt.«

Hasan hatte sich sofort auf den Mann gestürzt, der seinen Herrn würgte, doch es war, als werfe man sich gegen einen Fels. Er war einfach abgeprallt, ohne auch nur das Geringste ausrichten zu können. Miguel hatte das Stilett am Boden aufblitzen sehen, hatte zugegriffen und es, noch auf den Knien, dem Bösewicht tief in den Oberschenkel gerammt. Erst da hatte der Mann aufgeschrien, von Davide abgelassen und war im selben Moment wie ein Spuk aus dem Raum verschwunden.

»In weniger als einem Augenblick war er einfach nicht mehr da!«, berichtete Hasan. Sie setzten dem Angreifer nach, aber vergeblich.

»Wirklich, er war ganz und gar verschwunden!«, rief Miguel, der sonst schwer zu beeindrucken war.

»Es war wie verhext!«, ergänzte Hasan atemlos.

»Wir haben alles abgesucht, so gut es in der Dunkelheit ging«, sagte Miguel. »Wir hatten aber keine Fackeln dabei, und wir wollten uns ja auch nicht zu weit von dir und dem *provveditore* entfernen. Gut möglich, dass der Angreifer noch irgendwo in der Nähe lauerte.«

»Das ist alles nicht mit rechten Dingen zugegangen.« Hasan schüttelte den Kopf.

»Jedenfalls löste Hasan mir die Fesseln, während der brave Spanier Euch ins Boot trug«, erzählte nun Alessandro De Longhi. »Und dann fuhren wir sofort zu Eppstein.«

»Äh, ich hatte natürlich nicht Euren Passierschein fürs Ghetto, Herr«, ließ sich Hasan vernehmen. »Ich musste die Wachen mit je einem Dukaten überreden, uns einzulassen. Aus Eurem Budget. Ich hoffe, Ihr nehmt es mir nicht übel.«

Davide setzte zu einem Lachen an, unterdrückte es aber

sofort wieder, weil der Schmerz im Nacken wie wild dröhnte.

»Keine Angst, ich fordere die zwei Dukaten nicht zurück.«

»Ich habe mir zuerst große Sorgen um Euch gemacht, als man Euch hierherbrachte«, erzählte nun wieder Eppstein, ein großgewachsener und schlanker Mann mit vollem grauem Haar. Seine Vorfahren waren aus Mecklenburg nach Venedig geflohen. Wenn man genau hinhörte, hatte er immer noch einen leichten deutschen Akzent. Es gelang ihm nicht, das R wie ein Italiener mit der Zungenspitze zu bilden, es kam stattdessen aus der Tiefe seines Rachens. Eppstein war der bekannteste Arzt in Venedig. Dass er nebenbei Forschungen auf allen möglichen anderen Gebieten betrieb, etwa der Alchemie und der Waffenkunde, wussten nur wenige. »Gut, dass das ganze Blut nicht das Eure war. Euer Gegner hat jedenfalls auch tüchtig etwas abbekommen.«

»Das kann man wohl sagen«, rief Miguel. »Ich habe dem verdammten Kerl das Stilett bis zum Schaft ins Bein getrieben!«

»Und ich?« Erst jetzt entdeckte Davide, dass sein linker Oberarm in Stoff eingewickelt war.

»Eine ziemlich tiefe Kratzwunde, aber nichts Dramatisches. Es sieht so aus, als hätte Euer Gegner außergewöhnlich lange Fingernägel. Vermutlich hält er sie schön spitz und scharf. Ein offenbar wirklich unleidlicher Mensch. Ich habe die Blutung mit etwas Arnika gestoppt. In ein paar Tagen sollte alles wieder in Ordnung sein. Ich gebe Euch auch noch Arnikatinktur für den Hals mit. Bitte jeden Morgen auftragen ...«

»Oder auftragen lassen«, zwinkerte Miguel.

»Dann werde ich in den nächsten Tagen wohl mit aufgeschlagenem Kragen durch Venedig laufen müssen.«

»Bleibt in den nächsten Tagen lieber im Bett.«

»Das, lieber Herr Doktor, wird mir angesichts der Umstände wohl nicht möglich sein.« Davide wandte sich an den *provveditore.* »Unser armer Alessandro. Wollte man Euch entführen? Oder hat man eine besonders perfide Todesart für Euch erdacht? Vielleicht gut, dass Ihr es nie erfahren werdet.«

Alessandro De Longhi sah ihn zugleich erschrocken und schuldbewusst an.

Davide stand auf. Noch schwankte er ein wenig, aber er hielt sich auf den Beinen. »Wie spät ist es? Ist es schon Tag?«

»Ja, es hat gerade zur siebten Stunde geläutet«, antwortete Eppstein.

»Gut. Wir vier«, Davide zeigte auf Miguel, Hasan und den *provveditore*, »werden gemeinsam zu Alessandros Haus zurückkehren. Dort packt Ihr«, nun wandte er sich an De Longhi, »alles, was Ihr braucht. Ihr werdet unverzüglich ins Arsenale umziehen. Miguel wird Euch bis dorthin begleiten. Dann, Miguel, tu mir einen Gefallen und geh zu Calaspin. Die Wachen werden dich durchlassen, wenn du sagst, du kämst von Davide Venier. Berichte ihm, was vorgefallen ist. Wir, lieber Hasan, schauen derweil, ob der Geist nicht doch ein paar Spuren hinterlassen hat.«

Er hatte es zum ersten Mal gespürt. Ein merkwürdiges Gefühl. Als hätte sich eine Spinne mit eisigen Beinchen auf seine Seele gesetzt. Ihm war kurzzeitig die Kontrolle entglitten. Er hatte echte, heftige Schmerzen gespürt. Wohl zum ersten Mal, seit er die Schule des Falken verlassen hatte, überfiel ihn für einen winzigen Moment die Furcht, dass er dieses Mal verlieren würde. Gut: Diese Schlacht war vorbei, aber noch nicht der Krieg. *Sein* Krieg.

Dieser verdammte Spanier. Miguel de Cervantes. Natürlich kannte er ihn. So wie er sich das Netz der Gassen und Kanäle eingeprägt hatte, hatte er in den vielen Wochen auch Venedigs Bewohner studiert. Hatte sie beobachtet, ihre Gewohnheiten registriert, ihre Rhythmen, ihre Zeiten. Sich manchmal sogar unter sie gemischt, auf dem Markt, auf der Piazza San Marco, auf der Campi. Ein Orientale in Venedig fiel so wenig auf wie ein Venezianer in Venedig. Wenn ihn denn überhaupt einer bemerkte.

Und Hasan. Einer, der sich gegen sein eigenes Reich stellte. Eines Tages würde er sich an ihm rächen.

Davide Venier. Dem würde es sowieso sehr bald sehr schlecht ergehen. Er war der Einzige, aus dem Crollio nicht schlau wurde. Noch nicht. Gut möglich, dass er für die Venezianer das war, was Crollio für die Osmanen war. Aber genauso gut möglich, dass er nur einer dieser Tunichtgute war, die der Serenissima auf der Tasche lagen. Doch Crollio ahnte, dass seine erste Annahme eher der Wahrheit entsprach.

Die Wunde war tief, der Blutverlust enorm. Noch jetzt, eine Stunde später, zurück in *seiner* Wohnung, breitete sich eine scharlachfarbene Pfütze unter ihm aus. Aber die große Arterie des Lebens, die hatte das Stilett verfehlt. Das Nasenbein, das sah er in einem fast blinden Spiegel, war ganz sicher dahin. Stöhnend richtete er, was per Hand zu richten war. Das Atmen machte ihm Schwierigkeiten. Das sollte der Hurensohn ihm büßen. Immerhin war die Blutung gestoppt.

»Wasser«, befahl er dem alten Mann, der längst sein willenloser Sklave geworden war.

Der alte Mann schleppte einen Zuber herbei.

Nachdem Crollio die Wunde ausgewaschen hatte, klemmte er sich ein Stück Holz zwischen die Zähne und begann, sie zu vernähen.

KAPITEL 30

Spurensuche

Gondeln legten an, Bedienstete schleppten frische Waren vom Markt in den Bellini-Palazzo und verluden Geschirr und Decken zum Waschen in die Boote. Selbst im Innenhof, in dessen unmittelbarer Umgebung noch wenige Stunden zuvor ein Kampf auf Leben und Tod stattgefunden hatte, herrschte Geschäftigkeit.

Davide ließ den *provveditore*, der wieder am ganzen Körper zu zittern begann, seine Habseligkeiten rasch in einer Tasche aus Segeltuch verstaute und sich kaum umschaute, schnell von Miguel in Richtung Arsenale schaffen. Den Gruß der Nachbarn hatte Alessandro nur schwach erwidert. Dieser gesamte Innenhof, die Wohnungen und die Nachbarn, er schien das alles jetzt wie einen Feind wahrzunehmen und froh zu sein, dass er in die ummauerte Werft ziehen konnte. Warum er sich vorher geweigert habe?, wollte Davide wissen. Er habe einfach weiter seinen kleinen Vergnügungen nachgehen wollen, dem Würfelspiel, dem Wein, hier und da einer Kurtisane das Mieder mit den Zähnen aufschnüren … Von diesen Gelüsten sei er jedoch vorläufig geheilt. Nie würde er vergessen, wie der Schatten ihn aus dem Bett gerissen und in Sekundenschnelle unbeweglich gemacht habe, noch bevor er richtig wach geworden war. Als er dann die Situation erfasst habe, habe er sich vor Todesangst beinahe in die Hosen gemacht. Doch nun saß Alessandro mit Miguel in einer vom Arsenale für ihn bereitgestellten Gondel, die ihn und sein Bündel in Sicherheit brachte.

Die Spuren des Kampfes in der Wohnung waren unübersehbar. Scherben und Holzsplitter lagen auf dem Boden und quer über der Bettstatt. Vor allem aber war überall Blut. Als hätte man ein Schwein geschlachtet. Selbst Davide, der schon einiges gesehen hatte, bereitete der Anblick Übelkeit. Das Blut war nicht nur auf dem Boden, sondern auch auf den Wänden und sogar an der Decke. Und der Boden war richtiggehend eingesuppt.

»Nun ja, Ihr habt ihn im Gesicht erwischt, richtig? Das blutet immer heftig. Dann noch Miguels Stich in den Oberschenkel, ein großer Muskel mit viel Blut im Inneren …«

»Hasan, bitte! Seit wann verstehst du etwas von Anatomie?«

»Studien des menschlichen Körpers sind auch in meiner Heimat durchaus üblich«, gab Hasan gekränkt zurück.

Aber Davide hörte schon nicht mehr hin und blickte sich um. »Eigentlich müsste man Crollio doch perfekt folgen können.«

»Crollio? Bin ich heute Nacht dem Teufel persönlich begegnet?«

»Ich bin ganz sicher, dass das Crollio war.«

»Woher wisst Ihr das?«

»Fragst du eine Hure, ob sie eine Hure ist? Es gibt Dinge, die erkennt man, wenn man sie sieht.«

Die Blutspuren setzten sich in den Eingangsraum fort, waren noch vor der Haustür Alessandros zu sehen – und verschwanden dann im Innenhof.

»Interessant«, bemerkte Hasan. »Hat er sich hier draußen in Luft aufgelöst?«

»Nein, hat er nicht.« Davide zeigte auf ein Fenster.

»Ist er dort hinein?«

»Nein, aber er ist dort hochgeklettert. Und dann über das Dach entkommen. Zwei Stockwerke, dahinter ganz Venedig.

Kein Problem für einen Menschen, der das lange geübt hat.«

Hasan stöhnte vor Überraschung auf. »Wie um alles in der Welt … Zwei Stockwerke, zwei Fenster direkt übereinander, darüber das Ziegeldach … Ist das überhaupt möglich? Hat er vielleicht einen Helfer gehabt?«

»Das würde ich ausschließen. Menschen wie er arbeiten bevorzugt allein.«

»Und dann die schlimme Verletzung am Bein! Kann er vielleicht fliegen?«

»Lieber Hasan, wir haben es hier ganz offensichtlich nicht mit irgendjemandem zu tun. Aber übernatürliche Kräfte können wir wohl ausschließen. Ich nehme an, er verfügt über außergewöhnliche akrobatische Fähigkeiten. Selbst mit einer gebrochenen Nase, einer tiefen Schnittwunde und einem nur bedingt einsatzbereiten Bein.«

»Veronica!«, rief Davide, als er seine Wohnung betrat, wo seine Geliebte die ganze Nacht und den ganzen Vormittag auf ihn gewartet hatte. Er breitete die Arme aus.

Veronica breitete ihrerseits die Arme aus. Allerdings, wie Davide bemerkte, nicht, um ihn zu umarmen. Ihre rechte Hand schoss unvermittelt zu einer heftigen Ohrfeige vor, die gekonnt ihr Ziel fand und Davide angesichts des lädierten Nackens besonders schmerzte. Er stöhnte auf. Veronicas Augen brannten vor Wut. Davide wusste: Diesen Kampf würde er ganz sicher verlieren.

»Ganz Venedig weiß, was passiert ist. Aber ich erfahre es zuletzt?«, rief sie.

»Menschenleben waren in Gefahr, ich musste schnell handeln und hatte keine Zeit …«

»Ich war halb tot vor Sorge!« Veronica war um Haltung bemüht gewesen, doch nun brach sie in Tränen aus.

Davide nahm sie in den Arm.

Sie ließ es geschehen. Nicht ohne ihm noch zwei saftige Ohrfeigen links und rechts verpasst zu haben, die sich Davide lange merken sollte. Als er Veronica nach oben ins Schlafzimmer bugsieren wollte, riss sie sich los und zeigte ihm die »Feige«, jene universelle italienische Handbewegung, bei der alle fünf Finger, an den Spitzen aneinandergelehnt, nach oben zeigen.

Nein, heute war nicht Davides bester Tag.

KAPITEL 31

Eppstein

W arum habt Ihr mir nichts von den Crollio-Gerüchten erzählt?«, erkundigte sich Davide bei Calaspin.

Der Kanzler war gealtert. Die Falten um seinen Mund waren zu Furchen geworden, seine Augen schimmerten glasig. Selbst sein Haar wirkte grauer als sonst. Davide hatte ihn noch nie so fragil erlebt.

»Ich bin niemand, der Gerüchte verbreitet. Ich bin auf der Suche nach Tatsachen.«

»Bei Crollio ist ein Gerücht ebenso gut wie eine Tatsache.«

Calaspin nickte abwesend. »Wie geht es Euch?«, fragte der Kanzler, ohne den Blick zu heben.

»Halb so schlimm. Ich war bei Eppstein. Noch ein paar Tage, und ich bin wieder voll da.«

»Lasst mal sehen.« Davide öffnete den Kragen, Calaspin schaute flüchtig auf. »Ich habe schon Schlimmeres gesehen.«

»Danke fürs Mitgefühl.«

Nun hob Calaspin den Kopf und schaute Davide fest in die Augen. »Ihr müsst für die Serenissima nach Genua reisen.«

»Genua?«

Calaspin erklärte, es gebe unübersehbare Anzeichen dafür, dass ein Krieg mit den Osmanen unmittelbar bevorstehe. Venedig habe bereits Boten zu den großen christlichen Nationen geschickt, um erste Verhandlungen zu führen. Der Plan sei, eine Allianz unter dem Zeichen des Kreuzes zu schmieden, um sich gegen die Übermacht des Orients zu verbünden. Mit den Franzosen spreche man bereits. Zu den Spaniern könne man Davide leider nicht schicken, trotz seiner guten Kenntnisse der Sprache. Calaspin seufzte. »Es herrscht dort nämlich eine gewisse Verstimmung über Euren letzten Einsatz.«

»Das ist verständlich.«

»Die Osmanen rüsten zu einer großen Seeschlacht. Wir brauchen um jeden Preis die Unterstützung Genuas. Ihr müsst den Dogen Genuas treffen, ohne dass dieses Treffen publik wird. Die Gründe sind zahlreich: Nicht nur dürfen die Osmanen davon nichts wissen, auch die Bedenkenträger in den Reihen Venedigs und Genuas sollen möglichst vor vollendete Tatsachen gestellt werden. Ihr sollt eine Botschaft überbringen, die ein direktes Treffen der beiden Dogen vorschlägt.«

»Das ist allerdings …«

»… kühn, findet Ihr?«

»Nun ja, zumindest ungewöhnlich.«

»Nein, es ist wirklich kühn. Ich muss Euch sicher nicht erzählen, welche Widerstände es gäbe, wenn vorher jemand von diesem Treffen erführe. Eure Mission ist äußerst delikat.«

»Vor allem wenn man bedenkt, wie viele Söhne Venedigs mit dem Leben bezahlt haben, als es gegen Genua ging.«

»Doch nun geht es um unsere gemeinsame Zukunft. Wollen wir, dass die Osmanen das gesamte Mittelmeer beherrschen?« Calaspin hatte sich in Rage geredet, ein sicheres Zeichen dafür, dass die Dinge schlecht standen und selbst der sonst so nüchterne Kanzler beunruhigt war.

»Wann soll ich aufbrechen?«, fragte Davide.

»Ihr müsst am kommenden Montag in Genua sein. Morgen wird Euch einer meiner Vertrauten abholen und zur *terraferma* bringen. Dort wartet ein Vierspänner auf Euch, der Euch in drei Tagesreisen nach Genua befördern wird. Und:

Ihr dürft Euch bei Eppstein auf Staatskosten ausstatten lassen. Er soll Euch all das mitgeben, was er für richtig hält, was immer es auch sei.«

»Ach ja, die Serenissima«, lächelte Davide. »Wie immer großzügig zu ihren treuesten Mitarbeitern.«

Der Passierschein ersparte viele Dukaten Bestechungsgeld. Das Ghetto, die Gegend um die alte Gießerei in Cannaregio, war ein abgeschirmtes Gebiet, in dem die Juden seit einigen Jahrzehnten ihre Heimat gefunden hatten. Per Dekret hatte der Große Rat ihnen dieses Viertel zugewiesen. Es war eng, die Häuser schossen in die Höhe, aber immerhin drohte den Juden hier keine Verfolgung, keine Vertreibung, kein Scheiterhaufen. Venezianer durften das Ghetto nicht betreten, und die Juden durften das Ghetto nicht verlassen. Ausnahmen gab es, aber sie waren selten. Und mussten teuer bezahlt werden.

Ein Passierschein, ausgestellt vom Großen Rat, öffnete natürlich alle Türen. Übrigens besaß auch Eppstein einen – keiner der noblen Herren und Damen wollte auf seine medizinischen Kenntnisse verzichten, auch wenn für seine Behandlungen und die heilsamen Kräuter aus fernen Ländern mitunter das Tafelsilber versetzt werden musste.

Davide zeigte den beiden Wachleuten, die am Eingang standen, seinen Schein. Eigentlich war es nicht nötig, sie kannten ihn von seinen vorherigen Besuchen, aber man wahrte die Formalitäten, bevor ein paar Freundlichkeiten ausgetauscht wurden.

Schon Eppsteins Vater und sein Großvater waren angesehene Ärzte gewesen, die dem brandenburgischen Kurfürsten Joachim dem Ersten gedient hatten. Sie hielten den kränklichen Thronfolger, 1505 geboren, gegen den Rat der Hofastrologen und mit so bizarren Methoden wie der Verweigerung von Aderlassen und dem ständigen Verabreichen von Obst und Gemüse am Leben und brachten ihn bis ins Erwachsenenalter. Zudem verlängerten sie die Regierungszeit des späteren Schwergewichts mit einer strikten Wurzeldiät um einige wertvolle Jahre.

Als Kind half Eppstein beim Herstellen von Salben mit Schweineschmalz und Kräutern sowie beim Mazerieren von Tinkturen. Sogar bei den streng verbotenen Leichenschauen durfte er zugegen sein, denn der Kurfürst war an okkulten Wissenschaften interessiert und hoffte, das Seelenorgan zu finden, das ihm Unsterblichkeit verleihen würde.

Eppstein hatte auch einen Onkel namens Isidor Lilienfeld, eigentlich ein entfernter Verwandter seiner Mutter, der ein geschickter Instrumentenbauer war und sich auf Spinette spezialisiert hatte, die auf den Gütern des Brandenburger Adels gerade in Mode waren. Auch hier half der kleine Eppstein, der mit seinen geschickten Fingern die Gänsekiele anbrachte, die als Dorn an den Saiten zupften. Lilienfeld arbeitete zudem für den kurfürstlichen Rüstmeister, einen furchtbar unfähigen Kerl, der seine Energie lieber ins Verführen naiver Bauernmädchen steckte. So konnte Lilienfeld gemeinsam mit seinem aufmerksamen Gehilfen in Ruhe experimentieren und entwickelte unter anderem eine neue, dreieckige Form der Kimme für die Gabelmusketen, welche den Adligen bei der Jagd eine bemerkenswert hohe Zielgenauigkeit bescherte. Den Ruhm dafür strich natürlich der Rüstmeister ein.

Als die Schwestern von Eppsteins Großvater den Feuertod starben, weil sie ein christlicher Pfarrer fälschlicherweise der Hostienschändung beschuldigt hatte, flüchtete Eppsteins Familie gen Süden, durch die dunklen, nicht enden wollenden deutschen Wälder der Franken und Bayern, über den Schnee der Alpen, immer abseits der Straßen.

Eppstein bewohnte nun in einem Haus direkt am Campo zwei Stockwerke, die randvoll mit Büchern waren. Nicht einmal die Libreria di San Marco konnte mehr Bände besitzen. Zudem fanden sich in Eppsteins Schattenbibliothek, die Calaspin ausdrücklich billigte, auch alle ketzerischen Schriften, etwa über Alchemie und Kräuterkunde. Vor allem aber verfügte Eppstein über einen Raum, von dessen Existenz nicht einmal die Nachbarn wussten. Dort befand sich das Laboratorium des Juden, wo er – auch zum Wohle Venedigs – allerlei Merkwürdigkeiten austüftelte.

Davide traf Eppstein über eine merkwürdige Apparatur gebeugt an, einen schmalen Zylinder, dessen Höhe sich regulieren ließ.

»Dies ist eine Art Fernglas, aber für ganz kleine Dinge. Kneift ein Auge zu und schaut hier hindurch«, forderte er Davide auf.

Davide linste durch den Zylinder. Er sah eine wabernde Masse aus rötlichen Tierchen.

»Es ist mein eigenes Blut. Und hier!« Eppstein wechselte den Aufsatz.

Davide blickte wieder hindurch – und zuckte zurück. »Was für ein Horrorgeschöpf!« Er schüttelte sich.

»Der Kopf einer Ameise. Faszinierend, was diese Apparatur vermag, nicht wahr?«

»Durchaus interessant, aber ich kann mir nicht vorstellen, für was so etwas jemals gut sein soll«, murmelte Davide.

»Ich dagegen denke, dass dieses Gerät irgendwann sehr, sehr nützlich sein wird«, lächelte Eppstein. »Aber Ihr seid sicher nicht hier, um mit mir über wissenschaftlichen Fortschritt zu disputieren, oder?«

»Ich breche zu einer Reise nach Genua auf.«

»Oh, Genua! Unsere Freunde von der anderen Seite des *mare nostrum*.«

»Es könnte gefährlich werden.«

»Deswegen hat man ja auch Euch ausgesucht.«

Davide merkte: Eppstein hatte von der Mission schon erfahren. »Was habt Ihr denn für mich, damit ich mich ein wenig sicherer fühle?«

»Nun, zunächst habe ich einen ganz besonderen Tabarro für Euch.«

»Oh, Ihr seid auch Schneider?«, spottete Davide.

Eppstein lächelte und warf sich den Tabarro über. »Hier, fühlt einmal!« In eine der Falten des Umhangs hatte Eppstein ein Stilett eingenäht. Von außen war von der Waffe nichts zu sehen. »Mit der rechten Hand könnt Ihr es ganz einfach herausziehen, ich habe die Tasche von innen mit Leder verstärkt, aber die Öffnung nur mit einem einzigen Faden verschlossen.«

»Danke, aber ich bevorzuge mein eigenes Stilett.«

»Oh, das von mir verwendete Stilett ist baugleich mit dem Euren, exakt mit den gleichen Maßen und dem gleichen Gewicht, aber Ihr könnt es gerne gegen Euer eigenes austauschen.«

»Ich bewundere Eure Detailversessenheit.«

Eppstein schüttelte unwirsch den Kopf, ging in eine Ecke seines Laboratoriums und holte eine Pistole hervor, die er Davide unter dem Schein der Öllampen zeigte. »Und hier habt Ihr einen besonderen Schatz: eine Pistole mit deutschem Schloss, aus Braunschweig. Ja, die dortigen Handwerker haben gute Arbeit geleistet.«

»Ein deutsches Schloss? Was haben die Wurstmacher sich denn da ausgedacht?«

»Bitte keinen Spott über die Handwerkskunst der *tedeschi*. Sie haben einen sehr verlässlichen Zündmechanismus erfunden, mit Schwefelkies statt mit Feuerstein.« Eppstein erklärte Davide den Mechanismus in allen Einzelheiten, von der Radfeder über die Radkette bis zur Pulverpfanne, die mit einem Metalldeckel vor Regen und Wind geschützt wurde.

Davide hörte nicht sehr aufmerksam zu, sondern betrachtete die Waffe. Sie sah wirklich ungewöhnlich aus, ganz anders als alle Feuerwaffen, die er bisher gesehen hatte. »Aber irgendetwas ...«, setzte er an.

Eppstein lächelte. »Ja, ich habe die Waffe umgearbeitet. Sie ist jetzt doppelläufig.«

»Doppelläufig?«

»Sie hat zwei Mündungsrohre statt eines. Ihr habt also zwei Schuss statt einen. Ist das nicht ein ungeheurer Vorteil im Kampf?«

»In der Tat. Wenn der eine Schuss das Ziel verfehlt, der andere aber trifft, wird sich das Ziel mächtig wundern, dass ich noch eine zweite Chance hatte.«

Eppstein erging sich erneut in minutiösen Beschreibungen der neuen Technik: Der zweite Lauf wurde nach dem Abschuss der ersten Treibladung mit einer ausgeklügelten Mechanik durch eine Feder vor die Zündpfanne geschoben.

Doch Davide hatte die Waffe schon in der Hand und hörte nur noch mit halbem Ohr zu. Sie war schwerer, klobiger. Doch zweifellos nützlich. Und sicher leichter als zwei Pistolen. »Was gehört sonst noch ins Gepäck fürs schöne Genua?«

»Setzen wir nicht nur auf Zerstörung, sondern auch auf Erhaltung.« Eppstein holte ein Gefäß mit einer Tinktur hervor. »Falls Ihr verletzt werdet, was wir nicht hoffen, weder ich noch die Republik, habe ich hier etwas *matricaria chamomilla*, die fast immer hilft. Übrigens auch gegen Eure Reisekrankheit.«

Davide schnupperte kurz an dem Inhalt. »Ah, Kamille. Nun, so wie es aussieht, geht es diesmal nicht übers Meer. Genua ist glücklicherweise günstiger auf dem Landweg zu erreichen.«

Eppstein lächelte. »Gegen Eure Seekrankheit werde ich auch noch ein besseres Mittelchen finden.«

»Mein Mittel heißt, das Meer zu meiden.«

»Nicht ganz einfach bei Eurem Wirkungskreis.«

»Nun ja, Genua kommt mir bei meinen Reisepräferenzen durchaus entgegen.«

»Ein paar Dukaten habe ich ebenfalls in den Tabarro eingenäht. Das Beste aber zum Schluss: Hier habe ich etwas, dessen Entdeckung wir dem guten alten Paracelsus verdanken. Übrigens auch einer Eurer vermeintlichen ›Wurstmacher‹.« Eppstein reichte Davide ein weiteres Gefäß mit einer Tinktur.

Davide zog den Korken vom Tongefäß und erkannte den bitter-stechenden Geruch sofort. »Laudanum!«

»Ja, aber nicht das, was Ihr unter der Hand auf den Märkten angeboten bekommt. Ihr wisst wohl, was der wichtigste Bestandteil von Laudanum ist?«

»Die Mohnpflanze aus Asien?«

»Ja, so sollte es sein, aber meistens besteht das Laudanum, das man überall kaufen kann, aus reichlich Wein, Bilsenkraut und höchstenfalls einer Messerspitze Opium. Ich habe Euch dagegen einen wahren Zaubertrank zubereitet, der fast zur Hälfte aus Opium besteht. Er wirkt wahre Wunder bei Verletzungen, überhaupt bei Schmerzen aller Art. Aber nehmt es nur ein, wenn es wirklich nötig ist!«

»Ihr macht mich neugierig.«

Eppstein sah ernsthaft besorgt aus. »Merkt Euch das, junger Venier: Laudanum, ohne Anlass konsumiert, macht Euch zu einem hilflosen Sklaven Eurer selbst!«

»Schon gut, schon gut, Herr Doktor. Wann hätte ich nicht auf Euch gehört?«

Eppstein winkte müde ab. »Allzu oft. Allzu oft. Und nun wünsche ich Euch eine recht vergnügliche Reise.«

KAPITEL 32

Die Entführung

Nebel! Und das um diese Jahreszeit, da an manchen Tagen doch schon der Sommer zu erahnen war. Er schien wie ein lebendiges Wesen seinen Schlaf zu unterbrechen und ganz unerwartet noch einmal aus seinem Bau zu kriechen, um die Landschaft in eine dicke weiße Decke einzuhüllen. Obwohl es schon zur siebten Stunde schlug, war es noch nahezu dunkel, weil der Nebel jegliches Licht verschluckte. Davide fror, als er die Gondel bestieg. Zwei Ruderer und ein Abgesandter Calaspins erwarteten ihn, ungewöhnlich dick vermummt für die Jahreszeit.

Die Gondel bahnte sich ihren Weg durch die Kanäle, schließlich fuhr sie aufs offene Meer hinaus, dem Festland entgegen, das sich hinter einem weißlich-grauen Schleier versteckte. Bis ganz unvermittelt Mestre auftauchte mit seinen aufragenden Gebäuden, die sich schnell als verfallende Lagerhallen entpuppten, verrottenden Schiffswracks, windschiefen Holzhäuschen, manche vielleicht sogar bewohnt. Die Gegend um Mestre hatte es schwer neben der Strahlkraft der Serenissima. Immerhin: Viele Feldfrüchte kamen jeden Morgen über Mestriner Großhändler aus dem venetischen Hinterland auf den Rialtomarkt.

Die Gondel legte an einer Mole am Canal Salso an, einem künstlichen Wasserweg, den die Dogen bereits hundertfünfzig Jahre zuvor hatten anlegen lassen, um den Güterverkehr zu beschleunigen. Aus dem Nebel tauchten zwei Männer auf, hinter ihnen zeichneten sich die Umrisse einer Kutsche samt Kutscher auf dem Bock ab. Vierspännig. Und, wie Davide beim Näherkommen registrierte, nach ungarischer Art gefedert, was die Reise deutlich bequemer machen würde.

»Herr Davide Venier?«, fragte der eine, ein Mann mit dicken schwarzen Locken, keine fünfundzwanzig Jahre alt. Seine Lippen zitterten vor Kälte. Sie schienen schon eine ganze Weile auf ihn gewartet zu haben.

»Der bin ich.«

»Wir haben den Auftrag, Euch nach Genua zu bringen«, sagte der andere, der dem Ersten überraschend ähnlich sah.

In der Tat waren sie Brüder und ganz offensichtlich neu im Geschäft, denn sie konnten ihren Mitteilungsdrang, kaum hatte die Fahrt begonnen, nur schwer zurückhalten. Sie saßen in der Karosserie entgegen der Fahrtrichtung auf einer schlichten Holzbank, während Davide bequem auf dem Lederpolster Platz genommen hatte, und betrachteten ihr Gegenüber mit Ehrfurcht und Neugier.

»Wir sind gebürtige Genueser, aber unser Vater ist Venezianer«, sprudelte es aus dem Jüngeren hervor.

»Daher kennen wir uns in beiden Republiken gut aus«, bemerkte der Ältere, der schon graue Fäden im Haar und eine kleine Narbe am Kinn hatte.

»Aber unser Herz gehört natürlich Venedig«, beeilte sich der Jüngere zu versichern.

Davide, der ein versiegeltes Schreiben des Dogen für seinen Amtskollegen in Genua bei sich trug, hing bei solch delikaten Missionen lieber seinen Gedanken nach. Ihm stand nicht der Sinn nach Plauderei. Auch spürte er bei dem Geschaukel der Kutsche einen Anflug von Reisekrankheit. Da war Geschwätzigkeit das Letzte, was er gebrauchen konnte. Also tauschte er noch ein paar Höflichkeiten mit den redseligen Brüdern aus, dann lehnte er sich unter dem Vorwand, die ganze Nacht durchgearbeitet zu haben, in den Ledersitz zurück.

Er schloss die Augen und dachte über seinen Auftrag nach. Ein Treffen der beiden Dogen, fürwahr eine gewagte Sache. Langsam döste er weg, wobei das Wetter seinen Teil dazu beitrug. Es wollte gar nicht recht hell werden, und die Mischung aus Nebel und Nieselregen ließ ihn bald einschlummern.

Unmöglich zu sagen, wie lange er im Dämmerschlaf gelegen hatte, als ihn ein Ruck weckte. Die Kutsche war abrupt zum Stehen gekommen. Er hörte einen scharfen Ruf und öffnete die Augen. Von beiden Seiten schossen silberne Blitze in die Karosserie. Es waren Messer, und sie versanken in den Leibern der beiden Brüder. Bis zum Schaft drangen die stählernen Mordwaffen in sie ein und gaben ihnen nicht einmal mehr Gelegenheit, aufzuschreien. Blut spritzte aus ihren schmalen Körpern, ihre Augen verdrehten sich zum Himmel und erloschen.

Davide sprang auf, griff nach seinem Stilett – und wurde von einer Kraft, die mächtiger war als er, in den Sitz zurückgedrückt. Ein gewaltiges Gewicht schien auf ihm zu lasten, er atmete schwer, immer schwerer, dann verlor er das Bewusstsein.

Als er wieder aufwachte, befand er sich immer noch in der Kutsche. Statt der gelockten Jünglinge saßen ihm nun zwei Männer mit tiefbraunen Augen gegenüber. Mehr konnte er nicht erkennen, sie waren mit Tüchern nach Art der Orientalen vermummt. In den Händen hielten sie Krummsäbel. Dicke Stricke schnitten in Davides Handgelenke. Nicht einmal die Finger konnte er bewegen. Die Kutsche rumpelte ungerührt weiter. Auf dem Boden schwappte eine Lache aus Blut hin und her. Auch die beiden Männer waren mit Blut besudelt, dem Blut der Genueser Brüder.

Waren sie noch in Richtung Genua unterwegs? In einem

Leinenbeutel, der zwischen den Männern lag, erkannte Davide die Umrisse seiner Pistole und seines Stiletts. Auch den Geldbeutel hatten sie ihm weggenommen. Nur die in seinen Tabarro eingenähten Tinkturen und Dukaten spürte er noch.

Davide beugte sich aus dem Fenster, wovon ihn seine Begleiter nicht abhielten. Der Kutscher schien derselbe zu sein und war offenbar in die Verschwörung eingeweiht. Es hatte aufgehört zu regnen, die Sonne hatte sich durchgesetzt, sie stand hoch am Himmel und blendete ihn. Das konnte nur bedeuten, dass sie nach Süden fuhren. Aber wohin? Und was war überhaupt los?

»Darf ich fragen ...?«, setzte er an. Daraufhin wurden die Krummsäbel erhoben und herumgewirbelt. Er verstand: Es war nicht die Zeit für Konversation. Da sie ihn aber offenbar am Leben lassen wollten, lehnte er sich zurück, schloss die Augen und versuchte zu schlafen. Was unter den Umständen kaum möglich war. Dennoch stellte er sich schlafend und versuchte den ganzen Nachmittag, mit minimalen Bewegungen die Fesseln an seinen Gelenken zu lockern. Ohne jeden Erfolg.

In der Nacht hielt die Kutsche an einem Wirtshaus im Wald. Davide wurde nach draußen geführt und durfte seine Notdurft verrichten. Danach verschnürte man ihn wieder und setzte ihn zurück in die Kutsche. Einer der Männer blieb bei ihm, der andere holte ihm etwas zu essen und zu trinken, Wasser und Fladenbrot. Die Männer fütterten ihn, was sie sehr zu erheitern schien. Davide kümmerte es nicht, auch Stolz hatte seine Zeit. Seine Lage war misslich genug, da musste er nicht auch noch Hunger leiden.

Der Kutscher wechselte, die Fahrt ging weiter durch die Nacht, was höchst ungewöhnlich war. Doch offenbar sorgten eine Vor- und eine Nachhut für sicheres Geleit, was Davide an der Vielzahl der Hufschläge und an den leisen Rufen durch die Dunkelheit erkannte. Die Sprache verstand er allerdings nicht, möglicherweise war es ein türkischer Dialekt oder gar eine Geheimsprache. Vielleicht wussten seine Entführer ja, dass er ein paar Brocken Türkisch sprach.

Am Morgen kam Ravenna in Sicht, mit seinen alten, schlicht gemauerten Türmen. Der Kutscher konnte ungehindert passieren. Für einen winzigen Moment legten Davides Begleiter die Hand an den Griff des Krummsäbels, um ihm zu verstehen zu geben, dass er jetzt gefälligst den Mund halten solle, sonst würde er für immer und ewig schweigen.

Am Hafen von Ravenna, an einer vergleichsweise schmalen Mole war die Fahrt zu Ende. Davide wurde in der Mittagssonne auf ein kleines Handelsschiff bugsiert. Es wirkte menschenleer, das Segel war gerefft, die Ruder waren eingezogen. Es roch scharf nach gegrilltem Aal, der Leibspeise der Einheimischen.

Das Schiff, das unter osmanischer Flagge fuhr, war für ein Handelsschiff nur unzureichend bewaffnet: Lediglich sechs Kanonen, je zwei an den Seiten und je eine an Bug und Heck, standen zur Verteidigung bereit. Seine stummen, vermummten Begleiter brachten ihn unter Deck in einen Raum, in dem Nahrungsmittel gelagert wurden. Vor allem fettiger Aal, war ja klar. Nun wurde er am ganzen Körper gefesselt.

»Das mit dem Verschnüren könnt ihr Osmanen wirklich gut«, wandte sich Davide an die Männer, in dem Versuch, ein Gespräch zu beginnen, das jedoch einseitig blieb. Die Begleiter verließen den Raum und verriegelten mehrfach die Tür.

Davides dringendstes Problem waren nicht die Fesseln. Wie lange würde es ihm bei dem Gestank nach Aal gelingen, seine Seekrankheit niederzukämpfen? Im nächsten Leben arbeite ich für die Schwaben oder die Schweizer, dachte er. Kein Meer, nur Wälder und Berge und höchstens ein plätschernder Bach.

KAPITEL 33

Die Überfahrt

Nun kam Betrieb auf. Geschäftige Schritte an Deck waren zu hören, Befehle wurden gebrüllt, Segel gehisst. Davide erkannte die Vokalharmonie der Türken, von der Hasan so oft geschwärmt hatte. Er befand sich eindeutig auf einem Handelsschiff der Osmanen. Ach ja, Hasan. Und vor allem Veronica. Würde er sie wiedersehen? Im Moment sprach nicht viel dafür, dass das sehr bald oder überhaupt jemals geschehen sollte.

Auf einmal ertönte lautes Fluchen in schönstem Venezianisch. »*Cagasangue*, fass mich nicht an«, rief einer auf Deck erbost. »*Bastardi, coglioni*, verdammte Antichristen«, empörte sich ein anderer. Dann hörte Davide, wie eine schwere Tür ins Schloss fiel, sodann Riegel um Riegel vorgeschoben wurde und das Fluchen erst schwächer wurde und dann verstummte.

Die Leinen wurden gelöst, das Schiff segelte los. Gut, dass wenig Wind herrschte, dennoch musste er ein leichtes Würgen unterdrücken. Was wollten die Osmanen von ihm? Informationen? Immerhin hatten sie ihn am Leben gelassen. Dann standen ihm ganz sicher schwere Tage bevor. Was auch immer geschehen würde: Eine große Ruhe hatte sich in ihm ausgebreitet. Die Zeit in den Bleikammern hatte ihn Fatalismus gelehrt.

Nach zwei, vielleicht drei Stunden entriegelte jemand die Tür, und drei Männer betraten den Lagerraum. Davide erkannte zunächst niemanden, da ihn das Licht blendete, das durch die Türöffnung in die Dunkelheit der Kammer fiel. Schließlich sah er sich zwei bewaffneten Matrosen gegenüber, die ihren Kapitän einrahmten, der ein Messer in der Hand hatte. War das nun das Ende? Davide überschlug seine Optionen, er konnte sie an zwei Fingern abzählen: Leben oder Tod. Ihm blieb nur stoisches Abwarten. Doch es war schwer zu glauben, dass all die Mühen, die man aufgewendet hatte, um ihn hierherzubringen, nun mit einem schnöden Kehlenschnitt auf hoher See enden sollten.

Der Kapitän lächelte, als er das Messer hob.

Und Davide, dem plötzlich alles klar wurde, lächelte zurück.

»Auf Euer Ehrenwort?«, fragte der Kapitän in perfektem Italienisch. Sein weißes Haar trug er halblang nach hinten zu einem Zopf gebunden, die Spitzen des weißen Schnauzbarts hingen ihm bis zum Kinn.

Davide verstand sofort. »Auf mein Ehrenwort«, sagte er und streckte die Hände nach vorn.

Der Kapitän befreite ihn von den Fesseln. Dann bedeutete er Davide, ihm an Deck zu folgen.

Auf dem Weg nach oben erkannte Davide sofort, dass er sich nicht auf einem Handelsschiff befand. Vielleicht war es so beflaggt, aber an Deck befanden sich weder Gewürze noch Stoffe noch Wein, sondern Soldaten. Schwer bewaffnete, entschlossen dreinblickende Soldaten. Allerdings schien ihn niemand groß zu beachten.

Der Kapitän zeigte mit einer ausschweifenden Geste aufs Meer. »Verehrter Herr, wir segeln in den nächsten Tagen in einer Entfernung von mindestens zehn Seemeilen von jeder Küste. Das Wasser ist kühl, der Wellengang vielleicht nicht dramatisch, dennoch beachtlich. Ihr seid ein kluger Mann, daher will ich Euch nicht mit dem Hinweis auf Kraken, Seeschlangen oder sonstige Ungeheuer beleidigen. Ich denke, Ihr verstecht schon angesichts der Entfernungen, dass jeder Fluchtversuch zwecklos wäre. Auch wenn Ihr Euch in bester körperlicher Verfassung befindet.«

Davide nickte. »Nur eine Frage: Darf ich wissen, wohin die Reise geht?«

Der Kapitän zwirbelte seinen Bart. »Ich erkenne keinen Nachteil darin, es Euch zu verraten«, befand er endlich. »Ihr werdet nach Istanbul gebracht, zur Sultanin.«

»Noch etwas, wenn Ihr gestattet. Ich bin nicht der einzige Gefangene, oder?«

»Nein, zwei Eurer Landsleute befinden sich ebenfalls auf diesem Schiff. Kaufleute, die ihre Partner betrogen haben.«

»Machen das Kaufleute nicht immer?«

Der Kapitän lachte laut auf. »Das aus dem Mund eines Venezianers, sehr gut! Ja, das mag sein. Doch es ist eine Sache, unter Haien der gefräßigste Hai zu sein, aber eine ganz andere Sache, Geld vom Sultan höchstpersönlich zu veruntreuen. Der Herrscher der Osmanen ist außerordentlich erbost über diesen Vorfall. Ich glaube kaum, dass Eure Landsleute die Audienz bei Hof mit allen Gliedmaßen verlassen werden.«

Der zweite Tag verlief ereignislos, der Wind stand günstig und zeigte sich zu Davides großer Erleichterung von mäßiger, gleichbleibender Stärke. Auch die Ruderer mussten nicht an die Riemen. Eine Flottille Venedigs kam ihnen entgegen, drei Handelsschiffe, die offenbar wertvolle Fracht geladen hatten, denn sie segelten in Begleitung einer bewaffneten Galeere. Man grüßte einander freundlich. Davide musste sich kurz verstecken, bewegte sich ansonsten aber an Deck wie ein gewöhnlicher Passagier. Die anderen venezianischen Gefangenen genossen dieses Privileg nicht, sie mussten in ihrem Verschlag im Vordeck ausharren. Davide erkundigte sich beim

Kapitän, ob man sie anständig behandle, und der Kapitän entgegnete, dass er Auftrag habe, die Herren in guter Verfassung in Istanbul abzuliefern.

Am frühen Abend des vierten Tages, die Sonne zerfloss bereits im Westen, stieß ein Matrose einen überraschten Ruf aus. Drei kleine Schiffe kamen ihnen entgegen. Sie machten keine Anstalten, auszuweichen, und hielten genau auf das vermeintliche Handelsschiff zu.

»Ah, Piraten«, freute sich der Kapitän und gab schnell mit scharfer Stimme ein paar Anweisungen. Sofort bewaffneten sich die Seeleute, die Bogenschützen machten sich ebenso bereit wie die Schwertkämpfer. Auch die Kanoniere brachten sich im Unterdeck in Stellung. Auf ein Zeichen des Kapitäns hin blieben die Kämpfer aber im Verborgenen; ohnehin war es den Piraten wegen der höheren Aufbauten des vermeintlichen Handelsschiffes kaum möglich, das Deck einzusehen.

Die Piraten kamen in drei kleinen Booten herangerudert, die Segel waren gerefft, die Ruderblätter schlugen dafür umso heftiger ins Wasser. Sie waren Narentaner aus Dalmatien, ein kleiner Volksstamm, bei dem noch nicht einmal das Christentum angekommen war. Wilde Burschen, die sich, wie es hieß, von Flusswasser und Ratten ernährten.

Die Armut hatte sie in die Barbarei getrieben. Dalmatien war ein trister Landstrich voll hungriger Menschen. Das Hinterland war karg und fruchtlos, der Fischfang an den felsigen Ufern mühsam. Die Küstenbewohner aßen, wie man in Venedig wusste, sogar *minestra di pesce sfuggito*, Fischsuppe mit geflohenem Fisch – um etwas Geschmack hineinzubekommen, warfen sie Muschelschalen und Steine vom Strand ins Kochwasser. Der Legende nach hausten weiter im Hinterland gar Menschen mit Hörnern, menschenfressende Riesenhühner und Ameisen, groß wie junge Hunde, die in der Nacht die Säuglinge aus den Krippen raubten.

Glücklicherweise waren die Piraten keine Uskoken mit ihren schwarz und rot bemalten Booten, echte Profis und fähige Krieger, straff organisiert und in ihrer uneinnehmbaren Burg Nehaj in Senj lebend, wo sie nach jedem Beutezug ein Fest feierten und die neuen Sklavinnen tanzen ließen.

Die Narentaner wirkten dagegen wie kleine Jungs, waren in der Kunst des Navigierens nicht so geschickt wie die Uskoken und längst nicht so organisiert und diszipliniert. Als sie näher kamen, bemerkte Davide ihre hageren Gesichter, hilflos und entschlossen zugleich. Sie konnten nicht älter als siebzehn, achtzehn Jahre sein und steuerten nun auf ihren sicheren Untergang zu. Sie hatten sich schlicht das falsche Schiff ausgesucht.

»Sehr gut, sehr gut. Ein Kampf hält die Mannschaft frisch und ist eine schöne Abwechslung in der Monotonie auf dem Meer.« Der Kapitän sprach kurz mit einem Soldaten, der unter Deck lief und mit jenem Leinenbeutel zurückkam, der Davides Waffen enthielt. Der Kapitän drückte sie seinem Gefangenen mit einem Kopfnicken in die Hand.

Die Piraten: drei unerfahrene Halunken auf einen Elitesoldaten. Schon hatten sie Enterhaken ausgeworfen, die sich in der Reling verkeilten, und erklommen die Bordwand, mit Messern und Äxten bewaffnet, die in ihren Gürteln steckten. Sie erwarteten: ein Handelsschiff mit verängstigten Buchhaltern, die natürlich vergeblich um Gnade flehen würden. Sie trafen: die besten Soldaten und Seeleute der Osmanen, die mit Krummsäbeln und Kurzbögen auf die Angreifer warteten.

Die Osmanen hatten das Überraschungsmoment auf ihrer Seite. Kaum waren die Piraten an Bord, empfing sie ein schwarzer Hagel aus Pfeilen, der auf diese kurze Entfernung eine verheerende Wirkung entfaltete. Vier Tote und fünf Schwerverletzte zählte Davide, die allesamt über Bord geworfen wurden. Die wenigen Überlebenden sprangen freiwillig ins Wasser. Bei den Osmanen waren zwei Schnittwunden minderer Schwere zu beklagen, die schnell verbunden waren.

Eine zweite, ungestüme Angriffswelle folgte. Einige der Piraten schafften es nicht einmal mehr aufs Schiff und wurden, noch an der Reling hängend, getötet. Nun enterten die restlichen Piraten das Deck und attackierten mit Knüppeln und Schwertern die Osmanen. Es war die pure Verzweiflung. Bald war das Deck übersät mit den Leichen der Angreifer, doch zwei Piraten, mit Pfeilen in Armen und Beinen, aber wie von Sinnen, durchbrachen die Wand aus Schmerz und Tod und stürmten auf den Kapitän zu, der das Treiben zwar mit Begeisterung verfolgt, sich aber bislang nicht eingemischt hatte.

Davide stand an seiner Seite, Stilett und Pistole griffbereit. Einen Moment lang hatte er überlegt, sich auf die Seite der Piraten zu schlagen. Doch erstens wären sie selbst mit seiner Hilfe hoffnungslos unterlegen gewesen, zweitens war nicht einmal klar, ob sie seine Hilfe überhaupt zu schätzen gewusst hätten. Möglicherweise hätten sie ihn danach als besonderes Beutestück betrachtet, das vielleicht aufgrund seiner Größe und Konstitution auf dem Sklavenmarkt etwas wert gewesen wäre.

Die Osmanen waren zu sehr damit beschäftigt, immer neue Piraten niederzumetzeln, als dass sie die Gefahr erkannt hätten, in der ihr Kapitän nun schwebte. Jener zückte sein Schwert, doch Davide hatte bereits die doppelläufige Pistole geladen. Den ersten Angreifer traf er mit einem tödlichen Schuss direkt in die Brust; der Knall aus unerwarteter Richtung ließ einige Osmanen verblüfft aufschauen. Davide dagegen betrachtete interessiert den Mechanismus der Eppstein'schen Ausrüstung. Tatsächlich schob sich nach dem abgefeuerten Schuss mit einer Vierteldrehung der zweite Lauf vor den Hahn. Der zweite Angreifer hatte schon seinen

nietenbesetzten Knüppel gehoben, um auf den Kapitän ein-
zuschlagen, wobei ihn die Pfeilspitzen im Oberschenkel nicht
zu stören schienen. Davides Schuss traf zielsicher den erhobenen Arm. Der Pirat ließ den Knüppel fallen und presste,
ungläubig auf Davide schauend, die andere Hand auf die
Wunde. Der Kapitän zielte mit seinem Schwert auf die Kehle
des hohläugigen Angreifers. Doch anstatt zuzustechen,
scheuchte er ihn schließlich über Bord.

An Deck hatte sich mittlerweile die Lage beruhigt. Die Osmanen hatten den Angriff bravourös abgewehrt, ohne einen
einzigen Schwerverletzten auf ihrer Seite. Dennoch war
überall Blut; die Piraten hatten eine ordentliche Lektion bekommen, die viele von ihnen mit ihrem Leben bezahlt hatten. Während die letzten Toten und Schwerverwundeten über
Bord geworfen wurden, wies der Kapitän die Kanoniere an,
die flüchtenden Schiffe unter Beschuss zu nehmen.

Die sechs Kanonen spuckten ihre tödlichen Kugeln. Die
Schiffe der Piraten hatten nicht mehr genügend Ruderer, um
schnell genug aus der Schusslinie zu flüchten. In einem fort
splitterte Holz, stiegen Rauchschwaden auf, schrien Piraten.
Zwei der Boote waren nah an der Wasserlinie getroffen worden, liefen voll und legten sich nach einigen Minuten auf die
Seite. Wer sich noch retten konnte, sprang ins Wasser und
schwamm so gut es ging auf das letzte verbliebene Schiff zu.
Der Kapitän hatte beschlossen, es zu verschonen. Einige Soldaten riefen und drohten und schüttelten die Fäuste; zu gern
hätten sie den Job gründlich beendet. Doch der Kapitän gab
den Befehl, den Kurs Richtung Istanbul fortzusetzen.

»Piraten richten bei allen Völkern des Mittelmeers Schaden an. Es ist gut, sie zu schwächen. Aber auch die zu töten,
die sich auf der Flucht befinden, ist mit meiner Ehre als Seemann nicht vereinbar«, sagte er und blickte dem sich entfer-
nenden Piratenschiff hinterher.

»Ich kann Euch verstehen. Sie sind skrupellose Räuber, aber eben auch Menschen, die sich nicht anders zu helfen wissen, um satt zu werden.«

Nun blickte der Kapitän Davide in die Augen. »Ich will nicht pathetisch werden und sagen, dass Ihr mir das Leben gerettet habt«, grummelte er. »Aber ich habe es mit meinen bald sechzig Jahren nicht mehr so mit dem Kämpfen. Ganz sicher habt Ihr mir eine unschöne Narbe erspart.«

»Die Eure Chancen bei der Weiblichkeit sicher geschmälert hätte.«

Beide lachten. Und gaben einander die Hand.

Von nun an saß Davide jeden Abend am Tisch des Kapitäns im Heckturm, gemeinsam mit dem Ersten Offizier, einem gut aussehenden Mann, noch keine fünfundzwanzig Jahre alt, der für gewöhnlich schweigsam blieb. Der Smutje fuhr alles auf, was die Schiffsküche an Köstlichkeiten zu bieten hatte: Trockenfleisch und Trauben, Tomaten und Schafskäse und den guten geharzten Wein aus der griechischen Heimat des Kapitäns. Auch der durch Räuchern haltbar gemachte Aal aus Ravenna schmeckte besser, als er roch.

»Ich weiß nicht, was man mit Euch vorhat«, sagte der Kapitän gleich am ersten gemeinsamen Abend. »Ich fürchte, es wird nichts Angenehmes sein. Aber ich würde eher meine eigenen Leute ersäufen, als Euch zur Flucht zu verhelfen.«

»Ihr dürft versichert sein, dass ich mich an mein Ehrenwort gebunden fühle.«

Am nächsten Abend, es gab Lammfleisch mit roten Zwiebeln, Tomaten und Zitrone und natürlich reichlich Wein, diskutierten die beiden über die Rivalität zwischen Venedig und dem Osmanischen Reich und über Politik im Allgemeinen.

»Meiner Meinung nach geht es um mehr als um die Vorherrschaft auf dem Mittelmeer. Hier konkurrieren auch zwei

Staatsformen: die Monarchie bei den Osmanen und die Demokratie bei den Venezianern«, erklärte der Kapitän.

»Ich denke, je mehr Leute mitentscheiden dürfen, desto geringer ist die Rate der Fehlentscheidungen«, warf Davide ein. »Ein Rat aus klugen Menschen kommt doch sicher zu einem besseren Ergebnis als ein einzelner Herrscher.«

»Seht, ich kenne Eure Philosophen. Ich befahre schon mein ganzes Leben lang die Meere. Ich bin sicher, dass eine Aufsplitterung der Staatsgewalt wie in Eurem Venedig nur in Zeiten des Friedens und des Wohlstands funktioniert. Im Krieg, und der ist nun einmal der natürliche Zustand der Menschheit, braucht es einen starken Führer.«

»Nun, wenn ich mich recht an die ruhmreiche Geschichte Venedigs erinnere, dann haben wir fünfhundert kriegerische Jahre überaus anständig hinter uns gebracht, trotz der von Euch sogenannten ›Aufsplitterung‹ der Macht.«

»Aber wer weiß? Vielleicht würde Venedig mit einem starken Dogen heute schon über ganz Italien, ja über den ganzen Mittelmeerraum herrschen«, mutmaßte der Grieche und sinnierte weiter: »Ein Staatsgebilde ist doch nicht anderes als ein Schiff. Und einer muss der Kapitän sein und den Befehl geben, ob es Richtung Levante oder Richtung Ponente geht. Ich glaube nicht, dass Venedig noch lange Kurs halten kann mit vierzig, fünfzig Kapitänen auf der Kommandobrücke.«

»Ich hingegen bin überzeugt, dass mein Venedig die ideale Staatsform gefunden hat, die das Beste aus drei Welten vereint: ein wenig Demokratie, wie sie Eure Vorfahren, die alten Griechen, praktiziert haben, ein wenig Cäsarentum wie bei den Römern und ein wenig Aristokratie.«

Einig waren sich die beiden nur über den Wein, dem sie reichlich zusprachen und der Davide tiefen Schlaf in der Vorratskammer schenkte.

Am nächsten Morgen, der diesig begann, sich aber bald

sonnig und recht windig zeigte, hatte der Verkehr auf dem Meer zugenommen, zweifellos näherten sie sich einem bedeutenden Hafen. Die Verkehrsdichte brachte die Ruderer ins Schwitzen, da sie nun permanent ihre Route korrigieren mussten. Sie durchfuhren das Ionische Meer, vorbei an Zakinthos, Kyparissia, Kalamata, Githio und Spetses, während Steuerbord in der Ferne Kreta auftauchte. Mit den vielen Inseln und Schiffen und Strömungen war die Weiterfahrt bei Nacht zu gefährlich, deshalb gingen sie auf einer kleinen Kykladen-Insel namens Delos vor Anker, auf der Leeseite vor dem Meltemi geschützt, der zum Abend hin erheblich aufgefrischt hatte.

»Meine Heimat ist nicht weit«, sagte der Kapitän beim Abendessen. »Ich bin auf Mykonos geboren, doch Delos ist sicher die glücklichste aller griechischen Inseln. Wusstet Ihr, dass hier niemand sterben darf?«

Als Davide ihn fragend anschaute, lachte der Kapitän auf. »Ja, tatsächlich, das Sterben ist hier verboten. Aber auch das Geborenwerden. Hier leben nur Mönche, die einen antiken Kult betreiben. Sie beachten ankernde Schiffe nicht, deshalb legen wir hier gerne an. Zum Sterben müssen sich die Mönche auf die Nachbarinsel Rinia begeben.« Der Kapitän zeigte auf einen kleinen Fels, keine halbe Meile entfernt. »Dort liegt auch der Friedhof der Mönche. Früher glaubte man, dass Delos gar keine Insel sei, sondern ein schwimmender Fels, der mal hierhin, mal dorthin treibt.«

»Vielleicht bringt mich dieser Fels ja nach Venedig zurück.«

Am nächsten Morgen setzten sie ihre Fahrt fort und schossen regelrecht über das Wasser. Der Meltemi von Südwest gab ihnen mächtig Schub, sodass sie fast sechzig Seemeilen schafften und in Çanakkale am Eingang der Dardanellen ankerten. Der Kapitän schickte zwei Männer an Land, die bald mit dem köstlichen *peynir helvasi* zurückkamen, Grießkuchen mit Schafskäse, der Spezialität der Stadt.

»Was haltet Ihr von der Küche der Osmanen?«, fragte der Kapitän.

»Zufällig ist mein Koch Osmane, ein fähiger Bursche. Daher bin ich mit vielen Spezialitäten vertraut. Dieses Gericht war mir aber noch unbekannt, und ich werde meinen Hasan ordentlich schelten.«

»Ach, Ihr solltet einmal die griechische Küche kennenlernen. Zum Beispiel Schaffleisch, in Joghurt gegart, mit etwas Zimt, Oliven und Quitten.« Der Kapitän blickte sehnsüchtig aufs Meer hinaus. »Oder Lammhack, Kreuzkümmel und Nüsse, in Weinblätter gewickelt ...« Er gestikulierte begeistert mit den Händen, um die Gerichte in die Luft zu zeichnen. »Wenn wir uns unter anderen Umständen wiedersehen, werde ich dafür sorgen, dass Ihr davon kostet.«

»Möglich, dass Ihr auch für meine Rückfahrt eingeteilt seid.«

Der Kapitän lachte. »Wettet nicht zu viele Dukaten darauf.«

Bei ihrer Weiterfahrt am Tag darauf herrschte auf den Dardanellen ein Verkehr wie auf dem Canal Grande, allerdings mit viel größeren Schiffen. Nur wenige hundert Fuß Platz zum Manövrieren blieben den Kapitänen der Karacken, Galeeren, Galeonen und Karavellen, dazwischen wuselten kleinere Fischerboote und sogar Ein-Mann-Ruderboote – ein endloser Strom von Menschen, Schiffen, Waren.

Als die ersten venezianischen Schiffe in Sicht kamen, blickte der Kapitän Davide an. Jener verstand und zog sich auf sein Lager zurück. Eine Flucht wäre jetzt durchaus möglich, er war ein guter Schwimmer und könnte, wenn er den Pfeilhagel überstand, es mit viel Glück – mit sehr, sehr viel Glück – zu einem der großen Handelssegler aus seiner Heimat schaffen, die in Rufweite vorbeifuhren. Aber er hatte dem Kapitän sein Ehrenwort gegeben. Und die Erfolgsaussichten eines solchen Unternehmens waren tatsächlich gering. Doch auch das Risiko, dass Davide an Deck erkannt wurde, wollte der Kapitän nicht eingehen. Durch eine kleine Ladeluke genoss Davide immerhin die Aussicht, bequem von einem Schemel aus, den er sich zurechtrückte.

Durch den Dunst nahm er die Gebäude erst nur schemenhaft wahr, grau, gelblich und weiß, dann erkannte er die Umrisse deutlicher: Paläste, Glockentürme, Häuser, die Stadtmauer mit ihren Wehrtürmen. Die Hagia Sophia schien, je näher sie kamen, die gesamte Stadt zu umarmen, und mit einemmal breitete sich vor ihm ein funkelndes Wunderland aus mit seinen grünen und goldenen und marmorrosa Türmen, dann an der Mündung des Goldenen Horns die Ruinen des Bukoleon-Palastes und der Turm von Galata. Was für eine prächtige Stadt – und wie oft schon von Kreuzrittern bis auf die Grundmauern geschleift. Doch nun schien die Zeit der Osmanen gekommen zu sein. Am meisten beeindruckte Davide der prachtvolle Topkapi-Palast, der Wohn- und Regierungssitz der Sultane, der sich wie ein schneeweißer Berg direkt am Meer erhob. Die Palastmauer schien sich über Meilen zu erstrecken und wirkte selbst in dieser gewaltigen Stadt, die sicher fünfzig Mal größer war als Venedig, überwältigend.

An der Nordseite des Topkapi-Palastes war die Fahrt zu Ende, an einem Anleger, der nur für den Palastverkehr vorgesehen war. Hier herrschte ein ebenso geschäftiges Treiben wie auf dem Canal Grande bei der großen Ausfahrt des Bucintoro. Immerhin, so hieß es, lebten fünftausend Menschen innerhalb der Palastmauern. Viele waren einfache Soldaten, doch nahezu die gesamte Istanbuler Oberschicht hatte sich um ihren Sultan geschart und wollte täglich mit Waren und

Köstlichkeiten versorgt werden. Gut ein Dutzend Schiffe rangelte um die wenigen Liegeplätze. Für die Galeere, auf der sich Davide befand, wurde allerdings hastig Platz gemacht. Es war, das wusste Davide spätestens jetzt, nicht irgendein Schiff. Und er war nicht irgendein Passagier.

Als er wieder an Deck stand, beschienen von der Nachmittagssonne, überblickte er das gesamte Marmarameer. Obwohl er schon viele Häfen gesehen hatte, überraschte ihn die Masse an Schiffen. Die vielen Segel sahen aus wie eine einzige, gewaltige Schaumkrone, die über die Wasseroberfläche strich. Er erkannte schnell, dass ungewöhnlich viele Kriegsgaleeren vor Anker lagen, bereits aufgetakelt und, wie es schien, ausgerüstet und bewaffnet.

Der Kapitän trat zu ihm. »Es wird Zeit, Euch wieder zu fesseln. Ihr habt sicher Verständnis dafür.«

»Wie könnte ich Euch diesen Wunsch abschlagen?«

Davide legte den Tabarro an, den der Kapitän zu Beginn der Reise konfisziert hatte. Und spürte sofort, dass die Taschen und Fächer noch alle Tinkturen und sogar den Beutel mit Dukaten enthielten. Lediglich die Pistole und das Stilett fehlten.

Als der Kapitän Davides zufriedenes Lächeln sah, lächelte er zurück. »Ich habe den Befehl, Euch abzuliefern. Nicht, Euch auszurauben.«

KAPITEL 34

Die Betrüger

Gerade als er in Fesseln über das Fallreep von Bord geführt werden sollte, öffnete sich im Vorschiff eine Luke. Davide lernte endlich seine beiden Mitgefangenen kennen, die er beim Einschiffen nur fluchen gehört hatte.

Seine Landsleute waren überrascht, einen der ihren zu treffen. Der eine war groß, sogar größer als Davide, aber spindeldürr. Er ging leicht gebeugt, sodass man gut seine von einem Haarkranz umgebene Glatze sehen konnte, als wäre er ein Hungermönch mit Tonsur. Seine Augen waren groß und standen hervor, die Lippen waren fleischig, permanent geschürzt und feucht von Speichel. Er sah aus wie ein Frosch mit Rückenproblemen. Der andere war recht klein geraten, verfügte aber über ein beachtlich breites Kreuz und eine ausladende Speckschicht auf den Rippen. Ein Blick auf die fleisch- und muskelbepackten Unterarme verriet Davide, dass der Kleine nicht nur dick, sondern vor allem kräftig war. Beide schienen nicht alt zu sein, und ihre alles in allem rosige Gesichtsfarbe verriet, dass sie auf der Überfahrt gut behandelt worden waren. Ihre Hände waren ebenfalls gefesselt.

»Herrje, herrje, noch ein Venezianer in den Fängen dieser Ungläubigen?«, fragte der Kräftige, während ein Soldat sie vorwärtsstieß und sie aufforderte, einen Ochsenkarren zu besteigen, der am Anleger wartete.

»Wie Ihr seht.« Davide hob die gefesselten Hände.

»Das wird nicht gut enden, oh, das wird nicht gut enden«, stöhnte verzweifelt der Frosch, der Marco hieß.

»Abwarten«, tröstete ihn der Kräftige, der sich als Giorgio vorstellte. »Sie haben uns nicht ins Meer geworfen. Vielleicht kann man mit ihnen reden.«

»Oh, aber ob ich auf hoher See oder auf der staubigen Erde mit einer durchschnittenen Kehle ende, ist mir ganz einerlei«, rief der Frosch.

»Solange wir nicht tot sind, besteht zweifellos Hoffnung«, sprach Davide ihm Mut zu.

Der Ochsenkarren blieb noch eine Weile am Pier stehen, drumherum herrschten viel Betrieb und Gefluche. Die Gefangenen waren unter einer Plane verborgen, die allerdings schon einige Risse hatte, sodass sie wie aus schmalen Schießscharten nach draußen sehen konnten.

»Doch nun«, begann Davide, »erzählt mir, warum Ihr lebend über das halbe Mittelmeer transportiert wurdet.«

Es stellte sich heraus, dass die beiden ein ganz großes Ding gedreht hatten. Sie hatten sich als Bankiers aus Venedig ausgegeben, dabei bestand ihre »Bank« lediglich aus dem Hinterzimmer einer Kaschemme in Cannaregio, von der nicht einmal Davide gehört hatte. Mit ihren Versprechen hatten sie Klienten im ganzen Mittelmeerraum geködert. Ein Fünftel der Einlage pro Jahr garantierten sie als Zinsgewinn. »Lediglich in der Sahara und im ewigen Eis hatten wir keine Kunden«, brüstete sich Giorgio. Von den Venezianern hatten sie klugerweise die Finger gelassen, denn sonst wäre die Hochstapelei wohl schnell aufgeflogen.

Die halbe Welt schien Geld in ihrer Hinterzimmer-Bank angelegt zu haben. Um auf Kundenfang zu gehen, hatten sie eine raffinierte Strategie entwickelt: Sie ließen immer wieder Verabredungen platzen – »Willst du was gelten, mach dich selten«, erklärte Giorgio, der Kräftige. Wer zu ihnen vordringen wollte, brauchte Geduld und viele, viele Fürsprecher, was zu ihrem Mythos nur umso mehr beitrug. Selbst Fürsten wurden unerbittlich auf die Warteliste gesetzt. Was dazu führte, dass die gierigen Anleger aus ganz Europa und sogar aus dem Orient mit hängender Zunge den beiden Wunderknaben hinterherhechelten.

»Zu Anfang wollten wir die Dukaten ja noch gewinnbringend anlegen. Aber es kam so viel Geld rein, dass wir es gar nicht mehr schafften, uns um die vorhandenen Einlagen zu kümmern«, sagte Marco, der Lange.

»Wir waren ganz mit der Akquise beschäftigt«, nickte Giorgio.

»Wir glaubten, dass wir endlos so weitermachen können. Es gibt so viel Geld auf der Welt! Und dann, na ja, dann gaben wir das Geld einfach aus. Für Gondeln, für Konkubinen, beim Glücksspiel …« Und im Handumdrehen hatten sie das viele schöne Geld wieder verloren.

Mit ihrem Erfolgsrezept – jeden Anleger glauben zu machen, er gehöre einem besonders exklusiven Zirkel an – hatten sie es in die allerhöchsten Kreise geschafft: Banken aus Genua, Mailand und Siena oder Kaufleute wie die Fugger aus Augsburg legten einen erklecklichen Teil ihres Vermögens bei ihnen an, ebenso die Habsburger sowie andere aus dem Hochadel, schließlich sogar, auf Drängen seiner Berater, Sultan Selim der Zweite.

Doch vor etwa einem halben Jahr hatte das Unglück seinen Lauf genommen. Ausgerechnet der Sultan wollte sein angelegtes Geld samt Zins zurück, eine Summe, so groß, dass sie den beiden nicht über die Lippen kommen wollte. Mehrere Male schickte der Sultan Unterhändler, erst mit Aufforderungen, zuletzt mit Ultimaten. Die einzigen beiden Gesellschafter des Geldhauses Candeloni & Spero entschlossen sich in einer überstürzt abgehaltenen Versammlung zur

Flucht. Bargeld war noch genug vorhanden, um vielleicht in einer kleineren, sonnigen südfranzösischen Stadt, bekannt für ihre wunderbaren Weine, einen Neuanfang als ehrbare Händler zu versuchen.

Doch zur Flucht kam es nicht. Noch in derselben Nacht überwältigten sie die Häscher des Sultans, fesselten sie und brachten sie auf das Boot, von dem sie soeben in einen Ochsenkarren verfrachtet worden waren. »Den Geruch dieses verfluchten Räucheraals werden wir wohl nie mehr los«, schimpfte der Kräftige.

Endlich rumpelte der Karren los. Im Inneren hatten noch vier Soldaten Platz genommen, die den wohlverschnürten Gefangenen jedoch keinerlei Beachtung schenkten. Der Transport gefesselter Fremder galt in Istanbul offenbar als ganz normal.

»Na, wir scheinen ja besonders wichtige Gefangene zu sein, wenn man uns nicht öffentlich zur Schau stellt«, meinte Marco.

»Ich habe es doch gesagt: Alles halb so schlimm. Sie wollen bestimmt nur mit uns verhandeln«, erklärte Giorgio.

»Wir müssen ihnen nur glaubhaft versichern, dass wir selbst Opfer dreister Diebe geworden sind. Setz mal dein traurigstes Gesicht auf«, forderte ihn Marco auf.

Giorgio bemühte sich, aber viel mehr als ein kläglicher Versuch kam dabei nicht heraus. Zuerst lachte der Lange, dann stimmte der Kräftige ein, bis ihnen schnell wieder der Ernst ihrer Lage bewusst wurde.

»Vielleicht habt ihr noch etwas Zeit zum Üben«, tröstete Davide die beiden.

Der Ochsenkarren fuhr nicht durch das Große Tor, sondern durch einen schmalen Eingang, der offenbar für Lieferungen an die Küche vorgesehen war. Dennoch waren vier Lanzenträger dort als Wachen postiert.

Aus Hasans Erzählungen wusste Davide, dass der Palast eher expansiv denn repräsentativ ausgerichtet war: Er hatte sich in vier Höfen über den gesamten Stadtteil ausgebreitet und bestand aus einer Vielzahl von Gebäuden. Im ersten, äußeren Hof befanden sich die Räume des niederen Dienstpersonals. Doch bevor sie in den zweiten Hof kamen, der die gewaltige Küche beherbergte, hielt der Ochsenkarren. Die Soldaten sprangen hinaus, zerrten die drei Venezianer grob von der Ladefläche und führten sie zu einer Treppe, vor der ebenfalls vier Lanzenträger standen. Die Treppe führte nach unten, in die Keller des Palastes.

KAPITEL 35

Am Bett des Allwissenden Mentors

Leise, unsichere Trippelschritte auf feinstem Marmor. Dann ein zögerliches Flüstern. »Allwissender Mentor. Allwissender Mentor.«

»Hmmmmmgggggrrr.«

»Allwissender Mentor.«

»Hmpf.«

»Allwissender Mentor, Ihr batet mich gestern Nacht, Euch am heutigen Tage unter allen Umständen zur Mittagsstunde zu wecken. Die Amtsgeschäfte, Ihr wisst …«

»Grrrrrr«, knurrte Sultan Selim der Zweite, drehte sich um und wickelte sich eine halbe Umdrehung mehr in seine purpurne Seidendecke. Nur sein dicker blonder Haarschopf ragte heraus.

»Ihr wisst, die Bauten an Eurer Moschee sind ins Stocken geraten, und Herr Sinan wartet auf Eure Zusage für weitere Mittel. Der polnisch-litauische Großherzog lässt seit zwei Tagen um eine Audienz ersuchen, die Händler aus England und Frankreich erbitten untertänigst neue Handelsurkunden, Allwissender Mentor, und dann ist da natürlich noch Zypern. Außerdem: Wie verfahren wir mit den Gefangenen, die der Admiral an Bord hat? Und was die Teufel aus Venedig angeht: Wir haben nicht nur die beiden Bankiers, sondern auch einen noblen Herrn gefangen nehmen können, ein hoher Herr, wie mir versichert wurde, der uns wertvolle Informationen …«

»Schluss jetzt!«

Der Großwesir zuckte zusammen.

Ein Arm schälte sich aus der Seidendecke, der unwirsch abwinkte und die Unterhaltung beendete, bevor sie richtig begonnen hatte. »Lass *sie* das erledigen.«

»Sie?« Der Großwesir machte ein langes Gesicht.

»Ja, sie. Und jetzt verschwinde.«

Sokollu Mehmed Pascha biss sich auf die Unterlippe. Wie seine Vorgänger hätte der Großwesir, immerhin ein Schwiegersohn des Sultans, gern den wahren Herrscher gegeben. Ja, die Chronisten hatte er bereits an seiner Seite, der Nachruhm war ihm sicher. Aber er wollte keinen Nachruhm, er wollte den Ruhm jetzt: Er schien mit Händen greifbar und war doch nicht dingfest zu machen, wich wie ein scheues Waldtier mit jedem Schritt, den er nach vorn tat, ebenso weit zurück. Reichtum, ein eigener Harem, Paläste, Verwandte in wichtigen Stellungen, ein paar anständige Kriege: Alles, was Großwesire seit jeher unternommen und erreicht hatten, blieb ihm verwehrt. Und das seit seiner Ernennung vor fünf Jahren. Jünger wurde er schließlich auch nicht.

Doch es gab ja *sie*. *Sie*, die jegliches Machtstreben unterband. Er war nichts weiter als ein Skribent, ein Kanzler und Befehlsempfänger und keiner, vor dem man sich fürchtete. Wie gern würde er einst auf seinen Grabstein schreiben lassen: »Wenn ich noch lebte, würdest du vor mir zittern«, so wie es sein großes Vorbild Timur von Samarkand getan hatte.

Selim der Zweite wollte einfach nicht sehen, dass Venedig ein Problem war. Für ihn war die Stadt nur ein unwichtiger Handelsposten, der früher oder später an seinem eigenen Krämergeist zugrunde gehen würde. Doch ganz gleich, was er dachte: Zypern, das unter venezianischem Schutz stand, blieb ein Problem. Von der Insel rückten immer wieder Piratenflotten aus, die osmanische Schiffe überfielen und plünderten. Das konnte man nicht länger zulassen.

Nun richtete sich Selim der Zweite im Bett auf und strich sich durch den gelbstichigen Bart. »Sari Selim« nannten sie ihn hinter seinem Rücken, Selim der Blonde.

»Ihr seid ja immer noch hier«, brummte er mit verschlafener Stimme. »Verschwindet endlich!«

»Entschuldigt mein Zögern, Allwissender Mentor, wie Ihr wünscht, Allwissender Mentor.« Rückwärts und ebenso lautlos, wie er gekommen war, entfernte sich der Großwesir aus dem Schlafgemach des Sultans.

KAPITEL 36

Der Kerker

Der Gefangenentrakt lag tief unten, zwei, vielleicht sogar drei Stockwerke unter dem Palast. Genau konnte Davide das nicht sagen, denn die Treppen führten mal gerade und mal gewunden durch ein wahres Labyrinth an Gängen. Dann wieder gingen sie auf einer schiefen Ebene, und es war in der beinahe vollkommenen Dunkelheit kaum auszumachen, ob die Schräge bergab oder vielleicht sogar wieder bergan ging. Davide versuchte dennoch, sich den Weg so gut wie möglich einzuprägen.

Immer wieder öffneten sich die engen Gänge und mündeten in düstere Säle, in denen die Zellen in den Stein gehauen waren. Es stank nach Schweiß, Angst, Exkrementen, was nicht verwunderte, aber auch nach Blut. Und, extrem beunruhigend, nach brennendem Pech. Der Luftzug war keineswegs frisch, wie in unterirdischen Gewölben üblich, sondern außergewöhnlich heiß und stickig. Überraschenderweise war es sehr, sehr still. Viele der Zellen waren leer, wie Davide erkannte, nachdem sich seine Augen an die Dunkelheit gewöhnt hatten. Angesichts dessen, was man über die osmanische Justiz wusste, wunderte ihn der Leerstand.

Schließlich kamen sie in einen Gang mit zwei Zellen. In die eine wurden die beiden Kaufleute geworfen, die andere war, wie Davide aus den knurrenden Lauten der Soldaten schloss, für ihn vorgesehen. Sie durchtrennten seine Handfesseln und schubsten ihn hinein.

Die Zellen lagen direkt nebeneinander, durch eine Mauer getrennt, sodass sich die Venezianer zwar nicht sehen, aber miteinander sprechen konnten. Die Zellen wurden von Gittern verschlossen, zwei Wachen – Soldaten, die mit je zwei Krummsäbeln bewaffnet waren – nahmen davor auf Schemeln Platz. Er konnte sie leise miteinander reden hören. Fackeln, die nun von den Wänden brannten, warfen ein schwaches Licht, gerade ausreichend, um sich umzuschauen.

Die Zelle war mit etwas Stroh ausgelegt, auf dem Boden stand ein Wasserkrug. Und das war's. Immerhin schien alles frisch gesäubert zu sein, sodass der Geruch des vorherigen Zellenbewohners nur als flüchtige Erinnerung in die Nase stieg. Solides, unverputztes Mauerwerk von drei Seiten, keinerlei Fenster, Eisengitter zum Gang hin, von einem massiven Schloss verriegelt.

Davide massierte sich die Handgelenke, die von den Fesseln blutig gescheuert waren und schmerzten, und überschlug seine Möglichkeiten. Viele waren es wahrlich nicht. Vorerst blieb ihm nur abzuwarten. Er war nicht tot. Venedig befand sich nicht im Krieg mit den Osmanen. Jedenfalls noch nicht. Zwei Menschen waren getötet worden, um ihn lebend hierher zu schaffen. Er ahnte, dass seine Reise nicht in dieser Kerkerzelle unter dem mächtigen Topkapi-Palast zu Ende sein würde. Jedenfalls nicht heute.

Gerade, als er den Tabarro ausgezogen und etwas Stroh zusammengeschoben hatte, um es sich bequemer zu machen, erklang ein scharfer Befehlslaut, und es rasselte vor dem Gitter seiner Zelle. Einer der Wachsoldaten schloss die Tür auf und bedeutete Davide mit dem Kopf, mit ihm zu kommen. Die Soldaten knurrten und stießen Davide vorwärts, weiter durch den Gang. Der Trakt, in den sie nun traten, war voller Fackellicht, das regelrecht phosphorisierte. Davide schloss geblendet die Augen. Die Soldaten, die ihn mit ihren Krummsäbeln vor sich her getrieben hatten, entfernten sich.

Als Davide sich an das grelle Licht gewöhnt hatte, erwuchsen aus den Schatten vor ihm drei männliche Gestalten. Ein recht kleiner, gut aussehender Mann mit schönem, gelocktem blondem Haar, das er halblang trug, ging mit einem freundlichen Lächeln zwei Schritte auf ihn zu. Die Männer hinter ihm waren groß, kräftig, eindeutig orientalischer Herkunft und blickten Davide an, ohne ihm dabei tatsächlich in die Augen zu schauen.

»*Bonsoir, Monsieur*«, sagte der Mann mit den blonden Locken und verbeugte sich leicht. Er trug einen überaus eleganten purpurnen Rock und, wie Davide überrascht registrierte, weiße Lederhandschuhe. Der Mann machte eine einladende Handbewegung. »Darf ich bitten?«, sagte er auf Italienisch mit französischem Akzent. Er zeigte auf eine Tür, die in einen ebenfalls hell erleuchteten Raum führte.

»Habe ich eine Wahl?«

»Ich fürchte, die habt Ihr nicht«, lächelte der Mann.

Sie betraten einen auffallend blank geputzten Raum ohne Fenster. Ein kleiner Schrank, ein Eimer, eine Winde mit einem Haken, von dem ein paar Seile hingen. Der Raum sah auf den ersten Blick nicht wie eine Folterkammer aus. Aber auch nicht wie ein gemütliches Lesezimmer. Der Granit leuchtete im Schein der Fackeln so weiß, dass es in den Augen schmerzte.

»Es freut mich außerordentlich, werter Herr Venier«, hob der Franzose mit ausgesuchter Höflichkeit an. »Mein Name ist Jacques Bouchard. Mein Auftraggeber wünscht, dass Ihr Euch kooperativ zeigt. Doch wie mir gesagt wurde, geltet Ihr als nicht sonderlich kooperativ. Trifft das zu?«

»Ich bin mir nicht sicher, was Eure Auftraggeber von mir wollen oder wer diese Auftraggeber überhaupt sind, aber Ihr könnt davon ausgehen, dass ich mitnichten gewillt bin, etwas zu sagen oder zu tun, das Venedig schadet«, gab Davide zurück.

»Das habe ich mir selbstverständlich gedacht. Meine Arbeit besteht nun darin, Euch gefügig zu machen.«

Die beiden Schergen hoben Davides Arme plötzlich an, und ehe er sich versah, waren seine Hände über dem Kopf gefesselt, dazu wurde ihm eine Augenbinde angelegt. Der Franzose ließ nun den Haken von der Decke herab, an den die Schergen Davides gefesselte Hände befestigten. Dann wurde er so weit hochgezogen, bis seine Füße den Boden nicht mehr berührten. Er hing hilflos und mit zappelnden Füßen von der Decke, noch dazu in völliger Finsternis.

»Ich bin ein Meister meines Fachs, so wie Ihr, Herr Venier, ein Meister Eures Fachs seid – in vielen Ländern bewundert man Eure zahlreichen Fertigkeiten. Ich habe lange am Hof des Königs von Frankreich gearbeitet, dann beim spanischen König in Madrid. Möglich, dass wir uns schon mal begegnet sind, aber bestimmt nicht unter solch unerfreulichen Umständen.« Davide erkannte am Hall der Stimme, dass der Franzose ihn umkreiste. »Was meint Ihr, hatten wir schon einmal das Vergnügen, uns kennenzulernen, vielleicht bei einem Empfang?«

»Jedenfalls noch nicht in Istanbul«, gab Davide zurück.

»Dann darf ich Euch in einer ganz neuen Welt willkommen heißen.«

Der Schmerz schoss Davide durch den ganzen Körper. Erst einige Momente später konnte er lokalisieren, dass man ihm in die Seite geschlagen hatte, genau auf die Nieren. Er schnappte nach Luft, die nicht in seine überstreckten Lungen gelangen wollte.

»Ich verfüge über einige Erfahrung mit Spionen, Verrätern, Feinden einer Regierung. Aber Ihr habt Glück im Unglück.

Mein Auftrag lautet, Euch Schmerzen zuzufügen, allerdings keine dauerhaften Schäden, weil man Euch noch weiterverwenden will. Glaubt jedoch nicht, dass Ihr deswegen ein angenehmes Leben bei mir haben werdet. Manchmal ist es besser, einen Körperteil zu verlieren, statt es dauernd verbrannt oder gequetscht zu bekommen.«

»Heute habe ich offenbar das große Los gezogen.«

»Ja, und wann immer Ihr denkt …« Ein weiterer Schlag traf Davide, diesmal wurde er kurz ohnmächtig. Erst ein Schwall Wasser weckte ihn wieder auf.

»Wann immer Ihr denkt, dass es nicht mehr schlimmer werden kann, wird es schlimmer. Versteht Ihr mich, Herr Venier? Seht, Schläge sind die lächerlich einfachste Foltermethode, die sich ein Mensch vorstellen kann. Doch sind sie nicht noch deutlich grausamer, wenn man sie nicht kommen sieht? Diese kleinen Kniffe machen die hohe Kunst aus.«

»Ja, ich freue mich schon auf den nächsten Schlag.«

»*Vraiment*?« Der Sadist wartete. Und wartete. Minuten in völliger Stille verrannen.

Davide spannte seinen gesamten Körper an. Der Schweiß lief ihm den Körper herab und bildete eine Pfütze unter ihm. Er hörte die Tropfen. Die Schmerzen in seinen Schultern und Brustmuskeln nahmen zu, nur sein eigener schwerer Atem war zu hören. Der Franzose und seine Schergen schienen nicht mehr im Raum zu sein.

Doch dann traf ihn der Schlag, nicht hart, aber gekonnt ausgeführt und gut platziert auf Unterkiefer und Unterlippe. Bevor ihm die Sinne schwanden, spürte er, wie sein Mund mit Blut volllief, das ebenfalls in die Schweißpfütze tropfte.

Als er wieder zu sich kam, lag er auf dem Boden. Er war nicht mehr gefesselt, und auch die Augenbinde hatte man ihm abgenommen. Verschwommen sah er einen Mann, der sich über ihn beugte. Es war der Franzose.

»Ihr wisst nun, wie ich arbeite. Meine Methoden sind einfach, aber wirkungsvoll. Mit der Zeit werden sie immer raffinierter und effektiver.«

Davide spuckte noch etwas Blut. »Meine Verehrung. Und das war sicher nur der Anfang?«, röchelte er.

»*Exactement*. Jeden Nachmittag treffen wir uns hier. Immer zur gleichen Zeit. Für zwei Stunden, die Euch immer länger erscheinen werden. Jeden Nachmittag wird es ein wenig unerträglicher für Euch. Keiner Eurer Vorgänger hat es länger als vier Nachmittage bei mir ausgehalten. Wobei ich tatsächlich neugierig auf Euch bin. Selten darf man einmal einen so hohen Herren mit so guter – wie sagt man? – körperlicher Konstitution behandeln.«

Davide wurde zurück in die Zelle gebracht. Die beiden Venezianer waren nicht mehr da. Was mochte mit ihnen geschehen sein? Er zwang sich dazu, etwas Kraft zu schöpfen, legte sich aufs Stroh, versuchte, so gut es ging, die Schmerzen zu ignorieren, und schloss die Augen.

KAPITEL 37

Die Audienz

D avide war, an den Händen gefesselt, von den Wachsoldaten aus der Zelle geholt und über den ersten Hof geführt worden. Der verfügte über unerhörte Dimensionen, war um vieles größer als die Piazza San Marco und diente offenbar als Parade- und Versammlungsplatz. Ein paar Zypressen warfen in der untergehenden Sonne dürre, länger werdende Schatten. Davide nahm allerlei Händler und Bedienstete wahr, die den ständigen Fluss der Waren einigermaßen zu kontrollieren versuchten, dazwischen kleinere Trupps von Soldaten, manche von ihnen mit Exerzieren beschäftigt. Im Schwarm der Bediensteten sah er keine einzige Frau, was ihn unter normalen Umständen außerordentlich betrübt hätte. Doch jetzt beschäftigte er sich lieber damit, wie er es anstellen könnte, den Topkapi-Palast möglichst schnell und möglichst unbemerkt zu verlassen. Kein einfaches Unterfangen bei etwa dreißig Fuß hohen Mauern und von Soldaten besetzten Türmen.

Als sie den Audienzsaal betreten hatten, wurde Davide von den Soldaten auf die Knie gezwungen. Doch dann verließen sie den Raum.

»Steht bequem«, sagte die Sultanin in bestem Venezianisch.

Sie war eine schöne Frau mit ihren sechsundvierzig Jahren. Ihre Haut war makellos, ihre Zähne weiß und intakt. Ihre breiten Lippen schoben sich wie schmollend hervor. Die Augenbrauen hatte sie sich abrasieren lassen, wie es Mode

364

war. Die glatten dunkelbraunen Haare, von Olivenöl glänzend, trug sie nach hinten gekämmt, und sie wurden von einem goldenen Reif gehalten. Ihr Kleid aus weißer Seide war
erstaunlich schlicht, ein eleganter Kontrapunkt zu dem
Thronsaal voller Marmor und Gold. Ja, diese Frau hatte Stil.
Zwei dunkelhäutige Sklaven, fast noch Kinder, wedelten ihr
mit großen Seidenfächern Luft zu.

Davide stand auf und blickte sich um. Die Einrichtung war
von überwältigender Pracht und mit keinem der Paläste, die
Davide in seinem bisherigen Leben gesehen hatte, vergleich-
bar. Selbst die großen Herrschaftshäuser der Valois und Ara-
gonier wirkten dagegen wie karge teutonische Burgen. Und
auch die geschmackvoll-dezenten Verzierungen der venezianischen Paläste nahmen sich armselig aus gegen diesen fun-
kelden Überfluss an Gold und Marmor. Und das war nur das
Audienzzimmer, das *Arz Odasi*. Die Schatzkammer und die
Bibliothek sowie der Harem sollten, wie man hörte, noch
weit mehr Kostbarkeiten enthalten.

»Verzeiht all den Glitzer«, kokettierte die Sultanin, »als Venezianer ist man natürlich vornehme Zurückhaltung gewohnt.« Sie saß auf einem Thron, der vollständig mit Gold
überzogen und mit sicher tausend Edelsteinen besetzt war.

Davide verneigte sich kurz und verzog vor Schmerz das
Gesicht. Die Faustschläge waren noch allzu frisch.

»Ich sehe, Ihr habt bereits Bekanntschaft mit unserem
Franzosen gemacht. Ihr seht etwas mitgenommen aus.«

Davide lächelte müde. »Ich werde mich beizeiten am Lido
von Venedig erholen.«

Die Sultanin lächelte versonnen. »Ja, in Venedig gibt es einen schönen Strand. Ich weiß, ich weiß.«

»Was hält Euch davon ab zurückzukommen?«

»Am Bosporus haben wir auch ein schönes Meer. Und der
Blick vom Palast aus! Den bietet Eure Lagune nicht.«

»Aber Venedig bleibt Venedig, nicht wahr?«

Die Sultanin winkte unwirsch ab. »Ihr fragt Euch vermutlich, warum ich Euch nicht habe abschlachten, zerstückeln oder über Bord werfen lassen.«

»Ja, diese Frage ist mir tatsächlich gekommen.«

»Schön, dass es noch Männer auf dieser Welt gibt, die sich Gedanken machen.«

»Lasst mich raten: Ihr wollt Auskünfte.«

»Ach, diese krämerische Direktheit ist so ermüdend.« Die Sultanin tat, als würde sie gähnen, und ihre schauspielerische Leistung war durchaus überzeugend. »Also gut. Ihr seid Venezianer. Ihr versteht die Sprache des Geldes. Reden wir nicht lange herum und rauben einander unsere wertvolle Zeit. Wir würden Eure Dienste gern kaufen. Und wir zahlen gut. Ihr wisst sicher, dass wir denselben Nachnamen tragen.«

»Das ist mir bekannt.«

Die Sultanin hieß tatsächlich Cecilia Venier-Baffo und war eine waschechte Venezianerin. Piraten hatten sie als Kleinkind entführt. Danach hatte sie als Haremsdame den Sultan bezirzt und war nun als *Valide Sultan* zweifellos die mächtigste Frau der bekannten Welt. Selbst der Großwesir Sokollu Mehmed Pascha hatte, wie man munkelte, bei Hofe wenig zu melden, auch wenn die Hofchronisten verzweifelt versuchten, dagegen anzuschreiben.

»Ein interessanter Gedanke, dass wir verwandt sein könnten«, überlegte Davide laut. »Aber Veniers gibt es in Venedig wie Sandkörner am Lidostrand.«

»Und wenn wir tatsächlich verwandt wären?«, fragte die Sultanin mit einem eigentümlich heiseren Flüstern.

Davide, der sich in diesen Dingen selten täuschte, glaubte, einen anzüglichen Unterton herauszuhören. »Wie lautet Euer Angebot?«, gab er kühl zurück.

»Eine Rente von eintausend venezianischen Dukaten im

Jahr sowie als Starthilfe für Euer neues Leben eintausend Dukaten sofort und einen prächtigen Palazzo mit Bediensteten und Blick auf den Bosporus.«

»Und die Bedingungen?«

»Ihr erzählt uns alles, was Ihr wisst. Wir wollen erfahren, wer etwas zu sagen hat. Wer ein verblendeter Patriot ist und mit wem man vernünftig reden kann. Wir wollen wissen, wer im Großen Rat wirklich bestimmt, wo es langgeht. Und kommt mir nicht mit dem Dogen. Dass der nur sein *corno* trägt, ab und zu auf einem goldenen Boot durch die Lagune geschippert wird und ansonsten seine *moeche* futtert, ist mir bekannt.«

»Ihr wollt also wissen, wer bestechlich ist und wer nicht?«

Die Sultanin lächelte. »›Bestechlich‹ – was für ein unschönes Wort! Und ist nicht jeder käuflich? Ab einem gewissen Preis?«

»Und werde ich nach Venedig zurückkehren dürfen?«

»Nun, ich vermute, Ihr seid ein fantasiebegabter Mensch. Daher müssen wir uns natürlich dagegen absichern, dass Ihr uns nicht ein paar hübsche Lügengeschichten auftischt, um dann in Eure stinkende Stadt zurückzukehren und Euch ins Fäustchen zu lachen. Daher werden wir in Venedig fleißig das Gerücht streuen, dass Ihr uns für ein beachtliches Salär viele wichtige Dinge über den Dogen, die Ratsmitglieder, den Kanzler verraten habt. Das sollte Eure Rückkehr trotz Eurer vielen Fürsprecher unmöglich machen.«

»Eine gute Idee.« Davide nickte anerkennend. »Sagt, und entschuldigt, dass ich kurz abschweife: Stimmt es, dass der Sultan für eine Aussöhnung mit Venedig wäre, gar ein Mann des Friedens ist und dass nur Ihr es seid, die auf Krieg drängt?«

»Lasst Euch nicht von solchen Gerüchten beeinflussen«, winkte die Sultanin ab. »Und bedenkt: Ihr wärt der Garant für den Frieden, wenn Ihr uns helft. Was sagt Ihr zu meinem Vorschlag?«

»Um ehrlich zu sein, verehrteste Sultanin, bin ich geneigt, Euer großzügiges Angebot abzulehnen.«

Die Sultanin sprang auf. »Redet nicht wirr! Wie viel wollt Ihr noch? Zweitausend Dukaten? Einen eigenen Harem?«

»Ach, wisst Ihr, ich habe tatsächlich Sehnsucht nach meiner stinkenden Stadt.«

Die Sultanin stieß einen Befehl aus, die Türen flogen auf, vier Soldaten stürmten herein.

»Ich bin mir sicher, dass ich Euch noch überzeugen kann«, lächelte die Sultanin und setzte sich wieder auf ihren funkelnden Thron, während die Soldaten hinter dem Gefangenen Aufstellung nahmen.

»Ich bewundere Euren Optimismus.«

Nun wechselte die Sultanin in reinstes Venezianisch. »Schaut mich an. Ich kam als zerlumpte Sklavin. *Una niente, una perdente.* Und jetzt herrsche ich über das halbe Mittelmeer. Wenn ich will, stehen morgen fünfhundert Galeeren vor Eurem armseligen Palast und schießen ihn in Stücke.«

»Unser Glück, dass es für die Schiffe der Osmanen, die wegen der Last ihrer vielen Kanonen tief im Wasser liegen, dort ganz einfach zu flach ist.«

Die Sultanin hörte nicht auf Davides Einwand. »Seid Ihr nicht auch so ein Aufsteiger? Einer, der ein Nichts war, verhaftet und entehrt, und nun ein nützlicher Idiot ist? Ihr könntet ein Jemand werden. Ihr könntet *an meiner Seite* ein Jemand werden, dessen Namen man noch in einhundert Generationen kennt!«

»Ich fühle mich ganz wohl dabei, dass man nur in meinem Viertel meinen Namen kennt.«

»Eure Loyalität erstaunt mich, hat Venedig Euch doch übel mitgespielt. Und seid Ihr nicht völlig mittellos?«

»Ein Grund mehr für mich, zurückzukehren und die Schuldigen ausfindig zu machen.«

Die Sultanin strich sich nachdenklich übers Haar. »Wir können offen miteinander reden, denn so oder so verlasst Ihr uns nicht mehr. Für den Sultan seid ihr Venezianer nichts weiter als ein lästiger Stein im Schuh. Er interessiert sich nicht für Euch. Er träumt lieber davon, mit den Krimtartaren die weite Steppe Russlands zu erobern. Ich halte das für ausgemachten Unsinn und ziehe es vor, meine eigene Politik zu verfolgen.«

»Und das macht Ihr mit viel Hingabe, wie mir scheint.«

»Ja, der Sultan lässt mir alle Freiheiten. Aber sagt mir, Davide, seid Ihr nicht ein genussfreudiger Mensch? Das jedenfalls wurde mir zugetragen.«

»Welcher Venezianer wäre das nicht?«

»Ich will Euch keine Märchen erzählen, lieber Davide aus dem trüben und immer entweder kalten oder schwülen Venedig. Stattdessen verspreche ich Euch wahrlich Märchenhaftes. In Istanbul werden Träume wahr. Auch jene, die Ihr noch nie zu träumen gewagt habt.«

»Ich bin beinahe neugierig.«

»Was haltet Ihr davon, wenn drei zwölfjährige Jungfrauen Euren gesamten Körper mit ihren Zungenspitzen kühlen?«

Davide wandte sich zu den Soldaten um, die immer noch untätig im Raum standen und grimmig ins Nichts blickten. Es war offensichtlich, dass sie nichts verstanden.

»Ein reizvoller Gedanke, zugegeben, wobei ich eher Frauen meines Alters zugeneigt bin.«

»Auch das ließe sich organisieren. Oder wie wäre es mit Jünglingen? Ihr wärt überrascht, wie viele bedeutende Männer in unserem Harem – wie nenne ich es? – das Ufer gewechselt haben. Ja, wir haben hier auch sehr hübsche Männer aus allen Teilen der Welt, Kaukasier, Nubier, Inder …«

»Was ist mit Fabelwesen? Ich würde gern einmal einen Satyr treffen, einen Kynokephalen, einen Kentaur, eine Sphinx oder vielleicht sogar ein Einhorn.«

Erneut sprang die Sultanin erregt auf. So viele Widerworte hatte sie augenscheinlich nicht erwartet. Die nubischen Sklaven erschraken. »Genug! Venedigs Zeit geht zu Ende, und auch Eure Zeit geht zu Ende. Ihr scheint Euch viel auf Eure Stadt einzubilden, doch die Zeit arbeitet gegen Euch. Gegen Euch und all Euer gottloses Kaufmannsgesindel!«

Davide hörte, wie hinter ihm die Waffen der Soldaten klirrten. Zumindest die Zeit seiner Audienz schien abzulaufen.

»Seid ja nicht zu stolz auf Eure Schiffe! Darum wird sich jener Mann kümmern, den ihr in Venedig ›Crollio‹ nennt.«

»Ach was?«, hakte Davide nach.

Die Sultanin nahm wieder Platz. »Wir wollten es auf die elegante Art lösen, indem ein paar Schlüsselpersonen ausgeschaltet werden. Das geschah auf meine Anregung hin, um viele, viele Leben zu schonen. Aber dann kamt Ihr dazwischen. Ich fürchte nur, Ihr werdet die Vernichtung Eurer stolzen Werft nicht persönlich miterleben können. Und wenn sie abgebrannt ist, wird Eure Verhandlungsposition, um in der Sprache der venezianischen Krämer zu bleiben, dadurch nicht gerade gestärkt.«

»Das Arsenale ist gut bewacht. Ein Angriff auf die Werft wäre eine Kriegserklärung. Und alle Länder des Mittelmeers würden sich ohne Zögern gegen die Osmanen verbünden.«

Die Sultanin schien gar nicht zuzuhören, sondern berauschte sich an ihrer Vision. »Ich will einen Krieg verhindern, und Ihr habt es in der Hand! Ich weiß doch genau, wie Ihr Venezianer hinter den Dukaten herrennt. Nennt mir jene, die man bezahlen muss, um sich auf ein friedliches Vorgehen zu einigen!«

»Diejenigen, die in Venedig die Entscheidungen treffen, haben so viel Geld, dass sie unbestechlich sind«, log Davide.

»Das wollt Ihr mir weismachen? Außerdem ist Venedig doch schon so gut wie besiegt!«

»Als Spieler hatte ich immer eine Schwäche für Außenseiter.«

»Wir sind einhundert Mal so groß, haben zehn Mal mehr Einwohner!«

Davide rang sich ein Lächeln ab. »Wie fühlt Ihr Euch als Venezianerin eigentlich, wenn Eure Landsleute in Venedigs Handelsposten im Osten einfach dahingemordet werden?«

Nun blickte die Sultanin böse. »Wenn Ihr es noch einmal wagt, von meinen Gefühlen zu sprechen«, sagte sie dann sehr langsam, »werde ich Euch in Schaffell einnähen und von meinen Hunden zerreißen lassen.«

»Ja, ich hörte davon, dass Eure Hinrichtungsmethoden außergewöhnlich kreativ sind.«

Die Sultanin würdigte Davide keines Blickes mehr und ließ ihn in den Kerker abführen.

KAPITEL 38

Der Bulle

Die Nacht auf dem harten Boden der Zelle mit dem zusammengerollten Tabarro als Kopfkissen war zum Vergessen gewesen, und am nächsten Tag wartete der Franzose bereits in seinem Folterlaboratorium. Seine beiden Schergen waren natürlich ebenfalls da.

»Sieh einer an, bei der Sultanin wart Ihr? Ein seltenes Privileg für einen Gefangenen.«

»Es war keine erfreuliche Audienz, wenn es Euch beruhigt.«

Der Franzose lachte, goss aus einem Tongefäß Wein in zwei Becher und reichte einen davon Davide. Der zögerte und schnupperte daran. »Ich bitte Euch, traut Ihr mir eine solche billige Hinterlist zu?«, lächelte Bouchard.

»Wenn ich es mir recht überlege: nein.« Davide leerte den Becher in einem Zug.

»Wie schmeckt er Euch?«

»Ausgezeichnet. Sicher auch, weil ich allzu lange darauf verzichten musste.«

»Ein Wein aus meiner Heimat, Montpellier. Gelber Muskateller. Es hat mich einiges gekostet, ein paar Fässer davon hierherzubringen.«

»Französischer Wein? Was es nicht alles gibt.« Davide bemühte sich um einen verächtlichen Ton.

»Oh, wir bauen schon seit der Antike Reben an und haben es weit gebracht. Ihr werdet sehen: Eines Tages wird die Wel wissen, dass auch wir gallische Barbaren ganz ausgezeichnete Weine herstellen.«

»Nun, ich könnte als Euer Repräsentant auftreten. Lasst mich frei, und ich werde es ganz Venedig erzählen.«

»Das steht leider nicht in meiner Macht, obwohl ich keinen Zweifel habe, dass Ihr ein ganz hervorragender Botschafter wärt. Außerdem: Es ist selten, einen so illustren Gast in diesem Kerker zu haben.«

»Auf Eure heutige Gastfreundschaft bin ich schon sehr gespannt.«

»Ja, ich habe mir etwas ganz Besonderes für Euch ausgedacht. Ihr müsst wissen, als Höfling der Spanier war ich bei zwei Expeditionen nach Südamerika dabei und habe bei den Völkern dort ganz bemerkenswerte Methoden kennengelernt, etwa das Extrahieren der Zehen- und Fingernägel. Bislang habe ich keinen Menschen erlebt, der bei dieser Operation nicht nach seiner Mutter geschrien hätte. Oder denkt nur, bei einer Reise nach Krakau zeigten mir die Mongolen am Hofe des Königs, wie man einem Menschen die Haut bei lebendigem Leibe abzieht. Wer würde sich so etwas entgehen lassen?«

Spätestens jetzt war Davide klar, dass der Mann völlig wahnsinnig war.

Der Franzose lachte. »Seht mich als einen Mann an, der seine Arbeit mit viel Überzeugung und Liebe verrichtet. Wie viele Menschen können das von sich behaupten?«

»Was für ein Glück doch all die Menschen haben, die mit Euch zu tun bekommen.«

»Ach, ich bitte Euch. Geht es in Venedigs *pozzi* etwa anders zu als hier?« Der Franzose zog sich seine blütenweißen Handschuhe über. »Ich versuche, unnötiges Blutvergießen zu vermeiden«, sinnierte er weiter, als ginge es um die Zusammenstellung eines Menüs in einer Taverne. »Ich lege Wert auf größtmögliche Effizienz bei geringstmöglichem Schaden. Außer natürlich bei denen, die ohnehin zum Tode verurteilt sind. Für die habe ich etwas ganz Feines in Auftrag gegeben, das Ihr Euch unbedingt ansehen müsst. Kommt.«

Der Franzose marschierte voraus, die beiden Schergen flankierten Davide. Sie gingen durch einen engen Gang an vielen Zellen vorbei, die allesamt leerstanden. »Ihr wundert Euch sicher, warum uns so wenige Gefangene Gesellschaft leisten, *n'est-ce pas*?« Der Franzose hatte Davides Erstaunen bemerkt.

»Ja, das habe ich mich bereits am gestrigen Tage gefragt.«

»Nun, in jedem Krieg werden Ruderer für die Galeeren benötigt. Viele, viele Ruderer. Und da die Zahl der Freiwilligen für so eine Unternehmung äußerst überschaubar ist, werden die Ruderbänke mit Gefangenen aufgefüllt. Wenn sie sich tüchtig anstellen und alle Schlachten überleben, wird ihnen mit etwas Glück ihre Strafe erlassen. Wenn sie dagegen mit ihrer Galeere untergehen, dann wollte der Herr im Himmel, der hier einen anderen Namen trägt als in unseren Ländern, es eben so. Und deswegen sind die Gefängnisse derzeit leer, die Wachen langweilen sich, und auch mir ist ein wenig fad. Schön, dass ich wenigstens hohen Besuch wie Euch habe.«

»Ich stehe immer gern zur Verfügung.«

Schließlich erreichten sie einen überraschend großen und mit Öllampen erleuchteten Saal. An den Wänden standen reihum Stühle, und in der Mitte glänzte die Statue eines Bullen in Bronze und Originalgröße, ein prächtiges künstlerisches Werk, beeindruckend in seinen Dimensionen, sicher acht Fuß hoch und zehn Fuß lang. Der Bulle reckte seinen gehörnten Kopf nach oben, sein Maul stand offen. Seltsamerweise war unter dem Bullen eine Feuerstelle errichtet.

Der Franzose umkreiste den Bullen und streichelte mit beinahe väterlichem Stolz dessen Flanken. »Es ist doch immer wieder erbaulich, die Künste unserer Altvorderen zu studieren. Könnt Ihr Euch vorstellen, was das ist?«

»Eurem Enthusiasmus nach zu urteilen, kann es sich nur um ein besonders perfides Instrument zum Herbeiführen großer Schmerzen handeln.«

»*Touché!* Wie die Philosophie ist auch dieser bronzene Bulle eine griechische Erfindung. Ein Erzgießer namens Perilaos hat ihn für Phalaris von Agrakas entworfen, einen schlimmen Tyrannen, der vor zweitausend Jahren auf Sizilien herrschte. Selbstverständlich ist dies hier ein Nachbau, der unseren Schmieden einiges Kopfzerbrechen bereitet hat.« Der Franzose öffnete eine Klappe an der Seite des Stiers, so gut eingepasst, dass sie vorher nicht zu sehen gewesen war. »Zum Tode Verurteilte wurden im Inneren des Stiers eingesperrt und geröstet. Doch damit nicht genug: Im Inneren befand sich ein kompliziertes System aus Röhren, sodass ihre Schreie wie das Brüllen eines Bullen klangen. Die besten Ingenieure Istanbuls haben sehr lange gebraucht, das Röhrensystem so nachzubauen, wie es der antike Baumeister im Sinn hatte.«

»Unfassbar, zu welchen Scheußlichkeiten der menschliche Verstand in der Lage ist.«

»Es wird Euch trösten, dass sowohl der Erfinder als auch der Auftraggeber ein – wie sagtet Ihr? – scheußliches Ende fanden. Der Erste, der im Bullen starb, war Perilaos selbst. Der Letzte war angeblich der Tyrann, nachdem er Hunderte seiner Gegner auf diese Art hingerichtet und das Volk sich gegen ihn erhoben hatte. Danach wurde der Originalstier im Meer versenkt. Ein Jammer. Wollt Ihr ihn einmal genauer betrachten?«

Die Schergen hoben Davide in die Luft und hielten ihn dermaßen gekonnt im Klammergriff, dass jeder Widerstand zwecklos war. Schon war er eingepfercht in tiefer, kühler Dunkelheit, zusammengekauert und hilflos wie ein Kind.

»Dies ist das göttlichste aller Folterinstrumente.« Die Stimme des Franzosen klang zwar gedämpft, aber verständlich zu ihm herein. »Ihr werdet Euch gleich von der Effizienz dieses Meisterwerks überzeugen können.«

Würde er wirklich so elendig enden, im Inneren eines bronzenen Stieres verbrennend? Das konnte nicht sein. Nein, das *durfte* nicht sein. Davide trat mit aller Kraft, die ihm aus seiner ungünstigen Position heraus möglich war, gegen die Seitenwände, natürlich vergeblich. Dann beruhigte er sich wieder. Er war zu wertvoll für die Osmanen. Andererseits: Konnte er sich dessen sicher sein? Hatte er seinen Wert überschätzt?

Davide hörte, wie sich seine Peiniger unter dem Bronzebullen zu schaffen machten. Und bald konnte es keinen Zweifel mehr geben: Sie hatten tatsächlich ein Feuer entfacht. Schnell wurde der Boden heiß, er versuchte, so weit wie möglich zur Seite zu rücken.

»Was erwartet Ihr von mir?«, rief Davide. Doch die Worte kamen nicht als Worte draußen an, sondern wie ein leises, heiseres Röcheln. Davide wiederholte seine Frage, diesmal schreiend. Es klang wie das Gebrüll eines Ochsen auf der Weide. Er hörte, wie der Franzose und seine Schergen laut auflachten.

Nun wurde es auch an den Seitenwänden heiß, es gab keine kühle Stelle mehr. Davide wälzte sich hin und her, biss die Zähne zusammen, dachte an Veronicas verliebten Blick, an den Duft ihres Haares, an Hasan und das letzte Schachproblem, an das Geräusch der Wellen, das die Handelsschiffe an den Ufermauern verursachten. Dann rutschte er ab, seine Handfläche traf auf die heißeste Stelle im Innern des Bullen, er schrie auf, und wieder hörte er über dem Knistern des Feuers den tierischen Laut. Es roch nach verbranntem Fleisch seine Fußsohlen versengten.

Dann öffnete sich die Klappe, und die Schergen hoben ihn mit einem Ruck heraus. Halb ohnmächtig knickte Davide ein und lag zusammengekauert auf dem Boden.

Der Franzose beugte sich zu ihm herab. »Letztlich geht es nur um das Eine: Ich muss Euch zur Zusammenarbeit zwingen. Das ist ein Befehl von allerhöchster Stelle. Die Sultanin will Namen. Viele Namen. Das ist mein Auftrag, dafür werde ich bezahlt. Überlegt Euch, wie lange Ihr noch stur bleiben wollt. Und seid gewiss, dass Ihr nicht viele Tage überstehen werdet, ohne dauerhaften, nicht wieder gutzumachenden Schaden zu nehmen.«

Man schleppte den noch halb bewusstlosen Davide in die Zelle und warf ihn auf sein Strohlager.

Wie viel Zeit war vergangen? Richtig wach wurde er erst von den schrecklichen Klagelauten aus der Zelle nebenan. Davide hörte, wie man seinen Namen rief. Er rappelte sich auf.

Marco hielt seine Hand, die in der Dunkelheit seltsam verfärbt schien, durch die Gitterstäbe. Davide erkannte, dass sie voller Blut war.

»Seht her, was sie mit mir gemacht haben, diese Heiden!«, jammerte er. »Die Fingernägel rausgerissen, an der ganzen linken Hand! Solche Schmerzen! Hat man meine Schreie nicht in ganz Istanbul gehört? Und dem armen Giorgio haben sie eine Ratte in einem Kasten aus Muranoglas auf den Bauch gesetzt. In dem Glaskasten fehlte der Boden. Die Ratte begann, an seinem Bauch zu nagen. Nur gut, dass er einen ordentlichen Wanst hat! Oje, wie soll das nur weitergehen? Wie soll das nur weitergehen?«

»Wo ist Giorgio jetzt?«

»Ja, wo soll er denn schon sein? Bei einem Spaziergang in den Palastgärten oder bei den Haremsdamen? Hier bei mir ist er, völlig am Ende, sitzt nur hinten in der Ecke, blutet und wimmert.«

KAPITEL 39

Die Flucht

Sie hingen an den Gitterstäben seiner Zelle wie die armen Teufel vor dem Marktplatz, die um ein paar Münzen bettelten. »Bitte, hoher Herr, bitte, großer Mann, erbarmt Euch«, heulten sie. »Gebt uns noch mehr von den guten Tropfen«, wimmerten sie. »Mehr, mehr!«, greinten sie. Längst hatten sie jede Vorsicht aufgegeben und ließen sich das Laudanum direkt auf die Zunge träufeln. »Ah, nichts ist so süß wie dieser Zauberhonig«, stöhnten sie.

Er hatte sie umschmeichelt, verführt. Den ganzen Nachmittag hatte er in seinem bruchstückhaften Türkisch auf sie eingeredet, sie gelockt, neugierig gemacht, seinen ganzen Charme entfaltet. Und was er nicht mit Worten hatte ausdrücken können, hatte er ihnen mit unmissverständlichen Gesten verdeutlicht. Ihm war bewusst geworden: Das Spielen auf Zeit hatte keinerlei Sinn mehr. Der Franzose war ein Teufel in Menschengestalt, und das Verhalten von Teufeln ließ sich nicht kalkulieren. Nicht noch einmal wollte er im Inneren des Bronzebullen angekokelt werden. Da ihm von Eppsteins Wunderwaffen nur die Tinkturen geblieben waren, war das Laudanum seine letzte Chance. Und vielleicht auch die letzte Chance für Venedig.

Er hatte seinen Bewachern erklärt, dass diese Tinktur Venedigs größtes Geheimnis sei: Damit beginne in Venedig der Tag, und nur deswegen seien die Venezianer so schlau und vor allem so reich geworden, dass selbst der einfachste Gemüsehändler eine prachtvolle goldene Gondel besitze. Natürlich hatten sie ihn zuerst ausgelacht, und doch hatte er ihre Neugier gespürt. Über den Okzident erzählte man sich im Orient sicher genau so viele wunderliche Dinge wie umgekehrt. Und schließlich war Davide nicht irgendein Gefangener. Bei der Sultanin war er schon gewesen, wussten sie. Der Franzose hatte ihm mehrere Spezialbehandlungen angedeihen lassen, wussten sie.

Dennoch waren sie misstrauisch. Davide musste vorkosten. Das tat er. Und fiel nicht tot um, im Gegenteil, er schien zu doppelter Größe anzuschwellen, lachte in einem fort, strahlte Überlegenheit, heroische Stärke, ja regelrechte Unbezwingbarkeit aus. Also wollten sie, nach einigem Zögern, auch einmal kosten. Doch nur Davide, sagte Davide, könne die richtige Dosierung und die richtige Stelle auf der Zungenspitze für die Wundertropfen finden. Und: Sie müssten leise sein, nicht dass alle anderen Soldaten auch noch kämen und etwas von dem Zaubertrank abhaben wollten.

Da sie nun, nach Davides Selbstversuch, von der Unschädlichkeit der Tinktur überzeugt waren, probierten sie.

Und wollten mehr.

Und noch mehr.

Davide hatte die Situation richtig eingeschätzt. Zum einen langweilten sich die beiden Wärter entsetzlich, hatten sie doch wenig zu tun, weil fast alle Gefangenen im Hauruckverfahren zu Galeerenruderern ausgebildet wurden. Zum anderen standen sie in der Hierarchie des Gefängnispersonals ganz unten. Der Franzose und seine Schergen mieden jeglichen Kontakt zu den einfachen Wachsoldaten, die nur fürs Aufschließen und Zusperren zuständig waren. Hinzu kam, dass die zwei noch keine zwanzig Jahre alt waren und deshalb empfänglich für Davides verführerische Einflüsterungen.

Die Wärter tanzten verzückt. Hatten die Krummsäbel abgelegt und die Sandalen von sich geschleudert. Wälzten sich vor Wonne auf dem Steinboden. Umarmten einander. Sangen irgendwelche osmanischen Lieder. Niemand hörte sie, und wenn, dann dachte sich niemand etwas dabei.

Marco blickte fragend aus seiner Zelle. Die verstümmelte Hand hatte er sich mit einem Stofflumpen notdürftig verbunden.

Als die Wärter in ihrem Überschwang auch noch seine Zellentür aufgeschlossen hatten, erhöhte Davide langsam die Dosis, bis sie, völlig irre geworden, mit rollenden Augen und Schaum vorm Mund in Ohnmacht fielen. Da spazierte er einfach aus der Zelle, nahm den Schlüssel und öffnete auch die Zelle der beiden anderen Venezianer.

»Unser Retter, unser Retter«, flüsterte Marco.

Giorgio hingegen saß immer noch benommen in der Ecke, völlig schockiert von den Ereignissen, durchströmt von unmenschlichen Schmerzen. Davide und Marco halfen ihm auf. Er lehnte sich gegen die Wand, und ihm schien langsam zu dämmern, dass die aussichtslose Lage sich nun etwas weniger aussichtslos darstellte.

»Und jetzt?«, fragte Marco.

»Jetzt führen wir Giorgio als unseren Gefangenen ab.«

Davide und Marco zerrten die immer noch bewusstlosen Wächter in eine der Zellen, zogen sie aus, rissen Marcos Tabarro in Streifen und fesselten und knebelten sie damit. Dann warfen sie sich deren Kaftane und Turbane über, bewaffneten sich mit den Säbeln, nahmen Giorgio in die Mitte und suchten einen Weg aus dem nahezu verlassenen unterirdischen Labyrinth. Wie gut, dass Davide sich bei ihrer Ankunft den Weg, so gut es ging, eingeprägt hatte.

Nachdem sie um unendlich viele Ecken gebogen, unzählige Treppenstufen hinab- und hinaufgestiegen waren, kam ihnen eine Gruppe Soldaten entgegen.

»Ruhig bleiben, nichts sagen, weitergehen«, zischte Davide und stieß Giorgio mit herrischer Pose vor sich her.

Doch die Soldaten waren mit sich selbst beschäftigt, palaverten möglicherweise über einen ihrer Vorgesetzten, dessen Befehle sie mit verstellter Stimme nachahmten. Nur einer der Soldaten blickte Davide und Marco überrascht an und wollte etwas in ihre Richtung rufen. Glücklicherweise wurde er von der Gruppe mit fortgerissen.

Weit konnte es nun nicht mehr sein. Davide war sich sicher, den richtigen Weg eingeschlagen zu haben. Dort vorn sah er einen schwachen Lichtschein. Er gab seinen Landsleuten mit erhobener Hand zu verstehen, dass sie anhalten sollten, zog den Krummsäbel und schlich sich näher an den beleuchteten Raum heran. Er hatte einen Verdacht.

Die Holztür stand offen. Dort saß der französische Foltermeister mit dem Rücken zur Tür an einem Tisch und las in einem großen Folianten. Wahrscheinlich bildete er sich beruflich weiter. In einem kleinen Regal neben dem Tisch lagen Bücher, Blätter und Briefe quer durcheinander, ein Tonkrug, gefüllt mit gelbem Muskateller, diente der Inspiration. Davide schob sich durch die Tür, schlich sich bis auf wenige Fuß heran, hob den Krummsäbel und war wild entschlossen, dieses grausame, sadistische Monster zu töten. Doch dann zögerte er, ihm den Säbel in den Rücken zu treiben.

Der Franzose spürte nun, dass jemand im Raum war, und fuhr herum. Er war überrascht, erkannte aber Davide in der orientalischen Verkleidung und musste lächeln. Davide schlug ihm die Faust mitten ins Gesicht. Zähne brachen heraus, der Kieferknochen splitterte, der Franzose, von der Wucht des Schlages aus dem Sitz gehoben, krachte gegen den Tisch und stürzte zu Boden.

Davide beugte sich zu ihm herab. »Wir sind noch nicht fertig miteinander.«

Der Franzose wischte sich das Blut ab, das aus seinem Mund sprudelte wie aus einem römischen Zierbrunnen. »Nein, sind wir nicht«, stöhnte er.

»*Bonne nuit.*« Davide versetzte Bouchard einen gezielten Fußtritt an die Schläfe, der ihn ohnmächtig werden ließ. Dann besah er sich das Buch, in dem der Franzose gelesen hatte: Es war der ›Malleus Maleficarum‹, der ›Hexenhammer‹, der knapp einhundert Jahre zuvor von einem deutschen Dominikanermönch geschrieben worden war und mit teutonischer Detailtreue eine Vielzahl von Foltermethoden erklärte.

Davide warf die Kerze auf dem Tisch um. Sofort fing der Foliant Feuer.

Dann sprang er aus der Tür, winkte Marco und Giorgio zu sich, und sie begannen zu laufen. Giorgio hielt tapfer mit, sein Überlebenswille hatte offenbar über den Schmerz gesiegt. Sie waren auf dem richtigen Weg, denn sie rochen schon die salzig-modrige Meerluft. Als Davide sich umsah, erkannte er, dass die Folterbibliothek Feuer gefangen hatte, die Flammen erleuchteten bereits die Gänge. Soldaten waren herbeigelaufen und schlugen Brandalarm.

Die drei Venezianer erreichten über eine aufwärts führende Treppe, auf der ihnen vier Wachsoldaten entgegenstürmten, den gepflasterten Weg zur Anlegestelle.

»Und ihr?«, schrie einer im Vorbeieilen.

»Holen Wasser«, rief Davide.

Mit dieser Antwort war der Wachsoldat offenkundig zufrieden und folgte der Gruppe, dem ausgebrochenen Feuer entgegen. Ein Brand war schließlich der größtmögliche Unglücksfall, dem alles andere untergeordnet werden musste. Niemand dachte mehr an die Gefangenen.

Es war Nacht. Wenn Davides Zeitgefühl ihn nicht trog,

musste es die vierte oder fünfte Stunde nach Mitternacht sein. An dem kleinen Privatanleger, jenem Lieferanteneingang, über den auch sie in den Palast gebracht worden waren, lagen zwei dickbäuchige, schwerfällige Transportboote und ein kleines Fischerboot, keine dreißig Fuß lang, mit schmalem Rumpf und neuem Lateinersegel. Vom Lärm angelockt, lief die Besatzung der Transportboote in Richtung Palast. Auf dem kleinen Boot döste der Fischer auf einem Stapel Taue vor sich hin, als mache ihm der anschwellende Lärm nichts aus. Er schien auf den Morgen zu warten, um seinen Fang gleich als Erster abzuliefern.

»Könnt Ihr ein Boot bedienen?«, fragte Davide seine Begleiter.

»Scherzt Ihr? Wir sind Venezianer«, empörte sich Marco.

»Gut. Nehmen wir das Fischerboot, wir müssen schnell sein.«

Sie sprangen an Deck.

Eigentlich wollte Davide den Fischer, einen dicklichen Kerl mit schütterem Haar, der in dem Tumult erst langsam zu sich kam, schon über Bord werfen. Dann entschloss er sich, ihn erst einmal zu fragen.

»Venedig?«, fragte Davide ihn auf Türkisch. »Kommst du mit?«

»Venedig?« Der Fischer rappelte sich auf. »Warum nicht? Schlechter als hier kann es nicht werden.«

»Also streng dich an. Wir segeln ohne Pause durch, bis wir es geschafft haben. Wenn du mithilfst, wirst du ein gemachter Mann sein.«

»Ich weiß nicht, wer Ihr seid, aber ich bin dabei.«

Sie lösten die Taue und legten ab, während immer mehr Menschen in Richtung Palast liefen. Niemand beachtete das kleine Fischerboot, das sich mit etwas Mühe vom Pier fortschob.

Nur ein paar Soldaten sammelten sich an der Anlegestelle und gestikulierten in die Richtung des Bootes, aber angesichts des allgemeinen Chaos wegen eines drohenden Palastbrandes beachtete sie niemand. Erste Eimerketten hatten sich gebildet, schwarzer Rauch stieg zum Himmel auf. Ob der Foltermeister rechtzeitig aus seiner Ohnmacht aufgewacht war?

Als sie sich weit genug von der Küste entfernt hatten und kein Schiff in Sichtweite war, wies Davide an, unnötigen Ballast über Bord zu werfen. Unter den entsetzten Augen des Fischers flogen Kisten, Decken, Ersatzsegel, Werkzeug, Netze über Bord, sogar der nächtliche Fang, immerhin zwei ordentliche Fässer voll. Nur eine schmale Notration aus Wasser, Branntwein und etwas Fisch blieb. Der abgeworfene Ballast tanzte hinter ihnen in der Kielwelle. Und das Boot nahm merklich Fahrt auf.

Die Strömung half ihnen in der windstillen Nacht und trieb Davide und seine Begleiter flugs mitten auf das Binnenmeer vor Istanbul, als schöbe Neptun persönlich an. Der Mond, die klare Nacht, sogar der warme Wind aus Süden, der am Morgen aufkam und zusätzlich half: Die Bedingungen waren günstig für die Fahrt zurück nach Venedig.

Doch würde die Zeit reichen?

Wenn es stimmte, was die Sultanin angedeutet hatte, dann war ein Brandanschlag aufs Arsenale geplant. Ein Großbrand dort hätte tatsächlich verheerende Auswirkungen und würde die Serenissima über Jahre schwächen. Drohte gar das Ende Venedigs in einer Feuersbrunst – das Ende einer fünfhundertjährigen Dominanz über das Mittelmeer? Gegen den Aufstieg der Osmanen zur beherrschenden Seemacht würde auch das geschwächte Genua nichts ausrichten können.

Der Fischer sprach leidlich Italienisch, denn er war mit seinen Eltern, die sich auf Hummerfang spezialisiert hatten, oft an der Küste Apuliens gewesen, in Lecce und Brindisi und in dem kleinen Fischerhafen namens Savelletri. Selbst in Otranto hatte man ihn freundlich empfangen, obwohl ein osmanischer General auf Eroberungszug dort vor nicht allzu langer Zeit achthundert Männer köpfen ließ, die sich geweigert hatten, zum wahren Glauben überzutreten.

Der Fischer, der von der Insel Büyükada vor Istanbul stammte, hatte seine Eltern bei der großen Typhus-Epidemie von 1559 verloren. Seine Frau starb wenige Jahre später im Kindbett, sein Sohn nur ein paar Monate darauf. Seitdem war er froh, zur See zu fahren, Fische und Hummer zu fangen, weit weg von den Menschen zu sein. Alle Kontakte zu Verwandten hatte er abgebrochen, seine Heimatinsel betrat er nicht mehr, sondern lebte praktisch nur auf seinem Boot. Ja, Venedig – das wäre noch einmal was. In diese Gegend war er nie gekommen, aber als Krustentier-Spezialist hatte er schon von den *moeche* gehört, die er unbedingt einmal kosten wollte.

Davide legte ihm die Hand auf die Schulter. »Mein Alter, ich verspreche dir, wenn wir in Venedig ankommen, dann wirst du *moeche* essen, bis du sie nicht mehr sehen kannst!«

Der Fischer lächelte. »Ihr seid ein guter Mann.«

Die Wetterumstände begünstigten ihre Fahrt, und so schossen sie über das Marmarameer und hatten bereits am Abend die Dardanellen durchquert. Niemand beachtete das flinke Fischerboot, das an den großen, beladenen Handelsschiffen vorbeiglitt. Von der Seekrankheit blieb Davide weitgehend verschont. Einmal glaubte er, die Galeere gesichtet zu haben, mit der sie nach Istanbul gebracht worden waren; vorsichtshalber versteckten er und seine venezianischen Gefährten sich unter ein paar Decken.

Bis zum Peloponnes hatten sie es in der Nacht darauf geschafft, und am folgenden Vormittag nahmen sie Kurs nach

Norden aufs Ionische Meer. Durch die griechische Inselwelt hatte sie der erfahrene Fischer per Sichtnavigation gelotst, nun wollten sie den kürzesten Weg über das offene Meer nehmen. Die Nächte waren klar, sodass eine grobe Orientierung nach Nordnordwest immer möglich war und sie nicht in Küstennähe segeln mussten. Nur einmal kam Land in Sicht, als sie Backbord die Tremiti-Inseln passierten.

Die Navigationssterne funkelten, die Ursa-Major-Gruppe trat in geradezu verschwenderischer Pracht hervor. Die Wunden von Marco und Giorgio begannen allmählich zu heilen. Davide behandelte sie täglich mit Eppsteins Kamillentinktur, die eine erstaunliche Wirkung zeigte. Giorgio machte sogar schon wieder Scherze. Marco konnte aufgrund seiner schmerzenden Hand bei den Manövern noch nicht mit anpacken, und jede Salzwassergischt ließ ihn aufstöhnen, aber den Becher Branntwein am Abend trank er mit Genuss. Alles war besser als der Kerker des Sultans. Auch wenn in Venedig noch jede Menge weitere Geprellte auf die beiden Betrüger warteten. Doch sie waren am Leben, vorerst.

Nach neun Tagen und Nächten auf See kam in der Abenddämmerung ein schmaler Streifen Land in Sicht, und auch ein paar venezianische Handelsschiffe segelten in Rufweite. Davide versuchte, von den Matrosen an Bord Neues zu erfahren, aber offenbar hatte sich nichts Dramatisches ereignet. Keine größeren Vorkommnisse, berichteten die verdutzten Matrosen, das Arsenale war in Betrieb wie eh und je.

Die Vorräte waren längst zu Ende, aber kurz vor dem Ziel frischte der Wind noch einmal auf und schob das Boot direkt in den Bacino di San Marco. Was für eine beeindruckende, ja märchenhafte Kulisse mit dem Markusturm und dem Dogenpalast mit seinen schlanken Säulen! Gab es auf dem Mittelmeer einen erhabeneren Anblick?

»Bis hierhin habe ich es nie geschafft, so sehr ich es mir

auch immer gewünscht habe.« Der alte Fischer lachte und hatte zugleich Tränen in den Augen.

Auch Davide musste lächeln, hielt aber nach Rauchwolken über dem Arsenale Ausschau. Es war nichts zu sehen. Er wies den Fischer an, direkt auf die Werft zuzuhalten. Es galt, keine Zeit zu verlieren.

KAPITEL 40

Der Angriff

Kaum hatte der Fischer das Boot vertäut, sprang Davide ans Ufer. Nach der langen Fahrt war er unsicher auf den Beinen, auch Marco und Giorgio hatten Schwierigkeiten, sich an den Landgang zu gewöhnen. Die Nacht brach schnell herein, ein schwarzer Vorhang hüllte die Lagune ein.

Bevor Davide sich auf den Weg zu Alessandro, dem *provveditore*, machte, schickte er Marco mit dem Fischer zu Miguel und Tintoretto, während Giorgio Calaspin ins Bilde setzen sollte. Davide hatte Glück, die Soldaten erinnerten sich an ihn und ließen ihn sofort durch.

»Verdoppelt die Wachen!«, forderte Davide Alessandro auf, noch in der Tür stehend. Schnell erzählte er von dem geplanten Brandanschlag.

Der *provveditore*, der gerade zu Abend gegessen hatte und noch ein volles Weinglas in der Hand hielt, lachte auf, aber es klang ausgesprochen resigniert. »Welche Wachen? Die einen liegen zu Hause in ihren Betten, und die anderen sind auf Manövern im Golf von Triest.«

»Keine Soldaten im Arsenale?«

»Anordnung des Großen Rats wegen des drohenden Krieges. Unsere besten Männer müssen plötzlich das Rudern lernen, weil sich die Söhne Venedigs zu fein dafür sind!«

»Wenn wir das Arsenale nicht verteidigen, werden wir keinen Krieg führen können«, warnte Davide. »Dann können wir gleich kapitulieren.«

»Ein paar Soldaten kann ich aufbieten, doch der Rat wird sicher keine zusätzlichen Männer abstellen.«

»Tut Euer Möglichstes. Ich weiß nicht, was passiert und wann es passiert. Aber etwas wird passieren.«

Bis zum Sonnenaufgang konnten Alessandro und Davide die drei Zugänge des Arsenale im Süden, Norden und Osten mit je etwa zwanzig Soldaten sichern. Calaspin schickte weitere fünfzig Soldaten, erfahrene Kämpfer, die ebenfalls auf die Zugänge verteilt wurden. Sogar Tintoretto hatte sich eingefunden, und Miguel war erschienen, der – neben einem Stilett für Davide – einen Haufen Spanier mitbrachte, verwegene Burschen wie er, die sich sofort mit Schwertern, Armbrüsten und Arkebusen bewaffneten und die Zinnen besetzten.

Unterdessen hatte die Arbeit in der Werft wie jeden Morgen begonnen. Die tüchtigen *arsenalotti* hämmerten, kalfaterten, schmiedeten, lärmten, tranken unverdrossen. Einige hielten kurz inne und deuteten auf die vielen Soldaten auf den Zinnen, aber danach machten alle ungerührt weiter. Davide hatte mit einigen *capi* der *arsenalotti* gesprochen. Er wies sie an, besonders wachsam zu sein und alle ungewöhnlichen Vorkommnisse umgehend zu melden.

Falls eine Armee anrückte, würde die Bewachung der Zinnen nicht reichen. Aber würde es wirklich eine ganze Armee sein? Würden die Osmanen einen Überraschungsangriff riskieren, ohne vorherige Kriegserklärung?

Je länger der Tag andauerte – ein schöner, klarer Sommertag, der um die Mittagszeit ausgesprochen warm wurde –, desto größer wurde das Gemurre unter den Soldaten. Davide organisierte Wasser, Wein und etwas Schinken für alle. Todmüde pendelte er zwischen den Posten hin und her und machte allen Mut.

»Bleibt bei mir, Freunde. Ich bin mir sicher, dass ich recht habe«, insistierte Davide, als er zum Schluss wieder bei Miguel und seinen Spaniern stand, zu denen sich auch der Fischer, Marco und Giorgio gesellt hatten. Alle drei waren mit großen Kalfaterhämmern bewaffnet.

»Ich weiche nicht«, sagte Miguel und richtete sich zu seiner vollen Größe auf. »Aber wenn du falsch liegst und mich hier umsonst warten lässt, gehen alle Abendessen dieser Woche auf dich.« Die spanischen Kumpel johlten.

»Ich weiche auch nicht«, sagte Alessandro. »Ich glaube zwar nicht so ganz an einen Anschlag, aber ich will es nicht riskieren, in die Geschichtsbücher Venedigs als der Mann einzugehen, dem man das Arsenale unter dem Hintern weggebrannt hat.«.

»Ich weiche auch nicht«, sagte Tintoretto. »Seht her, Eppstein hat mir einen Schlauch mit Wein gefertigt, bequem mitzuschleppen, tropft nicht.«

»Ja, aber reicht der Wein für deine Mengen?«, entgegnete Miguel und knuffte ihn in die Seite.

»Große Geister vertragen nun einmal keine Kuhmilch«, knurrte der Maler.

Der Tag ging zu Ende, im Arsenale wurde die Arbeit eingestellt. Diesmal verschwand die Sonne nicht im Meer, sondern zerfloss in einem diffusen Nebel und schickte kraftlose Strahlen auf die Erde. Dann wurde es mit einem Schlag dunkel. Und doch nicht dunkel.

Miguel sah es als Erster. Ein seltsam flackerndes Licht, das sich vom Rio de l'Arsenal näherte.

Davide blickte genauer hin. Nein, es war nicht nur ein Licht. Es waren viele, viele Fackeln, die scharf aus der Dunkelheit hervorstachen und die Nacht erhellten. Diejenigen, die die Fackeln trugen, kamen in *batele*, kleinen, flachen Ruderbooten, knapp zwanzig Fuß lang und mit nur einem Fuß Tiefgang. Diese Boote konnten jeden Ort in der Lagune ansteuern, erst recht die ausgehobenen Kanäle des Arsenale. Je zwei Mann ruderten, zwei Mann standen mit Fackeln am Bug. Ein gespenstisches Bild, eine Feuerwand, die sich langsam heranschob.

Keine Armee. Nur ein paar Dutzend Männer. Zu allem entschlossen.

Davide durchschaute die Hinterlist: So ein Anschlag würde nie wie geplant aussehen, sondern immer wie die Initiative eines wahnsinnigen Einzeltäters, der einige Helfer um sich geschart hatte. Im Erfolgs- wie im Versagensfall würden sich die diplomatischen Verstimmungen in Grenzen halten. Venedig hätte keine Legitimation für einen Krieg und würde auch nicht leicht Verbündete für einen teuren Waffengang finden. Außerdem war für solch eine Attacke gar keine Armee vonnöten. Denn eine einzige Fackel, in die richtige Ecke geworfen, würde ausreichen, um eine Katastrophe im ganzen Arsenale auszulösen. Und es gab viele richtige Ecken: die Pulverkammern, die Taue, das Werg, das Pech, die Stapel der Planken, die Holzlager, einfach alles hier war leicht brennbar.

»Lass Feueralarm ausrufen! Lass die Glocken läuten, weck jeden Soldaten, jeden *arsenalotto*! Sie sollen mit Hammern und Keulen kommen oder was sie gerade zur Hand haben.«

Davide rannte zum Canale delle Galeazze. Auch hier näherten sich die Feuer.

Der Lärm der Glocken zerriss nun die Stille, Rufe hallten durch die Nacht. Die Soldaten spannten ihre Armbrüste, luden die Arkebusen und brachten sich auf den Mauern in Stellung.

Bedrohlich näher kamen die Attentäter mit ihren Fackeln, die diese schicksalhafte Nacht in ein geisterhaftes Licht tauchten. Einige steckten ihre *batele* in Brand und ließen sie gegen das Haupttor treiben.

Am Canale delle Galeazze bot sich ein ähnliches Bild. Doch sobald die Angreifer in Reichweite der Armbrüste und Arkebusen kamen, wurden sie von einem Hagel aus Pfeilen und Bleikugeln getroffen. Die Fackeln fielen ihnen aus den Händen und verloschen zischend im Wasser. Jene Assassinen jedoch, die nicht tödlich getroffen waren, rückten eisern und unaufhaltsam heran. Der Schmerz schien ihnen nichts auszumachen.

Die Tore hielten dem Angriff stand. Doch Davide ahnte, dass der eigentliche Angriff über den Seezugang im Osten erfolgen würde. Er begab sich sofort mit einigen Soldaten dorthin.

Und tatsächlich: Am Arsenale Nuovo hatten es einige der Boote schon an die Piere geschafft, Ruderer und Fackelträger sprangen an Land. Davide sah, dass die Attentäter zusätzlich mit Dolchen bewaffnet waren. Schon stürmten die *arsenalotti* heraus, die sich in ihrem eigentümlichen Dialekt kurze Parolen zuriefen und sofort auf die Eindringlinge zustürzten.

Doch diese schienen ihre Gegner gar nicht wahrzunehmen, sondern ausschließlich ihrem Befehl zu folgen: Feuer zu legen. Sie wehrten sich kaum, hatten offenbar mit ihrem Leben abgeschlossen. Und rückten als geschlossene Front immer weiter vorwärts, mitleidlos über die Gefallenen hinwegsteigend. Wie von Sinnen waren sie, beseelt von ihrer Mission, das Arsenale in Flammen aufgehen zu lassen.

Davide warf sich ins Getümmel, schlug einem Angreifer die Fackel aus der Hand, wich seinem eher kraftlosen Stich mit dem Dolch aus und schlug den Mann bewusstlos. Davide roch Alkohol im Atem seines Gegners – und auch die Zauberdroge Laudanum. Das also war ihr Geheimnis. Sie betäubten sich, um es mit Schmerz und Tod aufnehmen zu können. Was für ein Wahnsinn!

Davide lief zurück zum Haupttor im Süden. Dort und am

Canale delle Galeazze im Norden war der Kampf für die Angreifer verloren. An beiden Eingängen stapelten sich Tote und Verwundete, verlöschende Fackeln und brennende Boote. Doch die erfahrenen *arsenalotti* löschten die Brände schnell.

Also stürmte er zurück zum Arsenale Nuovo im Osten. Was Davide dort sah, als er schwer atmend zur Ruhe kam, versetzte seinem Herzen einen gewaltigen Stich. Seine Hand krampfte sich um das Stilett.

Auf dem letzten Boot, das in das Hafenbecken fuhr, stand ein Mann. Mit einem Arm hielt er eine Frau umklammert, die er als Deckung vor sich postiert hatte. Am Hals der Frau blitzte eine Messerklinge.

Die Frau war Veronica.

Es herrschte gespenstische Stille, als Crollio wie der Triumphator eines Feldzugs quer durch das Hafenbecken fuhr, das Kinn siegessicher nach oben gereckt. Den beiden Ruderern bellte er eine kurze Anweisung zu, und das Boot steuerte auf den Pier zu. Crollio sprang mit Veronica Bellini direkt vor der Pulverkammer an Land, das Messer stets an ihrem Hals. Die *arsenalotti* fluchten und knurrten, bildeten aber eine Gasse.

Davide trat den beiden entgegen. Er sah die Angst in Veronicas Augen und die Entschlossenheit in Crollios Blick. Einer der Ruderer reichte dem Assassinen eine Fackel. Crollios Gesichtsausdruck unter der mönchisch anmutenden Kapuze ließ keinen Zweifel: Er wollte sein zerstörerisches Werk vollenden. Noch war seine Sache nicht verloren.

Die *arsenalotti* und die Soldaten bildeten ein Spalier, mit vor Wut und Verachtung verzerrten Gesichtern. Sie rührten sich nicht, aber sie würden den Attentäter, Geisel hin oder her, niemals in die Pulverkammer lassen.

Mit der Hüfte schob Crollio Veronica vor sich her, links das Messer, rechts die Fackel. Nur wenige Schritte trennten ihn noch von der Pulverkammer. Eine Explosion würde auf einen Schlag die Hälfte der Werft zerstören, die Arbeiter mit in den Tod reißen und vermutlich eine Feuersbrunst auslösen, die auch den Rest der Lagerhallen, die meisten Schiffe und Bauteile zerstören würde.

Die *arsenalotti* rückten näher und näher an Crollio und Veronica heran, und die Soldaten auf den Zinnen spannten erneut ihre Armbrüste und luden die Arkebusen. Crollio war praktisch schon tot.

Er erhob die Fackel und schleuderte sie mit voller Wucht in den Eingang der Pulverkammer. Sie rollte ins Innere. Als die Wurfbewegung Crollios Körper kurz aus dem Gleichgewicht brachte, riss Veronica sich los. Mit einem Schritt war Crollio bei ihr, doch Davide hatte sich bereits zwischen sie gestellt. Da blitzte ein grelles Licht auf, und eine Druckwelle warf alle zu Boden. Dann folgte ein ohrenbetäubender Knall. Einige der Pulverfässer waren explodiert – aber nicht das Hauptlager. In dem Durcheinander, dem Geschrei und Gestöhne liefen die Arbeiter in die Pulverkammer, um die Flammen zu löschen und alles Brennbare aus dem Weg zu räumen.

Davide und Crollio rappelten sich zeitgleich auf, doch Davide, der sich nach Veronica umsah, war für einen Moment abgelenkt. Crollio warf sich auf ihn.

Beide rollten über den Boden, versuchten, einander an der Gurgel zu fassen zu bekommen, teilten Schläge aus. Crollio, obwohl deutlich kleiner und schmaler als Davide, verfügte über eine ungeheure Körperkraft und Wendigkeit, gegen die der Venezianer zunächst kein Mittel fand. Davides Fausthiebe trafen hart und entschlossen, doch sie zeigten nicht die geringste Wirkung. Dann hieb Crollio sein Knie in Davides Solarplexus. Sofort wich alle Kraft aus seinem Körper.

Crollio kniete sich auf ihn, das Knie drückte wie ein tonnenschwerer Anker auf Davides Rippen. Davide sah die beiden tiefen Narben auf Crollios rechter Wange. Er bekam kaum Luft, seine Muskeln hatten jegliche Kraft und Spannung verloren. Crollios Hand umfasste nun Davides Kehle, unerbittlich. Wo kam jetzt der Dolch her, den Crollio hob?

Davide mobilisierte all seine Reserven, forderte seinen erschöpften Muskeln den allerletzten Rest Kraft ab und schlug mit der Faust auf Crollios Oberschenkel, genau dorthin, wo er die Stichwunde vermutete, die wenige Wochen zuvor Miguel ihm beigebracht hatte.

Es war ein Volltreffer. Crollio stöhnte auf, sein Gesicht verzerrte sich, er ließ den Dolch sinken. Davide, der nun neuen Mut schöpfte, schlug erneut zu und spürte das frische Blut, das aus der aufgerissenen Wunde sprudelte. Crollio schwankte, brach zusammen. Doch gleich darauf rappelte er sich wieder auf, schnaufte, stand auf wackligen Beinen. Davide hatte Mühe, ebenfalls auf die Beine zu kommen.

Aus den Augenwinkeln nahm er eine Bewegung wahr. Miguel setzte zu einem Sprung auf Crollio an, beide Beine voraus, mit voller Wucht. Der schrie auf wie ein Tier, rasend vor Schmerz und Wut. Abermals gelang es ihm, sich aufzurichten. Der Blutverlust war immens, er stand in einer scharlachroten Pfütze. Davide, endlich auch wieder aufrecht, senkte den Kopf, stürmte auf ihn zu, trieb ihn rückwärts Richtung Hafenbecken und versetzte ihm einen so gewaltigen Hieb in den Magen, dass Crollio das Gleichgewicht verlor und in die Tiefe stürzte.

Die Schwärze des Wassers verschluckte ihn und gab ihn nicht wieder frei. Soldaten mit gespannten Armbrüsten liefen an die Kaimauer und schossen blindlings ihre Pfeile ins Wasser, ein paar Arkebusenkugeln zischten und verloren sich im Nichts.

Davide, noch angeschlagen vom Kampf, blickte sich nach Veronica um und rief mit schwacher Stimme ihren Namen.

Dort, nahe der Pulverkammer, aus der immer noch viel Geschrei kam, erhob sie sich, eine Schönheit mit zerzaustem Haar und zerfetztem Kleid.

Die Soldaten hatten unterdessen mit den *arsenalotti* die überlebenden Attentäter überwältigt und gefangen genommen.

Kurze Zeit später erschien Eppstein und kümmerte sich um die Verwundeten. Calaspin kam, des Weiteren einige Angehörige des Großen Rats, die ebenfalls alarmiert worden waren. Sofort wurden große Reden gehalten. Ein Ratsmitglied lobte lallend den venezianischen Kampfgeist, der sich nie unterkriegen lasse, bis ihn von irgendwoher ein Schwall Wasser oder Schlimmeres im Gesicht traf. Die *arsenalotti* johlten.

Und noch jemand kam. »Bin ich zu spät? Bin ich zu spät? Was ist hier passiert?« Das Frettchen stürmte heran und wusste gar nicht, wohin es zuerst schauen sollte. »Warum hat mich niemand gerufen? Herr Venier, was habt Ihr angerichtet?« Es beugte sich zu einigen der Toten und Verwundeten herab. »Habt Ihr das ganze Fontego dei Turchi dahingemeuchelt?« Das Frettchen hob tadelnd den Finger. »Na, so wird das aber nichts mit der Aussöhnung von Okzident und Orient.«

Doch niemand beachtete den Nager.

Das Feuer war rasch unter Kontrolle gebracht. Insgesamt hatten siebenundzwanzig Angreifer ihr Leben verloren, von den restlichen siebzehn Attentätern waren vierzehn verwundet und drei völlig unversehrt. Unter den *arsenalotti*, den Soldaten und Davides Freunden gab es nach einer ersten Übersicht keinen einzigen ernsthaft Verletzten.

Inzwischen waren zahlreiche Schaulustige vor dem Haupttor zusammengeströmt, vom Feuerläuten und dem Lärm der Explosion angelockt. Die Soldaten drängten sie zurück. »Geht heim ins Bett, hier gibt es nichts zu sehen, nur ein harmloser Unfall«, riefen sie. Keine sehr glaubhafte Aussage angesichts der Verwundeten und Toten, der erloschenen Fackeln und verkohlten Bootsrümpfe.

Der Fischer aus Istanbul lehnte an der Brüstung nahe dem Haupttor des Arsenale und blickte auf das Meer. Im Osten, über dem Lido, ging schon die Sonne auf.

Davide trat zu ihm. »Danke, alter Mann.«

Als der Fischer sich umdrehte, erschrak Davide. Aus einem Mundwinkel floss ein Rinnsal Blut. Der Fischer rang sich ein Lächeln ab, dann brach er zusammen, direkt in Davides Arme. Dieser spürte die Hitze von Blut auf seinen Händen: In den Rippen des Fischers steckte ein Dolch.

Davide legte den Verwundeten behutsam auf den Boden. »Eppstein! Eppstein!«, rief er.

»Lasst es gut sein. Bald bin ich mit meinen Eltern, meiner Frau, meinem Kind vereint. Und kann ihnen von meiner Reise in diese Stadt erzählen.«

»Rede keinen Unsinn«, rief Davide. »Wir sind durch die halbe Welt gesegelt, und wenn du wieder gesund bist, warten die *moeche* auf dich.«

»Ihr seid ein guter Mann«, lächelte der Fischer mit blutverschmierten Zähnen. »Ich … ich habe Venedig gesehen«, flüsterte er mit immer schwächer werdender Stimme. »Es ist sehr schön.« Dann schloss er die Augen.

»Du verlässt uns nicht! Nicht heute!« So durfte es nicht enden.

Und so endete es auch nicht. Eppstein kam herbei und verarztete den Mann. Er entfernte den Dolch, behandelte die Wunde mit Gilbweiderich, Stieleichenrinde und Schlangenknöterich, was die Blutung stoppte.

Ein paar Wochen später war der Fischer wieder auf den Beinen. Eine großzügige Spende der Republik sorgte dafür, dass ihm die *moeche* zeit seines Lebens nicht mehr ausgingen.

KAPITEL 41

Das Verhör

Gleich nach dem Angriff auf das Arsenale kamen ein paar Merkwürdigkeiten ans Licht. Etwa, dass die verhinderten Brandstifter keinesfalls nur Osmanen gewesen waren, sondern auch arme Istrier, Dalmatier und sogar Italiener vom Festland. Wer also steckte hinter all dem?

Einer der unversehrten Gefangenen hieß Abdullah, ein hübscher junger Bursche, wenn auch mit kümmerlichem Bartwuchs. Er war ein osmanischer Händler, der seit einigen Jahren in Venedig lebte und gut Italienisch sprach. Davide glaubte gar, ihn schon einmal gesehen zu haben, schließlich traf man im Laufe seines Lebens in Venedig jeden einmal.

Abdullah gab sich leutselig und sprach über den Anschlag wie über ein Geschäft. Da er im Gegensatz zu den anderen Kämpfern weder Alkohol noch Laudanum zu sich genommen hatte, war sein Geist klar und unvernebelt. Er gab sich ungeniert als jenen Mann zu erkennen, der den Angriff von Venedig aus koordiniert hatte. Er habe sich bei der Ausführung aber immer im Hintergrund gehalten, versicherte er, und nie die Absicht gehabt, Venedig ernsthaft zu schaden. Mit dem Angriff auf das Arsenale habe er eine Art Gleichgewicht herstellen wollen, das dauerhaft den Frieden sichern sollte.

»Habt Ihr Eure Befehle von den Osmanen bekommen?«
»Nein. «

»Von wem sonst?«

»Von jenen, die uns zahlten. Sie waren stets Boten ohne erkennbare Herkunft.«

»Das ist kaum zu glauben.«

»Und doch – es waren nie dieselben Menschen, die zu mir kamen, und sie sprachen nur selten meine Sprache.«

»Reden wir über das Arsenale. Wie habt Ihr all diese Menschen dazu bringen können, sich in diesen aussichtlosen Angriff zu stürzen?«, wollte Calaspin wissen.

»Als Erstes zahlten wir viele Dukaten. Wir rekrutierten nicht nur meine Landsleute, sondern auch Menschen anderer Herkunft, darunter niedere Arbeiter, Diebe, Bettler, alles Männer, die nicht viel zu verlieren hatten und die nicht für den Rest ihres Lebens in der Gosse leben wollten. Dukaten sprechen bei diesen Menschen eine sehr machtvolle Sprache. Und dann machten wir sie abhängig. Das, was Ihr Laudanum nennt, ist sehr mächtig. Allerdings«, Abdullah hob anklagend die Arme, »spielte die Zeit gegen uns. Je länger die Kämpfer untätig in Venedig herumsaßen, desto schwächer wurde unser Einfluss auf sie. Deswegen schien es mir an der Zeit, diesen Anschlag endlich durchzuführen.«

»Was heißt das?« Calaspin runzelte die Stirn. »Ihr hattet gar keinen Befehl?«

»Doch, der Befehl kam. Aber nicht aus Istanbul.«

»Von wem denn dann?«

Abdullah zuckte mit den Schultern. »Eines Tages standen zwei Männer vor mir. Italiener. Vielleicht Brüder, sie sahen einander ähnlich.«

Davide konnte kaum glauben, was er da hörte. Waren das etwa jene Männer, die auch hinter der Verschwörung gegen ihn standen? »Sprich, hatte einer von ihnen ein Teufelsmal zwischen den Augen?«

»Ja, Ihr habt recht, ein schauerlicher Anblick. Ich hatte

beide noch nie zuvor gesehen, und sie sprachen nicht den venezianischen Dialekt.«

Davide und Calaspin wechselten einen Blick. Calaspin schien dieser Aussage wenig Glauben zu schenken. In Davide hingegen reifte der Verdacht, dass Italiener statt Osmanen ihre Hände im Spiel gehabt haben könnten. War das tatsächlich denkbar? Hatten gar Italiener und Osmanen gemeinsame Sache gemacht?

»Sie boten mir hundert Dukaten für mein Vorhaben. Sie sagten, die Venezianer hätten dank ihrer Spitzel alle Kuriere abgefangen, daher seien keine Befehle zu mir gelangt. Es sei nun aber an der Zeit für einen Anschlag.«

»Und Ihr tatet, wie Euch geheißen?«

Abdullah breitete wie zur Entschuldigung die Arme aus. »Ich hielt es für richtig. Das Warten war unserer Sache nicht förderlich. Außerdem würde diese Tat mich zum Volkshelden machen, versprachen sie, mein Name würde in allen Geschichtsbüchern stehen.«

»Und welche Rolle spielte Crollio?«, fragte Davide.

»Ja, das frage ich mich auch. Kurz nachdem die beiden Italiener bei mir gewesen waren, tauchte er bei mir auf. Mitten in der Nacht. Wortkarg. Wollte alles wissen. Und sagte dann, dass er sich beteiligen werde. Auf seine Art. Auch wir haben keine Ahnung, wer er ist und wem er dient. Manche sagen, er sei der Sultanin persönlich unterstellt. Andere sagen, er gehöre einer Geheimgesellschaft an. Und wieder andere sagen, er sei gar kein Mensch, sondern ein Dämon. Lebt er denn noch? Ich habe gehört, er sei ertrunken.«

Jedenfalls, fügte Abdullah am Ende des Verhörs hinzu, habe er ja nun sein großes organisatorisches Talent unter Beweis gestellt, habe sich zudem bei der Aufklärung der Angelegenheit als kooperativ erwiesen und sei jederzeit zu einer Zusammenarbeit mit der Serenissima bereit. Er habe da ein paar Ideen, wie man den Osmanen und auch den Genuesern und allen anderen Feinden Venedigs wirklich schaden könne, und sollte die Bezahlung stimmen, stehe er jederzeit voll und ganz zur Verfügung. Er gebe zudem zu bedenken, dass kein Venezianer bei dem Angriff zu Schaden gekommen sei, wohl aber zahlreiche seiner Glaubensbrüder, sodass der Anschlag auf die Werft vor allem Venedig außerordentlich genützt habe.

Davide wandte sich angewidert ab.

Calaspin ließ Abdullah in den Kerker des Dogenpalastes führen. In die *pozzi*, nicht in die Bleikammern.

Der Brief des Sultans erreichte den Dogen zwei Wochen später. Zweifellos war er von der Sultanin geschrieben, wie Davide erkannte, als er die Übersetzung zu lesen bekam. Es waren kluge Worte. Nach den üblichen mehrzeiligen Höflichkeitsfloskeln war die Rede von Fanatikern, die auf eigene Anweisung gehandelt hätten. Selbstverständlich würde man den venezianischen Behörden bei der Aufdeckung des Falles und der Verfolgung der Straftäter vollste Unterstützung gewähren. Man bitte Venedig, das schändliche Verhalten dieser gemeingefährlichen Täter keinstenfalls als Casus Belli zu interpretieren, und man hoffe trotz aller Spannungen zeitnah auf klärende Konsultationen. Gezeichnet, nach vier Zeilen ehrerbietigster Grußformeln, Selim der Zweite

Marco und Giorgio genossen ihr unglaubliches Glück, dank eines venezianischen Spions einem ausbruchsicheren Gefängnis und dem sicheren Tod entronnen zu sein. Durch

Eppsteins Künste wiederhergestellt, fanden sie mit Miguels Unterstützung eine neue Heimat in Spanien. Offiziell galten sie in Venedig als vermisst und mutmaßlich tot, womit sich auch die Forderungen ihrer Gläubiger erledigten. Der gigantische Schwindel wurde kaum publik, aus Scham wollte keiner zugeben, auf die beiden Betrüger hereingefallen zu sein.

KAPITEL 42

Zahltag

Nach dem Anschlag auf das Arsenale feierte Davide mit seinen Freunden ein Fest, das bis in den frühen Morgen dauerte. Miguel tanzte vier Stunden am Stück und sank anschließend in Bibianas Arme, angeschlagen, aber noch lange nicht erschöpft, Tintoretto brach sämtliche Trinkrekorde, die nicht einmal er selbst für möglich gehalten hatte, und Veronica zeigte Davide anschließend alles andere als die kalte Schulter.

Während also an einem Ort in Venedig ein rauschendes Fest gefeiert wurde, blickten an einem anderen Ort viele hohe Herren demütig zu Boden. Niemand hatte einen Blick für Tintorettos Fresken an der Decke, so frisch, dass sie fast noch tropften, für die Wandteppiche aus Persien und die schweren roten Samtvorhänge, für den Marmor aus Carrara und den rubinroten Wein aus Apulien, der in dicken Karaffen aus Muranoglas auf dem Esstisch in dem riesigen Saal stand.

Nur einer blickte triumphierend in die Runde. »Meine Herren, es ist so weit«, sagte Krösus senior und zeigte seine erstaunlich weißen Zähne, die er von einem jüdischen Barbier im Ghetto mit Quecksilber hatte bleichen lassen, zu einem sündhaft teuren Preis. Er goss sich einen ordentlichen Schluck Rotwein nach, der wie ein wertvoller Rubin im Glas schimmerte. »Ich bitte Euch, blast keine Trübsal, lasst uns anstoßen!«

Doch niemand hatte Lust, sein Glas zu erheben. Die hohen Herren standen geknickt um den Esstisch, einige zählten ihr Geld. Es war ein harter Tag für alle hier. Außer für Krösus senior. Denn heute war Zahltag, heute würde er kassieren. Insgesamt eine Summe, die selbst für seine Verhältnisse gigantisch groß war. Von all dem Geld, das sich in Kürze auf seinem Esstisch stapeln würde, konnte man sich ein Fürstentum kaufen.

Denn er, Krösus senior, hatte auf Davide gewettet. Alle anderen hatten ihr Geld auf Crollio und die Sultanin gesetzt. Alle hatten geglaubt, das Arsenale würde brennen. Nur Krösus senior, der alte Zocker, Großmeister der Karten- und Würfelspieler, hatte den Außenseiter gewählt. Zu einer formidablen Quote.

Der Mindesteinsatz pro Person hatte sich auf unvorstellbare zehntausend Dukaten belaufen. Kaum einer wollte sich jedoch die Blöße geben, mit Mindesteinsätzen zu wetten. Die meisten hatten das Fünf-, ja das Zehnfache gesetzt. Und standen nun vor dem Ruin. Während Krösus senior gar nicht mehr aufhören konnte, schadenfroh zu grinsen.

»Unterschätzt nie die geheimen Kräfte Venedigs, die unsere geliebte Stadt im Inneren zusammenhalten«, feixte er.

»Ich kann es kaum glauben, dass dieser Anschlag schiefging«, jammerte einer der Verlierer. »Der Plan war bis ins Kleinste ausgeklügelt!«

»Er wäre perfekt gewesen, hätte der Bluthund des feinen Herrn Calaspin sich nicht aus der Zelle in Istanbul befreit«, jammerte ein anderer.

Krösus seniors Grinsen wurde nur noch breiter. »Meine Herren, das Leben ist ein Spiel. Beim nächsten Mal habt Ihr mehr Glück.«

Die Herren verließen niedergeschlagen den Raum.

Kurz danach traten zwei Männer ein. Sie waren Brüder, sahen einander recht ähnlich, nur hatte einer der beiden ein Muttermal direkt zwischen den Augen.

Sie stammten aus einem Waisenhaus. Krösus senior hatte sich ihre Erziehung viel kosten lassen. Er versteckte sie in einem kleinen Dorf im Norden des Lago di Garda und ließ sie kommen, wann immer er sie brauchte. In der Vergangenheit waren sie allzu schnell allzu brutal geworden. Doch dieses Mal hatten sie ihr Meisterstück abgeliefert. Endlich hatten sie gelernt, wie weit man mit Dukaten kam. Gerade hier in Venedig.

Krösus senior stand auf, überreichte ihnen ihren Anteil und tätschelte beiden die Wange. Sie wussten viel, irgendwann würde er sie loswerden müssen.

Aber noch nicht heute.

EPILOG

Der Strippenzieher

E r kicherte auf die ihm ganz eigene Art, ohne dabei die Mundwinkel nach oben zu verziehen. Dann löschte er die Öllampe, stand auf und ging zum Fenster, wo er auf den Markusplatz schaute, den Campanile, die Gondeln, die auf den Wellen schaukelten. Die Sonne war nur mehr eine flüchtige Erinnerung.

Zufrieden strich er sich mit Daumen und Zeigefinger über seine scharfen Falten um die Oberlippe. Das alles war ihm gut gelungen. Er hatte ein riskantes Spiel gespielt, allzu viele Mitverschwörer einbinden müssen.

Mittendrin hatte er gezweifelt, doch alles hatte sich aufs Formidabelste entwickelt.

Keine Frage, es hatte einen recht ehrbaren Bürger Venedigs getroffen. Doch was zählte ein Einzelner gegen das Wohl der Republik? Was war ein Schicksal gegen das von Zehntausenden?

So viel musste fingiert, von langer Hand vorbereitet werden. Aber es hatte sich gelohnt: Davide Venier war ganz und gar sein Meisterstück geworden.

Dass es sich so gut mit Hasan angelassen hatte, hätte er niemals für möglich gehalten. Der Preis, den Hasan verlangt hatte, war hoch gewesen. Dass Hasan und Venier nun eine regelrechte Freundschaft pflegten, ja sogar ein unauflösbares Bündnis eingegangen waren, hatte er nicht voraussehen können, fügte sich aber hervorragend in seine Pläne.

Im Grunde war es absurd: Je besser Davide Venier sich anstellte, desto weiter entfernte er sich von seiner Rehabilitierung. Dabei hatte er den Palazzo der Veniers leer stehen lassen, um dem jungen Venier eines Tages die Rückkehr in sein altes Leben zu ermöglichen. Und doch konnte es sich Venedig in diesen Zeiten nicht leisten, auf seine vorzüglichen Dienste zu verzichten.

Venedigs Politik, dachte Calaspin, ist wie eine Schachpartie.

Und am besten ist es, wenn dein Gegner deine Figuren nicht einmal sieht.

NACHWORT

Zur historischen Genauigkeit

Davide Venier ist eine fiktive Figur, wenngleich es Menschen wie ihn gegeben hat: Spione, Kuriere, Männer fürs Grobe im Auftrag der Serenissima. Und wie bei Davide war nicht immer klar, welche der vielen ineinander verzahnten und miteinander konkurrierenden Institutionen die Aufträge vergab. Venedig war für seinen Umgang mit Republikfeinden berüchtigt und entledigte sich ihrer gern mittels Denunziation, Verbannung oder einem Stilett im Rücken.

Nahezu alle beschriebenen Prozesse haben genau so stattgefunden, auch die Institutionen hat es im Venedig der zweiten Hälfte des 16. Jahrhunderts so gegeben. Die Machtverhältnisse in Venedig, Rom und Istanbul waren wie im Buch beschrieben. Die Speisen, die Kleidung, die Waffen, die Handelswaren, die Usancen und die Vorschriften im Ghetto sind historisch stimmig.

Manchmal allerdings sind Ereignisse um ein paar Monate verschoben oder haben in einer anderen Reihenfolge stattgefunden. Das ist die Freiheit beim Verfassen eines Romans, um Dichte und Stimmung zu erzeugen.

Ein paar wichtige Abweichungen aus Gründen der Dramaturgie seien hier erwähnt: Die Regatta zu Ehren des Erzherzogs Karl von Österreich und des Herzogs von Ferrara fand bereits im Mai 1569 statt und nicht ein Jahr später, wie im Buch behauptet. Es war der letzte große Auftritt des kranken

»Hungerdogen« Pietro Loredan. Im Buch wird die Regatta dagegen zum ersten Großereignis des gerade gewählten Dogen Alvise Mocenigo. Dramaturgisch passte sie gut ins Bild, um Crollio, seine Motive und seine Pläne einzuführen – und ihm gewissermaßen eine Gelegenheit für einen ersten Mordanschlag zu geben.

Das Fontego dei Turchi in Venedig wurde in jenen Jahren bereits teilweise von türkischen Händlern bewohnt, gehörte ihnen aber noch nicht. Über einen Kaufvertrag verhandelte Venedig mit dem Sultan seit 1608, 1621 wurde der Vertrag unterzeichnet. Dennoch lebten bereits um 1570 zahlreiche Türken in der Stadt, die trotz der immer wieder aufflammenden Scharmützel zwischen Venedig und dem Osmanischen Reich unbehelligt blieben und ihren Handel uneingeschränkt fortsetzen durften.

Die Zeit, die ein Segelboot zwischen Istanbul und Venedig unterwegs war, wurde aus erzählerischen Gründen so knapp wie möglich gehalten, wäre aber bei günstigen Strömungen und Winden durchaus machbar, obwohl damals auch die schnellsten Segelboote nur wenige Knoten in der Stunde schafften.

Gondeln wurden damals tatsächlich stets von – mindestens – zwei Gondolieri bewegt, denn Gondeln mit asymmetrischem Rumpf, die das zügige Rudern auch einem einzelnen Gondoliere ermöglichten (und der dabei unglücklicherweise auch noch die Kraft hat, neapolitanische Schnulzen zu singen), tauchten erst um 1884 auf, erfunden vom Bootsbauer Domenico Tramontin.

Viel Freiheit nahm ich mir bei der Freundschaft zwischen Tintoretto, Miguel de Cervantes, dem Autor des ›Don Quichotte‹, und Davide.

Zunächst Tintoretto: Eine Freundschaft zwischen Davide und dem Maler wäre nicht unwahrscheinlich gewesen. Man denke nur an die Enge Venedigs, die dafür sorgte, dass jeder ständig jedem über den Weg lief, und das im wahrsten Sinn des Wortes. Historiker sind der Auffassung, dass genau darin der Grund für die vielen relativ demokratischen Errungenschaften der Stadt liege. Niemand konnte einen Hofstaat unterhalten oder sich mit repräsentativen Kutschen fortbewegen. Ob Schatzkanzler oder Wirt, Doge oder Tuchhändler, stets ging es durch enge Gassen oder per Gondel über die Kanäle. Eine Freundschaft von Tintoretto und Davide, die denselben Herren dienten, wäre also durchaus im Bereich des Möglichen.

Miguel de Cervantes kämpfte als Söldner der venezianisch-römisch-spanischen »Heiligen Liga« bei der Seeschlacht von Lepanto 1571 gegen die Türken. (Und er trug aus einem Gefecht eine verkrüppelte Hand davon, was ihm aber nichts ausmachte: »Ich opferte meine linke Hand zum Ruhm meiner rechten.«) Es ist nicht unwahrscheinlich, dass er, der damals verschuldete Taugenichts, sich in den Monaten vor dem Einschiffen wie so viele andere spanische Söldner in Italien aufgehalten hat, zumal 1569 ein Besuch in Rom belegt ist, bei welchem er auch Ärger mit der Justiz bekam (er soll beim Duell einen Mann verletzt haben).

Und was ist mit dem kleinen William Shakespeare? Sein Vater war Handschuhmacher, und es ist durchaus denkbar, dass er zum Kauf von Leder auch den Kontinent bereiste. Über Shakespeares Leben gibt es ohnehin mehr Fragen als Antworten. Rätselhaft bleibt neben seinen verblüffenden juristischen Kenntnissen, wie genau er italienische Sitten und Gebräuche kannte. Nicht zuletzt deshalb zweifelten viele Menschen, darunter Mark Twain, daran, dass er der Alleinurheber seiner Dramen war. »Hat er je England verlassen? Wir wissen nur von einer Handvoll Tagen sicher, wo er sich gerade aufhielt«, schreibt Bill Bryson in seiner Shakespeare-

Biografie. Es ist zwar nicht sehr wahrscheinlich, aber immerhin möglich, dass er als Kind mit seinem Vater Italien bereiste. Und wer – auch schon damals – auf den Kontinent kam, ließ sich Venedig nicht entgehen.

Davide Venier kehrt zurück – in
›Der Knochenraub von San Marco‹